周赏集

——郑欣淼散文

郑欣淼 / 著

作家出版社

郑欣淼　陕西省澄城县人，生于1947年，曾任中共陕西省委副秘书长、陕西省委研究室主任、中共中央政策研究室文化组组长、青海省人民政府副省长、国家文物局副局长、文化部副部长、故宫博物院院长等，现为中华诗词学会会长、中国紫禁城学会会长、中国鲁迅研究学会名誉会长，中国作家协会会员。多年来从事政策科学研究、文化理论研究、鲁迅思想研究，2000年以来着力于文物、博物馆研究，2003年首倡"故宫学"。先后出版著作20余种，主要有《政策学》《文化批判与国民性改造》《鲁迅与宗教文化》《天府永藏——两岸故宫博物院文物藏品概述》《故宫与故宫学》《郑欣淼诗词百首》《郑欣淼诗词稿》《山阴道上》《游艺者言》等。

郑欣淼

《金缕》三阕记卫老

　　太史公总以为张子房是个"魁梧奇伟"的人，反见其画像，始惊"状貌如妇人好女"。我在初次谒见卫俊秀先生时，头脑里也生发了如太史公般的惊奇，因为在我想象中，先生应该是个气轩宇昂的人，或带有许多名人常有的矜持的样子。

　　这已是十多年前的事了。当时我在西安大雁塔旁的一个机关工作，公余搞点鲁迅研究。《野草》是研究鲁迅思想和艺术的重要著作，卫先生三十年代初出版的《鲁迅〈野草〉探索》，是国内《野草》研究的开山之作。谁知"福兮祸所伏"，这部享有盛誉的著作因由上海泥土社出版，卫先生便被荒唐地与所谓的"胡风集团"扯上了关系，右又被打成了"右派"，遭受了长达23年的厄运，1979年始获平反，重返陕西师范大学。因为鲁迅的缘分，我与先生便有了这十多年忘年间的交往。

　　卫俊秀先生当时已八十多岁，瘦弱的身体还很结实，清秀的面庞上总挂着温润的微笑，看去神清气朗，如春山秋水。和朋友在一起，他的话不多，

作者手迹

目　录

第三辑   **故宫烟云**

序 言

当我编完这本小书，在书名上加进"郑欣淼散文"这几个字后，似乎连自己都有些疑惑，这就是散文吗？

这应该是散文，因为散文的概念是很广的。我国古代，散文是指与韵文、骈文相对立的文体，包括了经、史、传等各种散体文章。在现代，即使从狭义上来理解，它也是与诗歌、小说、剧本相并列的一种文学体裁，表现形式多种多样。如此看来，我的这些文章似乎可以归入散文这个行列。但是，散文毕竟是文学的一种样式，作为语言艺术，对它的创作又有一些要求，这在我们读大家名作时会有深刻的体会。这样来说，我的这些东西分明又算不上散文。因为我在写作时，只是想把要说的写出来，并没有想到我是在"创作"，是在写"散文"。

上中学时我也是个文学青年，喜欢诗歌，喜欢散文，五十年前就买过一本天津百花文艺出版社出的《笔谈散文》，这本书至今我还保存着，至今也还记得书上曾讲散文要形散神不散、散文要有思想等等。但是直到今天，对于散文的界定以及怎么写散文，仍然在争论。我想，这个争论今后可能还会有，因为散文确实太散了，因为散文本身也在发展。

本书收录了长短八十多篇文章，根据内容，大致分为四辑：第一辑"怀丝念缕"，是对人物的纪念怀想；第二辑"艺林一枝"，是有关书画、陶瓷、雕塑、摄影、服饰、家具等艺术的评论;第三辑"故宫烟云",介绍故宫文物及与故宫有关的一些活动;第四辑"鸿飞东西",为览胜怀古之作。在前三辑中,有一部分是序言。序言自有其局限,比如细节的描述一般不够;但也有其好处,即重视特点的分析与整体的把握。这些序言我是抱着相当认真的态度去写的。此外,由于积习,在一些文章中夹杂着我写的诗词。这些诗词不是可有可无的,我以为它已成了文章的一个组成部分。

本书取名"周赏集","周赏"二字借用景山上一个亭子的名字。这里多说几句。景山在紫禁城以北,元代为皇帝的御苑。明永乐时修建紫禁城,将挖掘护城河和太液池南海的泥土以及拆毁元朝宫殿的渣土在此堆积成山,取名"万岁山"。传说山下储煤,故俗称"煤山"。清顺治十二年(1655),万岁山改名景山。景山山围二里余,有峰五,最高处离地面约五十米,是北京中轴线上最高和最佳的观景点。康熙皇帝曾登上景山,留下"云霄千尺倚丹丘,辇下山河一望收"的诗句。乾隆十六年(1751),在景山五峰之巅各建一亭,中为万春,东为周赏、观妙,西是富览、辑芳。我每次登景山,都会依次走过这五个亭子。五亭一字排开,依山就势,相互辉映,以万春亭为中心,左右对称,自然协调,在古柏苍松的衬托下,构成一幅美丽和谐的风景画。乾隆皇帝不只是伟大的政治家,也是了不起的艺术家,这五个亭的名字起得多好啊!五个亭名不同,意思都一样,这里是观赏京城美景的好地方。

我取"周赏"作为书名,由于书中所记多是怀德含芳的文化名人,所记之事也多与艺术有关,对于这些美的人、美的物以及美的事,我始终抱着欣赏的甚至崇敬的态度,品赏流连,享受着对美的认识与体味。周又有遍、遍及与环绕、反复之意,对此不应是一般的欣赏,还要周赏,即遍赏、反复赏。

抱着欣赏的态度看人看事，常常会发现美好，给自己带来愉悦甚至精神的提升；因此它不只是一种处世之道，而应是人生的一个境界。我喜欢"周赏"二字。

本书的出版，得到作家出版社副总编辑张水舟先生的指导，资深编辑郭汉睿女士付出了很大努力，在此一并致谢。

郑 欣 淼

2014 年 2 月 25 日于故宫御史衙门

第一辑

怀丝念缕

永怀国士

庄蕴宽（1867—1932），字思缄，号抱闳，晚年号无碍居士，江苏武进人。武进清属常州府，常州旧称毗陵，故又称常州人和毗陵人。毗陵庄氏为江南望族，瓜瓞绵绵，其来有渐。清代以儒学精湛著称于时。《清史稿》载有武进庄存与、庄述祖伯侄二人，均为乾隆进士，存与曾遍注"五经"，述祖亦名列"儒林"，均为毗陵庄氏之先祖。庄蕴宽一生虽然经历曲折，极富传奇，但要在肯堂肯构，无坠先绪。尤其值得称道的，是他与故宫的渊源和对故宫的贡献。

庄蕴宽早年曾就学于著名的江阴南菁书院，后历任广西百色厅同知、平南县知县、梧州府知府、太平思顺兵备道兼广西边防督办。其间，光绪二十七年（1901），筹备广西武备学堂；光绪三十年（1904），创办广东武备学堂。国民党元老李济深、李宗仁、白崇禧等均出其门。宣统二年（1910），任上海南洋大学（今交通大学）教导主任。武昌首义成功，与张謇、汤寿潜、赵凤昌等筹划革命，为上海光复做出贡献。民国建立，经孙中山、黄兴同意，临时政府任命代理江苏都督。1913 年，任北洋政府肃政厅都肃政史，曾上书反对袁世凯称帝，后任审计院院长。1928 年，辞官回乡，任《江苏通志》编委会总纂。最后终老于乡，私谥为贞达先生。

庄蕴宽任审计院院长期间，曾任"办理清室善后委员会"委员，参与故宫博物院的创建。1925 年 10 月 10 日，故宫博物院宣告成立，并在乾清门前举行隆重的开院典礼，庄蕴宽任开院典礼主席，同时还兼任故宫图书馆馆长。1926 年"三一八惨案"后，段祺瑞临时政府通缉故宫博物院的负责人李煜瀛、易培基，二人潜离京师避难，此后直至 1928 年 6 月，庄蕴宽作为故宫"维持会"的副会长，成为故宫博物院的实际负责人。其间，庄蕴宽以个人名义向东方汇理银行借贷三万元平息"索薪工潮"，多方斡旋成功阻止直鲁联军进驻故宫，为防国宝重器流失公开发表启事要求组织清点故宫文物，作为故宫博物院的创始人和杰出的早期领导人，为故宫博物院的创建和发展做出了卓越的贡献。

庄蕴宽爱护故宫和重视文物，与其家学和素养关系密切。毗陵庄氏家学传承有序，自成一脉。其学以经学为基础，兼及文史百家。庄蕴宽继承家学，兼擅书画。书法融会汉隶魏碑，尤精于草书。绘画以梅花见长，骨韵清劲，犹如其人。可以说，庄蕴宽的家学和素养，决定了他的喜好和价值取向。可惜的是，长期以来，这样一位中国近代史上的风云人物，竟然没有一部关于他生平事迹的传记问世。这部《国士无双——庄蕴宽传》的出版，终于可以弥补这个缺憾。相信读者看了这部传记，一定会对庄蕴宽的风雨人生和爱国情怀，以及他为中华传统文化所做的贡献，有更加深入的了解。

蒋元明著、庄研审订《国士无双——庄蕴宽传》序言，

上海锦绣文章出版社，2012 年

纪念吴瀛先生

回顾故宫博物院的发轫与院史，不能不提到吴瀛先生。

吴瀛先生投入清宫文物点查，开始只是以内务部官员身份兼顾这项工作，此后竟离开了自己的本职，完完全全加入到故宫博物院的事业中，而且一干就是十年。这十年，故宫博物院经历了创办的艰难、成立初期的曲折、短暂的辉煌以及文物南迁等阶段。先生为之付出了全部心血，倾注了深沉感情。已成为经典的《故宫博物院前后五年经过记》一书，使我们既看到一幕幕惊心动魄的斗争，又感受到先生的辛勤努力与重要地位。

中国近现代以来，有些名门望族以其显赫的世家地位、深厚的文化底蕴以及名门的联姻交友，加上时代的风云际会，在中国近现代史上占有一定的地位。吴氏家族也是这样，许多重大历史事件、国共两党许多重要人物，都与吴家有着这样那样的关系。而谈到早期故宫博物院的创建，吴瀛的舅父庄蕴宽先生更是做出了伟大贡献。

庄蕴宽是中国近代政治家，曾任民国审计院院长，做过清室善后委员会委员，参与了故宫博物院的创建，兼任过故宫图书馆馆长，而在1926—1928年故宫博物院处于风雨飘摇、命悬一线之际，庄蕴宽更是与故宫同人奋力支撑，坚持到最后的胜利。他是故宫博物院的创始人和杰出的早期领导人。

天有不测风云。所谓易培基盗宝案，不仅使这位故宫博物院首任院长受冤含恨，抑郁而终，也使吴瀛受到牵连，成为被告。吴先生豪爽、热情、憨直，是个汉子，又是为朋友两肋插刀的人。虽然他的受冤受害，完全是由于"同患难而观点各异，亲而不信的总角之交"易培基所引起，但他对易培基却一往情深，至死不渝。他在有生之年，念兹在兹，一刻也没有停止为易培基院长申雪。直到新中国成立之后，他还给毛泽东、董必武等写信呼吁。他所著《故宫盗宝案真相》，对这一案件做了详尽的记录。这一冤案早已大白于天下。

　　尽管如先生哲嗣祖光所认为，故宫博物院"以它本身具有的特性注定了是一个不祥之地"（《〈故宫盗宝案真相〉序》），尽管吴瀛先生在服役十年后，被迫离开了故宫，但他对故宫始终充满了感情。因为这个由皇宫变成的博物院，有着他的辛劳；他又是一个极其热爱艺术而且有着深厚艺术造诣的人，故宫无与伦比的迷人魅力始终吸引着他。他在晚年时，仍然把一生珍藏的二百余件精美文物无偿捐献给了故宫博物院。

　　吴瀛先生不仅有深厚的国学基础，且于西画及国画颇有造诣，诗文、书画、篆刻皆精。其绘画擅山水兼工花鸟，多以西画构图，隽永飘逸，意境高远。他的诗，沉郁雄奇，慷慨悲怆。他的主要著作有《中国语文法》《故宫博物院前后五年经过记》《故宫盗宝案真相》，以及诗文《风劲楼诗草》《蜀西北纪行》，剧作《长生殿》《章台柳》等。在他那些落寞的日子里，在他郁闷、愤激乃至困惑的时候，这些业余爱好曾给他带来很大的慰藉。

　　吴瀛先生还活着，活在他颇有建树的学术著作中，活在他气韵生动的笔墨中，活在他情思斐然的诗文中，更活在他为之奋斗、付出心血的故宫博物院不断发展的伟大事业中，青山常在，先生不朽！

最后，谨以小诗四首纪念吴瀛先生：

其一

洪业堪称第一篇，乾清门内忆流连。

波云诡谲几多事，须借如椽史笔传。

其二

谁铸奇冤惊宇中？但呼咄咄懒书空。

直披真相慰亡友，哪管人生如转蓬。

其三

迩水遐山写雅怀，长生殿曲喜而哀。

谢家玉树风流在，不负崚嶒一代才。

其四

十载峥嵘曾自雄，余生困顿叹秋风。

胸中块垒终消否？依旧珍藏献故宫。

原载 2013 年第 1 期《文化月刊》

"国宝"单士元

在故宫博物院八十多年的岁月里，有一些积极参与博物院筹建并把自己的一生贡献给博物院的人士，他们的辛劳，他们的业绩，他们的造诣，使他们成为人所共仰的"国宝"。单士元先生就是其中有代表性的一位。

单士元先生 1907 年 12 月出生于北京，自幼家贫，矢志于学。1924 年 11 月，逊帝溥仪出宫，"办理清室善后委员会"成立，开始清点清宫物品，单先生作为北京大学的旁听生当了一名书写员，参与到当时的文物点查工作中。1925 年 10 月故宫博物院成立，单先生赓续供职在院，先后在文献馆、图书馆工作。中华人民共和国成立后，单先生以饱满的热情投入到故宫博物院建设和新中国文博事业中。1956 年，单先生光荣地加入了中国共产党，1962 年任故宫博物院副院长，1984 年任故宫博物院顾问。从十七岁投入故宫工作到九十一岁辞世，单士元先生在故宫博物院整整工作了七十四年。

单士元先生是中国古代建筑史研究，特别是紫禁城宫殿建筑历史研究的开创者之一，是清代历史档案研究的开拓者之一，也是明清历史研究领域中卓有贡献的著名学者。他的学者、专家的人生道路，起始于他青年时代的勤奋。一边工作一边求学，几乎是他整个青年时代的主要生活。他在故宫博物院工作期间，于 1925 年进入北京大学历史系学习，1929 年又考入北京大学研究所国学门，进行清代文字狱的专题研究。当时，赵尔巽等编撰的《清史稿》已问世，单先生于是对该书进行研究，利用文献馆的大量历史档案，1934 年完成了《总理各国通商事务衙门大臣年表》的毕业论文，1936 年经北大研究所诸教授审定，评予优良成绩，孟森教授认为此书"可以补旧史之阙，可以拾《清史稿》之遗，可以助研讨外交史者知人论世之力"，评价颇高。自 1938 年起，单先生曾先后在北平师范大学、中国大学、中法大学、女子文理学院等校任教，主要讲授中国通史、明清历史、中国近代史等。单先生还撰写并发表了许多明清史方面的著作和论文，是一位学识渊博的明清史专家。

单士元先生长期在故宫博物院文献馆工作，在清代档案的编目、整理、编辑出版等方面做出了重要贡献。在我国档案学界，他是最早提倡档案目录学的学者。他说："故宫所藏明清历史档案浩如烟海，持一卷不识其内容。间尝思之，中国图书目录学由来已久，而档案目录学尚付阙如。"在 1936 年中国图书馆博物馆会议上，单先生宣读了《档案释名发凡》一文，提出了上述观点，中国档案始建目录。他还着手为档案"释名"，如把清代档案按袭古的、因特设机关而新创的、因满文而译为汉文的这三种进行分类，后人只要据名查阅即可。从此，清代历史档案的研究进入了规范整理时期。

整理文献的同时，单士元先生参与了故宫博物院接收内阁大库流散档案，主要是军机处档案的初始整理工作，对其中的明末清初档案择要写出若干介绍文字，又将清代军机处档案、档簿等写出提要，并摘录其原文举例说明。这期间单先生在沈兼士先生指导下，与同人共同编辑了《文献丛编》《掌故丛编》《史料旬刊》等民国时期故宫博物院重要出版物，并陆续撰写和发表了不少有关明清档案的论文。新中国成立后，单先生曾受聘在中国人民大学档案系做历史档案学讲座，在北京大学历史系讲授《中国档案史》，对中国档案事业的建设做出了重要贡献。

　　单士元先生作为中国古建筑专家，更是建树颇多。1930年，由朱启钤先生发起的中国营造学社的成立，开始了建立在现代建筑学、美术史、文献学的基础上，把中国古代建筑作为一项专门学术的研究。中国营造学社所开创的古建筑法式和文献研究、古建筑实地调查测绘和古建筑修缮保护的方法和原则，对今天故宫的保护修缮仍然具有指导性意义。单士元先生当时对外国学者在中国古代建筑研究领域贬低和轻视中国学者的倾向深为不满，在民族自尊心的激励下，1930年加入营造学社，1933年担任编纂。他以搜集和整理文献史料为开端，注重古代建筑的历史沿革、工艺材料，兼顾造型艺术、结构功能，与王璧文先生合作，1937年出版了《明代建筑大事年表》。这部书是中国人写的第一部中国建筑历史断代工具书，多次重印，至今仍然是建筑历史研究者的必备书。在此期间，单士元先生还多方搜集史料，草成《清代建筑年表》书稿数十万字。

　　新中国成立后，单士元先生以研究紫禁城宫殿建筑的深厚学术为根基，开始了他参与并负责管理、保护这一重要文化遗产的使命。在上世纪50年代后期，他为故宫古建筑提出了"着重保养，重点修缮，全面规划，逐步实施"的修缮方针，并先后主持了三大殿保养油饰、角楼落架大修、高大建筑安装避雷针等重要工程。为了传承古建筑的工艺技术，单士元先生深入实际，注重传统工艺技术的研究，还聘请了一批在社会上享有盛名的匠师，充实到故宫工程队。这是一个具有远见的举措，不仅可以确保工程质量，而且通过口传身授，培养出一批批技术骨干。这种古建筑传统工艺技术的有序传承已成为故宫博物院宝贵的无形文化遗产。

　　单士元先生从十七岁时的翩翩少年投入到故宫事业，直到九十多岁高龄辞世，把自己的一生完完全全、无怨无悔地贡献给了故宫。

他钟情故宫，热爱故宫，以他求实谦虚、严谨负责的平民学者风范，在保护紫禁城这一人类文化遗产的七十四年风雨行程中，特别是在后期，他呕心沥血，奔走呼吁，向各级领导和中央政府提出保护故宫以及其他文化历史名城古代建筑的重要建议和议案，赢得了故宫人和社会各界广泛的尊敬与爱戴。

2007 年在单士元先生诞辰百年之际，故宫博物院开始陆续出版《单士元集》，以资纪念。《单士元集》全四卷：第一卷《明北京宫苑图考》；第二卷是与王璧文先生合作的《明代建筑大事年表》；第三卷《清代建筑年表》；第四卷为《文集卷》，收入目前能够收集到的单先生其他已刊未刊著作、文章和讲话。第一卷和第三卷是单先生的未刊著作，经过多年整理，现在予以刊布。

《单士元集》的出版，是对单先生一生学术成就的总结。单先生在世常说：故宫的砖瓦草木都是宝。不怕不知道，就怕不拿它们当成宝。我理解，这种珍惜人类文化遗产的信念，是支持单士元先生为保护故宫、保护文物而不遗余力的精神动力。我们今天纪念单士元先生，最重要的就是要学习他的这种精神，传承前贤薪火，为保护好珍贵的中华文化遗产而坚持不懈。

《单士元集》序言，紫禁城出版社，2009 年

追怀孙瀛洲先生

2004 年初秋之际，"孙瀛洲捐献陶瓷展"开幕了，这是一件可喜可贺的事。

孙瀛洲先生（1893—1966）是河北冀县人，早年在北京的古玩店当学徒，后独立开办了敦华斋古玩店，成为当时著名的古董商和鉴定家。解放后，二十世纪五十年代他将家藏三千多件各类文物捐赠给故宫博物院，曾当选第四届全国政协委员。

从某种意义上说，这是一个迟到的展览。因为孙瀛洲先生是在 20 世纪五六十年代捐献这批文物的，按照国内外博物馆界的通例，对这样一批数量大、品质高的捐赠品，当时就应该举办一次展览，一方面播扬捐赠者之美名；另一方面也与天下同好共赏奇珍。由于历史的原因，今天才得以举办这次展览，也算是虽然迟到但尚感欣慰的弥补吧。

这又是一项恰逢其时的展览。在故宫博物院建院七十八周年前夕，我们更加缅怀为故宫博物院的创立和发展做出过贡献的前人。在故宫现有的一百万件藏品中，有五分之一是建院以后入藏的，其中就有相当数量来自私人捐赠。孙先生是捐赠文物数量最多、质量最高的人之一。这些珍品对充实故宫博物院的收藏起到了重要作用。因此，在孙先生诞辰一百一十周年和故宫博物院建院七十八周年前夕，我们举办"孙瀛洲捐献陶瓷展"，也是一次饮水思源的纪念。

孙瀛洲先生的道路是他同时代的一批人共同历程的缩影。从学徒到经营者，从经营者到收藏家，从收藏家再到文物鉴定专家。从文物鉴定专家再成为文物捐赠大家，这是一条自学成才的道路，也是由小我到大公的升华过程。这既具有中国的时代特色，也符合世界文物大家的养成规律。

孙先生曾当选第四届全国政协委员，这在与孙先生类似背景的同时代人中是不多见的。这既是政府和社会对孙先生所做贡献的褒举，其实也是对孙先生为代表的一大批人的重视和肯定。

孙先生收藏和捐献的文物包括陶瓷、青铜、珐琅、漆木、雕塑、文具等诸多器类，其中尤以陶瓷为主，占三分之二以上，包括晋、唐、宋、元、明、清各代名窑珍品。孙先生的鉴定知识也涵盖众多领域，而尤以陶瓷鉴定为最，他不仅是公认的明清陶瓷鉴定大家，享有"宣德大王"的美誉，而且还是宋、元陶瓷研究的开创者和奠基人，从院藏陶瓷中鉴别出了过去一直未被认识的汝窑罐盖及多件官窑、哥窑瓷器等稀世珍品。

在英文里，"陶瓷"与"中国"是同一个词，反映了中国陶瓷的辉煌历史和重要地位。当代许多外国人认识中国仍然是从包括陶瓷在内的中国文物开始的。陶瓷早已成为并至今仍是中国传统文化的象征之一。唐代千峰翠色的越窑青瓷、类银似雪的邢窑白瓷，宋代汝、定、官、哥、钧五大名窑的名瓷，元、明、清三代景德镇的青花瓷等等，无不在国内外享有盛誉。在孙先生捐赠的两千多件陶瓷中，就不乏宋代官窑盘、官窑葵瓣口洗、哥窑弦纹瓶、哥窑双耳三足炉、汝窑洗、定窑白釉划花葵瓣洗，元代红釉印花云龙纹高足碗，明代永乐青花折枝菊纹折沿盘、宣德青花折枝花纹执壶、成化斗彩三秋杯，清代康熙釉里红加彩折枝花纹水丞、康熙斗彩雉鸡牡丹纹碗、雍正仿成化斗彩洞石花蝶纹盖罐、乾隆粉彩婴戏纹碗、乾隆炉匀釉弦纹瓶等稀世珍品，其中有二十五件被定为国家一级文物。而且在这些瑰宝中，许多当初就是专门为皇家宫廷烧造的，入藏故宫可谓物得其所，相得益彰。

孙先生在故宫博物院工作期间，对院藏陶瓷重新进行了系统鉴定，并为故宫和全国陶瓷界培养出了耿宝昌先生等一批陶瓷鉴定大家，为故宫博物院的陶瓷研究奠定了坚实基础。陶瓷至今仍是故宫博物院重要收藏领域，陶瓷藏品占故宫全院藏品总数的三分之一。故宫博物院的陶瓷研究也仍然在全国居于领先地位。

从孙瀛洲先生的经历还可以得到一点启发：实践出真知。尤其是在文物鉴定、修复、传统保护领域，仅靠书本知识是不够的，长期的实践是取得成果的必要条件。应该说，"师傅带徒弟"的形式在今天某些传统技艺的传承领域仍然具有强大的生命力，"师承制"这种形式值得我们在培养人才方面认真借鉴。故宫博物院在古建筑维修、彩画修补、各类文物修复与复制、书画装裱等方面有一批专家，他们在长期实践中积累的丰富经验是珍贵的无形文化遗产，是我们的宝贵财富。这些专家大多年事已高，他们的某些技艺有濒临失传的危险，因此我们应有计划地积极抢救、继承这些经验和技艺并将其发扬光大。这是我们义不容辞的责任。

《孙瀛洲的陶瓷世界》序言，紫禁城出版社，2003 年

化私为公　足资楷式

　　张伯驹先生是我国老一辈文化名人中集收藏、书画、诗词、戏剧于一身的奇才名士，著名爱国民主人士，曾任故宫博物院专门委员、国家文物局鉴定委员会委员，吉林省博物馆副研究员、副馆长、中央文史馆馆员。他一生苦乐兼备、命运多舛，富不骄、贫能安，心怀坦荡超逸，性情慷慨率真，堪为名士典范。特别是他不顾身家性命，抢收中华稀世文物，后来又将所藏部分珍贵文物无偿捐献给国家的爱国之举，更体现了一代名士的大德懿行。

　　上世纪三四十年代，国家积贫积弱，大批祖国历史文化瑰宝和珍稀文物遭受破坏，甚至被盗卖出境。基于强烈的民族爱国热情和对民族文化遗产的沉浸酷爱，张伯驹先生和夫人潘素一起，不惜以祖传和多年积蓄的巨额家财，尽可能多地购藏珍稀国宝，使之不至于流落海外。章诒和女士曾记下了张伯驹先生当年发自肺腑的一句话："不知情者，谓我搜罗唐宋精品，不惜一掷千金，魄力过人。其实，我是历尽辛苦，也不能尽如人意。因为黄金易得，国宝无二。我买它们不是为了钱，是怕它们流入外国。"（《往事并不如烟》）在几经周折购入《平复帖》并捐献国家后，先生释然道："在昔欲阻《照夜白图》出国而未能，此则终了宿愿，亦吾生之一大事。"（《春游社琐谈·陆士衡平复帖》）在那个动荡的年代，张伯驹先生以一己之力阻止了许多珍贵文物流往国外，显得尤为悲壮。一件《游春图》使他从豪门巨富变为债台高筑，不得不变卖在弓弦胡同的一处宅院。

张伯驹先生慧眼识宝，所藏书画几乎件件堪称中国艺术史上的璀璨明珠。陆机《平复帖》，是我国传世文物中最早的一件名人手迹，展子虔《游春图》，则为传世最早的一幅独立的山水画，在中国书法、绘画史上，均为开篇述祖之作。其余收藏，如唐·杜牧《张好好诗》、唐·李白《上阳台帖》，也都是传世孤品；宋·黄庭坚《诸上座帖》、赵佶《雪江归棹图》等，都是在我国艺术史上占有独特地位的重要文物。为保护这些珍贵文物，先生费尽周折，早已将生死置之度外。在西迁入秦途中，他将国宝《平复帖》缝入衣被，虽经跋涉离乱，未尝去身。更有甚者，1941年，当遭受非法绑架，被索以三百万巨资，并以"撕票"相威胁时，先生仍然关照夫人：宁死魔窟，绝不许变卖所藏。这些都已成为文化艺术界久传不衰的佳话，其遭际为古今收藏家所未有。

对于斥巨资购藏并用心血保护的法书名画，张伯驹先生并不视为一己所有。人生有限，文物永生，以往的收藏家也许有这种认识，将个人收藏视为"烟云过眼"，或认为自己收藏只是"暂时"的。此论自与"子孙永宝"之辈别如天壤，然亦只是个人修养而已。而张伯驹先生自始之初衷就是为国家、为民族而保护这些国宝，将其看作全民族的文化遗产。先生曾言："予所收蓄不必终予身为予有，但使永存吾土，世传有绪。"（《丛碧书画录·序》）在先生看来，自己所藏首先属于国家、民族，只要国家能留住它们，代代流传，他付出多大代价也在所不惜。所以先生虽与苏东坡等同有"烟云过眼"的感觉，内涵却大有区别。

和每一个收藏家一样，张伯驹先生所收藏的国宝书画最终的归属，一直是他思考的问题。他很早就打算将这些国宝还之于民，什么时候捐赠？捐赠给谁？对他来说无疑是一次政治选择。新中国成立后，张伯驹夫妇积极投身于建国初期的文化教育事业，和许多民主人士对新中国有了深刻的认识和理解，与党和国家领导人建立了深厚的感情，遂将"一生所藏真迹，今日尽数捐献国家"。他的这个选择是经过郑重考虑的，也是经过了时间考验的。1956年，张伯驹先生夫妇将包括《平复帖》在内的八件书画精品，无偿捐献国家。时任文化部部长的沈雁冰为张伯驹颁发了褒奖令，状曰："张伯驹、潘素先生将所藏晋·陆机《平复帖》卷、唐·杜牧之《张好好诗》卷、宋·范仲淹《道服赞》卷、蔡襄《自书诗》册、黄庭坚《草书》卷等珍贵法书共计八件捐献国家，化私为公，足资楷式，特予褒扬。"当国家欲重金奖励之时，先生断然不取分文。其后，先生又将宋·杨婕妤《百花图》等捐献给吉林博物馆。这批珍贵文物现已成为国有博物馆的镇馆之宝，为中华民族所共享。先生无私奉献的精神，高山景行，千秋永志。

由于党内极"左"思潮的影响，张伯驹先生曾经受到不公正的待遇，这些都没有动摇他的爱国信念，特别是他在患难中与周恩来总理、陈毅老总结下的深厚情谊，广为文坛传诵，他也成为中国老一代进步知识分子的爱国典范。

众所周知，故宫博物院是在明清故宫（紫禁城）建筑群与宫廷史迹以及明清皇室旧藏文物的基础上建立起来的博物馆。建院八十年来，故宫博物院的藏品在原有基础上得以不断充实，这与社会各界人士的踊跃捐献密不可分，其中就包括了张伯驹先生及夫人潘素女士。这些捐献使故宫博物院的收藏大为增加，从而成为世界上收藏最富有的博物馆之一。收藏家无私的奉献精神，其功不可没。

今年恰逢张伯驹先生诞辰一百一十周年，为纪念先生，故宫博物院将联合各界人士举办座谈会，表彰先生崇高的爱国主义和无私奉献精神。在党的十七大刚刚胜利闭幕、全国人民为建设社会主义先进文化而不断奋进的今天，仰望先生高踪，将更加鼓励我们的爱国主义热情，为弘扬和振兴民族文化的奋斗精神。我们相信，在今后的岁月中，人们将会更加关心博物馆的建设和发展，更加珍惜和爱护有幸存世的文化遗产。我们希望有更多的社会人士支持博物馆的事业，使更多的文物精品进入历史殿堂。让我们携起手来，共同促进我国文物博物馆事业的繁荣和发展，愿优秀的华夏文化艺术与中华文明传统发扬光大！

2008 年 2 月 28 日在故宫博物院召开的
纪念张伯驹先生诞辰一百一十周年座谈会上的讲话

"蜗居"中的奉献

在缅怀朱家溍先生的座谈会上，我们每人得到了一本刚出版的朱先生选编的新书：《养心殿造办处史料辑览》（第一辑）。作为对先生的纪念，我认为很有意义。睹书思人，我首先想到的是，故宫是多么需要朱先生！准备组建的几个研究中心离不开先生的指导，古建筑档案建立中的文献稽考、沿革探寻需要先生的指点。不久前我拜访王世襄先生，谈到故宫一些资料的整理时，王先生说，还是去找朱家溍先生，他对这些情况是了解的。

但是，在与病魔顽强的搏斗中，朱家溍先生走完了人生最后的历程。先生的逝世，不仅是故宫博物院与全国整个文博界的难以弥补的损失，也是我国文化艺术界、史学界的重大损失。今天我们怀着沉痛的心情，深切怀念这位品德高尚、成就卓著的老一辈文物专家和清史专家。他的学识，他留下的许多著作，作为宝贵的精神财富继续惠及后人；他的工作实践，他的人生经历，也给予我们很多启示。

故宫有个小报叫《故宫人》。"故宫人"是个颇令在故宫工作的人员引以为豪的称呼。怎么算是故宫人？我想，这不只是指行政关系在故宫，它应该有更为丰富的内涵和严格的要求。我认为，朱先生用自己的一生，对什么是故宫人做了最好的诠释，也使故宫人的形象得到了提升。朱先生的父亲就是故宫博物院成立初期的专门委员，朱先生自己又在故宫整整工作了六十年。他对故宫有种特殊的感情。这种感情，既与他的家世有关，更主要的是他对中国传统文化深入心髓的热爱以及对其深入研究、积极弘扬的坚持与执着。这种热爱与执着，又倾注在对故宫的建设和发展上。朱先生做了大量的研究工作，一些体现在他的著作中，但更多的是为故宫的实际工作、为陈列展览服务。特别是在太和殿、养心殿、坤宁宫和储秀宫原状陈列中，他详细查阅清宫内务府档案及历史文献，深入各文物库房查找有关文物，亲自设计和布置出符合历史真实的原状陈列。这些大量的默默的工作，他甘之如饴，一丝不苟。朱先生在做好故宫工作的同时，还从事多方面的社会工作，做出了重大的贡献。在朱先生身上体现出来的故宫人的特点，就是热爱故宫，以故宫为荣，为故宫的发展无私贡献；严谨认真，努力做好本职工作；面向社会，为大众服务。这是一代又一代故宫人在近八十年的岁月中磨炼并逐渐形成的可贵的精神，是故宫发展的基础。我们纪念朱家溍先生，就是要学习和弘扬这种精神，做一个真正的故宫人。

朱先生是个博学多识的人。他在故宫工作六十年，曾做过征集、保管、陈列、图书馆和宫廷原状恢复各个部门的工作。就专业门类而言，他先后涉及书法、绘画、碑帖、工艺品、图书典籍、宫殿建筑、园林、清代档案。他还当过两年梅兰芳的秘书，不仅对戏曲深有造诣而且擅长表演。解放初期，他本来做古书画鉴定征集工作。后来，院里调进徐邦达、王以坤、刘九庵几位专家。于是书画力量增强，工艺力量很弱。按照领导意见，朱先生转到了工艺组，工作实践和刻苦钻研使他终于成了这方面的专家。1992年国家文物局成立了一个专家组，去各地博物馆和考古所鉴定确认全国各省市呈报的一级文物。这个组里有专看陶瓷的、专看青铜的、专看玉器的，三类以外的文物则由朱先生一个人来看。由于工作需要而将一位原有专长的业务人员调换专业岗位，在上世纪五六十年代是很普遍的事，许多人都有这样的经历。但要调一行专一行，那就不是人人都能做到的了。朱先生的难能可贵之处就在这里。他是多方面的专家，是故宫博物院的通人。

关于朱先生有如此多的成就，人们容易看到他的家学渊源、扎实的根基以及他的悟性及艺术的触类旁通等，但有一点我们不能忽视，这就是朱先生的勤奋与努力。看《养心殿造办处史料辑览》（第一辑）的"后记"，就可知为了这本史料集，朱先生花了多少的精力！朱先生的治学经验告诉我们：在故宫，只要有心，任何东西都有研究价值，都有学问可做；只要肯下功夫，就会有收获，有成果；长期坚持，就会成为某方面的专家，就会干出大事业来。

乐于奖掖后进，帮助青年，是朱老留给我们的又一个深刻印象。在故宫工作的人，与朱老有所接触的人都会感到他的为人谦和，俭朴纯真，对生活通达乐观，对晚辈热情相助。几十年来他一直是专家，"文革"之后他在社会上的名望日渐升高，然而在他身上看不到那种架子。待人处世，他也不讲究论资排辈的习气，不论是老年、中年还是青年，他都一视同仁，平等相待，给人的印象总是坦诚率真，和蔼平易。与他共过事的人很多，向他请教各种问题的人更多，特别是参加工作不久的年轻同志。

他给有志于清史研究的年轻人指出途径：要了解清代历史和清宫史，最好把《清史稿》读一遍。当然有个次序，首先读本纪，其次读后妃列传、诸王列传，再次是职官志、选举志、舆服志等等，其余可以后读。在这个基础上再读《国朝宫史》及《续编》。这样就可以从整个清代史转入宫史部分了，《大清会典》和《大清会典图》需要看一遍，以便随时查考。

对于管理文物的同志他以自己的体会给予启发：开始接触，会觉得文物太多，情况复杂。怎样将它们从生疏变成熟悉呢？先向书中求教，同时也向熟悉它的人请教。还要多看文物，文物看多了自然会有所认识。只要抱着一种深入研究的态度，对一件文物的认识肯定会有变化。先是图书和档案帮助我们了解文物，慢慢地我们对文物的知识多了，就可以补充图书和档案中的空白。

这些朴实的话语都是朱老的亲身体会。他是这样走过来的，又用来告诫一代又一代的年轻人。院内也好，文物局、文化部团委也好，邀请他讲座、讲话，不管多忙，他都欣然接受。有的人拿着自己写的稿子请他指教，他就会鼓励你修改之后投稿。

我到故宫博物院工作不久，曾登门拜访朱先生，向他请教。记得他谈到要重视文物对外展览，做好准备工作。后来我知道1935年故宫文物首次出国，去英国伦敦展览，展出的书画即由朱先生的父亲、时任故宫博物院专门委员的朱翼庵先生负责挑选。朱先生的室名"蜗居"，启功先生题写的，挂在屋子正中，给我留下很深的印象。今年五月，因"非典"原因，我在家待过半个月，认真拜读了朱老赠我的他的大作《故宫退食录》，这部书内容相当广泛，有宫廷掌故，故宫所藏书画典籍、竹木牙角、剧本戏装等几乎各类文物的研究，还有《红楼梦》研究、治学经验、人际交往、故宫博物院历史等，文章都不长，但内涵很丰富，使我加深了对他作为朱文公后人的认识，充满对他的敬意，当时写了首《贺新郎》，特向先生致意：

一帙余香裹。数家珍、角牙竹木，旧闻稽考。信手拈来言娓娓，曲尽宫闱秘奥。天不负、斯人才调。更有江山胸际溢，点染工、余事倪黄稿。腹似笥、国之宝。

素心未与沧桑老。但年年、御墙柳绿，殿堂星耀。藏庋捐公名海内，三代输诚报效。喜克绍、文公遗教。名士

流风何处觅？真性情、粉墨听吟啸。襟抱阔、陋居湫。

朱家溍先生的一生与故宫博物院的发展紧紧地连在一起。失去了这样一位知识渊博和令人尊敬的师长，我们大家感到无比的悲痛。他的音容笑貌和道德风范，永远活在我们心中。

原载 2003 年 11 月 1 日《故宫人》（内部刊物），略有修改

一个家庭与故宫的命运

　　梁匡忠先生于近日辞世，告别了他一生相伴、守护的故宫国宝，也带走了一个时代。海峡两岸两个故宫博物院，最后一个见证故宫文物南迁的老故宫人离去了。

　　梁家与故宫颇有渊源。梁匡忠的曾祖父曾经是清宫画室如意馆的掌管，祖父和父亲都在那里画画。算到今天，最早已有一百五十多年了。逊帝溥仪1924年被逐出紫禁城后，临时政府成立了"清室善后委员会"，清点宫里的物品，梁匡忠的父亲梁廷炜成为其中一名工作人员。正好在这一年，梁匡忠出生了。第二年即1925年10月10日，故宫博物院宣告成立。历史的因缘，使得梁匡忠的一生及其一家与故宫博物院的命运紧紧地连在了一起。

　　如果从梁匡忠的父亲梁廷炜算起，梁家祖孙三代人，亲身经历了故宫国宝颠沛流离的迁徙。后来跟随国宝的转移，一家人又不得不分隔海峡两岸。

　　1931年，日本发动"九一八事变"，东北沦陷，华北告急，为了保存民族文化的精粹，故宫博物院选择精品文物南迁到上海。梁廷炜跟随文物于1933年南下，九岁的梁匡忠和母亲，还有两个弟弟则留在北京。转眼过了三年，故宫博物院南京分院成立，暂存上海的文物又分批转运到南京新建的朝天宫库房，梁匡忠一家人才在南京团聚。

　　"七七事变"后，南京形势日趋紧急，南迁文物又被迫疏散到大后方，梁家人随同文物开始了动荡的迁徙生活。由于每个地方停留的时间都不长，一直在路上，梁匡忠的书念得断断续续。这批文物最终到达四川后，因家庭经济的困难，梁匡忠中断了学业，于1941年7月正式进故宫博物院工作，看管库房。这一年，他才十七岁。

在守护国宝中长大的梁匡忠，耳濡目染父辈的言行，深知肩上责任的重大。他每天都要去检查库房，看房子漏不漏雨，文物是否受潮，还要防火防虫。他跑遍了位于四川的所有故宫文物库房，运输文物的时候还要跟着押车，不敢出一点差错。押车途中会面临各种险情，车况、路况和天气状况的突变，甚至遭遇土匪打劫。押运过程中，除了艰辛，随时面临日军轰炸的危险。碰上车坏了、路塌了，又前不着村后不着店的，经常挨饿受冻。对梁匡忠来说，年纪不大，这一切却已习以为常。

终于盼来了抗日战争的胜利。1947年故宫博物院奉命复原，分置在峨眉、乐山和巴县库房的所有文物分水、陆两线转运南京。梁匡忠也随文物回到南京。逐鹿中原，风云再起。国民党当局因大势已去，遂将故宫博物院南京分院存放的部分文物运往台湾。运台文物共三批，梁匡忠的父亲于1949年1月6日做了第二批运台文物的押运人，乘坐着招商局的海沪轮，押送着一千六百八十箱文物在海上颠簸三天后，到达基隆港。他还带走了梁匡忠的母亲和两个弟弟，以及梁匡忠的长子。梁匡忠则留在南京看守剩下的文物。自此，海天茫茫，故宫国宝一朝分散两岸，梁家一家人也只能隔海相望。等到上个世纪80年代梁匡忠辗转打探到台湾家人的消息时，才知父母已经双双去世。

梁匡忠一家的悲欢离合，见证了故宫博物院发展的坎坷历程，见证了国宝的命运，见证了中华民族一页悲壮的历史，是大时代的一个缩影。

这里不能不提到梁匡忠五个子女的名字，因为这些名字，都深深打上了故宫国宝辗转流离的历史烙印。四川峨眉是故宫文物存贮的一个重要地方，梁匡忠在这儿守护文物时，娶了个川妹子，成了家，有了第一个儿子，遂取名"峨生"；后来他到乐山管理库房，第二个孩子在此出生，因为乐山古称嘉定府，便取名"嘉生"；抗战胜利后，他到南京，工作了六七年，"金生"和"宁生"两个孩子就留下了南京（金陵、江宁）的影子；最小的儿子是梁匡忠一家随南迁文物最终回到北京以后出生的，所以叫燕生。峨生、嘉生、金生、宁生、燕生，峨眉—乐山—南京—北京，真真切切地勾画出故宫国宝南迁、部分回归北京的历史时空图。看着这些名字，我们感慨万千，怎能不感受到隐藏在其中、裹挟着故宫博物院命运的历史风云的激荡？怎能不体会到近代中国多舛的民族命运下以梁匡忠为代表的故宫人与故宫国宝同呼吸共命运、悉心守护的艰难和执着？

　　中华人民共和国成立后，梁匡忠继续在故宫从事库房文物的保管工作，一直干到1994年七十岁退休。退休后，又被院里返聘了八年，还帮助国家文物总店鉴定文物。梁匡忠的二儿子金生，现在故宫博物院继续做着文物管理的工作。这样，从梁匡忠的曾祖父、祖父、父亲到他，还有他的儿子，一家五代都与古老的皇宫、与故宫博物院结下了深深的缘分。

　　梁匡忠是故宫博物院的一名普通职工。正是这些无数普通职工的默默奉献，才使故宫国宝得以很好的保护与传承。人们不会忘记他们。他们身上体现的忠于职守的故宫精神激励着、泽被着后来的人。在梁匡忠遗体告别仪式上，当我看到那么多的同事、朋友，满怀敬意地向他鞠躬、为他送别时，我想，大家的心情、感受与我是一样的。

原载 2008 年 1 月 29 日《文汇报》

从丹青大家到临摹神手

今天我们召开座谈会，隆重纪念冯忠莲先生诞辰九十周年，追思她的艺术成就、道德风范，我认为是很有意义的。这不仅在于解读一代艺术大家、绘画大师成长经历的启迪，也是老一辈故宫人敬业精神的弘扬，在如今实践科学发展观的伟大进程中，对文物保护事业的发展和传统技艺的传承有着积极的推动作用。

冯忠莲先生生于 1918 年，自幼习画，1938 年她以优异的成绩考入北京辅仁大学美术系，师从中国现代国画大师陈少梅先生，画艺得以精进。她的才力和勤奋精神深得陈少梅先生和美术系主任溥雪斋先生的赞赏，在学习期间每年都以第一名的成绩受到学校嘉奖。毕业时，校长陈垣先生亲自为她颁发了奖章、奖状，她被誉为辅仁大学的"女状元"。她不仅是陈少梅先生的得意门生，还与其结为伉俪，被画坛誉为"梅莲并蒂耀丹青"。

冯忠莲先生在绘画上有深厚的造诣，这从她的代表作《江南春》《涛声》等山水、人物、佛像、仕女画中我们都能有所体会。就在她的国画创作大展才华的时候，她却在 1953 年受聘荣宝斋，开始了艺术生涯的一大转折。接下来的三十二年里，她毅然放弃了创作，为了祖国的文物保护事业，开拓了中国美术的另一番天地，做着默默无闻的、但却是功德无量的古画临摹工作。

说起古书画的临摹，自古有之。俗语说："绢寿八百，纸寿千年。"一语点中古书画临摹的要义。古代书画的临摹自东晋就已得到方家的重视，并兴盛于唐宋。唐代著名鉴藏家张彦远认为，临摹、拓写古书画"既可希其真迹，又得留为证验"。事实表明，晋唐以来的许多名作，都是靠临摹得以流传，使我们后人能够大饱眼福、陶冶性情。自署"天下一人"的宋徽宗赵佶，就是一位临摹大家，他临摹的唐代著名画家张萱《虢国夫人游春图》，使早已失去的原作有幸以此摹本流传至今。冯忠莲先生1953年受聘荣宝斋之后，恰巧的是，她到辽宁博物馆又临摹了《宋赵佶摹唐张萱虢国夫人游春图》，自此开拓了她的古画临摹事业。临摹古书画并不容易，开始她就遇到了颜色飘浮画面的问题，经过不断实验、研究、探索，才将问题解决。也正是这一过程，激发了她的探求古书帛画临摹的热情，使她与临摹结下了不解之缘，为它献出了几乎全部的艺术生命。

临摹是古书画复制的传统技法，临是看着原作画，摹是下面有稿子，要丝毫不差地照着稿子画下来，临摹便是两者的结合。工作要求极其精细复杂，必须一丝不苟，对临摹者的体力和眼力都是严峻的考验。由于画幅大多较宽，不能坐着画，只好站着或趴在案上，有时一趴就是几个小时，一天下来，腿疼、腰酸、眼睛发胀。1956年，她被任命为荣宝斋编辑室主任。在以男性为主的国画界，一个女人能任此要职，其功力可见一斑。她还临摹复制过宋代《洛神赋图卷》《宋人画页》、清袁耀《万松叠翠图》、明仇英《白马如风疾图》等，1973年还与陈林斋先生合作临摹了《长沙马王堆一号墓西汉帛画》等。

冯忠莲先生在古画临摹上的代表性成就，是北宋张择端的《清明上河图》。也由此造成了她与故宫的缘分。50年代末，故宫博物院出于保护珍贵文物的需要，也开展了古书画的摹制工作，准备复制一批高水平的摹本代替原作进行展览，其中就有《清明上河图》。

1960 年初，荣宝斋接受了这项重要的任务，要求临摹工作在一年内完成，因为临摹作品将承担为 1961 年"七一"建党四十周年献礼的重任。荣宝斋是驰誉我国书画界的百年老店，其临摹水平在国内可谓首屈一指。它的编辑室聚集着很多知名画家，但即使拥有这样的实力，要在一年内完成临摹《清明上河图》的任务，依然是不可想象的。荣宝斋的领导经过反复研究，始终不能确定临摹的最佳人选，最后经理侯恺做出了一个决定："比较之下冯忠莲最为合适，因为她很刻苦，也没有其他的奢望。"历史的重任就这样落在了冯忠莲的肩上。1962 年冯忠莲正处于才思焕发的黄金时期，她接受了被誉为"中国第一画"的《清明上河图》的临摹任务。

《清明上河图》是我国历史上不朽的绘画珍品。它是一幅社会风俗设色绢本长卷（高 24.8 厘米，长 528.7 厘米），描绘的是北宋都城汴梁（今开封）早春时节汴河两岸数十里的繁华热闹景象。全图规模宏大，结构严谨。画中人物五百五十多个，牲畜六十多匹，木船二十多只，房屋楼阁二十多栋。如此丰富的内容，为历代古画所罕见。可贵的是画中每个人物、景象、细节都安排得合情合理，疏密繁简、动静聚散的关系处理得恰到好处，繁而不杂，多而不乱。这对后世临摹者来说，不啻一项巨大的工程！要将这幅举世罕见的作品临摹下来，对临摹者的画功、眼力和悟性都有极高的要求。张择端画成《清明上河图》后的几百年间，有很多著名的画家都曾临摹此画，但普遍与原作存在较大差距。冯忠莲先生虽然当时已经成为荣宝斋的业务骨干，但要临摹《清明上河图》这样的千古名品，仍然是一次巨大的挑战。她深知这一任务的分量，全力以赴，每天早出晚归，不论刮风下雨，酷暑严寒，从不间断。不料很快就遇上了十年动乱，被迫停工。1972 年 10 月，冯忠莲先生调入故宫博物院做古书画临摹工作。直到 1976 年才得以继续临摹《清明上河图》，这时她已年近花甲，患有高血压和眼底血管硬化症。而且经过十年岁月，绢素、色彩以及自己的臂力都有很大变化，但她克服重重困难，使摹本保持了前后的一致，丝毫看不出衔接的痕迹。1980 年 9 月，终于大功告成。摹本的艺术效果和古旧面貌，与原作极为相似。同时，她还努力为故宫培养古画临摹人才，不但无私地传授技艺，还传思想，传作风，真正做到严肃认真，为我院培养了一批古书画临摹复制工作者。如今这十多人都成了中坚力量，他们正在不断努力，专力揣摩原作，于形处入神，于神处得画，继承着先人做的事业。据了解，从他们现在在这一专业上的水平和总体架构来看，在全国乃至世界可以说是顶尖的了，因为，大多博物馆没有或没有这么多位古书画临摹工作者，也没有像我院这样能够临摹难度大、技法高的皇家藏品。目前，他们正在抓紧临摹清代丁观鹏的十七幅《罗汉像》。但这些学生如今也大多到了相继退休的年龄，这一门类又出现了青黄不接的状况。

　　冯忠莲先生曾任辅仁大学美术研究会顾问、中国美术家协会会员、中国画研究会会员。1988 年 6 月，冯忠莲先生的学术专著《古书画副本摹制技法》由紫禁城出版社出版。12 月，冯忠莲先生被聘为中央文史研究馆馆员，为当时仅有的两位女馆员之一，另一位是老舍夫人胡絜青。1991 年 9 月，中央文史馆馆员书画展在香港举行，她有十七件作品参展，备受赞誉。见过冯忠莲先生绘画的人常常感慨说：以冯先生的笔墨功力，如果一生从事国画创作，其成就将是不可估量的。而冯忠莲对自己早年的抉择却一点也不后悔，她说："文物保护是造福子孙的事业，我能用我的画笔为她奉献一份力量，我觉得心里很踏实，没有虚度此生。"当时接受香港《文汇报》记者采访时，冯忠莲谈到了三十多年从事古画临摹的感受："在此期间，有机会欣赏其他人难得一见的历代珍品，亦磨炼了国画的基本功夫，

熟悉了历代绘画不同特征，只可惜是要忠于真迹，绝不能带半点的发挥。"恰是通过三十年来对名家精品书画的临摹，汲取各家的精髓，使她的创作也笔墨更加精练，也使她的眼界更加开阔。

2005年10月10日，北京故宫博物院迎来建院八十周年生日。"《清明上河图》专题展——宋代风俗画展"在延禧宫古书画研究中心隆重举行，与《清明上河图》真迹同时展出的，还有六件仿本和一件临摹本，这件唯一的临摹本就是冯忠莲所绘。

纵观冯忠莲先生的一生，是艺术的一生，是淡漠名利、甘当无名英雄的一生，是传承祖国古老文化的一生。正如2001年8月31日《人民日报》刊发的题为"冯忠莲同志逝世"的新华社通稿中所说的，她"在临摹复制古代书画方面有相当成就和影响"。我们将永远铭记，不能忘怀。

2008年10月31日在故宫博物院举办的
纪念冯忠莲先生诞辰九十周年座谈会上的讲话

周绍良的藏墨

周绍良先生是学术大家，也是收藏大家，而且是善于把收藏与研究结合起来的成果卓著的大家。

周先生的学术研究，徜徉于中国古典文学、佛学、古文献学、红学、敦煌学等诸多领域且颇有造诣。他勤于著述，出版专著二十多部，发表学术论文数百篇，其学术思想和研究方法独树一帜，影响甚大。先生亦以收藏闻名于世，他有着独特的收藏视角，多着眼于藏品的历史文化内涵，而未走一般正宗正统的"古物"、"古董"收藏的路子。周先生搜求的许多藏品，当时似乎并不怎么名贵，但到今天，亦为难得的珍品，使人不能不佩服其目光的敏锐。在学术研究上，周先生继承和发展了乾嘉学派的研究方法，注重考据，这就使他把收藏与做学问结合了起来，做到寓学于藏。丰富的收藏品往往成为他学术研究的对象，因了研究的深入又致力于进一步的收藏，学与藏促进，相得益彰。例如，《红楼梦》的各种版本的收藏与研究，古籍善本的收藏与研究，清墨的收藏与研究等等，俱成就斐然，为世称道。

先生在清墨的收藏与研究上，别树一帜。笔墨纸砚是中国传统的书写工具，被称为"文房四宝"，其中墨更为中国所独有。它因文化交流的需要应运而生，在其发展过程中良工辈出，日趋精良。又因文人、官府除使用外，还参与古墨设计、制造及收藏，出现了大量的精品墨，许多流传至今，成了极为珍贵的文物。周绍良先生谈到自己的藏墨时说过："我过去对于墨的收集，是相当有兴趣的，一则由于它不独具有实用价值，而且还具有艺术性，它体现了传统的木刻艺术，也体现在造型方面的艺术。如一些制墨家所制，不独在造型方面异彩纷呈，并且烟质细润，为书写者增加不少兴趣。其次是一些读书人甚或一些达官名宦，都各自有自用墨，颇具历史性。"可见先生收藏墨，是着眼于其艺术性与历史性；而收藏的重点，则是清代有干支纪年及具有名款之品。经过几十年的不懈努力，先生收藏了一千余笏、二百多种年号墨（其中大多是名人自用墨），其中尤以雍正年间制墨和道光御墨最为珍贵。先生收藏的道光御墨填补了清墨研究、特别是御墨研究的空白。雍正年间制墨甚为稀少，藏墨大家寿石工只有一两块，张子高仅有一块，而先生藏有九块，不同年份者达八品，不同墨作者达六七家之多，当时的藏家无出其右。

周绍良先生不仅收藏墨，而且对墨进行认真的研究，挖掘积淀在墨品上的历史，如他所说："每有所获，总喜欢为它做一点记录或考证。岁月既久，积稿颇多。"积累的结果，就有一系列墨学成果问世。主要有四部著作：其一是《清代名墨谈丛》（文物出版社，1982年），是新中国成立后第一本正式出版的墨学著作，对于墨史有着相当重要的文献价值。其二是《蓄墨小言》（燕山出版社，1999年），收入《清代名墨谈丛》的全部内容，还有此书编选时因篇幅限制而未曾编入的内容。这是两部研究清代文人自用墨的著作。其三是《清墨谈丛》（紫禁城出版社，2000年），为中国制墨史和制墨人物史。其四是《曹素功制墨世家》（北京古籍出版社，2003年），曹素功墨铺是三百年来最为著名的墨铺之一，此书勾画了曹氏绵延十三代的制墨史，为第一部研究、考证墨工世家历史的著作。此外，周先生还发表了一些有关墨学的重要论文。在墨学研究上，周先生筚路蓝缕，起了开拓性的作用，做出了重要贡献。也正如他在《清墨谈丛》序言中所说："我相信这也许是墨学的一个小结，将来未必能再有人掌握这么多资料了。"

1966 年"文化大革命"兴起，周绍良先生面对横扫一切的局势，毅然将苦心收藏的清墨及书画捐献故宫博物院，使这些文化遗产得以完整保存下来。周先生捐给故宫的清代名墨共计一千件，从康熙到宣统各朝都有，均为二三级珍贵文物，其中尤以雍正年间制墨和道光御墨最为珍贵，为研究古墨发展史的重要实物资料。其所捐书画，均为清代名人作品，法书十七件，包括清代"四大家"中的刘墉、铁保以及曹寅、康熙帝玄烨等；绘画十一件，包括"扬州八怪"中的汪士慎和乾隆帝皇六子永瑢等人的作品。1998 年，周先生又捐献绿头签二件（现定为资料）。

故宫博物院藏墨多达五万多件，上起明宣德（1426—1435），下至民国，以清代墨品为主，分为宫廷御墨、文人订制墨、墨肆市售墨等类别，包括一大批明清著名制墨家的作品，琳琅满目，蔚为大观。故宫藏墨，主要来自明清宫廷的遗存，但一些著名收藏家的捐献，则使故宫收藏更加丰富，周绍良先生就是其中一位。周先生捐给故宫清墨，不只是丰富了故宫墨的收藏，而且弥补了故宫收藏的缺项，使本来就十分丰富的故宫藏墨更成系列、更为完整，对于墨的研究也更有意义。正如周先生当时给故宫博物院的信中所说："这批墨，是一批重要的文物，全部是具有年款干支的，可以说，自从有收集清代纪元干支的，我这一千锭左右可以说集大成，而且也是您馆所缺的一部分，合在一处，最可合适。"

周先生是我尊敬的一位学者，一位长者，一位仁者。他除过把藏墨及书画捐献给故宫博物院外，还把其他自己毕生收藏的文物捐献转让给国家图书馆及有些大学。通达的收藏态度，是他慈悲为怀、谦和仁厚的心田的体现。2005 年 8 月 21 日，他溘然仙逝，享年八十八岁。因为多种原因，我与先生缘悭一面。8 月 25 日上午的遗体告别会，我因公务而未能亲往，下午即到双旭花园先生家的灵堂志哀，向家属慰问。

2008 年 3 月，第十一届全国政协委员会第一次会议期间，全国政协常委、中国佛教协会会长一诚法师提出在中国佛教图书文物馆基础上建立中国佛教博物馆的方案，征询我的意见，我表示完全赞同，并作为第一位联名者签了名。因为我知道，这个文物馆的首任馆长是周绍良先生。周先生凭着高深的佛学造诣及认真负责的精神，搜求了大量珍贵的佛教文物。而建立佛教博物馆，亦为先生的夙愿。

先生致力于墨学研究，同时也期盼后继有人。他说："希望将来有人汇编一本墨谱，或全面地把中国的墨写一本研究著作。"现在紫禁城出版社决定重印《清墨谈丛》与《蓄墨小言》，既是对先生的纪念，让更多人了解他的贡献，同时也为墨学研究起推动的作用。在两著出版之际，先生的女公子周启瑜嘱我作序。先生学问如海，藐予后生，岂敢佛头着粪？但从故宫博物院与先生的缘分看，似又不容推辞，遂把我对先生的一点粗浅认识写出来，权以为序。

　　　　　　《清墨谈丛》《蓄墨小言》序言，紫禁城出版社，2009 年

此身曾是故宫人

　　九十五高龄的王世襄先生已离我们而去，文博界同人痛悼不已，作为侧身文博界仅十余年的我，也沉浸在对他的深深怀念之中。这十来年，特别是我到故宫博物院工作的七八年，常向先生请益，所获良多。在这里，拟结合我为先生写的几首诗词，记我与先生交往二三事，谈谈对先生的一些认识。

　　世襄先生是文博名家，研究门类涉及多个领域，而且又是著名的收藏家。他的收藏，除舅父、先慈所作书画及师友赐赠翰墨文物外，大都掇拾于摊肆，访寻于旧家，人舍我取，似微不足道，但他却敝帚自珍。他珍藏的目的是用于研究、赏玩。正如他所说："其中有曾用以说明传统工艺之制作，有曾用以辨正文物之名称，有曾对坐琴案，随手抚弄以赏其妙音，有曾偶出把玩，借得片刻之清娱。"他由此悟得人生价值，不在据有事物，而在观察赏析，有所发现，有所会心，使其上升成为知识，有助于文化的研究与发展。他把这些藏品集中整理，印成《自珍集》，风行一时。按先生的说法，"自珍"二字，也包括他与夫人在备受磨难中所坚守的一种人生态度，即规规矩矩、堂堂正正做人。2003 年 4 月，我收到先生所赠《自珍集》，从中可看到他的收藏史及情趣。同年 6 月，我曾以《贺新郎》一阕，感谢先生赠书：

　　掩卷寻思久。算方知、物皆有道，物皆能究。原本人
生多趣味，直待搜求参透。这玩字、天机当有。总总林林
窥胸臆，自能珍、人更珍情愫。雅俗韵、运斤手。

　　灵奇天毓天应佑。笑回头、劫尘历历，此心株守。俪
侣涸辙相濡沫，锦思花雕云镂。广陵散、流传今又。莫谓
匆匆崦嵫近，看根深、大树枝枝秀。人似昨、此衫旧。

　　世襄先生的文物研究成就，以及他对弘扬中华传统文化的贡
献，近三十年来，不仅为国人熟知，而且蜚声国际。国内外一些收
藏中国明清家具的机构和个人都曾得到先生的指点和帮助。比利时
菲利普·德·巴盖先生致力于中国家具的收藏，其收藏的大量精美
的中国硬木家具更具特色，世襄先生就一直给予指导。2006 年，菲
利普收藏的中国明代家具在故宫展出，先生亲题展名——"永恒的
明式家具"。荷兰有个克劳斯亲王奖，由克劳斯亲王基金会颁发。该
基金会是荷兰王国克劳斯亲王于 1996 年在其七十岁生日时设立，通
过颁发奖金、资助刊物及创造性的文化活动等形式支持世界文化的
发展，每年评奖一次，每次评出十名获奖者，其中最高荣誉奖一
名。该奖主要颁发给发展中国家在广泛的文化和社会发展领域做出
贡献的艺术家、思想家和文化机构。2003 年，先生获得此奖的最高
荣誉奖，也是获得最高荣誉奖的第一个中国人。这一年的 12 月 30
日，荷兰驻华使馆为先生举行授奖仪式。此前先生托人邀请我出席
这个活动，我很高兴地答应了。授奖仪式隆重、热烈而又简朴，当
八十九岁高龄的先生用流利的英语向来宾畅谈他的获奖感受时，全
场响起了热烈的掌声。故宫博物院八十岁的古琴专家郑珉中先生操
琴助兴，演奏了《良宵引》。我也发了言，向先生祝贺。会后，我又
填《渔家傲》一阕，寄给先生，抒写我的感想：

末枝居然玄理酝，锦灰堆里珠玑润。通博自能游寸刃，天降任，存亡续绝刊新韵。

五味人生齐物论，痴心未与流光泯。晚岁友邦传捷讯。调瑶轸，郑公助兴《良宵引》。

在文博界，世襄先生编著图书之多是很有名的。至 2002 年底，他编著的图书已有三十六种，涉及中国古代音乐、明式家具、漆器、竹刻、鼻烟壶、葫芦、蟋蟀、北京鸽哨等，其中《明式家具珍赏》被译成英、法、德三种文字，连同中文共有十一个版本。先生文物研究的成就，世所公认，而且有些属于开创性的。先生出身世家，又受过良好的现代大学教育，知识面广，文章写得好，诗词、书法俱佳，即使是一些极专门的文物知识，他也写得文采斐然，可读性强。有次我去看望他，他拿出手写哀悼夫人袁荃猷的组诗让我看，感情真挚，一气呵成，劲健而又潇洒的行书，与诗配合，相得益彰。我收到过他的许多赠书，但我最爱读的还是他的"锦灰堆"系列，从《锦灰堆》到二集、三集，以至《锦灰不成堆》。2008 年 8 月，我收到《锦灰不成堆》后，给他写了一封信，信中说：

朱传荣转来您赠送的《锦灰不成堆》，谢谢！您著述宏丰，多部专业大著饮誉海内外。可能因我不是专业人士，因此我更喜欢您的《锦灰堆》，内容广泛、长短不拘，更能让人看到您的心扉，您的才情，因此写了首小诗祝贺：

人自风流笔自瑰，锦灰莫道不成堆。

如思如诉动情处，庾信文章老蚌胎。

文博界的老人都知道，世襄先生有一种很深的故宫情结。世襄先生的父亲与故宫博物院老院长马衡先生是中学同学，交谊较深。抗战时期世襄先生到重庆，马院长提出让他做院长秘书，他未就职而去了李庄中国营造学社。抗战胜利后，世襄先生从事京津地区战时文物损失的清理工作。1947年3月到故宫博物院任古物馆科长。此后于1948年6月至次年7月，在美国学习博物馆管理。新中国成立前夕，他谢绝了好多人以中国政权变更、要他留在美国的劝说，毅然回到了祖国。1951年5月，故宫机构改革，设陈列、保管、图书馆、档案馆、总务、院办等部门，世襄先生任陈列部主任。阅《马衡日记》，可以看到世襄先生参与院里的各种重要活动，马院长对他十分倚重。但在"三反"运动中，世襄先生被诬为大盗宝犯，经四个月的"逼供信"，十个月的公安局看守所调查、审讯，未查到任何盗窃行为，便以"取保释放"的方式放回了家，同时收到文物局、故宫博物院的书面通知："开除公职，自谋出路。"对一个把心血倾注在故宫的人来说，世襄先生认为这是奇耻大辱。

1954年吴仲超同志当故宫院长后，发现开除世襄先生是个大错误，遂要把他调回来，但当时世襄先生所在的单位却不放他走，这事便搁置下来了。1957年世襄先生因在整风鸣放中诉说自己的不白之冤，又被打成右派，回故宫就更遥遥无期了。虽然如此，故宫的一些专门活动，还是请世襄先生参加，而世襄先生的有些研究工作，也与故宫的藏品分不开，得到了故宫的支持。但在世襄先生的心里，被故宫开除的阴影一直存在着。世襄先生对故宫的感情太深了，故宫伤害了世襄先生，世襄先生也知道这是历史的原因。世襄先生一直遗憾自己未能重返故宫。这种爱恨交加的复杂感情，与世襄先生熟悉的人都是知道的。虽然未能重返故宫工作，但世襄先生却一直关注着故宫。在我多次看望他时，我们都会谈到故宫，故宫的历史，故宫的工作。去年 6 月的一天，世襄先生打电话约我，说要谈有关故宫的事，我去后，他提了两个建议，一是建议故宫饲养中国传统的观赏鸽；二是建议故宫在景山修展馆，用地道把故宫与景山相连接。这都是重大的设想，需要经过认真的研究。世襄先生九十四岁高龄，想着的仍然是故宫的发展，令我十分感动。

去年年初，原国家文物局局长张德勤同志打来电话，说他去看望了世襄先生，世襄先生又提到自己与故宫的一些事，希望我作为院长能为他写篇文章，有个全面的、准确的说法。德勤同志告诉我，世襄先生对我写的纪念马衡老院长的文章很满意。其实这篇文章我曾请世襄先生过目。我原来的题目是《其功甚伟，其德永馨》，世襄先生建议我把第一个"其"改为"厥"，因为"厥功甚伟"是个成语，我接受了他的建议。大约世襄先生看到我写这篇文章，首先是对前辈怀有敬意，资料的搜集也很认真，才希望我也能为他写篇文章。世襄先生去年给我惠寄新春贺卡，还写了"诗如江淼，词若泉流"八字，给我鼓励。

世襄先生辞世不久，我写了一首小诗以表悼念：

锦心锦翰锦灰珍，博物风云老斫轮。
感念平生无限事，此身曾是故宫人。

关于世襄先生的文章还没有写出来，但我一定会完成的，故宫永远都会记着这位老同人。

原载 2010 年 2 月 5 日《光明日报》

短简小诗忆旧游

一

上世纪 40 年代末，在中国大陆政权鼎革之际，故宫博物院南迁文物中的四分之一被运到了台湾。于是，在台湾也有了一个故宫博物院——台北故宫博物院。

海峡两岸两个故宫博物院的同时存在，颇为当今国际社会所关注。这因为，两个博物院的藏品都主要来自清宫旧藏，原本是一个整体，都是一脉相承的中国传统文化艺术的精华。从这个角度上看，故宫已成为源远流长的中华文明的象征。两岸故宫的交流与合作，就有着更为深刻的意义，也格外引人注目。但长期以来，由于人们都知道的原因，两岸故宫博物院的在任院长却无缘访问对方。

2002 年岁末的最后一天，我作为在职的北京故宫博物院院长，来到了台北故宫博物院。在地下库房，我考察了文物保管状况。那着意保留的当年文物南迁时用过的包装箱，伤痕斑斑，把我的思绪引入到几十年前的艰难岁月。在展览大厅，我看了许多文物珍品，有毛公鼎，有翠玉白菜，等等。翌日，也就是 2003 年元旦，《中国时报》头版刊登了我在台北故宫观看毛公鼎的照片，并以"当故宫遇见故宫，两岸历史性一刻"为题，对我的访问做了报道。舆论普遍认为，这次访问是两岸故宫之间交流的良好开端，在两岸文化交流中也具有标志性意义。

到了台湾，来了台北故宫，有一个人是要拜访的，这就是前任台北故宫博物院院长秦孝仪先生。

2003 年的第一天，台北是冬季常见的那种多云天气，颇觉宜人。在凯丽饭店，我与秦孝仪先生见了面，作陪的还有原台北故宫博物院副院长张临生女士。这一年先生八十二岁，刚遇丧偶之痛，所幸心情渐已平复。他面慈目祥，说着我不能完全听懂的湖南话。我送先生两册北京故宫的文物图录，先生则送了我几种礼品。一套《故宫跨世纪大事录要》，书名为他所题，分上下两卷。上卷从 1924 年 11 月驱逐溥仪出宫、清室善后委员会清点清宫物品开始至 1982 年；下卷从 1983 年起至 1999 年。秦孝仪先生从 1983 年 1 月出任故宫院长至 2000 年 4 月离职，任职长达十八年，为 1965 年台北故宫博物院成立后的第二任院长。这本书的下卷即记录了先生署理故宫时的业绩，概括起来有三个方面：一是"以第一流科技，护惜七千年华夏文化"；二是"结合国人集藏，开启大陆联展"；三是"把故宫推向世界，将世界引进故宫"。以他的书法作品制作的 2003 年挂历，则十分精巧。令我感动的是，初次见面，先生带来他书写的六体"千字文"，还有他在大陆访问期间写的诗歌，让我欣赏。秀美的书法，隽永的诗意，我读之再三，不忍释手。先生长我二十六岁，我想之所以对我如此厚爱，就是因为我们都从事着保护中华文化遗产这一特殊事业的机缘。他虽离开了工作岗位，但还是心系文物，心系故宫。

我向秦孝仪先生介绍北京故宫的情况，他听得很认真。2001 年，先生回大陆，去了西安、南京、北京等地，参观名胜，凭吊遗迹，感慨处多化作缕缕诗情。在南京朝天宫，他看了当年故宫南迁文物存放的库房。在北京，"入故宫周视"，发出"十八年间柱下史，客来仿佛是黄初"的感叹。他重视两岸故宫的交往。在先生任上，两岸故宫合作也有了突破。1992年两岸故宫各选具有代表性的艺术珍品七十六件，合一百五十二件，汇编成《国宝荟萃》一书，在香港梓印，长河一脉，璧合珠联，比较全面反映了五千年中华民族历史文化的成就与贡献。他人在台湾，却时刻关注着北京故宫。2002年，澳门举办北京故宫的"怀抱古今——乾隆皇帝文化生活艺术展"，展出的大多为故宫一二级文物，弥足珍贵，秦孝仪先生专程赶赴澳门观赏。有意思的是，台北故宫此时也举办了"乾隆皇帝的文化大业展"。2002年11月，北京故宫与上海博物馆、辽宁省博物馆联合，在上海博物馆举办"千年遗珍国宝展"，故宫拿出了晋·王珣《伯远帖》、隋·展子虔《游春图》、唐·韩滉《五牛图》、唐·阎立本《步辇图》、五代·顾闳中《韩熙载夜宴图》、北宋·张择端《清明上河图》、元·黄公望《天池石壁图》等二十二件书画巨品，海内外为之轰动，先生亦专程到上海观看，并作诗纪念。故宫的渊源，故宫的事业，故宫人的责任与担当，使我与秦孝仪先生虽是初交，却一见如故，话颇投机。

在我离开台湾的前一天，细雨蒙蒙，我应邀去林百里的广达计算机股份有限公司参观。林先生是台湾知名企业家，也喜好文物收藏，他珍藏的一批张大千黄山绘画很有特色，也藏有清宫流失出去的文物。当我到广达计算机公司珍藏室时，惊喜地看到秦孝仪先生也在这里。原来先生退休以后，任广达文教基金会荣誉董事长，做些社会文化公益事业。珍藏室在高楼上，面积也不大，但布置得很雅，我们在这里不知不觉又谈了两个多小时。

当我与秦孝仪先生第一次见面，看到他带来自己的书法及诗作时，十分喜爱，曾不揣冒昧，请先生复印一份寄我，以便慢慢地品赏。我回大陆不久，即收到了他用快件寄来的信及一沓诗稿影印本，这令我深为感动。来信如下：

> 前日良晤，谭燕甚欢。紫芝眉宇，长萦梦寐。小诗原
> 不当大雅一笑，仍如命驰陈数页，跂望指疵。高咏正切思
> 慕，尚乞因风寄声为感。此候
> 欣淼先生院长道茀。

孝仪再拜

元，九

北京故宫博物院紫禁城出版社编印了一册 2003 年周历，选用
清宫玺印，名曰《历史印迹》，缎面精装，典雅大方，我随即寄了一
册给秦孝仪先生，他也来信致意：

> 远贶历史印迹，既佩护惜之殷，尤感注存之盛。拙作
> 附请清诲，并博莞尔。

秦孝仪拜

元，十一

二

2003 年中国大陆发生的一场"非典"疫情，其来也忽、去也速，
但一时曾弄得人心惶惶，草木皆兵。一些现在看来荒唐的做法，当
时却似乎合情合理。4 月下旬，当我从国外出访回京时，因随行人
员体温偏高，我虽一切正常，但仍被迫在家"休息"了半个月。蛰
伏小室，无所事事，忽然想到了在台湾所写的一些诗词草稿，现在
不是有了推敲的时间吗？于是，我对这些诗词做了修改，并把其中

四首词寄给了秦孝仪先生。

心波先生：

年初台湾之行，枨触甚多，爰有诗词若干，现寄上四首词，两首是赠先生的，请哂正。近来两岸"非典"肆虐，望先生珍摄。专此，敬颂

时祺

郑欣淼

二〇〇三年五月二十七日

所寄四首词如下：

贺新郎
在台北怀故宫文物南迁

往事堪回顾。叹陆沈、国之瑰宝，烽烟南渡。万里间关箱过万，黔洞川途秦树。说不尽，几多风雨。辗转西行欣无恙，故宫人、辛苦凭谁诉。十七载、无双谱。

从来中土遗存富。更明清、琳琅内府，萃珍瑶圃。蓦地离分无限憾，默默思牵情愫。永保用、文明步武。热血殷殷浓于水，系华夏、一海焉能阻。统一业、本根固。

百字令
参观台北故宫博物院

青山碧水，有高楼云耸、奇珍堆就。禁苑精华惊并世，今且匆匆消受。翡翠雕工，毛公鼎古，偿愿看琼玖。恁多书画，氤氲华夏灵秀。

遥想抗虏当年，风云变色，国宝暌离久。但有故宫名两岸，一脉相传深厚。贝库村边，外双溪畔，文教称渊薮。潇潇冬雨，却如欢饮清酎。

苏幕遮

赠秦孝仪先生（二首）

谢先生宴请

不群才，良匠手。六体皆工，满纸龙蛇走。别具诗心如锦绣。新赋三都，个里乡情透。

杖头鸠，张绪柳。善目庞眉，更有谈天口。绮席清欢元旦又。似故初逢，蚕尾倾樽酒。

在广达计算机公司珍藏室遇先生

小庭幽，冬雨悄。偶入琅环，偶见公稽考。题跋行行求曲奥。百面黄山，件件连城宝。

展长才，呈雅好。效力民间，承教说玄妙。呵护珍藏忘渐老。应葆童心，缘在山阴道。

秦孝仪先生收到我的信及词后，于6月8日、6月16日先后两次复信，并寄来他的诗和词。

6月8日的信及诗如下：

欣淼先生院长道右：

非典肆虐，正蛰居无聊，忽奉赐视高韵，且以新词见贶，虽褒嘉过当，而安翔骀荡，自是才大如海。不图绳绝书焚之后，天尚留先生大笔支拄中兴，佩幸，佩幸！

仪以眼疾，作字每如雁阵，看书则如笼纱。故医嘱少安
自靖，未及结撰和韵，惭悚，惭悚！附奉小诗二绝，聊
以见鄙怀耳！入夏加爱，即候着弆。（原信无标点，标点
为笔者所加）

秦孝仪拜

六月八日

行行字字尽斜斜，篆隶支吾不一家。

花笑江淹真梦笔，先生袖手看笼纱。

斗大矾红记学书，寸光老去目模糊。

平生海岳都寻遍，莫笑孤儿不出湖。

乡人讥蠖屈无用者谓之不出湖，盖湖南北限洞庭也。

病目卧磁核共震榻中三十分钟成二绝句

时年八十三

我的诗词创作，亦为"遣兴"而已，偶一为之，缺少根基，先
生的话，足见奖掖之意。

6月16日的信及词如下：

欣淼先生院长道右：前札计先此入察。北京台北皆陷
于非典肆虐之中，莫往莫来，念念蕴结。久不填词，奉读
百字令、苏幕遮、贺新郎诸阕，弥羡清才丽句，不惭君家
板桥。以眼疾习静，遂亦填鹊桥仙四韵，自嫌荒落，聊寄
左右，一博莞尔。即候着弆。

秦孝仪拜

六月十六日

故都如梦，流光似水，张绪当年风柳。撼山填海亦何

尝，犹自记倚楼搔首。

结绳中绝，余燔渐熄，谁是补天高手？几时日月复光

华，须先是河山重绣。

欣淼先生见贶新词，爱报以鹊桥仙一阕，

且冀贤者为补天手也。秦孝仪心波呈稿。

但不知什么原因，6 月 16 日的信，我是 6 月 26 日收到，而第
一封信却迟至 6 月 30 日才收悉。

三

人不可以无癖。秦孝仪先生喜好收藏，尤用心于文房清玩，诸
如牙、骨、竹、木雕等各类文房用具，颇多精品，驰誉台湾收藏界。
2000 年，他在卸任故宫院长之际，将这些毕生的收藏以及明清善本
旧籍等，悉数捐献给台北故宫博物院。这是一种通达的收藏态度，
一种令人起敬的情怀。2004 年，他在台北举办了个人诗文书法文房
展览，而后打算到大陆展出，并先后联系过几个地方，也有人找到
我，询问在北京故宫举办展览的可能性，我即一口答应，但先生最
后还是选择了在自己家乡——湖南省博物馆举办，这是凝结先生心
头的一份深沉的故园之情，我是充分理解的。

2005 年 10 月 10 日，故宫博物院建院八十周年。一系列令人紧
张难忘的纪念活动后，我赶赴长沙，应邀出席"笔力诗心——秦孝
仪诗文书法文房展"。10 月 20 日，我们在湖南省博物馆典雅的会客
厅见了面，握手寒暄，互道契阔，都很高兴。时间如过驹，三年不

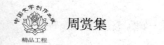

见，先生步履蹒跚，又衰老了不少，但思维清晰，情致不减。当时，我送他宋人赵昌《写生蛱蝶图》的复制品，还有几本故宫的文物展览图册。

"'未老莫还乡，还乡须断肠'，这就是孝仪迟迟未思还乡的隐痛。"先生在展览会开幕式上的这个开场白，让到会的宾客为之动容。他满怀深情地说："虽然个人读书、为学、任事，都行役于三湘之外，以至于行役于海峡对岸，但个人的区区根器，还是或多或少得之于'岳峻湘清'的灵淑之气。"

长沙国际会展中心的午宴，自然又成为我们欢谈的好机会。两岸故宫是总会触及的话题，但先生这一天最感兴趣的似乎还是湖南，这个令他日思夜想而又实实在在回到了的家乡。这个家乡，是和潇湘的灵秀、衡岳的高峻、巴陵的胜状以及屈子的行吟、范仲淹的忧乐等等联系在一起。这次回乡，不也是文化寻根吗？有所触发，我曾作了一首小诗：

> 游子忽焉老，故园秋亦深。
> 湘兮岳麓气，楚些汨罗魂。
> 文笔惊殊域，收藏富宝珍。
> 忘年情谊重，相见语谆谆。

四

2005 年暮春，我收到秦孝仪先生托人转送的他的两部作品集——《玉丁宁馆诗存》《玉丁宁馆剩墨》。先生旧学根底深厚，才华横溢，喜好吟咏，所作多为七绝，佳句迭出，无论记游还是感事，喜用典而又贴切，诗情盎然且深意寄焉。先生的书法，笔有刀趣，字有篆意，他虽不作画而字有构图，墨色丰富，独具风貌。在他身上，笔力诗心，互为表里；儒情雅致，相得益彰。读先生两本书，收获很多，出席先生的展览回京后，我写了一首诗，抒发了自己的读后感：

> 万样心波两帙凝，洋洋盈耳玉丁宁。
> 文房清玩个中趣，书道风怀底事名。
> 若有萦情思九县，颇多逸兴赋三京。
> 此生何者堪铭记？文物彬彬故国情。

这首诗我没有寄去，而是准备去台湾时亲自送给他，但天不慭遗，先生遽然仙去，留给我的是痛惜和遗憾。

前不久，广达文教基金会向同秦孝仪先生"相交笃厚"的人士征稿，拟在 2008 年 1 月，亦即先生辞世一周年之际结集印行，以为对先生的怀念。笔者有幸也在约请之列。我与先生不能说交情深厚，但那次数虽然不多却如坐春风般的晤会，那彼此间颇堪回味的文字情谊，却怎么也忘不了，即使没有约请，我迟早也会写出来的。

拉拉杂杂写了这些后，我在想，秦孝仪先生留给我的最深的印象是什么？想来想去，觉得还是充溢在他身上的那种中华传统文化的精神，这是一个信念，也是一种力量。正是这种信念与力量，使他重视民族文化的传承，重视故宫文物的保护。而这种信念与力量，无疑也激发我们这些后来者不懈地努力，恪守文化遗产守护者的职责。

收入台湾广达文教基金会编印《秦孝仪先生纪念文集》（2008 年 3 月），并刊载《紫禁城》2007 年第 10 期、《中国文物报》2008 年 1 月 16 日、《新华文摘》2008 年第 8 期

风华不老

今年故宫博物院堪称喜事连连。既是故宫博物院建院八十五周年，又是紫禁城建城五百九十周年，还是一代巨匠徐邦达先生百岁华诞。在庆祝建院、建城的同时，我们衷心地为邦达先生庆寿，这也使邦达先生的诞辰具有了不同寻常的意义。

徐邦达先生幼年聪颖机悟，因家中收藏历代书画不少，很早就学习书画临摹，并师从苏州老画师李涛学习山水画法和古书画鉴定，不久又先后入著名书画鉴定家赵时桐、吴湖帆之门继续深造，至而立之年即以善于书画创作和精于古书画鉴定闻名于世。

徐邦达先生的不寻常处，还表现在每当历史紧要关头，都能做出坚定正确的政治抉择：1941 年，邦达先生在上海"中国画苑"举办了个人画展，声誉日隆；1942 年，汪精卫六十大寿，希望他能作画庆贺，却被他严词拒绝，体现了一个爱国学者的民族气节。1949 年初，邦达先生不为西方物质生活所惑，期待着新中国的到来；上海一解放，他就被聘为上海市文物管理委员会顾问，积极投身于新中国的文博事业，展现了一个炎黄赤子的报国情怀。

1950 年，徐邦达先生奉调北上，任国家文物局文物处业务秘书，在北海团城参与征集、鉴定历代书画，使三千多件历代书画精品得到有效的保护。1954 年，邦达先生随着这批历代书画精品一并调到故宫博物院，为本院古书画的收藏和研究奠定了良好的基础。

1983 年，受国务院委托，国家文物局组织全国文物鉴定组，到各地文博单位进行历代书画甄别工作，邦达先生为该组重要成员，不仅圆满完成了国家交给的任务，还培养了一批古书画鉴定接班人。此后，无论是在两岸学术交流中，还是在国际学术讲坛上，邦达先生都赢得了海内外学术界的高度景仰。

徐邦达先生是当今艺术史界唯一健在的历经百年沧桑的学术泰斗，是享誉海内外的中国古书画鉴定大家和著名诗人、书画家，是中国艺术史界"鉴定学派"的一代宗师。他既继承了传统的鉴定方法，又汲取了辩证唯物主义的方法论和现代考古学严谨的科学手段，将文献考据与图像解说有机地结合起来。他对数百件早期书画进行的鉴定考辨，对明清文人画鉴定进行的开拓性研究，在书画鉴定界确立了坦诚求实和科学严谨的学风。他系统地建立了古书画的鉴定标尺，真实地还原了中国书画史的发展脉络，将原先只可意会的感性认识发展成为可以传授的研究方法和学术思想。正在陆续出版的十六卷、六百万字的《徐邦达集》，就是他的古书画研究的辉煌成果，将永远沾溉艺林。

六十多年来，徐邦达先生忠于人民的艺术事业，坚守博物馆的学术理念，从新中国文博事业的开拓岁月，到跨世纪中国文博事业的新的征程，都为中国文化遗产的保护与研究以及国际间的文化合作与学术交流做出了重要贡献。他还多次向国家捐赠书画作品和珍贵古书画收藏。他以做"故宫人"为荣，他的奉献精神和大家风范是对"故宫精神"的最好诠释。

国运通，人长寿，贤者与盛世同步走。在此，谨以《千秋岁》一阕向徐邦达先生祝寿：

声名播早，海上先知晓。米氏韵，苏公调。丹青山水

远，赏鉴壶天妙。多少事，期颐回首堪谈笑。

只眼看珍宝，健笔言深奥。十六卷，传精要。宫城犹壮伟，桃李欣繁茂。无量寿，风华不老星辉耀。

2010 年 7 月 7 日在故宫博物院举办的
庆贺徐邦达先生百年寿诞座谈会上的讲话

博爱的力量

今天我们欢聚在这里，庆祝耿宝昌先生九十华诞，我这里代表故宫博物院学术委员会向先生谨致贺忱！

耿先生以非凡的专业造诣，成为蜚声海内外的古陶瓷研究鉴定大师，更以其卓异的道德人格，成为文博界的一面旗帜。

故宫是中华传统文化最重要的一个结晶与载体，是中华古代艺术品的宝库。故宫以及丰富的文物藏品的内涵需要研究、发掘、整理，这也是文化传承、扬弃的过程。我们的工作人员，尤其是专家、学者，从事的就是这一重要的工作。专家、学者因此发挥着特殊的作用，其中专业水平极其精湛并做出杰出贡献的一些人，也被称为"国宝"。我院多个专业领域都有过"国宝"级的大家，在古陶瓷研究领域，冯先铭先生是"国宝"，孙瀛洲先生是"国宝"，耿宝昌先生也是"国宝"。"国宝"难得。他们受到社会的尊敬，甚至在海内外都享有崇高的地位。这是我们文博事业兴旺发达的一个反映，也是故宫博物院近九十年发展积累的结果，是故宫的"软实力"。

在当今古陶瓷界，耿宝昌先生的地位与影响是人所共知的。可贵的是先生既具有真才实学、为世共仰，为人也十分谦和、低调。他经常受邀到全国各地包括港、澳、台的许多博物馆，帮助鉴定，出席学术研讨会，进行学术交流，都严谨认真，一丝不苟。1980 年1 月，国家文物局应中国银行美国分行邀请，派耿先生赴美，鉴定清皇室抵押在美国花旗银行的瓷器，先生很好地完成了任务，驻美中国银行向故宫博物院赠送康熙冬青瓶一个。此后数十年来，先生又受外交部邀请，先后到我国三十多个驻外使馆进行古陶瓷鉴定。外交部的主管领导为此曾专门向故宫通报并表示感谢，我才了解到这些情况。对耿先生来说，他是努力认真去完成的，但他又认为这是自己应该做的，从不张扬。特别是在当今市场经济大潮中，文物市场混乱，耿先生则守身如玉，从不参加那些不符合国家规定与要求的活动，不说违心的话，更是受到业界、学界的高度赞扬。耿先生所坚守的这些原则，其实也是故宫博物院学术队伍的优良传统。

故宫博物院的特殊地位以及故宫学术水平的整体实力，使故宫专家在文物鉴藏界享有盛誉，具有相当的话语权。"故宫专家"四个字也因此成了金字招牌，影响巨大。在当前市场经济条件下，许多名为"鉴宝"及其他文物鉴定等活动，都可能与商业利益有关，布设了陷阱，充满着名与利的诱惑。希望我们的专家、学者，向耿宝昌先生学习，发挥故宫的传统作风，遵守有关科研人员的规定，坚持学术精神，坚守学术底线，爱惜自己的羽毛，抵制诱惑，不做任何影响、亵渎"故宫专家"名号的事，静下心来，好好做学问，好好做人，为故宫学术的繁荣继续努力，为中国文博事业的发展做出贡献！

院办建议我给耿先生写首祝寿诗，我昨天随全国政协长城保护调查组才从甘肃回来，来不及写，但在前年10月，耿先生写了"博爱"两个大字，亲自送到我办公室，我十分感动，遂写了一首"浣溪沙"回赠。昨天特请张志合同志书写，今天再次送给耿先生。词中说：

垤埴风云一柱擎，人生有幸对青莹，依依弥老故宫情。

眼底功夫惊宇甸，腹中锦绣岂明清？但怀爱意自如冰。

　　词的意思是，在古陶瓷界，耿先生似擎天一柱，是一面旗帜。他有幸此生面对、摩挲这些精美的瓷器，感受着创造之美，心灵也得到净化。而当晚景暮岁，更增强了对故宫的深情厚意。耿先生鉴赏功力为世所公认，他造诣精深，不仅是已发布的《明清瓷器鉴定》一书。他澄怀达观，为人笃厚，就是因为心底存有"博爱"两个字。

　　最后，再次祝贺耿先生天保九如，寿享期颐，也祝各位前辈、先生康乐长寿，柏翠松苍！

　　　　　　　　　耿宝昌先生诞辰九十周年祝寿会上的致辞，
　　　　　　载 2012 年 7 月 25 日《故宫人》（内部刊物）

如玉人生

我们今天在这里欢聚一堂，庆贺杨伯达先生八十华诞，这是因为他的学术研究成果已经成为祖国文化财富的一部分。此后，我们要为每一位为学术事业做出重要贡献的耄耋专家、学者祝寿，让每一位有志于博物馆事业和学术研究的中青年们从中受到良好的教益。

五十年前，杨伯达先生从中央美术学院展览工作室来到故宫博物院，担任陈列部、美术史部副主任，从那时起，故宫博物院的展览工作不断出现新的发展。在此期间，由于历史的原因，他经历了种种风风雨雨，也沐浴了改革开放的春天。在长期的陈列工作和文物管理中，他练就了文物通才的鉴定研究能力，如他在书法、绘画、陶瓷、珐琅器、玻璃器、玉器、清宫史、地方贡品等方面都形成了既独到、又系统的研究成果，在故宫博物院乃至国内外文博界，杨伯达先生是十分难得的文物通才。

二十年前，杨伯达先生在副院长的重要岗位上完成他对故宫博物院的文物管理和展览工作。从他离休之日起，又开始了新的人生起点，杨伯达先生集中精力专攻玉器，他在玉器研究中发表了许多富有真知灼见的专著和论文，他对玉器的鉴定研究不拘泥于一事一物，而是从玉文化的高度来进行科学探索，最终形成了为学界认同、被大众接受的"玉学"，构建了相当完整的理论框架和学术体系，推动了学术界对玉器的深入研究，这是他在耄耋之年向故宫、向社会的最佳奉献！

"君子比德于玉"，我们在玉石中感悟到文物工作者应有的冰清玉洁般的品格，杨伯达先生面对当今商海的种种诱惑，他立定精神，不为此牵累，为学界所称道。

我们在玉石中体味到专家学者必有的坚如磐石般的恒心，杨伯达先生在六十余年的学术生涯中，孜孜不倦，务实求精，终被学界誉为玉学泰斗。

我们在玉石中领会到仁贤睿智者才有的温润柔美的品性，杨伯达先生从不恃才傲物，他宽以待人，努力培养后学，被中青年学子奉为谆谆长者。

这就是我们常常赞美的"如玉人生"。今天，我们要构建和谐社会，就必须寻找一个文化存在的基本方式，那就是和谐文化，她讲求宽厚、包容和质朴，玉文化所包含拟人化的德行和赋予的审美观即"知、仁、圣、义、中、和"，正是和谐文化的真谛，从玉文化圭走出来的贤者，是长寿的、幸福的、睿智的和成功的！

　　　　　2007 年 12 月 20 日在故宫博物院
　　　　庆贺杨伯达先生八十寿诞活动上的讲话

冲冠一怒遗珍护　凝目三思文脉存

罗老谢世，霁翔同志与我联名撰文，以"永远留在故宫的学者"为题，怀念罗老为故宫保护做出的重大贡献，表达了我们的崇敬之情。这里，我想谈谈自己为罗老写的两首诗词。

2010年，罗老从事文物工作七十年，我曾以《鹧鸪天》一阕为贺：

> 皓首回眸履迹深，李庄风雨北京尘。冲冠一怒遗珍护，凝目三思文脉存。
>
> 欣摄影，喜长吟，人生况味自缤纷。八旬犹负千钧重，时现神州不老身。

这首小词，我想大致勾勒罗老的人生踪迹。中国营造学社是朱启钤先生倡导、于1930年成立的研究中国古代建筑的专业学术团体。营造，指建筑工程及器械制作等事宜。清内务府就设有营造司，掌宫禁营缮。学社沿用了"营造"这一中国传统叫法，这就表明学社的宗旨，是以现代科学方法与现代科学技术对我国博大精深的古代建筑进行整理和研究，其精神实质是保护与传承中华优秀的传统建筑文化。抗战时期，这一学术机构迁到了四川宜宾李庄。与此同时，历史也把机遇赐给了宜宾一个十六岁的年轻人，他抓住了这个机遇，他遇到了许多好人，有学问的人，他一点一滴地学习，学习营造技艺，学习对传统文化的热爱，更学习如何做人。这个年轻人在岁月的消磨中成长、成熟，也渐渐有了成就。从长江边的李庄到共和国首都北京，历史的风雨烟云，人生的雪泥鸿爪，整整七十年，回首似乎在弹指之间，但其中况味，又岂是几句话能说得清楚？我这里用了"李庄风雨北京尘"七个字来概括罗哲文先生的七十年。

罗老懂得，营造学社的理念在于保护优秀的文化遗产。遗产中蕴含着中华文化的精神。遗产是珍贵的、脆弱的，也是不能复制的，因此对其保护永远是第一位的。重点文物保护单位，世界文化遗产，历史名城，文化名村，罗老和一批文物界老专家一起，总是四处呼吁，奋力保护。这个平素温和的老人，为了古建保护，常常疾言厉色，怒不可遏。他们的努力也收到明显效果，中国文化遗产事业也在争辩中、斗争中发展。可谓"冲冠一怒遗珍护，凝目三思文脉存"！

罗老又是个多才多艺的人。建筑是一门艺术。他当年能够踏入营造学社的大门，从众多的应征报名者中脱颖而出，他的绘画天赋起了很大作用。艺术是相通的。从我认识他起，就见他每次开会总是带着相机，常常从主席台上走下，选择不同角度，忘情于拍摄之中。他又喜欢作诗，大凡与文物有关的大的活动，他都会赋诗，或祝贺，或纪念，感情真挚。他还擅书法，他的墨宝，在许多遗产地都能看到，而书写自己的诗作，诗书相映，更是一种乐趣。他的生活缤纷多彩，饶有趣味。

2010年4月的一天，中国紫禁城学会在武当山召开学术研讨会，作为顾问的罗老欣然出席。从北京坐飞机到襄阳，再坐汽车到武当山，已是夜晚十二时左右；第二天上午开会，晚上返回北京，又是深夜。这次我与罗老同去同回，我已感到有些疲累，而八十六岁的罗老却始终精神振作，令我敬佩不已。我知道，支撑他的是一个信念、一种责任、一股力量，这就是肩上的遗产保护的千斤重担。

2012 年 5 月 16 日，我正在出访巴黎途中，忽然得悉罗老辞世的噩耗，伤痛不已，百感交集，遂写了一首七律悼念：

> 仲春犹记语温馨，凶问乍闻如迅霆。
> 十载维修同筑梦，四方风雨各扬舲。
> 岂因卓识惭南郭，但以澄怀傲北溟。
> 自是此生惟古建，一饶诗兴眼还青。

这一年 3 月末，故宫博物院举办《明代宫廷建筑大事编年——洪武建文朝》新书发布会，罗老亲临会场。这部系列图书是故宫博物院委托中国紫禁城学会编撰的，对于故宫保护以及中国古代官式建筑的研究和保护，都有重要作用。罗老对这部书的出版给予很高评价，并殷殷寄语，希望继续完成全编，不幸竟成绝响。"仲春犹记语温馨，凶问乍闻如迅霆"，说的就是这件事。从 2002 年以来，遵照国务院的决定，故宫开始了百年大修工程，为此成立了由古建、考古、博物馆、文物保护等多方面专家组成的专家咨询委员会，罗老担任主任。这是很高的荣誉，也是一份沉甸甸的责任。数十年来，罗老就一直关注故宫古建筑保护，为此付出不少心血。这次故宫大修，我与罗老一样，都有着一个美好的梦——故宫梦，完整地保护故宫之梦，我们与故宫同人、社会各有关方面，走过了十年历程，共同筑建着这一美梦，也努力要让梦想变成现实。

故宫、颐和园、天坛，三个明清皇家建筑、三处世界文化遗产的同时维修，引起海内外的高度关注，也引来一些争议。不明情况的猜测，人云亦云的传言，一时间沸沸扬扬。故宫博物院受到空前的压力，作为专家咨询委员会主任的罗老，自然也首当其冲。2007 年 5 月，三个国际遗产组织在北京联合举办了"东亚地区文物建筑保护理念与实践国际研讨会"。百闻不如一见。现场的考察，认真的研讨，澄清了事实，统一了认识，肯定了故宫维修的做法，通过了具有历史意义的《北京文件》。世界遗产的基本精神是文化的多样性，文化遗产就体现了不同的文化与传统；同样，文化遗产保护的方式、方法也应是多样性的。《北京文件》的形成，反映了中国文化遗产保护事业的发展水平，标志着有中国特色的文化遗产保护理论的日渐成熟，也是中国对世界遗产保护理论的丰富。在那一段压力巨大的情势下，罗老与我们都未消沉，仍然坚持并坚信中国传统的建筑工艺，仍然继续努力，扬帆前进。"十载维修同筑梦，四方风雨各扬舲"，说的就是这个背景。"扬舲"即扬帆，杜甫有诗曰："扬舲洪涛间，仗子济物身。"（《别蔡十四著作》）营造学社着力于对中国古代建筑的实物勘查与测绘，并重视对民间流传、工匠经验的收集与访问，通过种种努力，把历史上一贯被视为"工匠者流"而不入"士大夫"阶层的建筑行业提高到一门学科的位置。罗老在这个机构中受到教益，同时他又亲炙于梁思成先生。因此，罗老深得中国古建三昧，从理论到具体工艺，他都明白，这也是他多年来受到各地文物界欢迎并尊重的原因。罗老对那种脱离中国古建实际的教条主义不以为然，始终澄怀达观，不为所动，像北溟之鲲一样，展翼而飞，傲视苍穹。

"自是此生惟古建，一饶诗兴眼还青"，这最后两句，又归结到罗老的为人。他的心中，不只有古建筑，不只有营造技术，还有艺心诗情，还有丰富的精神世界，这两方面的结合，就是一个完整的罗老，一个可爱的罗老。

大雅云亡，风范长存，罗老不朽！

原载 2013 年 10 月 14 日《人民政协报》

《金缕》三阕记卫老

　　太史公总以为张子房是个"魁梧奇伟"的人，及见其图像，始惊"状貌如妇人好女"。我在初次谒见卫俊秀先生时，头脑里也生发了如太史公般的惊奇，因为在我想象中，先生应是个气宇轩昂的人，或带有许多名人常有的矜持的样子。

　　这已是十多年前的事了。当时我在西安大雁塔旁的一个机关工作，公余搞点鲁迅研究。《野草》是研究鲁迅思想和艺术的重要著作，卫先生 50 年代初出版的《鲁迅（野草）探索》，是国内《野草》研究的开山之作。谁知"福兮祸所伏"，这部享有盛誉的著作因由上海泥土社出版，卫先生便被荒唐地与所谓的"胡风集团"扯上了关系，后又被打成"右派"，遭受了长达二十三年的厄运，1979 年始获平反，重返陕西师范大学。因为鲁迅的缘分，我与先生便有了这十多年忘年间的交往。

　　卫俊秀先生当时已八十多岁，瘦弱的身体还很结实，清秀的面庞上总挂着温润的微笑，看去神清气朗，如春山秋水。和朋友在一起，他的话不多，也很少提及个人遭遇，喜欢静静地听对方讲话。他常穿中式服装，系着腰带，活脱脱乡间的一个老农民。交往中，才知先生也是研究《庄子》的专家，更是一个名气很大的书法家。我对书法是外行，但也喜欢欣赏。在我的好朋友阎庆生教授——他是卫先生书法的虔敬的崇拜者——的影响下，我们与卫先生的来往，竟然谈书法多于谈鲁迅了。先生自幼喜欢书法，解放前即有《傅山论书法》行世，而真正在书艺上矻矻钻研并日渐精进，则已届垂暮之年了。长安文风特盛，书法家甚夥，先生却不喜欢凑热闹。这不是故作高蹈，而是天性使然。

90 年代后期我在青藏高原工作，因患眼疾，在北京八宝山附近一所医院的病榻上辗转了半年。朝夕相对的西山，由满目青翠到层林尽染再到冰封雪裹。踏遍昆仑梦想的破灭，日复一日打针吃药的无聊日子，使我十分苦闷。这时，忽然收到卫先生的千里飞鸿。先生在信中鼓励我安心养病，早日痊愈，并书写了杜甫《登楼》中的名句"锦江春色来天地，玉垒浮云变古今"赠我。先生那凝重而又奔放的书法，使杜诗中笼天地、涵古今的高阔境界更鲜明地呈现在我面前。诗句与病似无关，但我看后，却如《七发》中楚太子听了"要言妙道"而"霍然病已"一样，精神为之一振。个人的一点小病小灾算得了什么？人生短暂，但事业无限，天地悠悠，于是胸次渐为开朗，恹恹之气尽扫。遂以一阕《金缕曲》回复先生，绝口未提自己的病，只是赞叹先生的书法，虽未必中肯，但相信还是道出了一些特点，词曰：

腕下龙蛇走。但须臾、隃糜香溢，月辉风骤。金石为师勤摹写，造化殷殷参透。卫氏样、根深土厚。无意成名名更著。岂晋秦、薄海流芳久。谢雅意，受琼玖。

书坛自是风猷有。亦相知、迅翁真谛，傅山操守。野草寂幽漫漫路，兀自风中抖擞。荣槁际、心惟依旧。秀骨庞眉肠尤热，对夕阳、八八承平叟。金缕赋，祝遐寿。

在新的千年到来之际，中国青年出版社决定把我主要在高原工作期间写的诗词结集出版，书名《陟高集》。我的第一本诗词集《雪泥集》是请尊敬的赵朴初赵老题写的。这个集子请谁呢？首先想到的自然是卫俊秀先生。先生的字好，可令拙作增色，尤其是先生字中所蕴含的那种昂扬、大气、至刚的精神，是与苍茫雄浑的高原风格一脉相通的。先生是一名战士，犹如鲁迅笔下荒野中迎风抖擞的小草。战士自有战士的胸怀。即对以"超然"、"保身"为特点的庄子的人生观，先生所阐扬的只是奋翮南溟的雄迈气概，摒弃的则是曳尾涂中的苟活哲学。积极进取的品格，使先生能始终笑傲逆境，执着如一，宠辱不惊，虽年过九十，仍精神健旺，真力弥漫。这正是我心向往之并努力学习的。人过九十，每增一岁，都是可贺的。我遂给先生致信，敬请便中为拙作署题书名，并填《金缕曲》为先生祝寿，亦略述自己的近况：

> 回首三年倏。又欣看、九旬晋一，夕阳霞蔚。笔下风华犹凤翥，不负支离瘦骨。齐物我、休嗟荣辱。蝶梦鹃声消虽尽，惟仁人、挚爱千千斛。期颐寿、同心祝。
>
> 病中总羡摩天鹄。更难追、学书学剑，水流时月。半路出家寻门径，国宝尤堪娱目。今且待、谈文论物。向慕先生如云水，任尘嚣、赢得清芬馥。草自绿、玉回璞。

先生很快复函，寄来写法稍有不同的五幅"陟高集"让我选择，并说："命题《陟高集》书名，盖取《卷耳》'陟彼高冈'之意耶？高雅可风，诗人高怀，并词作，得吾心矣！快何如之。"

耄耋之年，卫先生的书艺已臻于化境，为世人所重，且声誉日隆。2000年中国书坛权威刊物《中国书法》杂志，曾刊有一篇论述20世纪中国草书的文章，列出四位"基本标志着20世纪草书艺术的顶峰"的杰出代表,其中唯一健在且仍挥毫不辍的即是卫先生。我不敢说此说就是定论,但先生在 20 世纪卓成一家的书法成就及其地位的重要,当是不争的事实。"庾信平生最萧瑟,暮年诗赋动江关。"卫先生的遭际,令我每每想起杜甫的这两句诗。"最萧瑟"的人生,使我们失去了本应可以做出更多贡献的学者和教育家,却阴差阳错地成就了一位书坛大家。幸耶?不幸耶?抑或不幸中之大幸耶?似都很难说。但依我来看,无论是学者还是书法家,两者之中自有共通之处,对卫先生而言,不管在哪方面多下功夫,都会成就一番大事业。这是肯定的。

素以"文化积累"为己任的河北人民教育出版社,其年轻的社长王亚民先生以其睿智的目光,决定斥巨资出版卫先生的书法集。这无疑是书坛之盛事、出版界之壮举。公元 2000 年一个秋阳娇媚的日子,我坐在古城西安卫先生简陋的小书斋中。先生一边翻着即将整理告竣的书法稿,一边略做介绍,欣喜之情溢于言表。在有生之年能看到自己作品付梓出版,献给社会,传诸后人,既是先生的愿望,亦为他诸多友朋的夙意。

这次见面,先生赐我一本新出版的《卫俊秀碑帖札记辑注》。书不厚,一百五十来页,收集了先生 80 年代以来散见于所读碑帖上的评语、札记。语录式的片言短语,似散金碎玉,弥足珍贵。有感悟,贯通古今,出入传统;有评议,臧否名家,锋芒恣肆;有探索,取法自然,碑帖相容。我似乎窥见了先生书法理论的堂庑,那是丰饶的海,那是奇崛的山。他最重的是人的精神,追求的是"书人合一",因此不只把书法视为专门的技艺,而是当作生命的体验,始终升腾着一种不可遏止的鲜活的力量。至此,我才发现过去对先生的认识是太肤浅了,才感受到先生瘦小身躯里涌腾的掀天波浪,"状貌如妇人好女"而充盈着大丈夫的浩然正气。如此平淡而又何等热烈,

远离嚣尘而又不失至性，这就是先生。在卫先生书法集即将出版的时候，特敬献《金缕曲》一阕，谨申贺意：

当世惊瑰玮！墨淋漓、势如寸刃，意如流水。丘壑胸中堂庑广，尽扫书坛巧媚。其有自、研唐探魏。章法百千求意趣，会于心、札记天花坠。雄且丽，草书卫！

不堪回首艰辛淬。任天游、大鹏南徙，道家深味。景迅崇傅风与义，尤见昭人磊磊。哪顾得、红尘嚣沸。莫谓平生萧瑟甚，对晚景、一片云霞蔚。梨枣灿，共欣慰。

《卫俊秀书法选集》序言，河北教育出版社，2003 年

也无风雨也无晴

在 20 世纪中国美术史上，张仃先生以其七十余年多姿多彩的艺术人生及卓越的艺术贡献而蔚为大家，影响甚巨。他的建树是多方面的，盛名历久不衰。他作为当代著名的国画家、漫画家、壁画家、书法家、工艺美术家、美术教育家、美术理论家，在每一个领域都有世所公认的成就，是 20 世纪中国艺坛上难得的艺术通才。

张仃先生有着传奇般的人生经历。从辽北农村一个热血沸腾的爱国少年，到北平美术专科学校的年轻学生，后又孑身漂泊于南京，继之成为大上海小有名气的漫画家。1938 年，十九岁的张仃先生到了延安，执教鲁艺，从此开始了他的革命文艺生涯。建国初期，张仃先生设计了全国政协会徽，领导了中央美院国徽设计小组参与国徽的设计，并担任开国大典中天安门广场的总设计。1979 年，他主持了首都国际机场候机厅的大型壁画工程，创作了大型壁画《哪吒闹海》。而他作为中央工艺美术学院的院长，在艺术教育、人才培育方面的贡献，亦为人们所称道。张仃先生身处时代的激荡之中，始终充满着理想与激情，坚持着探索与追求，守望着精神家园与艺术底线。他不仅亲历了一系列重大事件，而且用艺术记录了历史烟云和社会变迁，用艺术反映了审美理想和人生意义。

张仃先生崇拜鲁迅。他在北平美专上学时就读过鲁迅的作品，耄耋之年还在读，他深有感触地说："还是鲁迅的好。"他当年画漫画，批判时政，正是从鲁迅先生的杂文里得到的启发。鲁迅对绘画艺术有许多精辟的论述，"五四"时期就期待中国美术界出现"进步的美术家"，认为"美术家固然须有精致的技工，但尤须有进步的思想与高尚的人格"。鲁迅的崇高人格和立足本土、熔铸古今东西的巨大创造力，深深地影响着张仃先生。而张仃先生就是鲁迅所希望看到的"进步的美术家"。张仃先生发表于 1942 年 10 月 18 日延安《解放日报》的《鲁迅先生小说中的绘画色彩》一文，就反映了他对鲁迅艺术的深刻认知。鲁迅始终关心人类命运，关心民族兴亡。张仃先生的一生就是在鲁迅的旗帜下，不断将自己的艺术和人类命运、民族兴亡联系在一起。在他的作品中，倾注着人文关怀、家园意识。晚年的焦墨山水画，则贯穿着人与自然这一亘古不变的基础主题。

"它山之石，可以攻玉。"这句体现了中华民族智慧的成语，被张仃先生用作警诫自己的座右铭，并以"它山"作为自己的别号。"它山"反映了一种艺术理念，即开阔的艺术视野，兼收并蓄的艺术气度。"它山"，包括各种有益于艺术素养提升的方面，既有滋养自己一生的作为母体艺术的民间艺术，也有西方现代艺术。他对毕加索、凡高、鲁奥等西方艺术家作品的喜爱，与对中国传统民间的门神、剪纸、泥人等民间艺术的喜爱同出一辙；而且在他看来，这些东西方艺术有着相通的精神渊源。张仃先生的这种艺术追求被称为"毕加索＋城隍庙"，其博采众长，厚积薄发，不仅使他打通了各个艺术门类之间的内部关联，集多种艺术于一身，而且走出了一条自己的路子。

张仃先生作为国画家，对 20 世纪山水画的发展做出了重要贡献。1954 年，他和李可染、罗铭的水墨画写生与联展，破解了中国画改造的难题，为传统中国画在新社会的发展开辟了一条新的道路，被誉为"中国画革新的里程碑"。多年来，他坚信生活是艺术的源泉的观点，并认为这个观点即使到将来都不会过时。明清以来山水画之衰落，原因很多，但最根本的原因就是脱离了生活，闭门造车，强调师承，绝少创造，形成公式化、概念化的山水八股，受到了以鲁迅为代表的新文化运动精英的批判。张仃先生强调画家要到生活中去，到自然中去，通过写生获得新感受，处理新题材，发展传统技法。因此，他践行着自己的艺术信仰，跋山涉水，面对自然，把每次写生都看成是朝圣。可是，他坚持写生，并不主张照搬生活。他说，写生的过程，就是艺术创造的过程，有取舍，有改造，有意匠经营，有意识地使感情移入，以意造境，达到"情景交融"。

张仃先生是一位勇于探索、不断创新的艺术家。他尊重传统，热爱传统，但讨厌公式化、概念化地画画，实际上他一直是在向传统挑战，希望从传统中跳出来。他不重复别人，也不重复自己，晚年焦墨山水的实践与成就，就表现了他的巨大的创新能力。焦墨作为一种绘画语言，从未在"水墨为上"的中国画传统中居于重要地位，因此，对于焦墨山水，前人也只是偶尔为之。而张仃先生却发掘出焦墨的艺术表现力，倚重传统笔法，吸取民间艺术养分，把焦墨笔法和墨法发展成一套完备的艺术语言，呈现出他的个人风格。其所作山水，笔力遒劲，构图缜密，画面苍健却显腴润，风格朴拙而雄强。这种浑厚华滋的视觉语言，既发展了西方风景写生的再现眼前实景的方法，又延伸了中国山水造境的表达胸中丘壑的传统，极大地开拓了中国山水画的艺术空间。

张仃先生也是与故宫博物院有缘分的人。故宫所藏历代名画，他最为钟爱。上世纪 50 年代他在中央美院任教时，为了强化学生的中国画基本功，曾带学生直接到故宫来上课。他笔下的故宫、景山，渗透着他对中华传统文化深深的情愫。这次故宫博物院举办张仃先生的书画展，其中又有他捐献给故宫的十幅珍品，对于故宫及张仃

周赏集

先生来说，都具有不同寻常的意义。

2008 年初夏的一天，我曾去京西门头沟山中一栋石头砌成的居所拜访张仃先生。树木葱茏，环境幽静，先生或读书，或写字，或抽着烟斗凝思，心境平和，宛如返璞归真的童子，安详而达观地栖息于自己的精神家园之中。这是绚丽、激越至极所归于的单纯、恬静。此时，我想起了苏东坡的一句词："也无风雨也无晴。"

《丘壑独存——张仃画集》序言，紫禁城出版社，2009 年

画家韦江凡

　　我与韦江凡先生同乡，同为陕西澄城县人。很早就知道他是个大画家，徐悲鸿的弟子，马画得特别好，但无缘相识。谁会想到，二十年前我调到北京工作，竟与先生同在一个小区，两家住的楼相距也不过一二百米，真是难得。比邻而居，来往自然较多。我常去拜访他，他也来过我的家。七八年后，我们都先后搬了家，现在两家住得也不远。每年春节，我都会去给先生拜年。

　　韦先生是我的前辈，离开家乡已经六十五年。我们每次聊天，他大抵都会谈到自己的童年，过去受的苦。这是一段刻骨铭心的经历，不幸的家庭遭遇，使他过早地承受了生活的磨难。十四五岁时，他曾流浪在外，做过杂货铺、鞋铺的学徒。但是，热爱艺术的天性却不可遏止地在生长，他在再艰难的状况下都未放弃过对美术的爱好，或者说这个似乎不合时宜的爱好给他编织了美好的希望，给了他生活的力量。他曾考入正规的中学、师范，都因无力承付学费而辍学。令人惊诧的是，他却凭借自己实际的水平和能力，被聘为数所中小学的美术与音乐教员，并开始了学习中国画的生涯，一颗艺术的种子在贫瘠的土壤中终于发芽、生长。二十岁前的这些往事，给予先生的不只是人生的艰难，更是面对生活的勇气、支配自己命运的努力与体味。这其实也是难得的精神财富。

　　关中东部渭南各县的民风特点，当地已有形象的概括并流传很广，例如澄城县就是"澄城老哥"。"老哥"的性格，执着乃至于倔强，忠厚而有些憨厚。在韦江凡先生身上，这一特点得到充分的体现。他下决心要干的事，困难再多再大，也要想办法干成。例如，他仰慕徐悲鸿先生，便立志到北平报考国立北平艺专。当时抗战刚结束，寒冬腊月，交通阻塞，他从西安出发，竟转道上海，又乘船到秦皇岛，再辗转到北平，共用了四十多天。到了北平，却已过了考试期，他又以自己的赤诚与优秀的习作感动了徐校长，终于如愿以偿，并得到徐先生的悉心指导。在以后的求学研艺、深入生活以及创作实践中，都能看到他这种锲而不舍的倔强的"老哥"精神。

徐悲鸿先生早年即以画马闻名。中国历史上的画马，都注重写实技法，直到清宫西洋传教士的画马，更是讲求结构准确，富有立体感。徐先生则开创了新的画法，他充分运用中国画独有的线条及水墨的浓淡，常寥寥几笔，就画出一匹栩栩如生、四蹄腾空的奔马。作为他的高足弟子，韦江凡先生则又有所发展，即用草书入画。韦先生在书法上下过功夫，尤喜魏碑。他认为书法用笔与国画勾勒各有侧重又互为补充，因此认真探索书法用笔在国画中的运用。他又多次赴京郊、张家口、内蒙古、新疆等地的马场、草原，体察马的生活习性，捕捉其瞬间的体态情貌，积累了大量的写生素材。他用"笔不周而意周"的大写意手法，将草书的线条和飞白融入画马的笔法中，用墨色的浓淡、虚实的对比来表现马的肌肉张力，特别是奔马的鬃尾往往因浓墨的渲染而狂放飘逸，骏骨逸姿，独具神韵。韦氏奔马可谓自成一格。

韦先生晚年以画马擅名，其实他在绘画上是个多面手。他不仅水彩、木刻、铜版画、雕塑、国画、壁画、连环画均有成就，而且山水、人物、动物皆挥洒自如。他的深厚的艺术素养，一方面来自传统，来自龙门、云冈、永乐宫、法海寺、敦煌等艺术宝库的考察学习，临摹体会；另一方面来自生活，来自在工厂、农村、军营甚至列车上的生活体验。他永不满足，"六十始悟艺"、"七十知不足"两方印章，是他"骑马难下"、毕生追求艺术的生动写照。

在韦江凡先生身上，还可看到"澄城老哥"性格的另外一个方面，即忠厚而有些憨厚。对于这一点，冯其庸先生在为《韦江凡画集》所作序言中有着动情的记述。他从不张扬，低调到了令人难以置信的地步——尽管他是科班出身又卓有成就，却从未办过个人画展。他的夫人也是中央美院 50 年代初毕业的画家，他的儿子、儿媳、女儿、女婿、孙女、外孙，一家多人擅长丹青。他们徜徉在艺术的天地里，为社会创造着美，也在这种创造中感受着无比的快乐。

在与先生的谈话中，他曾多次谈到河北曲阳北岳庙中一面墙上的彩绘。1963 年，他作为北京画院研究生班的班主任，曾带学生出外学习壁画传统，在北岳庙中发现了这幅古意盎然、线条遒劲流畅的彩绘，颇具"画圣"吴道子之风。他曾现场临摹，并拍了一些照片。他对我说，不知这个彩绘还在不在？它很重要，他还想再去看看，可惜跑不动了，让我给有关方面讲讲，给予重视。这成了他的一个心愿。我给河北文物部门的朋友说了，请他们注意保护，并请专家进行研究。

1995 年秋，我工作变动，由北京调往青海，向先生告别，先生画五马为赠，题曰"待君千里行"。我十分感动，遂写了一首诗感谢，现以这首诗作为本文的结尾：

先生赐画壮我行，眼底五马竞栩栩。

一马犹带昆仑尘，雄姿隐隐自天际；

一马倏忽迎面来，腾骧正酣难驾驭；

一马跃跃欲扬蹄，过都历块志千里；

一马瘦骨竹批耳，昂首萧萧似呼侣；

还有一马头低俯，娴静有思若处子。

先生画马非凡马，艺坛早已驰令誉。

迥别韩干曹霸辈，出入名家蹊径异。

不重工描重勾勒，寥寥数笔形神著。

公孙剑器上下舞，狂草绘事原同趣。

落墨淋漓元气凝，骏骨殊相毫端具。

五马惠我意甚殷，千里之行重肇始。

岂必骅骝千金骨，但爱嘚嘚步不止。

驽马亦有十驾功，甘服盐车中阪陟。

人生前路无穷期，行行重行贵策励。

《中国近现代名家画集·韦江凡》序言，

人民美术出版社，2012 年

澄潭映月典型在　玉树临风气象和

在朱平同志逝世二十五周年之际，一批他的老同事、老朋友、老部下自发地进行追思悼念活动，撰写回忆文章，我觉得很有意义。

朱平同志年轻时即投入革命工作，参加学生运动，后长期在马栏中共陕西省委（后改为中共关中地委）工作，主办《关中报》，在宣传党的方针政策、反映边区的革命和建设方面做出了重要贡献。解放后，朱平同志长期在中共陕西省委工作，参与重要政策的研究与制定，经历了许多重大的政治事件，为陕西的建设与发展倾注了自己的心血。

长期的革命生涯，朱平同志经受了严峻的考验，其中既有你死我活的敌我斗争，也有严酷的党内斗争，特别是在"文化大革命"时受到百般折磨，但他都以坚定的共产主义信仰和大无畏的革命精神，渡过了这些劫难，更以其光明磊落的品格，赢得人们的尊敬。

朱平同志在三中全会后担任中共陕西省委常委，并主持新组建的中共陕西省委政策研究室（名称先后有过变化），为省委的决策服务。我认为，他的贡献，不仅是在他领导下研究室完成了一系列具体政策的制定，一些重大问题的研究，更重要的是通过他的言传身教、严格要求，使研究室形成了有利于人才成长的好环境，树立了良好的风气，出现了人才辈出、成果斐然的局面，而且余泽绵绵，至今为陕西省委的同志所重视、所称道。

朱平同志是革命前辈，我有幸在他身边工作过几年，为他服务。虽然时间不算长，但留给我的印象却是刻骨铭心的。人们都知道朱平同志的政策水平高、文字功夫好，对此我深有体会。在他晚年，我与几位年轻的同志曾随他去农村、城市调查研究，他相当重视掌握第一手材料，而且善于归纳概括，注重从个别的分散的材料中找出共性的东西，得出新的结论，或形成新的理论。他的调查研究，不人云亦云，不看风向，也不故作惊人之论，完全是从实际中来，因此往往有重要的指导作用。这是调查研究的最高境界，靠的是真功夫，因此颇为不易。

政策和策略是党的生命。在晚年，朱平同志根据我党在政策和策略上的经验教训，加上自己毕生的心得体会，决定组织编写两部书，一部是《调查研究概论》，一部是《决策概论》。《调查研究概论》写出来了，曾被中共陕西省委组织部推荐给各级党政干部，在国内也产生了相当大的影响。当时《红旗》杂志以"一本探讨调查研究工作的新书"为题向全国推荐，《光明日报》也发表了评论员文章，给予好评。这本书虽然是多位同志执笔，但全书的结构、思路以及各章的要点，都是朱平同志所确定的，他还做了认真的修改。《决策概论》已有了一个大纲，并且组织人讨论过几次，但因他的患病及以后的病故，没有了牵头人，遂成了永久的遗憾。

朱平同志去世时才六十七岁，如果天假以年，他会做出更多更大的贡献。这是无可挽回的损失。也正因此，他的同事、朋友、部下，一直深深地怀念着他。二十五年过去了，中国发生了翻天覆地的变化，我们每个人也在发生着巨大的变化，而朱平同志却栩栩如生，活在我们心里。他所为之奋斗的事业，仍然在继续着，发展着。每个时代都有新的任务、新的追求，但是坚忍不拔的精神，与人为善的态度，清廉正直的品质，光风霁月的胸襟，却是永远不会过时的，是永远使人感动、温暖的东西。这就是朱平同志的价值所在，是许多人对其念念不忘的原因。

对于朱平同志的人格、精神以及贡献，许多同志在纪念文章中都有详细的生动的描述，我读后也深受教益，进一步加深了对朱平同志的认识。现在纪念朱平同志的文集将要出版，此书的主要编者刘云岳同志，曾长期受朱平同志的熏陶，也是我的前辈，大约是因为我曾为朱平同志服务过的原因，他说一些同志希望我在书前写点东西，我实在感到惶恐，却又觉得不好推辞，遂拉拉杂杂写了上面一些话，多是粗线条的回忆。意犹未尽，又赋长句，以抒对朱平同志的怀念之情。

其一

风雷一自起秦川，意气由来属少年。

危处披肝可涂地，舛时放胆不求天。

一腔血沥马栏路，寸管情留牛喘篇。

遭历几多堪返顾，蓝关雪拥未成烟。

其二

经世文章重任肩，能从脚下觅真诠。

陌阡已著千钧力，笔翰才看万选钱。

一纸流澜调研策，九泉怀憾运筹编。

日斜却喜雨方霁，但惜天公不假年。

其三

既许今生一寸丹，事功残岁更斑斓。

关中鹊起凤凰笔，雁塔钟传玉筍班。

有力秋霜评骘里，无声春雨润滋间。

嗟哉零落二三子，廿五年来憾未删。

其四

有幸我曾亲炙多，梦中形影尚嵯峨。

澄潭映月典型在，玉树临风气象和。

畎亩曾祈嘉谷瑞，康衢犹望庆云歌。

长怀余泽心香远，人世苍茫叹逝波。

写于 2012 年，未刊稿

八秩丰神

　　在人生旅程中，八十岁无疑是个很有意义的阶段。过去所谓"人生七十古来稀"，八十当然就更为"稀"了。孔夫子回顾自己一生，从"吾十有五而志于学"说起，也只到"七十而从心所欲不逾矩"，因为他没有活到八十岁。《礼记》中说，古代官吏八十岁后，国君派人致送食物，告问其人是否健在，叫作"告存"。现在科学昌明，人的寿命普遍提高，但对一个人来说，八十寿诞仍是值得纪念的一件喜事。

　　赵文海同志今年八十大寿，又逢盛世，自然要庆贺一番，也免不了亲朋好友的聚会，有意义的是，他的回首八十春秋的《漫漫人生路》一书要在这时出版，给喜庆增添了新的气氛，也引起我的许多感想。

　　文海同志早年参加革命，"文革"前就担任县级领导，工作勤恳，作风实在，待人真诚，话不多，颇得上下好评。从领导岗位退下来后，积极参加一些社会活动，干了不少力所能及的事情。《漫漫人生路》有苦难的童年、慈母情深、投身革命、走上领导岗位、幸福时刻、夕阳无限好等六个部分，记述了自己的风雨历程，话语朴实，剖开心怀，娓娓道来，我们好像聆听一位长者面对面讲故事，感到自然、亲切。

　　这些年，我读到不少曾身居高位的人士的回忆录，当然很有价值，有的使我们了解到一些历史大事件的来龙去脉，但是看得多了，总觉得所述太大，也比较概括、宏观。历史是众人创造的，历史也是鲜活的，是有细节的。我们需要这些大人物的回忆录，同时也需要其他不同层次、不同身份的人士的历史记忆。

县是中国古代地方行政区划中的重要层次，像文海同志这样在县级领导岗位长期工作的人士，都有丰富的经历，其中的顺利与挫折、成绩与失误、经验与教训等，整理出来，都是宝贵的精神财富。特别是这些人见识过无数的风雨，从叱咤风云到习惯于晚年的优哉休闲，心态更为平和，他们写回忆录、写东西，当然有种责任感，但并不视其为"藏之名山"的事业，往往更多的是兴之所至，因此笔端更为从容，记述中也不自觉地多了几分反思。读者从这些生动的事实、切身的体会中，自会受到启发和教益，也能从一个侧面体会到六十年来我们对有中国特色社会主义道路的探索。这就是这类回忆录的重要价值，也是口述历史。

赵文海同志与我的父亲相识于1951年，曾是多年同事，是我的父执，是我的前辈。我70年代初在澄城县工作时，他是县上领导。当时的县领导班子，本县籍人士似不多。在我们这些普通干部心目中，问尚贤同志、赵文海同志，不仅是领导，而且被视为能够维护澄城利益即为澄城人说话的代表人物。现在看来，这种认识不无狭隘之处。80年代后期，有次我从北京经山西到潼关，意外地见到了文海同志，原来他已调到这个陕西的东大门工作。后来他叶落归根，回到澄城，在家乡欢度晚年，因我常回家探亲，我们也有见面的机会。我的父母先后去世后，他都来我家志哀，令我很为感动。

"八秩康弦春不老，四时健旺福无穷"，"寿过古稀多十载，预祝期颐仅廿年"，这些都是过去人们庆贺八旬寿诞的常见佳句，我想不出更好的词句，也借此祝贺赵文海同志健康长寿！

《漫漫人生路》序言，2009年内部印行

生命的秋天更精彩

最近回了一次陕西渭南，不期见到久违的王宏谦同志，自然十分高兴；听到他要举办个人书法展，始而惊奇，继而感奋不已。

四十年前，宏谦同志作为"文革"前西北局宣传干部，下放到我们公社一个村子，我当时是刚从学校回家的返乡知青。因缘际会，我们竟然有了一些接触、来往的机会。他与我曾被当时渭南地区"革委会"临时借去，在招待所的小窑洞里修改有关会议材料，那时我还未正式走上工作岗位。我们又在南云瑞同志的带领下，一起到澄城县石堡川水库工地进行采访，撰写先进人物的事迹。宏谦同志长我许多，我们之间可谓"忘年交"。他"文革"前就任过县委领导，阅历、经验相当丰富，因此我一直把他看成难得的老师。后来他离休，我的工作也多次变动，我们联系少了，他的情况我还是时有所闻。他给我最深刻的印象，是为人爽快，做事认真。

我对他离休快二十年来执着书艺并不清楚，因此惊奇于他要办书展，但当我看到他秀美俊逸的书法作品时，不禁为之一震，在了解了更多情况后，我颇为感奋。

宏谦同志小时候就喜欢书法，有一定的基础，但真正把习书作为一种追求，并将其与对传统文化的继承结合起来，则是离休以后的事。他是一个认真做事的人，有了目标，也就有了动力，坚持不懈，临帖不辍，他悟性好，善于揣摩，常有心得；尤为可贵的是，他能不断突破自己，因而在省内外书法大展赛中获奖数十次，亦成为陕西书协会员。正所谓功夫不负有心人，二十年的刻苦练习，使他在通向书艺的堂奥中领略着无穷的趣味。

我这次回陕，其中一项活动是参加重阳节长安雅集，重阳节是老人的节日，玉露金风，秋色正好，登临纵目，舒啸放怀，自觉其乐融融。宏谦同志今年八秩大寿，虽白发萧然，却声朗气清，谈笑风生，我也过了花甲，两鬓斑白，我们都迈入人生的秋天。从宏谦同志要办书展，我受到的启示是：一个人离开工作岗位而进入生命的秋天，仍有可为，仍会让秋天变得绚丽多彩。只要有乐观平和的人生态度，有自己的爱好追求，当然不一定成名成家，却都会得到慰藉，感到愉悦。这就是令我感奋的原因。

祝宏谦同志继续在书艺的追求中感受人生的美好，体验艺术的魅力。

2010 年"王宏谦书法艺术展"序言

珍藏的记忆

王焕朝同志从西安打来电话，说中共陕西省委研究室编印的《调研与决策》内刊，已刊到第 1000 期。他认为这很有意义，拟请一些与这个刊物有关的同志写点东西，以资纪念。我与焕朝十多年未见面了，从他急切而激动的口气里，我充分体会到这位现任主编的心情。整整 1000 期，确是难得，总结回顾，以利今后，自然是好事，我即表示赞成。他接着"请君入瓮"，让我也写几句，于理于情，我是不好推辞的。

粉碎"四人帮"的第二年，我调到中共陕西省委办公厅政策研究室工作，不久即参与《陕西情况》内刊的编辑。党的十一届三中全会甫一召开，省委就专门成立了政策研究室（后改为"省委研究室"），省委常委、副秘书长朱平同志兼任主任，我则随着《陕西情况》到了这个新建的部门，也成了研究室最早的人员之一。这时《陕西情况》改为《陕西通讯》，不只刊名改易，刊物的主旨也略有变化，而后又创办《调查资料》，专登调研报告、政策探讨，甚至理论研究的文章，例如朱平同志主编的《调查研究概论》一书，各章就先发表在《调查资料》上，当时主要是想进一步征求修改意见。

我于 1992 年工作调离，至今十有四年，这期间省委研究室与农村政策研究室合并，刊物也进行了整合，变化是不小的。现在刊名叫《调研与决策》，我以为更为明确，既突出研究室的工作特点——

调研，又明示了为决策服务的宗旨。这些年的刊物我虽未拜读过，但是建功、士秋、改民、会民等都是很优秀的领导者，研究室的工作卓有成效，相信这个刊物在延续已有特点的基础上，会比以前有更大的提高。

1000 期的刊物，从一个特有的角度，见证了陕西省改革开放二十多年来的发展历程。进入新的历史时期，我们党特别重视坚持实事求是、一切从实际出发的思想路线，把调查研究摆到重要位置，因此各级政策研究机构应运而生，专刊调研成果的刊物就承载着重要的任务。这里有情况的反映，有典型的剖析，有政策的建议，也有不同观点的争鸣。这份刊物的生命力，在于它始终和陕西的发展、建设结合在一起，关注的是社会的热点、难点问题，服务于省委的重大决策。

1000 期的刊物，也记录了研究室许多同志成长的过程。《调研与决策》虽也刊登室外作者的文章，但主要还是研究室同志的成果。写好调研报告不容易，需要一定的文化基础、理论政策水平及相关专业知识。研究室有一个好的传统，即鼓励大家多搞调研、多写文章，领导同志不仅自己带头，做出样子，而且满腔热情地支持年轻同志，帮助修改。一些年轻人在迈进研究室时，可能还不知道怎么去调研，怎么写调研报告，但经过多年的磨炼，渐渐地成熟了，写出来的东西像样了，也成了工作的骨干，甚至在某个方面摸到了门径。调研报告不只是个文字功夫问题，它反映的是作者的综合素养。我想，许多人离开了研究室，仍然对其怀念不已，其中一个重要原因就是研究室哺育了他，他在这儿受到了刻骨铭心的教益，同时在此贡献了自己的聪明和才智。这当然也包括我在内。

一份又一份已成历史的刊物，它记载的不只是一项项具体的研究成果，围绕它的编辑印行，还有许多鲜为人知的故事。在我离开陕西之前的十多年里，许多领导和同志都为这个刊物付出了很大的心血，我不由得想起朱平同志的仁厚，玲生同志的认真，金铭同志的敏锐，云岳同志的多才，姜桦同志的谦和，瑞云同志的沉稳，国虎同志的刚直，以及先后负责过刊物的吴成功、李慎思、廉洁之、高聿基、宋昌斌等同志。大家亦师亦友，兢兢业业，团结共事。今天有的已经作古，有的退出工作第一线，有的则远在天涯，但对我来说，这是值得珍藏的一段回忆。

《调研与决策》的主编王焕朝同志是秦兵马俑故乡的人。在我的印象里，他常与人谔谔争辩而又充满自信。我想，对于一个主编而言，这或许是基本要求中的重要的条件。有研究室领导的支持，有焕朝同志的努力，这份刊物肯定会越办越好。

原载陕西省委研究室《调研与决策》

2006 年第 4 期，总第 1000 期

故乡情缘

澄城县是我的故乡，是生我养我的地方。我从 1975 年离开澄城到外地工作，算来已整整三十四年。三十四年，从渭南到西安，从北京到青海，从国家文物局到故宫博物院，岗位的转换，时光的消磨，自己也从一个血气方刚的青年小伙，变为两鬓苍苍的花甲老人。游子在外，离澄城也越来越远，所幸的是，因多种原因，我与县上一直有着联系。

我是在县上参加工作并工作过五年；此前又在村里劳动过一年，公社当社办干部约一年。时间是 1968—1975 年。我对中国西部农村与农民的了解，对村乡干部的认识，对县级政权工作状况的熟悉，大致都是在这一段获得的。在我人生起步的阶段，这个经历和实践是可贵的，也是刻骨铭心的。

澄城地处渭北旱原，经常缺水，张宏图当县委书记时，在西社搞户户打旱窖的试点，省上总结推广过。县上山川沟壑多，曾经是旱原小麦试验的研究基地，在"农业学大寨"中也风光过。地下煤炭储藏丰富，"澄合矿务局"竟然比县政府的级别还高，这在上世纪 70 年代，使我感到很惊讶。只知道三眼桥的硫磺能出口，三翻饼是食品中的名产，其他的印象则不很深。当时吃饭是大问题，记得下乡吃派饭，常有吃不饱肚子的时候。人们工资普遍不高，县"革委会"食堂每周吃一次"碗子"，三毛钱一个，算是改善生活，一位由西北局下放来的十二级干部在县上当领导，一顿饭竟然吃了两个"碗子"，一时轰动机关，引起干部的羡慕和议论。

上世纪80年代以后，澄城县经济发生了重大变化，主要是县办工业的发展。最出名的是澄城卷烟厂，其收入占了县财政一大部分，还有电石厂、电子厂等。我的同学老庞在电子厂当厂长，开发了好多新产品，有的在全国还有影响。农村政策好，农民种粮有了积极性，吃饭不成问题了。这些都是我看到的，感受到的。令我意外的是，我们村子许多人从事药材的收购贩运，发了家，盖了新房，村子也成了远近闻名的药材专业村。

但是有一段时间，县上的发展似乎也不顺利。原来的好企业，因多种原因，走了下坡路。县财政收入大幅下降，原本摘掉了财政补贴县帽子，又赤字连连。这大约也符合了"道路是不平坦的"那句老话。但是继任的县领导没有气馁，知难而进，踏踏实实地干事，有了好的谋划，坚持不懈，几年下来，县上又恢复了生机，而且积蓄了迈出大步的能量。这些消息每每传来，着实令我高兴。惭愧的是，我长期在党委政策研究部门工作，是所谓"耍笔杆子"的，对经济工作不甚了然，手中又无权，帮不了县上多少忙。

与县上的关系，准确地说是与县上文化部门关系密切起来始于十来年前，即我到国家文物局工作后。因为工作的原因，我更多地注意到县上的历史文化及文化遗产，而这些部门的同志也常直接与我联系。此前我已知道澄城拴马桩以精湛的雕刻艺术闻名全国，这时又深刻地感受到家乡人对文化遗产保护的重视。这些年来，澄城县城的城隍庙神楼、精进寺塔以及刘家洼乡良周的秦汉宫殿遗址，先后被公布为全国重点文物保护单位；尧头陶瓷烧制技艺、澄城刺绣，也被命名为国家级非物质文化遗产保护项目。十多年来，《澄城诗词》每年出一本，坚持了下来，团结了一大批诗词爱好者，难能

可贵。澄城文化建设的标志性工程，应是"澄城博物馆"。该馆在装修过程中我去看过，我也很高兴地出席了开馆仪式。博物馆藏品丰富，展示陈列水平不俗，在我所见到的县级博物馆中，也是数得上的。经济是基础。澄城文化事业的发展，说明经济实力增强了，但更是县上领导对文化工作重视的反映，如果不重视，即使再有钱，也不会在这上面多投入的。

2008年10月，渭北的金秋季节，我应邀出席了"澄城全民创业博览会"。新一届县委、县政府2007年提出在全县开展全民创业活动，即"百姓创家业，能人创企业，干部创事业"。县委吴书记热情洋溢的成果报告及蓝图规划，深深打动了每个与会的人。我观看了百姓创业技能大赛，对许多久违的传统民间工艺备感亲切。当我进入"全民创业成果展厅"时，第一个展室竟是我们村的，有药材、果品、面粉、油脂的加工产品，有的企业在渭北地区也排在前面。在这场博览会的高潮——单晶硅项目开工仪式上，我又碰见了一些左邻右舍，原来这个项目工地就在我们村。如此巧合当然更使我高兴。我对家乡也有了新的认识，感受到了"草根经济"的生机与活力，也看到了澄城人民的实干精神，澄城的美好未来。

到北京十七年了，不管别人怎么看待，我从未把自己当作北京人，特别是带有浓重的陕西口音的普通话，总使我时时记住自己的出处。那年陪同台湾的连战先生参观，他竟然听出我是陕西人。现在北京有多少澄城人？我不清楚。十五年前搞过一次澄城人聚会，不知是谁组织的，约有二百多，很多是青年学生。一般说来，澄城人性子倔，说话直，心眼实，颇见"澄县老哥"特点，平时互相走动也少，但对家乡却充满热情，能使上劲的，肯定会出力。

我在北京认识一些澄城人，有的还比较熟。初到北京，家住方庄小区。方庄真大，分四个园，我住芳城园1区12号楼，紧挨的

11号楼是外交部宿舍，我的同村马先生一家就在这个楼。偌大北京，茫茫人海，比邻而居，甚至比在老家还离得近，这是无论如何想不到的，况且我们两家关系素来友好，平时串门就是常事了。这个区的5号楼，则住着韦江凡老人。他是著名画家，以画马出名。我们只隔几栋楼，两家也来往。他乡遇故人，韦老总会谈些往事，谈澄城的过去，谈被人骗去画作后的无奈和气愤，给我留下很深的印象。芳古园住着国家烟草局的张司长，后当了副局长，老家澄城，虽然自小生长在外地，但对澄城烟厂的支持绝对不遗余力。芳群园则有一位原冶金部的老乡，冯原人，办事有激情，经常组织一些乡党的活动。

记得好像是1993年，在澄城当过宣传部部长、后任北京某出版社老总的老南，在一次聚会时，带着一本名叫《骚土》的小说，惊诧于其语言之似曾相识，我看了一段，不禁称奇，那是地道的澄城西北乡方言！费了一番周折，找到了作者老村，他是刘家洼人，以后我们常有来往。虽然有人感到他留的胡子有点怪，但他绝对是一位当今难得的极有才气、极能吃苦、也极其传统的文人，蛰居在京郊东北的一个偏僻地方，靠笔耕养活着全家。

我曾去拜访过原国家经贸部的郑拓彬部长，也一起吃过几次饭。我们里庄村的郑户人家，就是从郑部长的村子店头迁过来的，两个村相距不过三四十里，但过去在我的想象中，似乎相当相当的遥远。据说当年搬来是三户人家，而今已是三十来户。"文革"前每年的春节、清明，郑户都派代表去店头祭祖。有一次吃饭时，郑部长说，其实咱俩是一个辈分。他是"新"字辈，以为我名字中的"欣"是"新"字。其实我的"欣"原为"鑫"，1975年调渭南工作时才改的。"新"字要比我高两辈。也可见到了我这一辈，起名字的规矩就少多了。郑部长为澄城烟厂做了很大贡献，澄城人至今仍很感念。

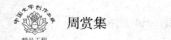

古往今来，人们思念家乡的感情是一样的。约在一千七百年前，吴人张翰在洛阳做官，见得秋风起了，便想到家乡吴中的菰菜、莼羹、鲈鱼脍。澄城的名吃是什么？我想，水盆羊肉当推第一。西北人都爱吃羊肉，但各地做法不同，味道也就有差别。澄城是茴香煮肉，汤色清亮，再加上拌着油汪汪辣子的羊杂碎、香喷喷的芝麻烧饼，味鲜，清爽，令人百吃不厌。水盆羊肉十多年前已落户西安，现在更是风靡古城。虽然如此，澄城人却说，还是本县的味道正宗。张翰是秋风起时才想到家乡的美食，我则是不分四季，不管起什么风，只要一说到回老家，首先就想到水盆羊肉。有这个想法的，肯定不在少数，谁叫我们都是澄城人呢！

原载《澄音京韵》2009 年号

第二辑

艺林一枝

吴冠中的奉献

吴冠中先生是蜚声中外的中国当代著名画家。他数十年来历经坎坷而又苦恋家园，勤奋劳作且锐意创新，在多个方面产生了深刻的影响。

吴先生早年负笈法国，关于西洋绘画的理论与创作有坚实的基础，后来又认真研究中国传统绘画理论，从中汲取丰富的营养。中西融合、古今贯通，使他视野开阔，素养丰厚，以自己大量的水彩、油彩、水墨研究的创作成果，努力建造着一座横跨中西的艺术新桥。

他勇于革新，强调绘画"变法"，反对陈陈相因，反对画家自己重复自己。他在漫长的创作实践中不断地突破自己，超越自己，由此形成了自己的风格。

他特立独行，不怕被人误解，勇于纠正时弊，敢于提出一系列鲜明的艺术观点、艺术主张，例如土洋结合，为人民作画，群众点头、专家鼓掌，风筝不断线，"笔墨等于零"，绘画的形式美，等等。他的这些观点和主张经受了考验，为新时期以来中国美术的不断演进提供了思想的动力。

他又是一个才情横溢的散文大家。他用笔回顾自己的一生，记述他的生活情趣，而他的艺术美文则在找寻着自己绘画创作中的心路历程或体悟心得。他总是忠实于自己。他的文章能打动人心，就在于其向往真善美，在于蕴含着中国文化的精神。

这些都是吴冠中先生的不同侧面。只有把各个方面综合起来，我们才能看到完整的吴先生，也才能更为深刻地认识他的价值和贡献。吴冠中先生不负丹青，不负中华沃土，因而赢得历史的眷顾，获得人民的青睐。

　　我在吴冠中先生的画作和文字里，在他的言行中，总感到有一种充盈其间的精神，有一股支撑着他的力量。在拜访吴先生时，在与他的交谈中，我得知这个精神、力量的一个重要来源是鲁迅先生。他受到鲁迅思想的哺育，受到他的伟大人格的感召，醉心于他那富有韵味的丰富的意境、深刻的笔法和洗练的文字。鲁迅的强烈的爱国精神，疾恶如仇的性格，勇往直前、奋斗不止的意志，刚直不阿的硬骨头精神，都在吴冠中先生身上留下深刻的烙印。鲁迅对吴冠中的影响是多方面的。鲁迅一贯重视美术，他认为，中国的艺术，既要有民族的特色，又不受旧的传统思想和手法的"桎梏"；既要吸收外国艺术的精华，适应时代的潮流，又不能全盘照搬西方的一套。他希望中国的艺术能革新和发展，创造出具有崭新内容和民族风格的艺术作品。鲁迅对美术家陶元庆的绘画评价很高，他在观看了陶元庆的西洋绘画展览后说："他以新的形，尤其是新的色来写出他自己的世界，而其中仍有中国向来的魂灵——要字面免得流于玄虚，则就是：民族性。"吴冠中先生一生致力于油画民族化与中国画现代化，他的努力与探索，他的成就与贡献，也完全适用鲁迅对陶元庆的这个评价：勇于打破旧日的和外国的"两重的桎梏"，"和世界的思潮合流，而并未桎亡中国的民族性。"从这个意义上理解他的"风筝不断线"，就不只是保持与人民群众的关系，而且是坚持中华民族的魂灵的大问题。

　　吴冠中先生先后把自己八十多幅绘画作品无偿地捐献给国家及有关博物馆、美术馆。无私的奉献，高尚的情怀，早为世人所称道。

如今，他又把三幅作品捐给国家，由故宫博物院永久收藏。这三幅都是精品，是他的代表作，尤其是《1974 长江》更以其特定的创作时代、精湛的艺术特色，在吴先生的创作生涯中具有特殊的意义。三十二年前的这幅作品，是未完成的巨幅壁画的底稿，吴先生做了如是的说明："我作长江，整体从意象立意，局部从具象入手，此亦我 70 年代创作之基本手法。江流入画图，江流又出画图，是长江流域，是中华大地，不局限一条河流的两岸风物，这样，也发挥了造型艺术中形式构成之基本要素，非沿江地段之拼合而已。"这说明了此画幅的价值。它是吴先生 70 年代艺术实践的总结，是他的风格的典型体现，又是而后三十年来新的画风的序曲，因此它被有的专家称为"里程碑式"的作品。同样作于 1974 年的《石榴》，画了暴露出籽粒的累累果实，那饱满的石榴，表现了生命的充实与无限。在《江村》中，小桥流水，白墙黛瓦，漂荡的孤舟，有鲁迅小说的影子，有作者童年的梦境与记忆，是乡情的寄托与慰藉，也充分体现了形式美与意境美的结合。这三幅无疑都是吴先生的力作。

对故宫博物院来说，收藏吴冠中先生的绘画代表作具有标志性意义。人们知道，故宫博物院的收藏，绝大部分是清宫旧藏，是中国历代艺术的精品。但是，艺术发展的长河是不会停止的。我们前人所经历的一切是历史的一个部分，我们今天所经历过的一切同样是历史的一个部分，这就是通常所说的现、当代。在当代文化发展史上有价值的艺术品，与古代的艺术品一样，同样具有文物的价值。"后之视今，亦犹今之视昔。"今天的艺术精品就是明天的"艺术史"。我们应从传承民族文化的视角审视当今的艺术品，从保护民族文化财富的认识高度来承担征集、收藏当代艺术精品的时代重任。如果在这个问题上缺乏应有的认识，坐失时机，我们就会犯下不可原谅的历史错误。

收藏当代艺术精品绝非易事，不仅因为艺术门类的广泛，而且由于其风格、流派的多样，以及人们认识的各种局限，都需要我们采取十分严谨的态度，使新的藏品经得起历史的检验。我们尊崇的是那些在艺术上获得真正成功的大师们在各个阶段的铭心之作，以便我们和后人完整地研究他们的成功之路，也能充分领略艺术长河的汩汩不息。人们好用"国之瑰宝"四个字来赞崇文物珍品，并常常将此与故宫的藏品联系起来。因此，我们收藏的当代艺术精品，也应当不辜负社会公众的期望。就是说，故宫的收藏，应有更高的标准，更高的门槛，它本身是中国当代艺术发展水平的最高体现，同时通过征集、收藏活动，又应对中国当代艺术的发展起到积极的引导作用。

　　基于上述原因，吴冠中先生作品的收藏，在故宫博物院就有标志性意义。不是说故宫过去没有收藏过中国现当代的艺术精品，应该说收藏得还不算少，但由于没有从延续中华文化艺术发展长河的高度去认识，不是有计划地、主动地去征集，因而带有很大的盲目性。吴冠中先生代表作的收藏，则是在明确的指导思想下的自觉行动。故宫博物院对收藏吴先生的三幅作品非常重视，围绕捐献活动，又特地举办《奉献——吴冠中历年捐赠作品汇展》，从吴冠中先生捐献给香港艺术馆、上海美术馆、中国美术馆、北京鲁迅博物馆的作品中借调展出；为了充分认识吴冠中先生此次捐赠和举办历年捐赠作品汇展的重要意义，研究吴先生的艺术成就，特邀请中外学者，举办"传统与创新·收藏与弘扬"国际学术研讨会，并在会后出版学术文集。

　　　　　　　　　　《奉献——吴冠中捐赠作品汇集》序言，

　　　　　　　　　　　　紫禁城出版社，2006年

诗魂书骨　大美不言

　　范曾先生为当代中国画坛巨擘，诗词、书法、文章及学问亦颇负盛名。他对自己的评价是：痴于绘画，能书；偶为辞章，颇抒己怀；好读书史，略通古今之变。（《〈范曾画传〉题辞》）他也颇受时贤的推崇。季羡林先生说："我认识范曾有一个三步（不是部）曲：第一步认为他只是一个画家；第二步认为他是国学家；第三步认为他是一个思想家。在这三个方面，他都有精湛深邃的造诣。谓予不信，请阅读范曾的著作（《抱冲斋艺史丛谈·庄子显灵记序》）。"

　　"以诗为魂，以书为骨"，这是范曾绘画的显著特色，是他几十年创作甘苦的体味与总结，也是他为中国画提出的箴言。这里的"诗"，非直指古风近体，而是指诗的意蕴境界。范曾认为，举凡中国先哲深睿高华之感悟，史家博雅浩瀚之文思，诗家沉雄逸迈之篇章，皆为中国画源头活水。加之画家对宇宙人生，入乎其内，出乎其外，以诗人之眼观物，以诗人之舌言事，胸次既博大而格调又清新，其所创制，自非一般。（《中国近现代名家画集·范曾·自序》）范曾生长于诗人世家，一直接受诗歌环境之熏陶培养，且有厚实的儒、释、道等中国传统文化的滋养，因此其内心就蕴含着一份涵养深厚的诗魂，这份诗魂又氤氲在他的笔墨深处。

　　所谓"书"，可以宽泛地理解为"笔墨"。范曾指出，中国画状物言情，必依托于笔墨。笔墨之优劣则视画家书法功力之深浅。古往今来，有笔虽遒健而未成大气象者，此失魂落魄者也；如笔疲腕弱而企成大气象者，则未之见，此魂无以附者也。中国笔墨为最具形式构成之特质、最具独立审美价值之艺术语言，中国画坛凡称大家作手，无一不以笔墨彪炳于世。魂附骨存，骨依魂立，诗、书于中国画之深刻影响于此可见。（《中国近现代名家画集·范曾·自序》）

就中国画的整体效果而言，范曾认为，中国画的诗意不只是体现在整个画面的意蕴风神中，同时也体现在每一笔的点画流美之中。诗、书、画在中国画上高度统一所构成的气氛，正是东方艺术最可自豪的特色。一个诗思滞塞的人，不会有灵动的情采；而一个用笔羸弱的人，画面也必然缺少凛然的风骨。凛然的风骨和灵动的情采之最深的根源，在于画家自身崇高的品德和博大的修养。（《范曾诗稿·自序》）

从一个艺术家的社会责任感和知识分子的良知出发，范曾近年来力倡古典精神的回归。物欲汹汹的商品经济大潮，对中国艺术发展带来很大冲击，一切与传统道德理想、价值判断联系在一起的社会审美旨趣均发生动摇，灵性渐失、精神无寄的现象日益严重。范曾认为，衡量艺术亘古不变的原则是好与坏，而不仅仅是新与旧。他全面思考了从老子、庄子以来的中国美学精神，《老子心解》《庄子心解》等一系列文章就是思考的结果。《庄子显灵记》则是他的全面的艺术主张和对全部文化艺术问题思考的结晶，是对"回归古典"的艺术主张在理论上的构建。回归古典，就是要从自己民族的文化中寻找那些生生不息的活力，增强自身的造血机能，使古老的文明发出新的光耀。唯其如此，中国才有指望在新世纪高张文艺复兴之大纛，使天下云集而景从，从上世纪人类艺术的诸多败笔中匡正扶危，自辟蹊径。大美不言。范曾指出，两千五百年前的老子看透了生命成熟的危机，提出"复归于婴"，其实人类远古的纯净，确在宇宙的浑朴之中，在它和谐的大智慧之中，我们只有坚其内质，刻苦地掌握传统，然后才可能去发展传统。

回归古典还有更为深刻的内容，即人文关怀精神的回归。这种人文关怀精神是对地球和人类命运的终极关怀，是着眼于追求全世界的和谐共生。这也是中国传统的忧患意识在新时代的发展和提升。同样，它所要回归的古典文化，也超越了狭隘的民族主义和国家主义，需要以一种恢宏的眼光、一种健全开放的文化心态，对人类所有文化精华的摄取与回归。知识分子是责无旁贷的人文关怀精神的载体。范曾认为，这样一种人文关怀精神恰恰是应该在当代艺术家中提倡的。艺术家往往得社会风气之先，他们在和谐社会时代精神构建中可以发挥更多的作用。从根本上说，这也是艺术和当代社会、当代精神以及当代生存关系的体现。

范曾先生以画名世，认真读他的书、画、诗、文，会感到他在各个方面成就都很大。范曾艺术其实是一个整体，一个具有鲜明中国艺术、东方艺术精神的整体。体现民族创造力和民族精神的中国书画艺术的不断提高，与中国文化的建设与发展息息相关。范曾先生以自己四十来年不懈的艺术追求、坚实的创作实践、丰硕的创造成果以及多方面的卓越成就为世所瞩目，不仅在中国书画的发展上起着有力的推进作用，而且为中国文化的积累和建设做出了积极的贡献。

故宫博物院举办的《回归与超越——范曾书画作品展》，集中了范曾 1999 年以来创作的书画精品，其中十幅捐献给故宫博物院收藏。人们从这些作品中将会得到美的享受，并领略画家在中国画发展道路上一往直前的风采。"天意君须会，人间要好诗。"（白居易

《读李杜诗集，因题卷后》）我们期望范曾先生不断有好诗问世，不断有诗魂书骨的画作出现，庶几不辜负这伟大的时代，这充满希望的社会，以及为美好的未来而奋斗的人民。

　　　　　　　　　　《回归与超越——范曾书画集》序言，

　　　　　　　　　　　　紫禁城出版社，2007 年

从观念更新到艺术创新

故宫博物院是庋藏中国艺术传统的宝库，也应该是荟萃当代中国各个地区艺术创新精品的殿堂。因此，我们十分关注台湾美术界在继承传统和艺术创新方面的成功之作。

早在上世纪 80 年代末，故宫博物院已经接触了来自台湾的许多艺术家，1993 年，我们曾为台湾著名画家和艺术史家、前台北故宫博物院副院长江兆申先生举办了"江兆申山水画展"；2003 年，又为他的弟子周澄先生举办了"台湾画家周澄书画篆刻展"；2004 年，故宫博物院接收了捐赠品——台湾知名人士马寿华先生的后代捐赠的马寿华先生的三幅书画精品。2005 年 10 月，我们为庆祝故宫博物院建院八十周年举办了"中国当代书画展"，一批著名的台湾画家刘国松、周澄、何怀硕、江明贤等向我院捐赠了新作精品。在近二十年里，我们还举办了多次有台湾画家参加的书画联展和来自台湾收藏家们的古代艺术品展。

今天，故宫博物院为刘国松先生举办他六十年艺术生涯的回顾展，反映了老艺术家在各个历史时期的绘画新创，许多展品是来自国外博物馆收藏的刘国松先生的代表作，其中三件作品《后门》《静秀山庄》《四季册页》（A 组）是刘国松先生向故宫博物院捐赠的力作，弥补了我院缺乏台湾绘画创新的精品之作的缺憾。随着时代的发展，这种弥补永远不会满足，我们深情地关注着台湾同胞未来的艺术成就。

在两岸文化交流处在冰封的时期，刘国松先生克服了种种艰难险阻，是第一个打破坚冰、实现两岸艺术交流的台湾画家。1981年11月，经诗人艾青先生的推荐，三十九岁的刘国松先生作为台湾地区画家的代表从香港到北京参加成立中国画研究院开幕式的活动，1983年2月刘国松先生在中国美术馆成功地举办个人画展，随后，在大陆的十六个城市进行巡回展出，轰动了整个中国内地的美术界。刘国松先生充满创意的水墨新风给当年正处在改革开放之初的中国画坛带来了一个新的天地。今天，刘国松先生的展览依旧迸发出强烈的艺术感染力和震撼力，充分显现出画家饱满的创作热情和持久的创新精神。

刘国松先生六十年的艺术生涯是一个不断反思、不断探索的艰苦历程，他在艺术观念上的革命，发生了三次大的嬗变。经历了从崇尚民族传统到刻意追求西画的曲折阶段。他在1952年上大学二年级的时候否定国画，以七年的时间研习西洋画，60年代初，刘国松先生大彻大悟："模仿新的，不能代替模仿旧的；抄袭西洋的，不能代替抄袭中国的。"他重新回到东方绘画的纸墨世界，最终以中西合璧的绘画观念表现中华民族博大精深的文化精神。他开始实验用笔以外的工具与技巧来作画，形成了"拓墨"技法。1968年12月，美国太空船阿波罗8号进入月球轨道，拍下地球和月球弧形表面的照片，1969年初，刘国松的绘画和人类一并进入了太空时代。1986年，他经过了四年多画"太空画"的大胆实践，实验出"渍墨画"画法，开辟了一个崭新的绘画空间，表现出大气磅礴、深邃悠远、雄奇伟岸和迷离无际的宇宙世界。

刘国松先生成功的艺术实践来自于他独到的艺术见解，其艺术理论的核心是树立反叛精神，他认为："'反叛'本是现代精神的一部分，其本质是反对一切既成的形式，其目的是创造一些世上所没有的，用以丰富人类精神的世界。"他认为技法的创新与材质的开发是一致的，也是同等重要的，是艺术创新的一个整体。从刘国松先生所经历的技法革命，证实了这样一个道理：艺术家不是绘画工具的奴隶，而是绘画工具的主人，还应该是新工具、新材料的创造者。

刘国松先生所开辟的新的绘画观念和空间、内容和表现手段及绘画材料，对一切从事创新型事业的人们，都具有深刻的启迪意义。艺术创新是没有极限的，除非艺术家的思维受到了禁锢，就和博物馆的收藏也是没有极限一样，除非我们收藏艺术品的观念停止了发展。

《宇宙心印：刘国松绘画一甲子》序言，

紫禁城出版社，2007 年

师古人之心

文化艺术存在的基本要素之一是必须有人为之传播，使之繁衍，在传播、繁衍的过程中，既保留了先前的文化艺术，又孕育出新的文化生命，生生不息、代代相传。一个民族，一旦没有人为之传播其文化，这个民族的文化遗产甚至这个民族的精神都将濒临消亡；一种艺术，一旦没有人为之传播其形态和精神，这种艺术的表里亦将消弭。可见，传播者是民族文化的典守者，正因为有了他们，中华民族才有了五千年的文化历史。

中国的绘画艺术则更是如此，其传扬的基本方式是临写和模仿，这是继承绘画传统的重要方法之一。绘画史上出现的许多名师巨匠都是从临摹先贤名作入手的，直至暮年，终获成功，深刻地说明了继承绘画传统是一个多么漫长的寂寞之道。譬如，从民国至建国初年，绘画界有一位功力型的艺术高手，要不是国家文物局在1989年将他的绘画精品列为国家限制出境的对象，他几乎要被当今的年轻人忘却了。

我们应该永远记住这位长者的名字，他就是吴桐（1894—1953），原名桐生，后改名为桐，字琴木，号冷风居士，取唐代诗人崔信民"枫落吴江冷"之意，别号苍梧生，江苏吴江县震泽人氏。吴琴木先生从小酷好绘画，成年后在家乡当私塾先生。吴先生继承传统绘画与他和当时江南的大收藏家庞元济的缘分密切相关。1914

年，吴先生到浙江湖州南浔镇庞元济的虚斋里研习、临摹和管理他收藏的历代书画，可知吴先生研习绘画的起点是很高的，这影响了他一生的艺术生涯，与他几乎同时在庞虚斋那里获益的还有陆恢、张大壮等海派高手。1924年，吴先生随着庞家收藏活动的转移来到了上海，在交游、师承、写生等方面进一步开阔了艺术眼界，在那里举办了许多个人画展，他与当时同在上海的吴湖帆、张大千交往甚密。

吴先生本质上是一位传统文人，上个世纪30年代在上海诗坛颇有声望，系"鸣社"成员，其古体诗的风格雄壮沉郁，读来令人感奋。他的书风与其诗风相合，行笔劲爽，飘逸洒脱。这些，在吴先生的画中多有体现，形成了他继承、研究传统绘画的基本素养。

吴先生画艺较为广博，工笔、写意、青绿等皆为其长。他主擅山水，兼作花鸟，旁涉人物。他临仿先贤的名迹绝不偏于一家，而是博采众长，甚至两种对立的画派他都能够兼收并蓄，如他能将清代开拓型的石涛和传统型的王原祁两家的山水画风融会在其心里。他由临仿清初"四王、吴、恽"、"四僧"、龚贤、"扬州八怪"等名贤的真迹起步，直到明代"吴门画派"、"青藤、白阳"、元代赵孟頫、高克恭和"元四家"等人的笔墨精粹，上探北宋的李成、范宽、郭熙、李公麟、米芾、马远的艺术程序，最后一直上溯到五代的董源、巨然等山水画巨匠的画风之源。

值得注意的是，吴先生在40年代中期以后的绘画，已经将所师法和模仿的历代名家的造型、画法、笔墨等融会贯通为一体，十分自然地从自己的腕底流出，开始形成了画家个人清逸雅洁的绘画风格。在他生命的最后十年里，画家走出书斋画室，面向大自然直接写生，漫游大江南北，遍览名山大川，胸罗丘壑已是万万千。在他的笔下出现了许多艺术创新的端倪，如他的《和退醒庐黄山诗意册十八开》，笔墨十分清新朗润。画家还开始关心当时的乡村生活，作有《农家乐》，并关注国家前途和民族命运，特别是 1952 年他为抗美援朝捐画购买飞机大炮，表明了他的爱国热忱。不幸的是，在他六十岁正要迈进衰年变法的路程时，便永远倒在了 1953 年的艺术里程碑旁。如果天假以年，他也会像衰年变法的黄宾虹那样，在晚年创造出一个崭新的艺术天地。

半个多世纪之后，现代社会的生活节奏日益加快，物质财富的积累速度成几何级数增长，投资者在数月之内甚至在更短的时间内成为暴富的事例屡见不鲜，在运作规范的条件下，这对社会的发展无疑是有积极作用的。但是，艺术道路上，如果缺乏恒心，急功近利，很容易产生在短期内获得艺术成功的投机心理，伴随而来的是浮躁、焦虑、自满等情绪，在这种情绪下爆发的作品，不可能留下功垂千载的笔墨艺术。绘画艺术的发展既有赖于经济的发展，也有其自身的发展规律，一个成功的艺术家不经过数十个寒暑的磨砺和积累，是不可能得到社会公众认可的。

《吴琴木画集》的出版，再次肯定了继承中国古代绘画传统的艺术道路。这并不是鼓励青年一代的艺术爱好者一味模仿古人，而是希望欣赏者不妨沉浸一下他们温文尔雅的心境，不妨体味一下他们恬淡平和的心态，不妨感受一下他们对先哲笔墨的理解。吴先生实践了石涛关于师古人之心重于师古人之迹的画理（见《大涤子题画诗跋》）。"师古人之心"不等于排除"师古人之迹"，关键在于要通过"师古人之迹"达到"师古人之心"的目的，这个"心"，就是古人所蕴含的艺术创造力。

吴先生的可贵之处在于，他并不拘泥于古人的某家某派，而是一位得"古人之心"的集大成者，也是一位有望创新的艺术家，这

是通向艺术成功最艰苦的路途。吴先生没有走完的艺术道路，是当今艺术发展的趋向。虽然过去了半个世纪，以文化传统为基础，以艺术创新为目标，依旧是每一位画家面临的艺术前程。

《吴琴木画集》序言

贯通融会 领异拔新

饶宗颐教授博学多才，治学之余，兼通诗词、书画、音乐及琴艺，涉猎之广，造诣之深，即使专业名家，恐怕也难望其项背。此为人所共知，无须多说。至于饶教授为何能有如此成就，仁者见仁，智者见智，解说各不相同。如依拙见，似可归纳为八个字：贯通融会，领异拔新。前者需要以大学问为基础不断探求，后者需要以大智慧为底蕴坚持创造。其中书画一门，可为范例。

首先，应该注意，古往今来，即使书画名家，也大多重实践而轻理论，知其然而不知所以然。而饶教授于书画，不仅长期实践，且有丰富理论。关于书，饶教授曾著《选堂论书十要》（1987 年），《苕俊集》中又有《论书》七古一首；关于画，饶教授曾著《画䫂》（1993 年），《选堂诗存》中又有《题画诗》专集，《选堂乐府》中还有"题画词"若干。均为从事书画创作数十年后，功力、学养俱臻化境之作。故咳珠唾玉，极见匠心。实践创造理论，理论指导实践。要了解饶教授书画成就，非从饶教授书画理论着手不可。

其次，应该注意，只有像饶教授这样的大学问家、大智慧者，才能将所学贯通融会，合炉而治，领异拔新，发人未发。譬如饶教授在《画䫂》中，将以往"艺术同源"旧论，升华为"艺术换位"新说。不满足以书入画，以画入书，还要求以律入书，以诗入画。《论书十要》不仅提出"书道与画通"，还提出"书道如琴理"。《论书》七古亦称"一波一撇含至乐，鼓宫得宫角得角"，又称"以书通律如梦觉，梦醒春晓满洞天"。《睎周集》卷上识语有云："曾谓词之为物，仿佛今之抽象画。"词乃诗之余。反之亦可以诗词入画。又譬如饶教授在《画颣》中，有感于当下"学、艺隔阂"，提出学、艺应该"携手"。其中，将在"中国精神史"上占有重要地位的释、道之学，与艺术全面"携手"，尤其值得关注。虽然，以禅理论艺，始于明末董其昌（华亭），但若论深谙禅、艺关系，却无人能出饶教授之右。如云："以禅通艺，开无数法门。"又云："熟读禅灯之文，于书画关捩，自能参透，得活用之妙。"又曾论及《庄子》及道教对于书画创作之影响，自亦参透道、艺关系三昧。

饶教授理论指导实践，创作大量独具新意的书画作品。欣赏饶教授书画作品，自然成为一种至高、至美的享受。这些书画作品，不仅用墨、用笔均甚讲究，如《论书》七古称"墨多墨少均成障，墨饱笔驰参万象"，又称"乍连若断都贯串，生气尽逐三光驰"，使人于欣赏之余，切实感受到一种酣畅淋漓的墨韵和刚柔相济的笔情；还将弹琴手法转化为书画笔法，将诗词"幽夐"意境转化为书画"空灵"意境，将琴心、诗心甚至禅心、道心统统转化为书心、画心，使人于欣赏之余，恍若听到抚琴、吟诗，进入一种参禅、悟道的虚幻境界。直至近年，饶教授对其书画技法，仍在不断创新和变化。饶教授九秩华诞之际，有关方面拟将饶教授七十余年来在书画方面的艺术成就，编辑一套皇皇十二册的《饶宗颐艺术创作汇集》，不仅以为庆贺，亦欲饱世人眼福。欣淼不才，有幸受邀，成为《汇集》推荐人。在此，谨祝《汇集》出版成功，并祝饶教授健康长寿！

《饶宗颐艺术创作汇集（第四册）·腕底山川》代序，

香港大学饶宗颐学术馆，2006 年

颐园碑记

　　颐园者，饶公选堂先生自题学术新馆之名也。其地为先生早年读书旧址。20 世纪 90 年代，潮州市政府为表彰先生学术成就与艺术贡献，曾建学术馆于此。十年后，因旧馆稍嫌局促，有关方面又集巨资，于原地扩建新馆。迨其落成，适逢先生九十华诞，群贤毕至，少长咸集，良辰美景，赏心乐事，亦一时之盛典也。

　　新馆位于潮州城东，为典型潮式庭院建筑。背倚开元禅寺，面向韩江，距广济桥不过咫尺，与韩文公祠隔江相望。大门有联，曰"陶铸今古，点染江山"，已道出先生学艺双修特色。展室亦主要有二：一为"经纬堂"，陈列学术成果；一为"翰墨林"，胪示书画艺术。另有"天啸楼"等建筑及回廊、亭榭、水池诸景观。楼堂多有门联，悉出先生及当世名家之手。布置典雅，内容充实。流连其中，潜心揣摩，必将援鹑得髓，受益匪浅焉。

　　潮州自韩文公为刺史，兴学崇儒，遂有"海滨邹鲁"之称，至今人受其惠。中国自韩文公倡文导道，文起八代之衰，道济天下之溺，至今人怀其德。苏子谓文公"匹夫而为百世师，一言而为天下法"，洵非过誉。而先生之于文公，正所谓异代接武者也。先生生于潮，长于潮，受文公遗惠深矣，于文公夙所心仪焉。年未弱冠，即撰《恶溪考》，于文公行迹颇多留意。年仅而立，又撰《韩文编录原始》，于韩文成集关注有加。后又尝对文公《南山》诗与佛教关系进行研讨，并借其一百零二韵为大千先生颂寿。先生受文公影响亦殊深也。一生以传道授业解惑为己任。犹记改革开放之初，大陆学子得读先生论著，悉既惊且佩，师事者甚夥，私淑者又不知凡几。先生亦勇担导师之责，学界亦以领袖期之焉。而今值中华民族伟大复兴，文化复兴更属千秋大业。先生博学精艺，于文化领域无所不窥，厥绩甚丰，厥功甚伟，不仅有惠于当代，亦且有德于后世。盖比诸文公，何多让焉！而此亦余始终景仰先生之所在也。

是为记。

2007 年元月沐手拜撰

本文为作者遵饶宗颐先生之嘱，
为潮州颐园学术新馆所撰碑文

米芾书法刻石碑廊记

　　镇江丹徒者，书家米芾之桑梓也。芾祖籍太原，幼即随父迁丹徒，稍后曾徙襄阳，中年复居丹徒，及卒，亦葬于丹徒长山。芾享年五十七，居丹徒者四十年。《宋史》本传谓为"吴人"，良有以也。

　　芾少名黻，字符章。别号甚夥。徙襄阳时，当地有鹿门山，号襄阳漫士、鹿门居士。居丹徒日，喜登岳观海，又号海岳外史等。此其最著者。其为人萧散孤介，脱落尘俗，于别号亦可窥见一二焉。

　　芾仕宦不显，人所习闻者，仅尝官"书画学博士"耳。芾博学多才艺，亦以书画最得名焉。其画擅山水云雾，且自名一家，号曰"米家山水"、"米氏云山"，识者亦谓源出丹徒之烟霏霞蔚也。惜世不传，无复得见。今存者唯书而已矣。

　　芾于书无所不能，篆、隶、真、行、草，皆能超迈前古。或号鲸鸣鼍，笔墨横飞；或风樯阵马，沉着痛快。所谓"当与钟、王并行，非但不愧而已"。北宋四大家，芾序列第三，实居其首。此后千载间，亦无一人能出其右。此为天下熟知，无待缕陈矣。

　　芾之书法真迹，传世亦鲜，约略六十幅而已。合法帖、碑刻，亦不过百卅余种。且流散于国内外各公私收藏单位，董理既难，境况堪虞。近年，丹徒区委区政府与故宫博物院合作，费时数载，编印《米芾书法全集》凡卅三卷。论者以为不啻米氏法书之功臣，亦中国书坛之幸事也。然丹徒区委区政府意不止此。

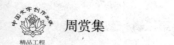

丹徒区委区政府为追念先贤，阐扬遗泽，更于长山之北，米芾书法公园之内，新建米芾书法刻石碑廊。碑廊随山势起伏蜿蜒，全长二百余丈，规模宏巨，极具特色。廊内精勒国内外公私散藏米氏法书二百余件，或以为质量超过历代米氏刻帖，洵可喜也。而米氏名山事业，尽在于斯矣。有感于此，故为记焉。

2012 年为江苏丹徒米芾文化公园撰写的碑文

清钟远播

　　见到子牧的画是前年的事，据朋友讲子牧的画有一种陶渊明"良朋悠邈，搔首延伫"的出世豁达之度。自元代以来，书画以逸品为高，而子牧正是以自己的生活和情怀，书写了"逸"的人格，"书自酣畅，笔尽天然"。从山形物象到皴擦点染，无不蕴含着传统文人的淡泊之志，高古之风。子牧画集即将付梓，画集的名字叫"兰生幽谷"，出自《淮南子·说山》："兰生幽谷不为莫服而不芳；舟在江海不为莫乘而不浮；君子行义不为莫知而止休。"这诉说着子牧数十年来为人为艺的传统文人心态，虽然经历了多次"入道"、"出道"的折腾，"拾起"、"放下"的迁滞，但对文人画的追求和寄情却始终如一。或许，他是孤独的，因为他没有和这个喧嚣的世界并进；或许，他是保守的，他没有像今天的许多画家那样创造自己的符号；或许，他是平淡的，因为他不事张扬，甘于寂寞。但正是这种朴实无华的言语和宁静致远的态度，使子牧用自己的理解和语言对中国传统文化做出了阐释和概括，并让我们看到文人精神在他的血液中鲜活地存在着。

　　子牧几十年的创作生涯是低调的，书画对于子牧而言更多的是陶冶性情的媒介，而非追求功利的手段，这又是文人画精神的一种身体力行的写照。子牧早年的创作活动范围主要集中在大型壁画、年画、连环画等公共艺术题材上，每项创作都是不遗余力，精益求精，不按照通行和世人的标准进行创作，只是在内心和生活中守护和捍卫着一片书画的净土，这与中国文人自古以来的隐居情怀如出一辙。隐居，实则是一种体悟与积淀。纵览子牧作品，"善学尽理"是其所长。不但于文学历史、文化习俗、画史画论，甚至大到山川风物、建筑舟车，小到家具陈设、园林环境、器物布置、衣饰纹样等，无不明了知晓，无不"曲尽其妙"，且具出处，绝不杜撰。在大量传统题材的作品中，这资源丰富的巨大"信息库"得之于其漫长一生在社会大潮中心无旁骛而又超然物外的隐居沉淀。

"述而不作，信而好古"，中国文化更多的是一种积淀型的文化，它的价值在于对传统的理解和阐释，因此需要更多的时间去理解和消化传统。子牧从幼年起便临习古今名作，体察心悟，刻苦力学，更有严格的书法根基辅之。在不同时期对晋唐人物、宋代院体、元明士人、清初名家及近代大家的深入研习；痴迷于魏汉以来的壁画、雕塑等，正是这样长期而大量的铺垫与潜默领悟、触类旁及而达到创作时心有丘壑且游刃有余。子牧的横空出世不是一种偶然，这是他的学养、知识、才情、天赋等综合因素的一次大迸发。

高山远水，雪景寒林，松下听音，深山会棋。子牧用诗意的情怀，文学性的语言，勾勒出中国文人与自然天人合一的高古境界，描摹着文人在精神意向上的忘情神游，并不像近代写意风格那样完全沉迷于笔墨意趣。高远的山形和工致的骨法隐聚着宋明遗风，俯拾即是，妙造自然。子牧认为相异的画作题材与意境要用不同的技法描绘，他通过描绘典型的文人生活，传达出自己对中国文化精神和人生价值的感悟，并映射出自己的学习生涯和生活轨迹。子牧作画取材丰富，古典文学中的诗词曲赋多有表现，于古典文学的修养之外更在内容形式方面匠心独运。例如画《赋》画《亭记》以细笔巨幅来表现，使文章中详尽的叙事性和论述性通过画面丰富繁密的人物与场景得到进一步阐述。而《元曲画意》诙谐调侃的情调则以简练的写意手法加以戏剧性的描绘。子牧绘画中的文学性与戏剧性无疑成为当下子牧绘画作品的主要风格，更使其摆脱了近代文人过于沉溺于墨戏的旧习，故而清新雅致，气韵盎然。

　　驻足于子牧的画前，我们似乎忘却了自己的时代，体悟到的是画面的静中之美，此时风格和语言似乎也显得不那么重要，取而代之的是对一脉相承的历史和文化的认同感，我们被这一幅幅画卷带入到几千年诗意的感悟和智慧的心灵之中。以"林泉之志"达"澄怀观道"应该是中国传统绘画的真谛，子牧恪守这一审美准则，也是对所谓"现代文明"的一种超脱和升华。在喧嚣的现实生活中，在绘画优秀传统岌岌可危的现代，子牧有意用绘画延续传统文人精神的理想，是有其现实意义的。

　　　　　　　　《子牧画集》序言，紫禁城出版社，2010 年

平常之景　真情之笔

　　在中国现当代画坛上，陈全胜出名较早，他曾以自己具有独特风格的人物画为世所瞩目。然而近些年来，他几乎消失在热闹的画苑。今天，当他把自己的大量作品特别是水墨山水画呈现给观众时，人们才知道，他经受住了喧嚣的市场诱惑，耐住了寂寞，以一颗艺术家的素心潜心于创作，而且勇于创新，不断超越自己，没有辜负这个伟大的时代，取得了令人惊喜的也是意料之中的成就。

　　陈全胜从人物画入手，自小就打下了深厚扎实的造型基础，培养了敏锐观察生活的能力。1971 年，他到部队从事文艺工作并开始发表绘画作品；1974 年，他二十四岁时绘制的水墨设色连环画《猎户人家》《小筏夫》在上海人民美术出版社出版，此作一发表，就受到当时人物画坛的关注。在"四害"横行的"文革"后期，美术作品大多处在千篇一律的非正常状态，陈全胜的水墨连环画的清澈透亮之感和胶东半岛的生活气息，像一股清风掠过画坛，被收入在人民美术出版社出版的大开本《连环画选页》内，成为连环画和美术创作的范本。此后，陈全胜在军队和地方的人物画坛越来越活跃。

　　陈全胜精善工笔人物画，无论是造型、线条还是设色，均形成了自己的独特风格。随着时代的发展，他像同时代的许多人物画家一样，在现实题材的主题创作之后，开始转向古代题材的人物画创作，最具代表性的工笔重彩人物画如《玄奘归唐》《洛神赋》等，为当今人物画坛之佳作。

然而，陈全胜并没有满足于已经取得的在人物画方面的成就，他又转入到山水画创作的领域，沉浸在中国的山水自然之中，用笔墨抒写胸中的自然，传承中国绘画的美学思想。在中国文人画的发展中，所谓的文、野之别，就是许多批评家论画中的"才气画"和"功夫画"，前者靠灵气和天分，以巧为胜；后者凭借功力和耐力，以勤为胜。陈全胜则是这两者的有机结合。然而，这还不是他与众不同的全部，更重要的是，他善于以平常之心发现不平常之美。

古今的山水画家通常都有游历的经验，熟悉的名山大川和地域资源往往成为其艺术创作的本源，如北宋的北方画家画太行山，清初的金陵八家画金陵，新安画派画黄山，都反映了山水和生活的关系。及至现代，刘海粟画黄山，李可染写桂林……均表明了画家喜好的山水自然与作品题材选择之间的关系。陈全胜也曾遍游名山大川，但他并没有画这些眼前即景，而是将焦点聚集在他所熟悉的故乡热土之上。他着力表现泰山山后一带的风光，常以"岱后"冠之，还描绘了泰山以东胶东山区和泰山以南的沂蒙山区的自然风情。即便是画泰山，也不是画家常画的十八盘壮丽景色，而是山后的一山一隅、一坡一沟。他从看似极为平常的沟渠坡渚、杂木荒滩里，发现生活中的美——生动和朴实的自然。

显然，与许多山水画家不同的是，人物画出身的陈全胜并没有完全放弃表现人的兴趣，他也没有忘却自己的专长，他在寻找一种人物与山水的结合方式，以使山水画的创作增加人文的色彩，从而将山水画对自然的关注转向了人文与自然的结合。因此，他以传统中国画中的点景人物来丰富山水画的主题内容，不管是孔子周游、六朝雅士，还是胶东山民，陈全胜所表达的都是对理想生活的礼赞，其中不乏画家对童年生活的感怀。

陈全胜的画大多是以小品画的形式传达出自己对生活的感受，自由自在、无忧无扰。他的构图相当简洁，追求险中求稳，平中求奇，极富变化，绝不墨守成规。如《抚琴图》，横线的树枝打破竖线的树干，又以圆线的巨石加以调和，使画面充满变化而无凌乱之感。陈全胜既长于在尺幅之中感受天地之宽厚，又擅长在巨幅大画里驰骋千里之远，如他的《泰山松云》，流云激荡，虬松苍茫，泰岱之雄，尽收眼底。他的《岱后深处有人家》《翠秀丹枫图》均是如此。

艺术的关键在于用爱心去感受生活、发现美感；用自己的语言去表现生活，传导美感。陈全胜注重线条的理性构成与笔墨的感性抒发，因为他领悟了艺术的法则。他独辟蹊径，专以清水淡墨横涂竖抹，强调一次成形、一气呵成，粗头乱服，点画随意自如，轻松坦然，有风吹云动之感。他也善用宿墨，通过墨法增添墨色的层次感，其中所反映出的画家当年的素描功夫，正有机地转化成丰富、协调的笔墨变化。而层次分明，特别是墨色的鲜活灵动所透露出的自然搏动不休的生命力，为他的画增添了生机。陈全胜的线条变化比较丰富，或粗重、或流畅，天然巧成，契合了所表现自然的形和神。陈全胜的行笔迅捷和灵活，其笔墨以流畅取胜，腕下的笔墨形象如树石桥屋灯常常形成一个有机的笔墨整体。他在处理交汇中的画面形象时亦十分老到，如近树与远山重合，杂木与屋宇的累叠，均在杂而不乱的表现中显现出丰富的自然氛围。陈全胜的笔墨造型吸收了八大山人的风格，特别是树形，生拙而富有情趣。而在传统笔墨的丰富性方面，既有明代吴门画派的笔墨功底，又受到黄宾虹墨法的滋润。

陈全胜笔墨的成就来自多年的修炼，尤其是得力于书法的造诣。其书法以李北海的《麓山寺碑》和《云麾将军碑》为主，特别是参合了吴昌硕的《临石鼓文》，使书法有了老到的金石韵味。而把它们作用于画面上的时候，一方面是化为笔墨的深厚积淀；另一方面是能够服务于他的题画，使画面充满了文人气息。

艺术与人生相伴，人生必定升华。钟爱自己事业的人、热爱自己故土的人、继承自己民族传统的人，终将会从中得到艺术创新的动力和灵机。天道酬勤，陈全胜的艺术将会有不可限量的发展，我们也充满期待。

《中国当代名画家·陈全胜》序言，

人民美术出版社，2011年

百重气象

郑百重先生的名字就充满诗意，引人遐想。"山中一夜雨，树杪百重泉"（唐·王维），充满动感，可以感受生命的律动、气韵的生动；"刻削临千仞，嵯峨起百重"（南朝·梁·庾肩吾），天高地迥，能够领略气势的雄浑、格局的阔大。其实，气韵生动而又气势雄浑，也正是百重山水画的特色，是其画作的魅力所在。

气韵是境界，是韵味，是精神，是意象。"气韵生动"是中国画的第一要义，为"六法"之首。唐·张彦远《历代名画记·论画六法》："若气韵不周，空陈形似，笔力未道，空善赋彩，谓非妙也。"气势是气概，是格局，是规制，是形胜。气势是形，气韵是神，气势与气韵的结合，就是形神的统一。

郑百重以山水画特别是青绿山水为世所瞩目。青绿山水从唐宋的二李（李思训、李昭道）、二赵（赵伯驹、赵伯骕）一路下来，曾蔚为大观。元代审美趣味丕变，山水趋向写意，青绿山水虽亦开新面，终究发展不快。数百年来，在千峰竞秀的山水画坛上青绿山水不绝如缕，但难免衰微的局面。郑百重钟情于青绿山水，当属难能可贵，但这肯定是一条需要特别付出的艰难之路，需要在继承传统上努力创新的艺术勇气。

百重的青绿山水，既追踪前贤，承传中国传统绘画的文脉，又积极探索，融入独特个性语言，逐渐形成自己的特色，开创新青绿山水画风。他的画作布局一般格局大，颇见气势，但又注重细节的丰富、繁处的工整、层次的精微，善于将简洁单纯和精细入微相结合，以特有的绘画语言展现多娇的江山。他用笔凝练而有变化，骨法端重而不刻板，并注重多种手法的娴熟运用，显示了不凡的艺术功力。在色彩运用上，既有大青绿的着色浓重，装饰性强，又有小青绿的水墨淡彩，更多的是多种色彩的协调组合，也有强烈色彩对比带来的视觉冲击，但却浑然一体，无炫耀的躁气，带给人的是大自然和谐的启示，是静穆的感受。

对每一位画家而言，其作品都是综合素养的反映。百重是幸运的。他曾师从陈子奋、陈俨少先生，得到悉心指点。他悟性又好，进步很快。他转益多师，又有游历名山大川的体验与心得。他广涉多种艺术形式，投入了巨大的精力，进行了长期的努力。勤奋终于结出了硕果。他擅长中国山水、花鸟画，兼工书法篆刻。他喜欢读书，也喜欢思考。美术史的攻读与文史知识的滋养，绘画理论的研究与一系列论文的发表，使他一步步攀向更新的台阶，使他的艺术创作有了更为深厚的基础。

经历是重要的财富。对于一个中国画画家，十多年的异国生活，异域文化的观照，中西艺术的对比，使他对作为民族艺术重要部分的中国画有了更为深刻的认识，也有了更为深厚的感情，自然也充满了为其发展而献身的激情和担当。他认真汲取西方艺术的精华，融会到自己的创作中。他庆幸自己处在人类艺术能够广泛交流的时代，也决心不辜负这个时代。

古人认为画虽不能吟哦，但有诗意，就称之为"无声诗"。如果说，在一般的画中都有诗情可觅，那么，我们读百重的画，更会感受到不可遏止的涌动的诗意。他的一些作品，画题就是诗词名句，如"江山如画，一时多少豪杰"、"风吹草低见牛羊"、"碧云天黄花

地"、"巴山夜雨"等；还有一些自拟的题目，本身也是诗意盎然，如"秋江织锦"、"春水初生"、"月白风清"、"天风振衣"、"龙飞万涧动"、"春与青溪长"等。作者以这些诗句进行艺术创造，同时兼具画家与诗人的身份，画家眼中的丘壑与诗人胸中的诗意相结合形成具体可感的画面，也为欣赏者提供了更为宽广的联想的空间。这得益于作者的古典诗词素养，也表明了中国传统诗、书、画艺术间的密切关系。

百重的山水明丽醇美，但市场经济下的大千世界红尘滚滚。作为一名真正的艺术家，要有提高群众审美趣味的责任感。鲁迅先生说过："我们所要求的艺术家，是能引路的先觉，不是'公民团'的首领。我们所要求的美术品，是表记中国民族知能最高点的标本，不是水平线以下的思想的平均分数。"（《热风·随感录四十三》）时代需要美，需要精美的艺术品，百重正在美的创造中不懈地努力，在美的追求中不断地前进，我们有理由相信他会取得新的更大的成就！

"郑百重画展"祝辞，2011 年

孙杰的墨竹

孙杰先生的墨竹，以其独有的风格和超卓的造诣，日益受到艺术界的重视和高度评价。《全国名家书文诗词点评孙杰墨竹》，比较完整地收录了他的佳作精品，既可看到书画名家对他作品的品评称誉，也是他作为艺术家五十年不懈追求的足迹的记录，凝聚着他一生的心血。

对于画墨竹，孙杰先生特别强调"贵在真诚"。这"真诚"二字，不仅体现了作者敬竹、爱竹的态度，而且是了解他的创作成就的一个关键。竹子虽是一种常见的植物，但很早就成了中国画家关注的题材，在宋代已成为一个独立的画科。这时许多文人喜好画竹。这种喜好里已有了深层次的东西，即赋予竹子一些独有的情感象征意义。在他们看来，竹子象征高洁的品格，既有虚心、谦和的君子之风，又有正直、坚忍、乐观的大无畏精神，正如中国墨竹画最重要代表人物、宋代文同在《咏竹》中所称赞的："心虚异众草，节劲逾凡木。"竹与其他几种花木一起，被誉称为"四君子"、"岁寒三友"等。宋元以来，画墨竹便成为文人画的重要内容，大凡士大夫能画几笔的，尽管未入堂奥，也都以墨竹遣兴。竹画从独立成科时起，便浸渍着文人的意趣。孙杰对竹的态度，他的爱竹、敬竹，继承了中国文人画的这一传统，十分重视竹子所具有的这种情感象征符号的意义。因此，画竹对他不仅是绘画兴趣的选择，而且是人生理想和价值的追求；不仅是人生的一种体味，更是融入其生命的一个组成部分。正如他的一首诗所说："秉性生来酷爱竹，风吹雨打笔不收。何惜花甲银雪首，似竹骨节更风流。"不施粉黛的修竹与画家心灵是相通的。孙杰的画竹，"重笔趣、求气韵、画骨气、表真心"，从而达到"我融于竹，竹融于我"的境界。这是孙杰艺术创作的灵魂所在。

孙杰先生的故乡在陕西渭北旱塬。北方少竹，尤其渭北一带，更难觅竹的踪迹，偶或有之，也甚少南国那种常见的森风万竿、一顷含绿的景象。孙杰却成了墨竹画大家。不难想象，为了达到这种造诣，这位一直生活在北方的汉子付出了多么艰辛的努力。家乡缺少日常观察竹子的条件，但凭着对竹子的挚爱和痴情，近半个世纪以来，孙杰走遍了祖国的名山大川，深入到竹山竹乡竹海，认真研究竹的生长规律与特点，仔细捕捉竹的物态美和意象美，结合体味前贤画竹的理论与创作实践，精于琢磨，勤于摹写，不断有所进步。对孙杰来说，画竹的过程，不只是技艺的日臻成熟，还是自己品德的提升与意志的砥砺过程。他有一首题画诗道出了自己的衷曲："吾写墨竹任笔狂，苦练风雪雨露霜。只求劲骨出尘世，不登大雅又何妨。"在中国传统的文人画创作中，强调个性表现和诗书画印等多种艺术的结合，因此作者多属具备较全面深厚的文化修养的文人。孙杰先生在孜孜不倦的墨竹创作中，重视学识的积累，重视诗、书、画的相互促进整体提高。多方面艺术素养的结合，使他的作品充盈着一种书卷气，一种在继承中不断创新的蓬勃的艺术生命力。

竹是文人画的重要题材，有那么多的人画竹，也因竹有造型易于掌握的特点，便于作者自由抒写。正由于此，一些作者难免忽视对竹本身特点、形态的把握，多凭自己的感受，只追求"神似"，这样的作品自然难以形成特色，也缺少生命力。孙杰先生的可贵之处，在于他注重长期的精细观察，并在表现形式上努力探索。他也不重"形似"，认为好的作品在"真与不真"之间，但对他而言，已把真的竹子弄明白了，竹子的千姿万态了然于胸，就是说他已有了坚实的基础。他的作品看去纵笔潇洒，一气呵成，实际上有则有度，深谙其中三昧，这就很好地解决了"形似"与"神似"的关系。孙杰还把自己的心得体会写成《画竹四字口诀》，公诸同好，亦金针度人。这篇"口诀"，强调了书法、意境、情感在画竹中的重要性及其相互关系："欲画精妙，须懂书法；意境为先，以书入画；情出于心，笔意畅达。"又分竿、枝、节、叶四个部分，分别从书法、用墨及具体技法等方面进行论述，通俗而又实在，是他一生创作实践的总结，也是他在前人经验基础上的新探索。

　　孙杰先生的墨竹画多姿多彩。他画了风中的竹、雨中的竹、雪中的竹、月夜的竹、抽笋的竹，这些竹各具情态，表现了作者的功力。有些画重点是表现竹叶，或柔叶滴翠，或数片飘逸，或随风飞动，或新梢茁茂；有些重点是画竹竿，或壮骨刚直，或修竹挺拔，或霜皮劲节，或披雪傲立。虽然笔墨灵动多变，但总的看，孙杰墨竹画的基调是清刚跌宕。读他的墨竹，使人似乎看到竹节的旋转，听到飒飒风声和铮铮竹鸣，感受到凛凛正气，从而体味到作者感情的寄托。墨分五彩。孙杰很注意用墨来显示各种色彩。《潇湘风雨》就是一例。用浓墨突出的一棵竹子，修长的枝干与纷披的叶子给人以强烈的视觉冲击，其他的竹子虽寥寥数笔，却因着墨色的深浅不同，与主枝显得层次分明，似有无尽竹林隐没在烟雾之中，整幅画运笔迅疾，看似散乱，由于浓淡掩映得宜，便浑然一体，生动有致。

　　画如其人。孙杰先生形诸笔墨，抒写了自己对竹子的崇敬，在社会生活中他也以竹子的品格和精神自励。他有一颗爱心，经常无私地献出自己的作品，为一些重大公益活动尽绵薄之力。他待人谦和，虚心好学。他办事认真，有种锲而不舍的顽强精神。这是一个画家的新境界。我们相信，永不满足的孙杰先生，一定会日渐精进，不断取得新的成绩。

《孙杰墨竹画法》序言，陕西人民美术出版社，2005 年

罗坤学的书法

我和罗坤学先生接触时间并不长，但印象却很深。那还是 2004 年参加"甲申年清明公祭轩辕黄帝典礼"的时候，在沮水河畔新落成的轩辕祭祀大殿内，耸立着一通五米高的花岗岩巨碑——轩辕黄帝碑，碑上镌刻着由罗坤学书写的节录司马迁的《史记·五帝本纪》，其古朴凝重的汉隶书法受到海内外各界人士的盛赞，与白色大理石构建的汉式风格建筑轩辕殿浑然一体，在遍山的苍松翠柏辉映下，为公祭盛典增添了庄严肃穆的气氛。我为其书法艺术所感动，从此便结下了翰墨之交。

罗坤学在黄帝陵书写的不只是这一通碑刻。早在 1993 年，国家主席江泽民、国务院总理李鹏先后拜谒黄帝陵并为黄帝陵基金会题词，罗坤学就代表省政府用工整的魏楷书写碑注，刻立在轩辕庙内；黄帝陵基金会曾在全国范围内征联，亦由罗坤学用行楷书写八副楹联，精刻后悬挂在黄帝陵及轩辕庙的殿、堂、亭、廊；1997 年香港回归时，他又用魏楷为黄帝陵书写了《香港回归纪念碑》等。为黄帝陵写字，要求自是不同寻常，也是很高的荣誉，当然不是个人的意愿，而是经省政府几个有关机构认真研究，好中挑好。多次都能选中罗坤学，绝非偶然，他的书法造诣就可想而知了。

罗坤学书作刻石、制匾布满三秦大地的名胜古迹、旅游景点，并且远涉省外、国外。在西安八仙宫西墙刻着三十多平方米的《阴符经》和《黄庭经》，湘子门、湘子庙、大雁塔、兴善寺内的楹联，大唐芙蓉园内的对联和刻石，骊山明圣宫的《老君清静经》，华清池的《温泉铭碑记》，宝鸡姜太公钓鱼台山门匾额和《姜太公碑记》，汉中摩崖刻石《褒斜栈道铭》，榆林镇北台刻石以及湖北元极碑林、安徽怀远涂山禹王庙等处诸多碑刻，无不渗透着他的辛勤汗水，显示着他的书法功力。他的作品曾多次在全国获奖，并被数十家博物馆、图书馆、毛主席纪念堂等处收藏；也经常在《书法》《书法报》《中国书画报》等专业报刊上发表，入选《全国百幅优秀作品集》《全国著名书法家百人展》《陕西历代名人书画精品选》《中华名胜图览》等图书。陕西人民美术出版社曾出版了他书写的《做人至要》《教子十章》和书法挂历。1992年在台湾举办"罗坤学书法作品展"，并由台湾出版发行了《罗坤学书法作品选》。1994年出访日本进行书法交流。2005年受美中友协主席陈香梅及美国纽约现代艺术博物馆邀请，由陕西文史馆组织的"中国陕西现代书画名家代表团"出访美国，进行文化交流，其中罗坤学的作品在美国引起很大反响。

罗坤学1947年生于西安郊区农村，从小酷爱文学及书画、音乐等艺术。1979年上海《书法》杂志举办"全国群众书法征稿评比"大赛，他脱颖而出，1982年调入西安碑林博物馆（原陕西省博物馆），从事书法专业工作。罗坤学进入碑林工作，真是如鱼得水。西安碑林博物馆珍藏历代名家碑石三千余通（方）。他深知，虽倾其毕生精力也难得其万一，只有老老实实临习，只讲耕耘，不问收获。在这座文化内涵博大精深、名碑荟萃的书法宝库中，他虔诚地拜先贤为师，朝临夕摹，惜时如金，不敢稍有懈惰，也正是碑林这四堵高墙把罗坤学与外界隔离，只知秦篆、汉隶、南帖北碑，对于其他很少过问。他的办公室有自己题写的座右铭挂轴中堂，就是他潜心研习的写照："半世钻碑不出声，朝摹圣教夕兰亭。墨池笔冢铭座右，大海深处觅真龙。"

罗坤学在碑林博物馆工作近三十年来，对历代名碑意领神会，苦心经营，真、草、隶、篆无不涉猎，尤其是对北魏墓志和集王圣教序用功甚勤，经过十几年的探索、研究、反复实践，从阮元强调的"南北书派"、"南帖北碑"之分中，找其共同点，熔为一炉。变王羲之字的出锋、露锋为藏锋，使其浑厚，写成大字也同样潇洒而不显纤弱；变魏碑粗犷为雅致，使魏碑既雄强又不失秀润，从而形成了强烈的实用与艺术二者兼备的自家风貌。这恐怕便是陕西省政府多次请罗坤学为黄帝陵作书刻石的根本原因。

罗坤学作书时，看的人都觉得很累。他行笔极慢，如溯急流，好像毛笔粘在纸上一样不向前移动，对于每一个字的点、画都从不马虎，认真精到。就是写行草都是精气内敛、意气沉稳、落墨凝重、行笔健稳，重内涵的深沉，省外形的花哨，而不花笔虚形，更无抖扭、矫揉造作、抛筋露骨的粗俗墨痕，每个字都神完气足，毫无撒风露气的败笔。难怪好多人说："罗坤学的字是凝神固气，用气血写的而不是用墨水写的。"看罗坤学的字就像老陕人咥羊肉泡馍，在厚实中感悟醇美；又如饮西凤酒，在浓烈中回味幽香。

罗坤学为人笃厚，字如其人。他少言谈、寡交游，淡泊名利，不事张扬。老老实实地写字，老老实实地做人。但功夫不负有心人，大凡勤奋耕耘者，终有所获，付出愈大得之愈多。天道酬勤是自然规律。罗坤学书法已有所成就，风格日显，为书坛公认。但他从不自满，仍然坚持每日临帖，不断地在先贤的经典中汲取营养，充实自己。我相信，罗坤学只要不断进取、勇于创新，在继承和弘扬传统书法艺术上定能创造新的辉煌。

《罗坤学书法选集》序言，陕西人民美术出版社，2006 年

何金铭的题画诗

一幅生动传神的国画，配有一首韵味十足的题画诗，且为不同凡响的书法家所写，画意、笔情、诗境融合在一起，相得益彰，成为一件完整精美的艺术品；而这样的百幅画、百首诗、百件书法作品汇集起来，璧合珠联，云舒霞卷，令人爱不释手。这就是我翻阅《诗书画三百》时的感受。

诗、书、画三种不同门类艺术的结合，是中国特有的一种艺术表现形式，其来有自。早在唐代，有个人叫郑虔，长山水画，并工书、善诗，曾画《沧州图》，玄宗于其画尾题"郑虔三绝"，名噪一时。说明唐人就很重视这三种艺术及其姻缘关系。真正在画面上将诗、书、画融合在一起，构成艺术整体的，大概首推宋徽宗赵佶。这位政治上昏庸无道的帝王，艺术造诣却颇高，工花鸟画，能诗词，擅书法。在他传世的一些作品中，曾用独具风格的瘦金体书写了自己创作的题画诗。例如现藏故宫博物院的《芙蓉锦鸡图》，画面上一枝芙蓉斜欹，一只华丽丰润的锦鸡紧抓花枝，回首凝视翩翩飞舞的彩蝶，并有赵佶的题诗："秋劲拒霜盛，峨冠锦羽鸡。已知全五德，安逸胜凫鹥。"人们多认为此画不是赵佶的作品，为画院高手所作，但题诗却分明是他的。诗情画意，浑然一体，其独有的魅力，也反映了中国人的审美观念。

历来诗、书、画结合的作品，多是同一个作者；也有画作与诗作为不同的人；而画家、题诗者、书写者分别为三个人，似不多见。何金铭同志从画家朋友赠他的画中选出一百零七位画家的一百零七幅作品，由他一一配诗，并请一百余位书法家另纸书写，自成一件件书法珍品，合此而编成《诗书画三百》一书，亦属创举。《诗书画三百》中的书画家，不乏名人大家，包括刘勃舒、李琦、亚明、罗明、陈忠实、刘文西、霍春阳、邵秉仁、王西京、沈启鹏、马西光、陈少默等，陕西省知名书法家大多都书写配诗，襄助盛事。这些无须多说。我想谈谈读了何金铭同志题画诗的体会。

何金铭同志的题画诗，句式整齐，基本是传统诗歌的五七言形式，但不拘平仄，用韵也以今天的普通话读音为准，此外还有少量的三字句（如《雏鸡迎春图》）、四字句（如《老来颜色似火红》）、六字句（如《翠鸟枇杷图》），甚至八字句（如《陕北姑娘》），以及长短参差的自由体（如《秋馨图》）等，变化较多。他诗歌的最大特点是，明白如话，不掉书袋，一气呵成，品评时饱含深情，白描中蕴有哲理，朴实的诗句中能感到灵气的飞动。

题画诗所表现的对象是绘画作品。金铭同志的许多题画诗，运用白描手法，以优美形象的语言，具体描绘画面形象，将画境转化为诗的意境，给人以美的享受。作为造型艺术的绘画作品，是经过画家的立意构图、具象设色，从而创造出意境之美，这一形象可感的美学特征，决定题画诗适宜于运用意象品评的手段，再现绘画的艺术美。这也是题画诗常用的一种艺术手法。例如，《花公鸡》的题诗是："上垂葡萄紫，下铺野草青。戴帽如火炬，穿衣比彩虹；颈毛勃勃起，脚趾蠢蠢动。闻君有五德，文武仁智勇。"前两句，写画面上鸡的背景与环境；中间四句，是对画中公鸡的具象摹写，从鸡冠到鸡身，从颈毛到脚趾，描述生动；后两句，用了《韩诗外传》中"鸡有五德"的说法。全诗意象流动，色彩鲜明，纯写画中雄鸡英姿，不着观感，而诗人对公鸡的品评，也包蕴在意象表现之中了。其他如《雄鹰》《旅蜀图》等，都很好地运用了这一手法。

绘画作品是画家进行艺术创造的成果，题画诗由造型艺术转换成语言艺术，不是画面的简单重现，而是对画作内在意蕴、构思匠心的申发、扩展，是一种艺术再创造活动。在何金铭同志的一些题画诗里，我们也有这种体会。绘画是视觉艺术，适宜于描绘具体物象，但难以表现人们的多种感觉，题画诗则可以自由发挥诗歌的艺术长处，弥补这方面的缺憾。例如有一幅《风牡丹》的绘画，画面上的风中牡丹已向一侧倾去，但仍然拼力挺住，展现了娇艳欲滴、迎风怒放的绰约风姿。牡丹向称富贵花，开在美好的季节，金铭同志却一反传统，借风中牡丹之景象，把牡丹与风雨、挫折、磨难联系起来，突出了牡丹的"傲骨"，并用了拟人化手法："我有傲骨在，毅然抗秦庭。寂寞长安西，热闹洛阳东。我有傲骨在，毅然对恶风。绿叶带怒卷，摇曳花更红。"通过这些感情充沛、形象生动的诗句，将画家难以入画的生活体验恰当而鲜明地表现出来，扩展了画作的内蕴，这显然是在吃透画作基础上的艺术再创造的产物。

何金铭同志的题画诗，更多的是观看绘画以后的审美感受以及主观情感体现，是从画面意象生发的启迪和愿望，重视蕴含其中的精神价值。也有的是借题发挥，抒发感慨，或联系现实，抨击时弊，给人留下深刻的印象。例如，在绘画《兰花》中，几株兰花开在幽深的山谷间，寂寞而自得其乐，画家已有"兰以比君子，所贵者幽深"的题词，何金铭同志则联想到兰花已在市场化大潮中成为有钱人的玩物，遂题写了这么几句："昔将兰草比君子，称其所贵在幽深。今则入盆入花市，卖予有钱有闲人。豪宅大院成新居，灯红酒绿为比邻。未知高洁能保否，不屈不移亦不淫。"这不只是对兰花本身命运的担忧，也是对时下社会风尚、人类良知出现的问题的忧愤，是对世相的批判。

　　七十而不逾矩。何金铭同志今年七十又五，从领导岗位上退下来已整十五年。这十五年中，他出了七八本书，写了大量的文章，活得忙碌、潇洒而又快乐。他曾说，自己总是要做一些事的，其原则有三：爱好，力所能及，快乐。这本《诗书画三百》就是这三原则的产物，既见证了他与书画家朋友的友谊，也反映了他热爱生活的情趣，更表现了他的豁达洒脱的人生态度。过了七十岁，世事的体味，人生的智慧，自会达到一个新的境界；该放弃的放弃了，而应得到的，相信在努力之中也会得到。对以文字为乐趣的何金铭同志来说，肯定又在构思着新的篇章，会继续他的笔耕生涯的。

　　　　　　　　　　　　　　　　《诗书画三百》序言，
　　　　　　　　　　　载 2006 年 1 月《三秦文化研究会年录》

唐双宁的艺术世界

当今社会，人们大抵都有自己的专业，有本职工作，同时也不乏业余的爱好。业余爱好多种多样，甚至千奇百怪，只要健康向上，自然难分轩轾。其实，人也不能只有专业而无业余爱好，在很多情况下，业余爱好对于人的发展，对于本职工作，也会产生积极的作用。当业余干出了名堂，有了成就，甚至会一变而成为专业。也有这样的情况，人们所从事的本职工作，未必是自己真正喜欢的，而业余爱好才可能是其真正的向往。这大概是人生际遇的复杂性吧。

唐双宁先生的专业是经济，是金融，他身居高位，肩负重任。他对中国经济的熟悉与研究，他的言论与见识，常常风生水起，为业内所看重。同时他又有多种爱好，有一个丰富的艺术世界：他喜欢书法，其狂草大气磅礴，独具一格；他经常写诗，新体旧体，皆有成就；他喜欢写文章，特别是那些隽永的散文，是心灵的独白；他对中共党史颇感兴趣，钦敬老一辈领导人，曾重走长征路，对若干史实多有探究。他的诸多爱好，属于文化艺术方面，也可以说是"游于艺"。游艺的结果，使他能享受艺术创造的愉悦，体味人生的趣味，滋养着他的心灵，精神世界的丰富，于他个人自是一种全面的发展；而他因所处位置及所从事工作的缘故，其胸襟眼界、政治意识与大局观念，于他的艺术创作，亦生发着重要的影响。这样，艺术的爱好与本职工作，不仅互不妨碍，反而相得益彰。

读唐双宁的作品，其实就是读唐双宁，可增加对他的认识，我的这种认识，特以四首长句概括如下：

其一

丈夫不负此心丹，欲往何愁梁父艰。

画角一声惊健鹊，云霄万古仰韶山①。

悃忱曾砥长征路，襟抱犹寻大汉关。

莽莽乾坤人独立，豪情依旧在登攀。

其二

胸有洪炉自铸熔，今犹负笈更丰充②。

风云银海弄潮梦，叱咤生涯逐步功。

忧世当知啼鸟血，救时可见剖肝虹。

近年心力关情处，光大辉煌翘望中。

其三

文酒风流书亦芳，艺精更使逸情张。

淋漓砚墨意才畅，腾舞龙蛇笔已狂。

气壮助君游汗漫，力深使我忆苍茫。

霜凝最是惹幽蕴③，拜览华篇须尽觞。

---

① 唐双宁崇敬毛泽东主席，亦曾重走长征路。
② 唐双宁著有《负笈集》。
③ 唐双宁笔名霜凝。

其四

此身真合作诗翁[1]，且耸吟肩大野中。

天籁自成新旧体，尘缘不限马牛风。

钱塘潮急浪花白，完璧楼闲暮霭红。

一掬樽前感时泪，回肠最是祭周公。

未刊稿

---

[1] 唐双宁擅新旧体诗，有《观钱塘江大潮》《完璧楼感怀》《周总理逝世三十周年祭》等诗篇。

终南正道

　　秦岭山脉横亘关中平原之南，其中蓝田与周至间秦岭北坡长达百余公里的一段，称为终南山。终南山名气很大，《诗经》中就常常提到它，亦称南山。在古代，大约两种人与终南山特别有缘。一类是隐士。不过有真隐士，也有假隐士。唐卢藏用举进士，隐居终南山中，以冀征召，后果以高士名被召入仕，时人称之为"随驾隐士"，他曾指着终南山对人说："此中大有嘉处。"这就是"终南捷径"故事的来历。

　　另一类是山水画家，他们师法造化，到终南山感受真山真水。终南山确实很美，唐朝诗人祖咏有《终南望余雪》云："终南阴岭秀，积雪浮云端。林表明霁色，城中增暮寒。"唐太宗李世民也曾留下"重峦俯渭水，碧嶂插遥天。出红扶岭日，入翠贮岩烟。叠松朝若夜，复岫阙疑全。对此恬千虑，无劳访九仙"（《望终南山》）的诗篇。五代的关仝，曾活动于终南、华山一带，强调"搜妙创真"。北宋的范宽，居住在终南、大华山的林麓间，积累了创作"千岩万壑"的生活基础。这些都是值得称道的，可谓"终南正道"。

　　到大自然中去，在山林丘壑中获得感受、体悟，这是山水画家成功的基础，是艺术创造的源泉。如今，仍有不少画家坚持着"终南正道"，樊洲先生就是其中一位。

　　十几年前，画家樊洲走出西安，来到终南山主要山峰之一——

翠华峰峦之上，开始了他隐居潜修、创作研究中国山水画的历程。翠华山离西安城不远，汉唐两代曾在此建过太乙宫和翠微宫，是历代帝王祭祀神仙和游乐避暑的地方，山上有湖曰"天池"，又称"太乙池"。翠华山山清水秀，其罕见的山崩地貌使之有"终南独秀"的美誉。樊洲游走名山大川，几乎走遍了秦岭，积累了大量的创作素材和经验。宁静的山林使他沉下心对自己追求的艺术进行思考，一方面专心研习历代艺术家的作品，从实践中体味前辈的创作特点；另一方面也了解和借鉴各种外来的、当代的艺术形式和理论。

樊洲在尽情书画创作的同时，兼习中国传统艺术。他修习古琴，推崇管平湖先生的中和纯净之风，也与佛道隐士交友，师从太极拳名师习练太极，研究太极理论，感悟到拳理画理的融通。他将自己在传统文化多个领域中的实践心得融会到书画创作之中。樊洲创作的《高山流水》《上善若水》，让我们耳目一新，线条的运用既有音乐的律动也有书法的意趣。他笔下的画，山水气势奔腾与心潮澎湃浑然一体，传达出其"物我两忘，因缘生法"的创作理念和精神追求。

中国传统艺术讲究厚积薄发，优秀的艺术家要具有广博的学识修养和深厚的文化底蕴，唯其如此才能承担起传承和发展民族文化的重任。我们期待着樊洲在终南山的晴岚烟云中，在传统文化的滋养中，不断有所进步，创造出更为精彩的艺术作品，回馈人民和社会。

"樊洲画展"祝辞，2011 年

永恒的文化乡愁

旧忆即忆旧、怀旧，这是永恒的文化乡愁，也是审美创造的一个永恒动机。刘明康先生以"旧忆"为主题的绘画展，汇集了自己数十年来的创作成果，展现了别有生面的艺术世界，敞开了艺术家宽广的文化情怀。

这次展出的四十来幅作品，多是国画，有水墨、淡彩，另有部分写生，有钢笔的、铅笔的、毛笔的。中国的山川，异域的风物，街头的见闻，人生的邂逅，景与人联系在一起，情与思交织其间，通过精心的构图，洗练的线条，生动的画面，将这些铭记在画家心底的记忆呈现给了观众，而其敏锐的观察力、高度概括的造型能力，也同时给人们留下了深刻印象。

真实是艺术的生命。讲求"真实和真诚"是明康先生绘画的重要特征。真实与真诚是联系的，是指艺术内容的客观实在性和艺术情感的真挚性。明康先生用画笔所记录所反映的，都是他所看到的，他所经过的，当然他也注意处理生活真实与艺术真实的关系。这是从艺术反映生活的意义来说，而从画家的主观情感来说，又是"真挚"的，即所表现的艺术内容倾注着从其血脉中涌流出来的全部真情实感。这种真实与真诚体现在绘画作品中，也反映在作品的有关说明上，它是画面的解说，又是心灵的独白，更在平实的文字中有着哲理的沉思。

明康先生曾身居高位，主管中国银行业，可谓"炙手可热"。他在退位后才举办个人画展，让作品与公众共享，自是经多方考虑，其境界已为人所称道。我思考的还有一个问题，金融银行的专业职责与绘画的业余爱好，在刘明康身上，是风马牛不相及，还是大有关系？我以为不仅大有关系，而且相得益彰。对一个人来说，不仅要有精湛的专业技术知识，还应有美上的感情、明敏的思想，即有一个充盈的内心世界，这样才不至于心灵枯寂，发展偏颇。艺术是人类认识世界的另一种方式。在万丈红尘中能拥有自己心灵上一片澄明平静的天地，在繁冗公务之余能从事自己喜欢的艺术创作，这使刘明康感受到世界的丰富多彩和人生的无穷乐趣，使其精神得到涵养，心灵得到平衡，也当然促进着他更好地完成本职工作。这才是健全的人性。对一个人来说如此，对一个社会同样如此。朋友都称赞明康儒雅博识、文质彬彬，这种素养与风度，难道与他的绘画爱好无关吗？

对身负重任的刘明康来说，绘画虽然只是业余爱好，但他不把这一爱好仅仅看作是个人的自娱自乐。因为这是艺术。在他看来，"艺术是要有责任心和价值观的"。这个责任心，就是重视艺术的社会作用。忆旧、怀旧是刘明康绘画的一个重要内容。怀旧是对过去选择性的渴求。怀旧情结得以维系的前提是主体和对象之间的必然距离。当过去远离现在，时空距离就促成了心理距离，也成就了审美心态，过去也就具有了无穷的魅力。在刘明康的忆旧中，有人与自然的和谐、人间真情的温暖、大自然的伟大创造、传统的生命力等，这些又都是当今社会应重视的大问题，其中闪烁着"理想之光"，充溢着精神追求，因此就不只有了审美价值，同时有了社会价值。

值得称道的还有刘明康先生对艺术创作的执着与坚持。他并未因为绘画是业余爱好而有所懈怠，也从未为所取得的任何成绩而轻易止步。他始终以虔敬之心对待艺术。热爱艺术的天性与从小养成的认真学习精神与日俱增。他有一些画家朋友，虚心地向他们求教。他坚持不断地探求，努力提高自己的造型技能和技法，而且重视艺术形象神韵、意境的体现，突出作品的精神本质。他始终坚信：业精于勤，艺无止境。

法国社会学家莫里斯·哈瓦尔布瓦什从社会学角度探讨记忆，把记忆分为个人记忆、集体记忆与传统三种。我们不妨以此来看待刘明康先生的"旧忆"。这虽是与个人生活经历有关的个人记忆，但我们在看了他的作品后，进而上升到对过去的集体重构即集体记忆，从而自觉地传承我们的传统，守护我们的精神家园，建设新的美好生活，不是很有意义吗？

"刘明康绘画展"祝辞，2012 年

匾额艺术

匾额艺术，其来有渐。相传汉相萧何，秃笔题殿额，榜书苍龙、白虎二阙，为滥觞焉。《说文》谓为"署门户之文"，良有以也。自此以降，遂为盛事，以至宫殿庙宇，街市店堂，亭台楼阁，书斋画坊，无不有匾矣。而天子士夫，大德鸿儒，亦莫不好为题榜。然此毕竟为书家之专利，非他人所能代庖者也。

史载三国韦诞，"诸书并善，题署尤精"，魏明帝筑凌云台，命为榜额；南朝萧子云，"善草隶书，为世楷法"，梁武帝造寺，令飞白大书"萧"字。此类故实甚多，无须赘举。故题匾榜额，亦成书家竞技之所。商甲周鼎，秦鼓魏碑，篆隶真草，花鸟鱼虫，皆各擅胜场，美不胜收；辅以雕漆、镏金诸般工艺，更为传统文化之奇珍矣。

惜乎光阴荏苒，此风渐歇。近世京辇，论及题榜，知名者仅齐白石、张伯英、陈半丁、董寿平、李可染、赵朴初、吴作人等数人。就紫禁城而论，亦仅林长民之"东华门"，郭沫若之"故宫博物院"，堪称佳构。直至近年，国势日隆，匾额艺术，始稍振兴。襄其事者，虽颇不乏人，然画家杨君为翘楚焉。

杨君名彦，非仅善画，亦且工书。其书先摹二王颜柳，后兼习明清各家，终畀兀耸荡，自成一格。其题榜之作，尤大气磅礴，变化无穷。是故倩为匾额者，络绎不绝。今《中国水墨》杂志爬梳所书，编辑成集，长幅短简，蔚为大观。杨君索序于余。余嘉杨君于传统文化能发扬光大，遂不揣谫陋，欣然命笔，具道所以，兼布贺悃。

杨彦《题匾集》序言，江西美术出版社，2010 年

追寻乡村社会的文化本色

李小超的雕塑《父老乡亲》是一组关于中国乡村社会的记忆性作品。这种记忆是真实的，同时又似乎是梦幻的。他力图通过对乡村人物的再现，形成我们对曾经记忆的新的感知与认同。

传统的牧歌式的田园生活，在当下的中国已经渐行渐远。作为中华文明主要存在方式之一的乡村文明，在汹涌的城市化进程中难免被误读甚至被肢解、碾轧。站在历史的十字路口回望，作为一个负责任的艺术家，李小超用自己独特的视角，独到的艺术感觉，为人们对历史的回顾与反思，提供了另外一种可能。

李小超的这组雕塑作品，我们感受到的不仅仅是乡村生活的困顿和辛劳，不仅仅是乡民日出而作、日落而息的漫长的生命延续。从咿呀学语的孩童，到神情淡定的老者，从脚踏实地的大学生，到雄心勃勃的打工仔，他们身上透出的那种纯粹与质朴，撼人心灵。那是生命的本色，也是乡村文化长久润浸的色彩。这组作品塑造的乡村人物，大都多愁而不伤感，困惑却不懒散，悲凉、孤独却不沮丧、放纵。历史的背影并非总是阴暗的。中国的乡村社会历经了太多的贫瘠艰辛，"乡亲父老"们的生活就是其中的一种，但他们提供给我们这个社会的文化滋养，不应也不会随着社会图景的更迭而消亡。

以雕塑的形式探寻农村、农民的生存轨迹，李小超或许不是第一人，但是他的作品带给我们的视觉冲击与引发的思考，却是难得的。可以说，李小超用自己的雕塑充当了一个发掘者。他以敏锐的艺术触角，高度概括的艺术手法，发掘出了埋藏在"乡亲父老"们灵魂深处的最朴素、最原生态的本质：对生活的希冀，对命运的抗争，对美好明天的渴求，对日常人生的通达与领悟。他们的生命平淡而不平凡，脚步疲惫却不倦怠。像眼下所有的中国人一样，他们希望活得踏实而有尊严，希望他们或他们怀抱里的孩子，能够延续他们的生存智慧，在各自的生活道路上走得更扎实、更远。

站在一个个雕塑人物面前，我们仿佛面对着一个个鲜活的生命个体。这些来自中国乡村里的人们，尽管身披风尘，面容羞怯，却仍然心甘情愿把自己的过去、现在和未来，向每一位愿意聆听的观众尽情倾诉。

认识了来自三秦大地上的"乡亲父老"，可以说就认识了过去和当下的中国。

"乡亲父老——李小超雕塑展"序言

吾非蚁，也知蚁之乐

青年画家小刘，豫华，是由家乡老友引见的，他的言谈举止带着陕西人常见的朴实无华。但是，当得知他坚持画蚂蚁已经有十几年的时候，还是有些意外：如此冷僻另类。翻阅了他的作品与文字介绍得知，他从我们的小县城入伍当兵，十三年间从西北到东北，又辗转到北京，其间无论如何曲折都一直坚持着他的画家梦想，难能可贵。

豫华从小酷爱绘画，中小学时期几乎每个寒暑假都是在美术学习班中度过的。"70后"的童年还处在物质贫乏、缺少玩具的年代，蚂蚁成为了他的好伙伴，豫华常常蹲在一棵梧桐树下，用饼干渣来喂养它们，仔细观察它们忙碌的身影。长大了，当了兵，他眼中井然有序的军营生活就如蚂蚁的世界一样，有着团结、奉献的精神，有着令行禁止的严明纪律。这更激发了他选择以蚂蚁为主要描绘对象进行创作的热情，从此他开始了画蚁之路。

从豫华的蚂蚁作品中可以看出，他有一颗不安分的心，他一直在努力尝试使用多种表现形式进行创作。在他的眼中，"蚂蚁"是一个永远取之不竭的灵感来源，绝不是俗世碌碌之辈，他在用他对生活的感悟来领略蚂蚁的世界、蚂蚁的精气神，他寻觅的是蚂蚁之乐，并且把这种乐趣同时带入了他的西部山水画创作中。他用执着的蚂蚁精神潜心研习已久，同样自得其乐。

但是，要我为他的画集和个人画展写点文字，我还是有些犯难。庄子曾被人质疑：子非鱼，安知鱼之乐？艺术也一样。面对繁杂的艺术界，我觉得直接把作品提交给大众和业内人士评判更为妥当。

　　豫华还年轻，只有三十几岁。年轻人在社会中扮演着不同的角色，他们在不同的职业里放飞自己的梦想。和很多年轻人一样，豫华身上充满朝气，执着、刻苦、勤奋，这些质量是我们下一代的希望。年轻人要走的路还很长，我希望他们能脚踏实地，不浮不躁地走好每一步。既然致力于从事艺术创作，就要秉持一颗赤子之心，用心汲取我们中华民族优秀传统文化中的真善美，树立正确的人生观，大胆创作，在艺术世界里展示自我才情，回馈社会，才能最终成为真正的文化精英。

　　豫华正如一只蚂蚁。我非"此蚁"，但深知"此蚁"之乐也。

"刘豫华美术作品展"序言

法相庄严

　　这是一部具有历史与艺术研究价值的佛像专集。全书图像优美，文字精彩，诸佛菩萨法相庄严，慈悲祥和，动人心魄，因此也是一部很有看头的书。

　　该书收录佛像全部为李巍先生个人所藏，也是李先生收藏的众多佛像中的代表作。我曾经参观过他收藏佛像的展室，如同走进了古刹的万佛殿，几百尊佛像齐聚一堂，其收藏品位之高，数量之富，给我留下了深刻的印象。这一切来之不易。早在上世纪 70 年代末"文革"后期，他就开始了佛像收藏，三十多年风风雨雨，奔波劳碌，呕心沥血，把流散民间的佛像一尊一尊收集起来，积少为多，渐成规模，倾注了他全部的心血和财力。正是这种几十年如一日的执着和追求，才使这一大批极有价值的藏传金铜佛像得以保存，这也是他为保护中华民族文化遗产做出的努力与善行。

　　李先生并不想把这些精美佛像永远藏在私家密室自我欣赏。为使更多的人分享他的收藏，特邀请王家鹏、沈卫荣先生对这批佛像进行整理、研究并加以出版，回馈社会。主编家鹏先生是故宫藏传佛教文物专家，从事鉴定、研究明清宫廷所藏藏传佛教文物数十年，积累了极为丰富的实践经验，治学严谨，发表了多种研究藏传金铜佛像的学术著作，是国内著名的金铜佛像鉴定专家。在长达三年多的时间里，家鹏先生对这批金铜佛像从年代、产地、题识，工艺特征、艺术风格等多方面做了深入研究，去伪存真，去粗取精，对佛像的艺术价值及其历史价值都做了严谨的评定。

根据家鹏先生的研究，我们知道这是国内民间所藏的一批珍贵佛像，来源于甘青地区主要是青海地区，即传统上藏族居住的安多地区与康区。这批藏品之所以珍贵，首先在于它为我们研究明清时期汉藏佛教艺术史提供了极为难得的新资料，同时也提出了新的研究课题。这批佛像年代悠久，题材丰富，工艺精美，多有刻写梵藏汉文款识或八思巴文印章图记，是具有很高历史与艺术价值的藏传佛教文物。以往对明清时代藏传佛教艺术史的研究，多半局限于藏区大寺院和博物馆藏品的研究，而对于那些流落于民间的金铜佛像则所见不多，了解也很有限，特别是青海地区的藏传佛教造像研究比较薄弱。这部书对于研究藏传佛教艺术，汉藏佛教文化艺术交流，元明清朝廷与西藏及周边藏区的历史关系等诸多方面提供了全新材料，是研究甘青地区藏传佛像艺术的重要著作，对于保护民族文化遗产，弘扬中华文明，都很有意义。

文物是历史文化的载体，这批金铜佛像具有汉藏两种艺术风格交融的突出特点，与佛像流传的甘青地区主要是青海地区的地理位置、历史渊源紧密相关。青海地处青藏高原东隅边缘，紧连河西走廊，是连接西藏、甘川藏区、新疆与祖国内地的纽带，历史上一直是内地通往西藏的主要通道，是汉藏文化交流的走廊。我对于青藏高原有着特殊的情愫，大半生都在西部度过，两次进藏考察，曾经在青海工作过几年，对博大精深的藏文化多有了解，对青藏地区汉藏民族之间，以及蒙古族、回族等多民族和睦相处的民俗风情有亲身的感受。雄伟壮丽的寺院，凝聚了智慧和想象的神佛造像，多姿多彩的藏传佛教艺术不仅是藏族文化重要体现，也深受汉族和其他民族的喜爱，无疑是中华文化的重要组成部分。

佛像汉藏交融的艺术特点，折射了藏汉文化交流源远流长的历史。正如著名藏学家沈卫荣教授在本书专论《汉藏佛学交流和汉藏佛教艺术研究》中的精彩论述。从汉藏文化交流这个历史大背景，沈先生考察这批金铜佛像的意义和价值，并对吐蕃至民国上下近一千四百年间汉、藏佛教交融的历史过程，特别是11世纪开始藏传佛教由西向东不断向内地发展，受到元、明、清历代统治者推崇、支持在内地传播的历史事实等做了系统的叙述和分析，对汉藏佛教造像艺术互相交流、渗透乃至交融的历史过程做了简要的说明，对迄今为止汉藏佛教艺术史研究的主要成就和发展趋势做了总结。这些论述，对我们进一步欣赏、认识李巍先生这批佛像，无疑大有裨益。

读《金铜佛像集萃》，引起我的又一深思，即如何看待民间收藏。以往文博界对民间文物收藏不够重视，认为民间收藏没什么像样之物，好东西尽在国家，在公立博物馆，这个观点是片面的。总体看，民间收藏比不上国家收藏，但具体到某一类文物则不尽然。虽然民间收藏鱼龙混杂，存在种种不足，但必须肯定民间收藏文物中有大量的珍品。我们国家历来有收藏文物的传统，历史久远、文物留存数量众多且遍布民间，相当多的藏品都是在民间得到保护并有序传承的。多年来，中国民间收藏家为国家抢救了很多国宝。民间收藏家也是中华民族精神家园的忠实守护者，是民族优秀文化传统的热心传播者。李巍先生就是这无数有贡献的人士中的一位。

紫禁城出版社近年来重视民间收藏，积极出版民间文物图书，对于促进民间收藏的健康发展，对提高文物研究水平，保护历史文化，都是十分有意义的。李巍先生《金铜佛像集萃》一书在紫禁城出版是一件喜事，特以写过的一首小诗表示祝贺：

怒目低眉看种种，慈悲为念此心同。

慧根岂辨华夷界，宝相堪融汉藏风。

且证文明嬗演史，仍窥艺事去来踪。

今朝诸佛一堂萃，盛会当应谢李公。

《金铜佛像集萃》序言，紫禁城出版社，2011 年

不熄的千年窑火

位于陕西渭北黄土高原的澄城县，是生我养我的地方，是我的家乡。我曾在县里工作过，到过每个乡镇；但说来惭愧，对于黄河流域这个古老县份历史文化的认识，却是近二十年来才逐渐加深的。

澄城县现有三处全国文物保护单位。这个数字在全国县市级是不多见的。不大的县城，东边建于唐肃宗时的精进寺塔，距今已一千二百余年，浮屠九级，庄重雄伟，高耸云天，每天沐着朝阳，见证了澄城的千年沧桑；而西边修于明代的县城隍庙神楼，结构宏大，保存完好，因下临深地而显得更有气势，每当夕阳西下，它总是披着柔和的色彩，使小城充满诗意；县城西北二十余里远的刘家洼乡良周遗址，是秦汉时期关中地区内涵丰富、保存较好的大型宫殿的代表性遗址。

引起海内外瞩目的还有澄城丰富的民间艺术。在这块土地上，民间艺术源远流长，种类众多，特点也非常突出。1985年，澄城民间美术展览在北京民族文化宫举办，除剪纸、刺绣、皮影等外，轰动京城的还有拴马石桩。拴马石桩由整块上等青石凿制而成，做工精细，千姿百态，被誉为中国雕塑艺术的杰出代表。拴马石桩主要产于澄城县，据上世纪80年代调查，全县尚有拴马石桩一千二百七十六个，为全国罕见。

当时参加展览的还有"尧头陶瓷"。它虽然也引起人们的关注，被以后多种媒体及刊物不断介绍，但真正名声大噪，则是在 2006 年成为首批国家级非物质文化遗产项目。要知道，公布的全国陶瓷类代表作仅有六家，隐没在民间的澄城尧头陶瓷与声名中天的古官窑景德镇是同时上榜的。

尧头陶瓷主要产于尧头镇尧头村。尧头镇古称"窑头"，因瓷窑而得名，又由于古圣人"尧"与"窑"的发音相同，后来古圣人之"尧"这个优雅的字符便逐渐取代了瓷窑的"窑"字。尧头生产瓷器有三大优势：附近是淙淙不息的洛河水，随处可挖的大量的高岭土、白碱土，又有储量丰富的煤炭。据明代澄城县志记载，"瓷砂始于唐"。明清为尧头陶瓷的发展盛期，清人有诗咏之："万道玄元矗绛霄，祝融烧炭鼓尖敲。铸来白碗胜霜雪，奇喜休夸汝宅窑。"

尧头陶瓷是个民窑、土窑，民间需要什么，就烧制什么。千百年来，这里所烧出的一件件或黑釉或青釉的缸、盆、碗、罐、瓶、灯等，源源不断地进入寻常百姓家。我小时候就听过这么一个民谣："收秋不收秋，等到五月二十六。二十六滴一点，快到尧头买大碗。"买大碗者，意为大丰收，可以放开肚皮吃饱了。

尧头陶瓷造型粗犷古拙浑朴，纹饰简练凝重天真，瓷胎厚重坚实，釉色纯净细密，具有粗中寓巧、朴而不俗的特点。无论是造型、纹饰，都继承了我国原始彩陶、汉魏陶塑、唐代三彩的艺术传统，与官窑瓷器之纤巧高雅、洁润甜媚旨趣迥异。

尧头陶瓷品种丰富，风格独特，尤以黑釉白花的剔画器和刻花器最具特色。剔画工艺以线刻剔花为主，线条流畅刚劲，图案纹样多为寓意深刻的吉祥图案，如莲花、石榴、寿桃、团鹤、八卦、暗八仙等组成，刀法流畅，情饱意满，洗练活泼，自由多姿，千变万化，生机勃勃。在刻画技艺方面，笔触灵活，线条挺拔，并充分体现出当地人文风尚的雄健与敦厚。

正由于尧头陶瓷具有很高的历史价值、文化价值和艺术价值，它才跻身首批国家非物质文化遗产代表作名录。今天，它也像我国的许多非物质文化遗产一样，在传承上面临困境。澄城人在感到荣光的同时，也充分认识到自己的责任。近年来，县委、县政府已投入大量资金，搜集民间陶瓷精品，筹建尧头陶瓷博物馆，并召开了有国内著名陶瓷专家出席的尧头陶瓷学术研讨会，鼓励、支持老艺人恢复生产，并确定其传承人，制定了恢复、发展的计划，决心使烧瓷技艺世世代代相传下去，使摇曳千年的窑火永远不熄。这是值得称道的。

澄城县文化馆吴来宝先生最近来信，说县上正在选编《澄城尧头窑陶瓷精品目录》，要公开出版，嘱我作序。我以为这是不好推辞的，遂以自己的理解和认识，向读者对此略做介绍，以表达个人对民间艺术的崇敬及对家乡的挚爱。

《澄城尧头窑陶瓷精品目录》序言，内部印行

泥火燃情

中国文化发展的历史是一个连续体。在其源远流长的文化历史进程中，艺术的各个门类生灭继替，演化流传。或许，正是这众多的因素相互碰撞、相互激荡，生发出来、飞溅起来的思想浪花，才形成了多元的文化格局。

所有不同的艺术形式都有其自身独立的艺术语言。宜兴均陶堆花艺术，以其独特的成型方法，特有的表现工艺，在浩繁的中国陶瓷文化史中与宜兴紫砂、宜兴均陶并称为"宜兴三绝"；传统的均陶堆花艺术之所以成名，是因为它使"均釉"与"堆花"两大工艺形式集中于一体，它既有"堆花"的堆贴工艺，又有"均釉"的釉色特点，表现出来的作品视觉感受极其独特。

明代创始期的均陶堆花手法，表现为简单的"堆塑法"和"印模贴法"，使用极少的辅助工具，制作程序也相对简单。发展到清中期，则同样经历了"堆塑法"和"印模贴法"，后来逐步形成了"平贴法"，辅助工具也增加了，工艺手法从探索中逐渐走向成熟。成熟期的均陶堆花则从"平贴法"的浅浮雕状，拓展到比较精细的薄雕状的堆贴方法，这时艺人们开始尝试用腕力功夫与大拇指技巧进行堆花创作，并逐渐形成了被后世普遍采用的、纯大拇指技艺的均陶堆花工艺手法。

我们从传统的均陶堆花工艺看，采用最多的是"平贴法"。凸起的画面最多仅有数毫米厚，其深浅、浓淡的区别也只在毫厘之间。为了充分发挥均陶堆花可塑性强的特点，更好地展现其艺术魅力，当代均陶堆花大师李守才先生在继承传统工艺的基础上，首创了"立体高浮雕堆贴法"及"累雕堆贴法"，增强了均陶堆花艺术作品灵动俊美的视觉效果。由于这一突破，使均陶堆花冲出了原来仅仅作为陶器作品上点缀装饰的范畴。作品坯体的形态变成了从属于艺术主体的载体，而堆花则成为主体艺术的首要表现形式。均陶堆花从传统的、以实用为主的装饰用器，走向以表达作者情感想象的艺术作品，提升了均陶堆花这一品种的文化内涵。其工艺表现手法被广泛移植到紫砂、青瓷等门类的装饰表现中，对当代从事均陶堆花的创作者，无论从表现手法和艺术观念上都产生了很大影响。

观守才先生的作品，无论是器形的大小，主题的变换，他都能绝妙地把握材质特性和工艺特点，并对其进行了淋漓尽致的发挥。他在泥性的肌理中，自然而然地贯注了自身的艺术想象和追求。在这里，主题的流变，也可以说是历史、文化发展的必然性与偶然性的交相作用。

在国际性与民族性中，他努力找寻结合的可能，从其他的民族艺术形式中汲取养分，丰富了均陶堆花的艺术语言。他深知只有保持民族文化的魅力和本土风格的特色，才能使作品具备足够力度。当然，明确民族身份绝不意味着民族文化元素的生搬硬套。

他坚守着泥与火的质朴，捕捉与关照着他所钟情的均陶堆花艺术，最终形成了色彩斑斓的艺术世界。

《泥火燃情》序言，紫禁城出版社，2009年

解读中的传承

凡是行当都有个江湖。

江湖之中的人，看山是山，看水是水，当然明明白白；可是江湖之外的看客却是千里之外的点点星光，雾里看花，越是不懂，越是着急，徒增了一层神秘。

紫砂壶的鉴赏更是一个平常人难以介入的深刻江湖，有凝重又有趣味，有格局又有细节，有历史积淀又有时代印迹，所以想象之中应该是一个花甲白发的老人家，在书卷浩瀚之中苦苦跋涉的一段苦旅。可是我现在手里拿着的这本《紫砂壶》却是一个小女子的佳作，光是凭这份心思和勇气就给了我一个惊喜。

开卷翻阅，回味颇多。作者王晓君女士穿越明清，移步民国，站在历史一隅，漫步在时间河流的岸边，冷静淡定，客观犀利，或引经据典，或个人心血凝结，对一把把玲珑古旧的紫砂壶提出她细腻的解读。这解读中，有着对邵大亨、顾景舟等前辈大家的赞叹，有着对明清以及民国时代一把把旷世名壶的深刻理解，这份执着和爱恋，真是可以领着读者一起体会作者所言："惊心动魄，感受到完美的冲击，带来五体通泰的快感。"而另一方面，作者又有着自己内心的力量和立场，对现时紫砂壶江湖之中不良"壶商"的某些作为给了读者善意的提醒：眼亮心明，避免受愚，远离壶界的歪风邪气。

江湖越不平静，这份责任感和良心就越显珍贵。

一把小小的紫砂壶，就是一个气象万千的大世界。

现今社会多少有些熙熙攘攘，你方唱罢我登场，不缺凑热闹的，不缺啦啦队，真正静下心来，安安稳稳，将民族的东西于无声处传承下来的则是少数。我们之所以从内心深处顶礼那些制壶大家，不仅因为他们高超的制作技艺，更多的是敬仰他们以紫砂壶寄情写意、言志修身的高风亮节。

而这份风骨也是我们民族的根。

中华民族的文化和历史应该在一代又一代的艺术精品之中得以传承和发扬，文化的大旗不仅应在学术界，更应在民间扯将起来，猎猎飞扬。一把小壶，就是中华民族厚重文化的一个着力点，将壶中乾坤把玩到位，便是把一种民族的精神、一份独有的神韵和气息传给了后人。这才是先人留给我们最好的礼物。

而作者愿意以一己之力，著这样一本小书，本身就是对民族文化传承最好的一种探索。我也愿意看到越来越多的人能够汇入文化传承的洪流之中，将世代相传的精品和优秀的文化保存延续下来，使中华文化宝库更加瑰丽华彩。

《紫砂壶》序言，天津古籍出版社，2011年

风景的力量

与其说倪益瑾爱摄影，不如说他更爱拍摄的对象。否则，他不可能为了摄影跑遍祖国大地上的每一个省区；即便跑遍了，也不见得总能从任何一个区域拍摄到如此绚丽多姿的美景。

据说为了拍到一幅较为满意的照片，他会在居住条件、生活条件很差的地方等待一天两天，甚至等待十天八天。说到底，他相信他所钟情的山河大地是美好的，并深信一定有某一个时刻是最最美丽的。

于是，他等待。在观察中等待，在等待中观察；在思考中等待，在等待中思考。等待春雨秋风梳妆大地的时候，等待夏云冬雪渲染大地的时候，等待朝晖夕照扮靓大地的时候。作为一位挚爱、执着、坚定、坚忍的摄影家，等待与选择就是创作。那是一种创造饱满完美的构图的等待，创造玲珑剔透的光影的等待，创造清晰变幻的层次的等待。那是一次次放弃与一次次追求的等待与选择。

就是在这样的近乎顽固的等待、放弃与追求中，他把宽广的视野给了他的作品，他把博大的胸襟给了他的作品，他把绚烂的色彩给了他的作品，他把缤纷的思绪给了他的作品，他把情不自禁的热爱给了他的作品。于是，我们才突然惊喜地发现，在祖国辽阔宽广的大地上，竟有如此美不胜收目不暇接的壮丽景观。

看得出，倪益瑾是一位特别唯美的摄影家。属于那种古典式的

经典的唯美；唯美到苛刻、挑剔的程度。或许，这正是倪益瑾的风景摄影作品里充满了无可挑剔的动人力量的真正原因。那感人动人的力量，从一幅幅中国风景画式的意境中散发出来，从一幅幅西方油画般的色彩中散发出来——这就是那种古典的当然也是经典的唯美的力量。

也许他自己也常常被自己等待与捕捉到的美感动不已，有时候也会有一些即兴率性的印象式表达。鲁迅曾经说过不同地域给了他不同的色彩感："黄河以北几省是黄色和灰色画的，江浙是淡墨和淡绿，厦门是浅红和灰色，广州是深绿和深红。"倪益瑾跑遍祖国大地每一个区域，不同区域给予他的强烈的色彩感觉定然非同一般，而主观印象式的表达更加强化了区域性的色彩和不同的色彩构成的特殊的光影效果——欣赏倪益瑾的风景摄影艺术总觉得有些别致的意象，这大概也是原因之一吧。

倪益瑾摄影集《锦绣江山》序言，中国摄影出版社，2011年

服饰里的文章

中华服饰文化源远流长又丰富多彩，素以"衣冠文物礼仪之邦"和"丝绸之国"闻名于世。黄能馥、陈娟娟合著的《中华服饰七千年》，就引导我们领略了这悠久的历史和万千的气象。

我们祖先在旧石器时代晚期已磨制骨针缝制毛皮衣服，佩戴用兽牙、贝壳、骨管、鸵鸟蛋壳、石珠等连串的串饰。到了新石器时代，就开始农耕牧畜，营造房屋，男子出外狩猎，打制石器，琢玉；女子从事采集，制陶，发明纺麻，养蚕制丝，纺织毛、麻、丝布，缝制衣服。根据考古材料，我国在距今七千年前西安半坡文化遗址出土的陶器中，发现有一百余件带有麻布或编制物的印痕，其中已有平纹、斜纹、一绞一绞织法、绕环编织法等编织方法。江苏吴县草鞋山发现了距今五千四百年的葛布，织有回纹和条纹暗花。河南荥阳青台村仰韶文化遗址发现了平纹蚕丝绢和浅绛色罗，距今已五千五百年。新疆和青海新石器文化遗址则发现过彩条纹毛布。至距今三千多年的西周时期，已出现用染色熟丝织出彩色花纹的织锦和在绢帛上绣出精美花纹的刺绣。衣冠鞋履、玉石首饰、佩饰与华美的发型配套，构成中华上古服饰文化的繁荣景象。

服饰是人类源于护体御寒等生理需求的物质产品，又是反映人们审美观念和生活理念的精神载体。我们的祖先自从发明了纺麻、缫丝、织毛等手工技术，就能利用纺织品缝制适合护体御寒的配套服装，而且创造了形式美观、具有思想内涵的服饰纹样，以表达对美好生活的愿望。大约在公元前 22 世纪末，中国进入传说中"黄帝尧舜垂衣裳而天下治"的时代；自公元前 21 世纪至公元前 5 世纪，统治者以"天命神权"为精神支柱，宣扬"道协人天"的思想，把森严的等级制度以"礼"的形式固定下来。服饰是社会的物质和精神文化，就成为"礼"的重要内容，作为"分贵贱、别等威"的工具。最高统治者称为"天子"，他与天帝沟通的办法即祭祀。《礼记·祭法》："夫圣王之制祭祀也，法施于民则祀之，以死勤事则祀之，以劳定国则祀之，能御大灾则祀之，能捍大患则祀之。"《论语》中说，禹平时生活节俭，但祭祀时必穿华美的礼服——黼冕，以表对天帝的恭敬。经过夏、商、周三代的继承和变革发展，到周代就形成了以"天子"为中心的完善的服饰制度，按礼节的轻重规定穿不同的礼服，同时规定按不同的政治地位穿不同礼服的制度，位高者可以穿低于规定的礼服，位低者越位穿高于规定的礼服则要受到严厉的惩罚。后宫后妃及百官的服饰也都有相应的定制。这些服制的思想内涵，完全从属于传扬"天命神权"，巩固阶级统治的政治需要。例如天子冕冠的綖板前圆后方，前面象征天，后面象征地；冕綖前后垂旒各十二条及天子章服的十二纹章，象征月之四时运行的十二地支（月令），冕旒以五彩缫（丝绳）贯朱、白、苍、黄、玄五彩玉珠，这五色与季节、气象、方位及金木水火土五种物质元素，青龙、白虎、朱雀、玄武四象星座相对应。天子章服的十二章纹，更具政治伦理的内涵，作为王权的标志，历代传承以至清末。

从考古证知，人类使用首饰佩饰早于使用服装的历史。中国在新石器时代的中晚期如红山文化、龙山文化、良渚文化制作的玉器，包括发饰、冠饰、耳饰（玉玦及耳坠）、颈饰（玉串饰及玉项链）、臂饰（玉瑗、玉臂环、玉镯）、手饰（玉指环）、佩饰（玉璧、双联璧、三联璧及鸟、兽、蛙、鳖、龟、龙等象生型玉佩）、玉带钩等，其形式之多样，磨琢之精巧，令人叹止。商周时期，玉器被统治者作为人格道德的象征，所谓"君子比德于玉"、"君子无故玉不去身"。除玉饰之外，商代已生产金首饰，以后金银珠玉宝石镶嵌工艺技术高度发展，首饰的艺术形式与文化内涵不断丰富，一器一物，往往价值连城，这就形成了中华传统工艺美术的光辉府库。

在中国古代服饰纹样中，龙纹是地位非常显赫的装饰题材。古代神话中，如黄帝、女娲、伏羲等都说成是人头蛇身的神人，《虞书·益稷》把龙作为天子冕服十二章纹中的一章，而龙蛇作为服饰纹样的实例，已见于甘肃临洮出土的彩陶人形器盖中。《诗·小雅·采菽》中说："又何予之，玄衮及黼。"商周铜器铭文，亦可发现赐玄衮衣的铭文。玄衮衣即绣有龙纹的玄衣，可见中国统治阶级首领穿用龙衣由来已久。历朝以龙纹为衣袍装饰的实物形象，留传至今的甚少，唯明清两代尚有流传，尤以故宫博物院收藏最为系统、完整。当年龙袍纹饰款式系由清宫如意馆画师按服饰制度精心描绘，经审准后核发江南织造府织造，材质夏用纱绣缂丝等，冬用织成妆花缎或以缎、绸绣制，表以紫貂、熏貂、海龙裘皮等。织绣工艺精工无比，绣线则采用扁金线、圆金线、龙抱柱线、孔雀羽线等。一袍之作，辄逾一二年，积民间工匠心血智慧之精华。

中国自古是多民族聚居的国家，服饰文化以华夏农耕士儒文化为主体，不断与少数民族的游牧骑射文化相交融，并在交融中发展。华夏民族注重礼仪德化，故服饰雍容宽博，气度万千，但实用功能性差。游牧民族活动性大，生活无定处，故注重穿脱方便，合体实用。当少数民族入据中原华夷共处之时，华夏贵族的服饰便对少数民族贵族起到感染作用，如北魏孝文帝的服装改制即其实例，而少数民族的实用功能性服装则对华夏军队与劳动者产生重大影响，如战国赵武灵王胡服骑射，及以后短装在民间日益普及，揭示了服装向科学实用发展的历史规律。中华民族传统服饰文化是中华文化的重要组成部分，博大精深，在世界文化宝库中独树一帜，值得我们深深去研究、弘扬。

黄能馥教授和陈娟娟研究馆员，从上世纪 50 年代初即追随前辈服饰史学大家沈从文先生研究中国服饰艺术史，历经半个世纪，学术成果颇丰。他们夫妇两人的合著，曾两次荣获中国图书奖、一次国家图书奖、两次国家图书奖荣誉奖。陈娟娟自幼多病，曾患多种高危疾病达数十年，但一直坚持在故宫从事织绣文物的陈列、研究工作，与其爱人黄能馥合作，矻矻于学术著述直至生命的最后一刻。陈娟娟是故宫博物院培养的一名优秀的织绣文物专家。我到故宫博物院工作后不久，曾去医院看望过病危中的她，还想待她出院后再细谈，不料竟成了永别。现在，由她和黄能馥合著的《中国服饰系列丛书》在故宫博物院庆祝建院八十周年之际由紫禁城出版社出版，是一件值得祝贺的好事，它既是陈娟娟、黄能馥在祖国服饰文化研究心血的结晶，也是故宫博物院对祖国文博事业的一份贡献。

《中国龙袍》序言，紫禁城出版社、漓江出版社，2006 年

紫檀的魅力

　　在遍布全国、灿若群星的大小博物馆中，中国紫檀博物馆以其特有的魅力日益引人注目。

　　紫檀是极其珍贵的木材，紫檀家具是中华的瑰宝，紫檀艺术是中国传统工艺美术的精华，中国紫檀博物馆则是中国首家规模最大，集收藏研究、陈列展示紫檀艺术及鉴赏中国传统古典家具于一身的专题类博物馆。由陈丽华女士创办的这一博物馆，虽然时间还不算长，但以其有别于传统的运行模式，颇多创新的展陈方式，注重与海内外同行交流的开阔思路，体现了生机与活力，成为中国民办博物馆的翘楚。

　　中国紫檀博物馆以保护历史遗产、弘扬民族传统文化为职志。明清两代是中国传统工艺的兴盛时期。明式家具是中国家具发展上的高峰，以其设计简练、结构合理、做工精巧、造型优美、风格典雅的特点，备受推崇和赞誉。清式家具，主要是清代康熙、雍正、乾隆三代出现的风格，总体来说是"精巧华丽"。由于运用各种新工艺，造出各种新式样，其中亦有精品，是明及以前所未见的。明清家具的工艺技术是宝贵的非物质文化遗产。陈丽华女士集中数百工匠，营建厂房，搜购良材，在专家的指导下，潜心制作明清式样的家具。人们从博物馆的精品陈列中，可以看到雕作技艺的高超。这些传统技术终于后继有人而不致湮没无闻，实为文化之大幸！当一批批参观者驻足紫檀宫时，当这些珍品在国外展出时，当一些精品被国内外著名博物馆收藏时，中外人士从中所体味到的是中华文明的独有情韵，感受到的是中华民族保护历史文化遗产的决心和努力。

从历史上看，作为工艺品的家具，既有实用的功能，又有很高的审美价值者，一般当首推宫廷。故宫是明清两代的皇宫，明代的"御用监"，清廷的"造办处"，都曾广蓄天下珍贵木材，汇集南北名师巧匠，专为宫廷制作家具。故宫博物院现收藏的明清家具，种类齐全，精品荟萃，在数量、质量及艺术性方面，国内外任何一家收藏机构都无可比拟，特别是宫廷遗留家具尤多，不少是代表性作品。故宫还有一些著名的家具专家。这一优势，就使故宫博物院与中国紫檀博物馆结下不解的缘分。朱家溍先生等被陈丽华女士聘为顾问，指导他们的工作，并仿制故宫的一批家具，精心制作了一些故宫古建筑的微缩景观，如角楼，御花园中的千秋亭与万春亭等；宏伟的紫檀宫的修建，故宫的古建筑专家也曾悉心地予以指导。故宫为中国紫檀博物馆提供了多方面支持和帮助，紫檀博物馆则以自己的骄人成果使古老故宫的遗产得到复活，使这一中华传统文化得到传承。

中国紫檀博物馆能有今天兴旺的局面，当然与馆长陈丽华女士的努力分不开。陈女士是个成功的企业家，她的事业正蒸蒸日上；她的可贵之处在于，她不只是个企业家，还是个对传统文化、对紫檀艺术有着强烈爱好的人。她不仅有着相当的鉴赏能力，同时又积极进行紫檀艺术的传承与创新。她投入巨额资金，花费大量心血，并自得其乐，坚持不懈。陈女士深知，企业的根基在社会，成功的企业应该回馈社会，报答人民。这是一个有作为的企业的社会良知。她不是把自己的珍藏及精美的制作当作待沽的奇货，或只供个人赏玩的宝物，而要把它们公诸社会，期望更多的人能去欣赏，期望这一传统工艺得以永续流传。个人的爱好上升为一种文化的自觉，家具雕制的实践又产生出弘扬传统的历史责任感，于是就有了中国紫檀博物馆，企业也与文化结了缘。兼任馆长的陈丽华女士，对博物馆始终充满着热情，在社会有关方面的支持下，她与她的同事们切切实实地推进着各项工作，使博物馆可持续地发展，并且影响日渐，引起国内外同行的关注。

　　《丽质华堂》一书，让我们看到了中国紫檀博物馆的过去与今天；我们也相信，陈丽华馆长会以自己惯有的勤奋，继续书写未来辉煌的篇章。

　　　　《丽质华堂——中国紫檀博物馆》序，文物出版社，2007 年

鬲的世界

鬲是远古时代的一种炊器，曾在中国历史上存在了两三千年，为文物考古界所熟知，而于大多数民众来说就相当陌生了。

鬲向前先生的《鬲与鬲文化》一书，首次对鬲及鬲文化做了全面、系统的挖掘与研究。

鬲不仅是一种器皿，而且是一种文化。缕述鬲的历史，探求其中所承载、蕴含的文化，便使本书立意高，视野开阔。从篇章结构、内容设计上，包含了有关鬲与鬲文化的各个方面，使读者看到一个多彩的鬲的世界。支撑作者观点的，是广泛搜集的大量资料，有考古发掘或存藏于海内外博物馆的实物，有古代文献的记载，有专家学者的相关论述。这一切，经过作者的整理、分析、比较、研究，于是有了这本书，有了这个成果。

本书使鬲的几乎湮灭的历史得以复活，使许多散乱的历史碎片得以复原，给人以知识性的收获；同时作者创造性的努力，如从中华文明发展史的角度分析鬲的产生和演变，特别是从社会学、政治学、经济学、文化学、哲学五个方面总结鬲文化发展的启示，也会给读者留下深刻的印象。

本书篇幅不算长，但内容颇为丰富，而且条理清晰，叙述简洁，不枝不蔓，令人感到明快。书末的《鬲文化问题解答》，三十七条，是作者对研究要点的归纳，也便于读者回顾全书内容，富有创意。

公元 2009 年 5 月 1 日，北京下着小雨，我在家中翻阅这本书稿，沉浸在鬲的天地里。一个鬲，居然有着这么多的学问，中华文明的博大精神，即由此可见。我又想到作者鬲向前先生，我的老朋友，他容易引人注目，往往由于这个姓。我们奇怪怎么会有这个姓，他也好奇，由好奇而探索，一发不可收拾，而终于有所成就。其中的甘苦，难以想象，肯定是不容易的。因此，更要祝贺这本书的出版，感谢他在发挥和弘扬中华文明上所做的努力。

《鬲与鬲文化》序言，三秦出版社，2010 年

《作庐韵语》序言

张颔先生是著名的古文字学家、考古学家，他的专业成就与贡献早为海内外的公众所敬重，而《作庐韵语》则让我们看到他的另一面，他的才情、灵性、素养，以及偏好、交游等等，看到了他丰富的精神世界。

诗文创作对张颔先生来说，应是"馀事"。但他所涉足的诗文范围也很广，有诗歌、小品、笔记、杂感、碑铭、序言、题跋、联语等，合二百余篇，为数亦夥矣。他勇于创新，每一种体裁都没有固定样式，似乎随心所欲，但又分明合于大的规制。即以诗歌而言，既有传统的七古，更多的是杂体诗，也不乏自己的创造，不拘于格律，而又富有诗意，直抒胸臆，别具一格。

作者毕竟是大学者，文史根基深厚，又整天沉浸在传统文化之中，因此他的一部分创作，特别是一些有关文物或文史材料的题跋，或重于考证，或有所质疑，或意在商榷，或别有新解，都言之有物，有理有据，俱见学养功力，亦可视为学术小品。

与这些大雅的内容相比，还有一些可视为大俗的作品，这突出体现在联语中，即用大量俗语入联，又引经据典，说明其来历的久远，颇有趣味。更多的是雅俗结合，往往妙趣横生，令人解颐。

惜墨如金是张颔先生诗文的特点。其作品多为短章小制，文字极为简约，足见锤炼的功夫。

诗文最能体现作者的个性。对不学无术者的讽刺，对社会丑恶现象的鞭挞，表现出张颔先生分明的爱憎、热烈的好恶。而他惯有的幽默与达观，也跃然纸上，更让人感佩的是他的真诚，他的实事求是，他对同行、对师长的尊重。

　　张颔先生又是著名的书法家、篆刻家，蜚声艺坛，我曾写过一首诗，对他的成就表示祝贺：

河汾风雨老，张子思犹遒。

履屐留三晋，盟书著九州。

诗文须铁板，篆刻见银钩。

鲁殿灵光在，江山期俊流。

　　学问家的张颔与文艺家的张颔，是一个人不可分割的两个方面，把这两方面都了解了，才能说真正懂得了张颔。因此，我郑重地向读者推荐《作庐韵语》，相信大家能从中受到教益，也能真正领略张颔先生的风采。

《作庐韵语》序言，三晋出版社，2013 年

母体艺术的保护

由王宁宇、杨庚绪编著的《母亲的花儿——陕西乡俗刺绣艺术的历史追寻》（三秦出版社出版）一书，是全面研究陕西民间刺绣艺术的图文并茂的著作，也是我国近年来探索民间美术的不可多得的佳作之一。

资料是研究的基础。研究刺绣，首要的是了解、征集大量的绣品，真正掌握研究对象。本书收集了大量珍贵的绣品资料，难能可贵的是，这些资料大多是编著者亲自调查而来。编著者本身是对陕西刺绣充满感情的艺术学者。从上个世纪80年代初开始，他们与一批艺术工作者开展田野调查，坚持近二十年。陕西一百多个县市，他们足迹几近一半，而征集作品的县市，竟占到百分之九十。加上他们行家的慧眼，所选不仅数量庞大，而且质量精彩，诸如枕顶、裹肚、虎头帽、儿童马甲、围嘴兜、虎头鞋、鞋垫、袖套、门帘、落发夹、遮裙带，等等，向人们展示了一片艺术的新天地。而描摹的刺绣中的二十八式鱼纹、四十八式鸟纹以及二十四件针扎扎样式黑白描稿，更可见编著者的苦心和认真。对于陕西民间刺绣的关注和考察，其实在上世纪50年代中期，陕西的艺术工作者就开始了，并取得了一定成果。本书虽只选了五百多幅作品，但却是从大量的资料中精选出来的，颇具代表性，它使本书的研究建立在广阔而深厚的基础之上，也是它得以成功的重要原因。因此，本书凝结着几代艺术工作者的心血和期盼。

陕西是中华文明的重要发祥地之一，有着深厚的传统文化的积淀。陕西的民间美术也源远流长，而刺绣是其中的一个重要门类，虽然没有"四大名绣"那样名气大，但它以其久远的历史及鲜明的地方色彩为人所瞩目。《母亲的花儿》就是对陕西民间刺绣艺术的"历史追寻"。从这一思路出发，编著者对全书的结构做了精心安排，除了序言和结语，全书分为"摇篮"、"女儿心"、"春华秋实"、"慈母手中线"、"田家情趣"、"文宗风流"、"针线华章"七个部分，综合运用考古、历史、文学、艺术等多方面知识，对陕西民间刺绣的历史渊源及与传统文化的关系，它的题材及艺术特点，它与生产、生活及民俗的关系等，做了形象生动而又条理清晰的论述，文字不算长，但很耐读，五百多幅绣品及相关数据图片穿插其间，与之相得益彰，使读者可对陕西民间刺绣有个全面系统的认识。

正由于编著者深入农村亲自调查、征集刺绣作品，因此作品制作的地点和时间，作品的规格，作者的姓名，甚至作品的用途，包括与此有关的活动的图片等，大都有明确的记录或相关场景的反映。这就使作品有了特定的环境和背景。也只有在这个"语境"下，这些绣品才不是一件件简单的静止的作品，而是充蕴着灵性与生命力的活的东西，包含着大量的信息。编著者又通过"由物及人、由事及义、由情及史，由具体的链环而及整体的文化链索"的方法，揭示了这些绣品的实用性与审美性相结合的特点，表现出绣品所反映的岁时节令、人生礼仪等民俗的丰富多彩。本书在书名上突出"乡俗"这一概念，当有深意。陕西由黄土高原及长城沿线风沙区的陕北、八百里秦川的关中及汉水流域的陕南三部分构成，风土、人情及文化背景各异，即在同一地区，也不尽相同。"乡俗"的差异，就使陕西民间刺绣在具有风格淳朴、色彩鲜明、用线较粗、针法奔放等共同特点的一面外，同样是翎毛花卉，同样是动物植物，但在表现形式和手法上，又有细微的甚至很大的差别。该书通过大量的图片及细致的分析，使读者对此有了深切的体会，也促使读者对这些绣品以审美形式蕴藏着的深层文化内涵做进一步的挖掘。这一著作的学术分量正体现在这种研究中。

本书还有一个特点，就是从绣品本身进一步扩及它的作者——广大的农村妇女。这些终日操劳而又心灵手巧的劳动妇女，一针一线，创造了精美的绣品。本书所选作品，都不是为了赚钱的商品，而是劳动妇女为她们自己、为亲人所用而制作的。它不同于近代市井的作坊绣，也没有现代商品经济时代利益的驱动，而是她们日常生活的一个组成部分，完全是她们心灵的诉求。用鲁迅的话说，这就是"生产者的艺术"。本书研究了陕西农村妇女所处的自然、社会生存条件，并从社会心理、历史环境、传统制约和生产技艺进展等综合关系，去把握作为民族文化一部分的农村乡俗刺绣艺术现象。例如，书中选了黄陵县店头乡高水琴绣的"坐垫之虎纹"，侧面虎头的轮廓造型上有一对只有从正前面才可同时看见的眼睛，使老虎有一种古怪而奇绝猛烈的气质，我们在赞叹不已时，再看书中举出的古代文物上（陕西绥德出土汉画像石、江苏徐州出土汉画像石、湖北出土战国漆器）的虎纹，原来两千多年前中国许多美术品上的老虎就是这类处理方法。这说明，这些作品既展示了劳动妇女的创造力，也是厚重的传统文化根脉的延伸。

书名《母亲的花儿》，据编著者说，因为在民间刺绣这种艺术中闪烁的是一种母性的热望、慈爱和责任心。民间美术作为美术最基础的层次，保持着人类创造文化的最初形态，它是根性的艺术、母体的艺术，既是艺术之源，又是艺术之流。这样理解，这个书名似乎就含有更深长的意味。在中国工业化、城市化步伐不断加快，农村生产、生活方式发生重大变革的情况下，包括民间刺绣在内的民族民间文化处境日益艰难、衰退，即如本书所收的东西，许多已成绝品，而一些繁复的技艺也有失传的危险，因此社会有识之士大声疾呼加强对民族民间文化即母体文化的保护，政府也启动了规模巨大的保护工程，其意义自然是十分深远的。

原题为《母亲的花儿与母体艺术的保护》，

原载 2004 年 7 月 18 日《人民日报》

"留住"与倾听

几年前，王六拿来厚厚的两本书给我——他新出版的《把根留住——陕北方言成语 3000 条》上下册，这使我大为惊讶。一位公务繁忙的地方干部，竟能成就如此著作？翻阅一遍，更觉不易，还没见有人如此梳理著录过陕北方言，自认为这书对语言文化的研究无疑极有价值。但没有想到，这样一部很专的书却颇受欢迎。前几天，王六又拿来更厚的两本书给我，他说他也没想到一版发行后居然脱销了，很受鼓励。于是校改、增补、再版。再版时把书名也改了，改成《留住祖先的声音——陕北方言成语 3000 条》，由故宫出版社出版。

其实何止三千条？方言成语是三千条，但每条成语的使用举例更是地道的陕北方言，再加上注释，又引出一连串的方言词语来，按目录索引，竟有方言词汇一万多条！以三千条陕北方言成语为纲，以一万多条陕北方言词汇为目，还有一千多条陕北民谚俗语，再穿插陕北民歌、剪纸、风土人情图片，洋洋一百二十万字，是典型的陕北方言大荟萃，陕北人文小百科。

不同的区域有各自的方言土语。陕北方言有自己的两大特点：一是富有音乐美。陕北方言讲究修饰、节奏：蓝个茵茵、黄子腊腊、软忽绍绍、硬卜拉拉、明试眼眼、明的朗朗；更有将一个字读为分音：绊——不烂、团——突栾、杆——圪榄；或将两个词读为合音：

不要——biào，不如——bùr。二是直通古代。在陕北方言里，在王六的这部书里，能够听到古代的声音，能够听到方言与文言古语的对话，能够看到浓厚的大中华色彩。我们现在只能从古书古文言里读到的字词，突然一次又一次地出现在陕北老人们的口语里，出现在这部陕北方言辞书里。像被《辞海》归为书面语言，或干脆未收录的词汇，在陕北方言中却鲜活使用，如《诗经》中表旱神的"旱魃"、《老子》中表不善义的"不谷"、《左传》中表祈禳消灾之"禳"、商鞅变法后秦军割耳邀功的"杀割"、帝王躬耕之专用词"耤"、梵文女居士之音译"优婆夷"，等等。至于将历史上的重要人物、重大事件、重要史实直接作为成语、民谚使用的则比比皆是：周赧王、岑彭、马武、吴越之仇、胡搅胡、汉搅汉、日南交趾、成古化年、西洋景儿……从这些似曾相识的方言词汇中，我们仿佛听到历史长河的金戈铁马，清晰看到上下五千年中华文明之壮美画卷。

　　究竟是古代的书面语言筛选了那时此地的方言口语，还是口语方言口口相传传播了那时的文言？这实在是很耐人寻味的话语现象。就像我们在吟诵或聆听陕北民歌信天游时，会想到《诗经》、古诗里的比兴与意韵。在这个意义上，这部书对研究古汉语、古文化，对研究现代汉语、推广普通话，研究从古至今的语言流变都具有独特的价值。

　　由此还会想到历史是什么、历史在哪里这样的大命题。历史是文字记载的还是口口相传的？历史在文人的笔下还是在乡人的口中？哪一样更真实？更有味道？至少有相当部分的历史真实，记录、隐藏在口口相传的言说中；有更多历史的风俗、习惯、情意，隐藏和流动于口口相传的言说里。尽管有口语流传，但由于缺少对方言的文字记录，因此而流失了许多许多文化符号、文明纹络。也正因此，方言才有了集体记忆的重要价值，方言才有了寻找历史真实的重要价值。以方言为载体的民谚、民谣、民歌，乃至民俗、俗语才理应成为重要的非物质文化遗产而受到保护。2012 年，文化部将陕北审定为国家级"陕北文化生态保护实验区"，陕北方言自然成为破解这个"文化生态保护实验区"文化基因、文化密码的钥匙。在这样的背景下，这部梳理和研究陕北方言的大书显然是求之难得的。

这部书为什么赶在了点上？为什么能引起读者的强烈共鸣？为什么出自非项目课题、非专业人员之手？这与陕北封闭的地理、开放的历史、传统的民风有关，与作者丰富的生活经历和浓厚的文化情结有关。长城黄河在陕北交汇，大漠草滩与黄土高原在陕北交界，农耕文明与游牧文化在陕北交融，黄帝陵绵延不绝的香火、李自成改朝换代的闯旗，赫连勃勃"美哉斯阜"的感叹、范仲淹"浊酒一杯家万里"的悲歌，使陕北文化代表性、典型性相得益彰。王六是陕北文化核心区绥米之地的米脂人。他以知青下乡步入社会，种过地，当过兵，挖过煤，卖过粮，教过书，当过村干、乡干、县长、县委书记。用他自己的话说，对母语的生命感悟、交流商洛工作后距离产生之美感，使他对传承历史文化有份不能自已的冲动和自觉。

是的，在经济、社会快速发展的今天，对传统文化的坚守与传承，正日益成为有识之士严肃思考的课题，也成为政府守护中华文明的责任。今天我们能读四书五经、吟唐诗宋词，徜徉于中华文明大美意境之中，实在是一大享受，这关键在于"留住"。陕北方言成语三千条，留住了祖先的声音，多一份中华文明之多元多彩，让我们有机会打通时空隧道，与古代对话，倾听历史回音，是为善举也。

原载 2013 年 10 月 29 日《人民日报》

第三辑

故宫烟云

紫禁城记

　　紫禁城作为皇宫，自1420年明成祖建成入住，至1924年清逊帝被废出奔，虽然仅有五百余年，但经过了明、清易代，封建、共和递嬗，赤马红羊，内忧外患，堪称历尽沧桑。紫禁城作为博物院，自1925年成立，至今年为止，虽然仅有八十年，但也经过了说不尽的坎坷曲折，数不清的雪雨风霜。所幸建筑保存依然完好，文物和文献庋藏仍极宏富，作为著名世界文化遗产，一直受到国内外高度重视。

　　紫禁城所存建筑，是世界现存规模最大、结构最完整的古宫殿建筑群。作为明、清中央集权和封建专制的象征，其建筑既继承了前代宫城旧规，又开创了本朝皇家新制。前朝后寝，左祖右社，阴阳燮理，天人感应。其中：前朝以太和、中和、保和三殿为中心，文华、武英二殿为两翼，雕栏玉砌，金碧辉煌，主要为君臣处理军国机要重地。"云移雉尾开宫扇，日绕龙鳞识圣颜"（杜甫《秋兴》之五），备极庄严肃穆。后寝以乾清、交泰、坤宁三宫为中心，东、西六宫及奉先、养心诸殿为两翼，小桥流水，庭院深深，主要为皇帝与后妃燕乐栖息场所。"云鬓花颜金步摇，芙蓉帐暖度春宵"（白居易《长恨歌》），备极安详宁谧。最能反映当时的国、家概念。整个紫禁城的建筑，布局流畅，气势恢弘，堪称世界建筑史上的奇迹。

　　以紫禁城为依托的故宫博物院，是中国现存数量最多、门类最齐全的艺术珍品宝库。作为明、清两朝的皇家博物馆，其收藏本就集历代文物之珍品，汇寰宇艺术之英华。加上近几十年的不断调征捐购，使数量更为增加，门类更为系统和完整。上自原始社会，下至清代及近世，历朝历代，均有珍品，从未中断。原始彩陶、碧玉姑且不论，商彝周鼎、秦塑汉俑、魏碑晋帖、隋颂唐卷，可谓应有尽有。自此以还，法书名画、青瓷玄漆、竹木牙骨雕刻、金银铜锡器皿，以及各类服饰、衣料和家具等，数量更为繁多。西方流入的科技文物，外国进贡的工艺珍品，数量亦有不少。整个紫禁城的文物收藏，珠璧交辉，琳琅满目，堪称中华物质文明的见证。

　　紫禁城所庋文献，是中国现存档案最多、品种最复杂的文化典籍宝库。作为明、清两朝的皇家图书馆、档案馆，其贮庋本就集历代文献之善本，汇寰宇典籍之精髓。文渊阁的《四库全书》、昭仁殿的《天禄琳琅》、养心殿的《宛委别藏》，以及武英殿的聚珍版图书等，曾经遐迩蜚声，远近驰名。这些大型丛书，虽因抗战南迁，最终转存台北故宫博物院，但还有被称为近代文化史四大发现之一的大内档案，汉、满、蒙、藏各种文字俱全，尚未得到充分利用。此外，还有甲骨钟鼎文字、历代碑刻拓片、敦煌吐鲁番文献、明清善本和名家尺牍，以及专供御览的各种抄本等。整个紫禁城的文献贮庋，深如幽谷，浩如烟海，堪称中华精神文明的见证。

　　紫禁城迎来了建院八十周年大庆。我们将紫禁城所存建筑及庋藏的文物珍品、文献典籍，经过精选，分别印为图册，不仅以志纪念，亦欲让国内外的老朋友进一步了解紫禁城，与我们共同分享此时此刻的喜悦。青山不老，绿水长流，今人如何对旧有的文明进行叙述，其实也影响着未来。

未刊稿

经典故宫与故宫经典

故宫文化，从一定意义上说是经典文化。从故宫的地位、作用及其内涵看，故宫文化是以皇帝、皇宫、皇权为核心的帝王文化、皇家文化，或者说是宫廷文化。皇帝是历史的产物。在漫长的中国封建社会里，皇帝是国家的象征，是专制主义中央集权的核心。同样，以皇帝为核心的宫廷是国家的中心。故宫文化不是局部的，也不是地方性的，无疑属于大传统，是上层的、主流的，属于中国传统文化中最为堂皇的部分，但是它又和民间的文化传统有着千丝万缕的关系。

故宫文化具有独特性、丰富性、整体性以及象征性的特点。从物质层面看，故宫只是一座古建筑群，但它不是一般的古建筑，而是皇宫。中国历来讲究器以载道，故宫及其皇家收藏凝聚了传统的特别是辉煌时期的中国文化，是几千年中国的器用典章、国家制度、意识形态、科学技术以及学术、艺术等积累的结晶，既是中国传统文化精神的物质载体，也成为中国传统文化最有代表性的象征物，就像金字塔之于古埃及、雅典卫城神庙之于希腊一样。因此，从这个意义上说，故宫文化是经典文化。

经典具有权威性。故宫体现了中华文明的精华，它的地位和价值是不可替代的。经典具有不朽性。故宫属于历史遗产，它是中华五千年历史文化的沉淀，蕴含着中华民族生生不息的创造和精神，具有不竭的历史生命。经典具有传统性。传统的本质是主体活动的延承，故宫所代表的中国历史文化与当代中国是一脉相承的，中国传统文化与今天的文化建设是相连的。对于任何一个民族、一个国家来说，经典文化永远都是其生命的依托、精神的支撑和创新的源泉，都是其得以存续和赓延的经络与血脉。

对于经典故宫的诠释与宣传，有着多种的形式。对故宫进行形象的数字化宣传，拍摄类似《故宫》纪录片等影像作品，这是大众传媒的努力；而以精美的图书展现故宫的内蕴，则是许多出版社的追求。

多年来，紫禁城出版社出版了不少好的图书。同时，海内外其他出版社也出版了许多故宫博物院编写的好书。这些图书经过十余年、甚至二十年的沉淀，在读者心目中树立了"故宫经典"的印象，成为品牌性图书。它们的影响并没有随着时间推移变得模糊起来，而是历久弥新，成为读者心中的故宫经典图书。

于是，现在就有了紫禁城出版社的"故宫经典"丛书。《国宝》《紫禁城宫殿》《清代宫廷生活》《紫禁城宫殿建筑装饰——内檐装修图典》《清代宫廷包装艺术》等享誉已久的图书，又以新的面目展示给读者。而且，故宫博物院正在出版和将要出版一系列经典图书。随着这些图书的编辑出版，将更加有助于读者对故宫的了解和对中国传统文化的认识。

"故宫经典"丛书的策划，无疑是个好的创意和思路。我希望这套丛书不断出下去，而且越出越好。经典故宫借"故宫经典"使其丰厚蕴含得到不断发掘，"故宫经典"则赖经典故宫而声名更为广远。

《故宫经典》序，紫禁城出版社（故宫出版社），

2008年以来陆续出版

稽古知今

迄今，《紫禁城》杂志和一切热爱故宫的人们共同走过了三十年的历程，在这改革开放的新时代里，我们在向广大读者奉献传统文化精粹的同时，也得到了大家的厚爱和认同，每每想起，铭感在心。

《紫禁城》依托明清两朝的宫廷建筑和院藏百万件珍藏以及雄厚的专家资源，力图实现学术成果大众化、专业知识普及化的良愿，让平常百姓享受到过去为一人所独有的艺术品、精美的建筑、以及丰富的宫廷文化，更好地服务于现代人的文化、艺术和休闲需求，在阅读过程中，为读者呈现出由事到人的细致扭结和由物到史的纵深关系。

故宫博物院兼具遗址博物馆与艺术博物馆的双重优势，作为展示传统文化的物质载体，介绍明清五百年的历史变迁以及源远流长的中华五千年文明，是其永远不变的主题。《紫禁城》中既有贯穿古今的宏论，又有执着于一器一事的琐谈，还有徜徉于一朝一代的风尚……千古优雅，期期相随。

评传说之是非，钩渐隐之史实，寻残存之实物，别真赝之参数。《紫禁城》期待的是读者在阅读中能体味文化的魅力和意蕴，感悟传统的博大和精深，在修身的过程中获得愉悦和畅快，在您的身边再造一个真实的紫禁城。

原载 2009 年第 1 期《紫禁城》

景仁榜文

　　故宫博物院的收藏以清宫旧藏为主，是中国最为丰富的历代艺术珍品的宝库，是中华古老文明的历史见证，也是人类共享的宝贵文化遗产。故宫珍藏着过去，昭示着未来，鼓舞着中华民族创造更为灿烂的文明。

　　故宫博物院的藏品在不断地增多和充实，这与社会各界人士的踊跃捐赠密不可分。自 1939 年肇始，至 2005 年 2 月，已有六百八十二人次，将三万三千四百多件个人藏品无偿捐给了故宫。在这一串长长的名单中，有国家领导，也有普通民众，有海外侨胞，也有外国友人。每位捐献者几乎都有令人感动的事迹。他们献出的不只是一器一物，从中更体现了他们爱我中华的仁心义举，展示了天下为公的佳德懿操。这些捐赠品，不乏国之瑰宝，极大地丰富了故宫的收藏，使故宫的文物品类更为系统和完整。

　　故宫博物院于八十周年院庆之际，特在景仁宫专设景仁榜，镌勒捐赠者的名姓，展出他们所捐精品，彰显其事迹，弘扬其精神。高山景行，百世不磨；盛典宏制，千秋永志。捐赠者的队伍将会延续，荣登景仁榜的人士将会络绎不绝。绳其祖武，中华幸甚！

本文勒于紫禁城内廷景仁宫

太和邀月

> 海上生明月，天涯共此时。
> 举杯邀明月，对影成三人。

中国诗、书、画大约是和明月一起升起来的。

在金风送爽、中秋月圆之际，由故宫博物院与中国美术家协会、中国书法家协会联合主办的"太和邀月"招待会，已连续数届。金水桥畔、太和门前，旧雨新知，同邀明月，不啻书家画师灵感迸发，骚人词客亦兴味倍增。诗情文思，皆如泉涌；精义妙品，纷至沓来。

不少朋友倡议："太和邀月"活动五周年，正值故宫博物院建院八十五周年、紫禁城落成五百九十周年，何不借此良辰，搜求历届与会诗文，结集成册，以记盛事，以襄盛典？此议若成，则本届"太和邀月"，既能谈今，亦可话昔，诸君兴会，更无前矣！

欣淼以为此议甚佳。故诚请数年来已参加或拟参加"太和邀月"活动之领导、朋友，慨然惠赐佳作。文体不拘，诗文词赋、古体今体皆收；内容不限，吟诵紫禁城、联系紫禁城抒发独特感受均可。唯求真情实感，以短小精练、不超过千字为宜。

承蒙诸位响应,清词丽句,彩笔妙墨,共创诗文书画艺术与古老宫殿交相辉映的盛世佳境。于是有《太和邀月——紫禁城诗文集》问世。斯编既是对故宫与故宫博物院佳节的祝贺,亦是对我们伟大祖国的祝福,明月年年有,但愿人长久!

《太和邀月——紫禁城诗文集》序言,

紫禁城出版社,2010 年

我看"清代宫廷包装艺术展"

　　包装是一门学问，包装是一种艺术，历史上留下来的许多包装物也是文物，而且其中不乏美不胜收的艺术精品，这是我在故宫博物院参观了"清代宫廷包装艺术展"后留下的深刻印象。

　　包装与我们的生活紧密联系。我们使用的商品，一般都有包装，诸如匣、柜、笼、函、套、盒、袋等，而包装的材料也多种多样，主要有金属、木材、皮革、纸张等。包装以其造型、文字、图案、色彩等特殊的"语言"，起着联系消费者与商品的媒介作用。良好的包装，给人以美的享受，能吸引消费者的注意力，从而产生购买欲望。古代"买椟还珠"的寓言，常用来讥讽人舍本逐末，但是你如果面对"薰以桂椒，缀以珠玉，饰以玫瑰，辑以羽翠"的"木兰之柜"（《韩非子·外储说》），难道能不怦然心动吗？

　　包装有两方面含义，一是指盛装产品的容器及其他包装用品，即"包装物"，二是指把产品盛装或包扎的活动。"清代宫廷包装艺术展"指的是第一方面的含义。它所展示的包装，不是一般器物的包装，而是与珍贵的文物结合在一起，这些器物不是用于流通的商品，而是专为皇室或皇帝制造的用品。器物制造者虽然既有宫廷造办处，又有民间工匠，但都争奇斗巧，精美绝伦，应该说是我国包装艺术在当时的最高体现，凝结着人民群众的智慧和创造力。展览分三个部分，共一百一十四件文物。第一部分二十六件文物，反映了从原始社会到唐宋元明时期的包装发展概况；第二部分为清代宫廷包装，是展览的主题，包括书画、文玩、宗教经典与法器，以及生活与娱乐用具等方面的包装。第一部分虽然简略，但对了解第二部分很有必要，是第二部分的铺垫或导言；第三部分为民间包装，是宫廷包装的对应与补充，借以较全面展示中国传统包装的民族特色。三部分连贯起来，使观众对中国包装历史庶几有所了解。

看了这个展览，我的最大收获，是增长了包装方面的知识，或者说对平时不甚留意的包装有了进一步的认识。第一件展品是原始社会的灰陶鬲，通身饰绳纹，腹部堆一圈绳纹泥条。据介绍，先民发明陶器，主要用于饮食和盛物，为了方便提拿，他们就用绳子包缠陶器。在制陶过程中，这种绳包装逐渐演变为陶器上的绳纹，形成了丰富的绳纹图案，同时增加了陶器强度。所展示的青铜绳纹壶、灰陶布纹罐等都是这种情形。而作为礼器的商代青玉戈两面残存的织物痕迹，更是我国目前已知最早的原始包装的实物例证。这说明包装历史的久长，也告诉人们包装如何从纯粹实用的功能一步步演变为装饰性的艺术。

展览把清代宫廷包装定位在"艺术"的角度来展示欣赏，反映了主办者对包装认识的深化，是很有意义的。好的包装不仅讲求实用，而且注重美观，把科学与艺术结合了起来，是创造性劳动的结晶。我国不同时期因财力、文化和时尚的不同，形成了各具特色的包装风格。这一展览选的器物以康熙、雍正、乾隆时期的较多。这一时期由于政局比较稳定，经济迅速发展，财富大量积聚，各类工艺美术品均达到精益求精的水平，宫廷用品的包装亦复如是。包装材料多为紫檀、漆器、珐琅、竹雕、银累丝、织绣品等，包装物的制作则采用雕刻、绘画、镶嵌、烧造、编织等诸种工艺，器物与包装可谓红花绿叶，相得益彰，处处体现出皇权思想和皇家气派，同时氤氲着深厚的中华文化底蕴，反映了中国人特有的审美情趣。

艺术的特征是创新，是匠心独运。我们看到，同样是黑漆、红雕漆、紫檀等制成的书画包装物，但因为造型各异、图案不同，都颇显个性，而用一大块老竹根雕成的葫芦形册页盒，外形蔓叶相掩、瓜蒂相连，有的叶片甚至还刻有虫蚀之痕，在众多庄重典雅的册页盒中，如出水芙蓉，给人清淡高雅之感；一个黑漆描金的长方形漆盒，上描包袱纹，在银灰色底上用红、黄、赭、黑、绿等色描绘菊花"寿"字锦纹，其褶皱和蝴蝶结表现得自然逼真，如不仔细观察，会以为它是用包袱皮裹着的漆盒，难怪雍正皇帝对其爱不释手；由数张小分图组成的折叠式升官图，展开为一棋盘，即可搏戏，折叠则是小书函，十分精致，散发着浓郁的书香气，令人叹绝；楠木刻的"雨前龙井"茶箱，四个字阴刻填绿，点出了茶叶的嫩绿和珍稀，使人未曾品茗已神清气爽，说明制作者对心理学的深谙。展品中一些生活用品的传统包装，如彩绘龙凤酒坛、箬竹叶坨形茶包、普洱茶团五子包、黄绫"人参茶膏"瓷罐等，在见惯了许多过分包装的今天，这些久违了的实用包装，如山野小花，平添了一份意趣，它貌似简单，其实也是集实用与美感在一起，透露着古拙的情趣。正因为这些包装物是工匠们富有个性的创造物，它们就有了灵气，有了生命力，既是器物不可或缺的一部分，也自有其本身可资欣赏、研究的价值。而这种欣赏、研究、借鉴，对我们今天提高包装设计水平，增强商品竞争力，无疑会有积极作用。

清代宫廷包装艺术展是个并不大的专题展。我认为，从文博工作角度来看，还可得到以下三点启发：

其一，加深了对文物内涵的了解，拓宽了文物的概念。故宫藏品中不少是稀世珍品，据故宫同志介绍，由于认识上的原因，过去往往把文物与其包装物区分开来，对包装不甚重视。例如著名的乾隆"一统车书"玉玩套装，是利用日本漆匣作为外包装，匣内错落有序地摆放十层锦盒，锦盒内有造型各异的古玉及为之彩绘的山水、花鸟、诗词咏颂。为防止套匣置放顺序混乱，特将层数顺序与吉祥祝愿的名字合二为一，如一统车书、二仪有像、三光协顺、四序调和、五彩章施等，使枯燥的数字成为体现美好意境的重要角色，把实用与博大精深的中华文化底蕴结合起来。这套精美的套匣，无疑也是文物，但长期以来只是把匣中的玉器作为文物保藏，而把套匣弃置他处，这次为了搞展览，费了好大劲儿才让它与玉器合在了一起。举一反三，我们应该扩展文物的概念。文物不只限于传统的青铜器、瓷器、玉器、字画等方面，也不应简单地按某一年代做界限。近年来我们对文物的认识在深化，许多具有科学、艺术、历史价值的东西，或是反映当代某些重大历史事件的物品，以及反映特定地区、时代、民族的图片、实物，当代的一些有代表性的艺术品等，都应作为文物开始收藏、抢救。这是个大问题，可做的工作很多，我们的思路应该更开阔，早一点动手去抓。

其二，发挥各地博物馆的藏品优势，多办一些独具特色的专题展览。故宫博物院拥有近百万件文物，品类繁多，过去办过不少专题展，这次包装艺术展则独辟蹊径，为人们认识故宫文物提供了一个新的视角。其他一些博物馆包括省级、甚至不少地市级博物馆，虽然藏品与故宫难以相比，但亦自有特色，完全可以多办专题展，或围绕一个专题，多家联合举办。这种专题展小大由之，只要创意好，内容则可经常翻新。最近美国纽约大都会博物馆亚洲艺术部配合一个奇石展，拿出一批与石头有关的馆藏中国书画和漆器雕刻进行专题展，规模不大，但别出心裁，亦是一例。这样做的好处，一方面促使博物馆对藏品经常进行研究，多动脑筋，工作更能充满生气，且费用一般不会太高，容易举办；另一方面可使观众较为系统

地了解某一方面的知识，常有新鲜感，密切与博物馆的关系。

　　其三，这个展览是故宫博物院与法国集美博物馆合作举办的，也很有意义。法方筹资解决了展览经费。展览还附有集美博物馆收藏的反映中国包装的八件文物，从西周青铜装饰物到清乾隆的袱系瓶；而法国收藏家杜泽林的三十四件藏品，则全是中国民间传统包装，且多是从当代小城镇收购的，例如成捆的竹扦、装稻谷的麻包以及河南的柳条筐、广东的陶姜罐、内蒙古清水河腌菜缸的外包草绳等，反映了一个外国人钟情中国包装艺术的独特视角，对我们也当有所启发。与这些重视包装的外国博物馆同行合作举办展览，有利于我们扩大交流，开拓视野，提高学术研究水平。据悉，这个展览将与国外具体洽谈，一旦落实，还要远涉重洋，赴日本、法国、比利时等国展出。愿更多海外观众领略并爱上中国包装艺术的风采，从而进一步了解中国传统文化，了解中国。

原载 2003 年 3 月 19 日《中国文物报》

推荐《故宫文物避寇记》

在对故宫博物院成立以来所存档案有所了解后，我认定这是一座储藏丰富的宝库。那泛黄的卷宗挟藏着时代的风云，印记着过往的岁月。而不久前在此发现的存藏近六十年的欧阳道达先生的《故宫文物避寇记》初稿，就使我既惊又喜。

欧阳道达先生为故宫博物院的前辈人物，在文物南迁后，一直承担着守护文物的重任。南迁文物首先存贮上海，1934 年成立故宫博物院驻沪办事处，主任即为欧阳道达先生；后文物西迁入川，分存于乐山、峨眉、巴县，其中保管文物最多的是乐山，有九千三百三十一箱，乐山办事处主任还是欧阳先生；从抗战胜利一直到 50 年代，欧阳先生又负责南京分院的工作。1949 年 4 月 26 日，中共中央宣传部电告中共中央华东局、第三野战军政治部，命欧阳道达科长保护国立北平故宫博物院南京分院的文物。欧阳先生亦不负厚望，完整地保存了这批文物瑰宝。

我们感谢欧阳道达先生在故宫文物保护上的付出和贡献，我们更感谢他为后人留下了这部长达八万字的记述文物南迁历程的书稿。

与中华民族命运联结在一起的故宫博物院文物南迁，其中的曲折、艰辛乃至种种秘辛，一直让世人好奇并关注。但遗憾的是，全面而准确地记述南迁的书籍甚少。台湾出过杭立武先生的《中华文物播迁记》，重点在文物迁台上；那志良先生在《典守故宫国宝七十

年》中，主要叙述南迁时自己的工作及感受；北京故宫与台北故宫
也有"院史"类书籍，对此皆是梗概式的介绍，太过简略。比较起
来，欧阳道达先生的书稿则填补了这个空白，是笔者迄今所见记述
文物南迁的一部最好的史料性作品。

当年故宫文物南迁，是迁到南方，后在南京建了库房，抗日战
争全面爆发后，又有了"西迁"或称"疏散"。但相对于北平故宫来
说，都算在南方。现在人们所说的文物南迁，一般统指故宫文物在
南方包括"西迁"的整个期间。《故宫文物避寇记》，全面记述这十
多年间文物南迁的历程，除过绪言，又分阶段回顾"记南迁"、"记
西迁"、"记东归"、"记收复京库"，脉络清晰，层次分明，详略得当，
语言简朴，人们读完后对故宫文物颠沛流离的过程会有一个完整的
印象。

欧阳道达先生亲自参与了整个文物南迁的过程，书稿中既有大
事件的粗线条勾勒，又提供了许多鲜为人知的细节，对于研究文物
南迁史十分重要。例如，当年故宫文物装箱的编号标识，馆处各不
同，作者指出其中存在的体例稍有失当之处以及其他特殊情形，并
强调"须记述者五事"："一、文献馆箱件虽亦于大别中分小别与其
他馆处同，但顺序编号只以大别之字（文）贯彻首尾，不同于其他
馆处而以小别之字各自为分别编号起讫。二、文献馆南迁箱数实为
三七七三，而编号讫于三八六八，是因中间自三〇四六至三一四一
之九五号当日未曾引用，致实际箱号有间断而非顺序连续。三、甲
字瓷器四百箱，丙字杂项（各式墨）六箱，初虽由古物馆编号，但
迁沪后仍归前秘书处编册。是以物甲与物丙之四〇六箱，论编号标
识，乃系属古物馆，而选迁责任始终归前秘书处。四、前秘书处之
皇字第二〇一号箱，因装车时撞伤，退回本院而未南迁，是以南迁
文物之皇字实际箱数为七六三，而顺序编号则讫七六四。五、南迁

文物清册，馆处分编。其编例以分批按箱为纲，汇列点查字号、文物品名及件数为目，并按箱总计件数、分批总计箱数。除前秘书处所编者，以校勘未周，迄今仍保存稿本及油印复本外，余如三馆所编，则皆有铅印本问世。"作者特别提出："此五事，皆馆处当日筹备移运工作中参伍错综情况，事久或可淡忘，爰特记之。"此类记载不少，亦易为人所忽略，从中可见先生的有心。

本书篇幅不算长，但内容极为丰富，对四川各个库房存贮文物的具体介绍及文物运输过程中运载车辆、途中意外、文物受损等都有明确记述。例如东归文物的三次覆车、两次淋雨、一次肩运失坠以及受损情况，一一说明。在冷静的述说中，仍可感受到作者与故宫同人视文物国宝为生命，不辞劳苦、死而后已的崇高精神。

1949 年 4 月 7 日，故宫博物院院长马衡在对南京分院的一份批示上说："文物南迁及抗战西迁始末，应及早汇集资料，从事编辑。"欧阳道达先生 1950 年 8 月完成的这部书稿，大概与马衡先生的指示有关。但马院长阅后，做了这样的批示："此稿为文物播迁史料，似无印行必要，可存卷备查。"这一"存卷"即达五十九年，使其在重扃密锁中湮没无闻。现在紫禁城出版社要出版此书，对故宫博物院院史的研究，对一般读者了解当年文物南迁始末，定大有裨益，故特为推荐。

原载 2009 年第 3 期《紫禁城》，原题为
"冷静的诉说——推荐《故宫文物避寇记》"

故宫的珍宝馆

　　故宫博物院无疑就是一座巨大的珍宝馆。那壮伟宏丽的皇宫建筑群，是名副其实的建筑艺术宝库；那以清宫旧藏为主的百万件精美文物，使故宫博物院成为充满神秘色彩而又令人神往的"珍府"。这些都是中华民族创造和智慧的结晶，是中华文明悠久而丰厚的遗产。故宫又设有一个专门的珍宝馆，所展示的自然是无数珍宝中的精品，尤为引人瞩目。

　　珍宝馆自 1958 年开馆，已成为故宫博物院重要的常设陈列之一，它与钟表馆一道以展示清代宫廷文物珍玩为主，并同书画、陶瓷、青铜、工艺等名馆共同组成故宫有机的陈列体系，与古建筑原状群展示相互辉映。多少年来，无数中外游客在此品赏精美的瑰宝，倾听宫闱的秘闻，追寻历史的脚步，留下难以忘怀的印象。

　　珍宝馆建立四十六年来的历程，某种程度上也是故宫博物院在陈列展览上不断探索与逐步提高的一个缩影。从 1958 年至 1990 年，根据形势的变化和人们需求，珍宝馆先后进行了四次大的改陈，大致每十年进行一次，每次改陈都有明显的进步。近年来，随着改革开放的深入和社会经济的发展，人们的文化视野在扩大，文化品位在提升，加上各种新观念的活跃和新技术的出现，对博物馆原有的展陈形式和习惯形成有力冲击。对于故宫博物院来说，这种冲击尤为严重。因为故宫的展陈主要是在古建筑里举办的，如何既保护好古建筑，又让观众领略到文物展品的魅力，使古建筑和展览相得益彰，这是观众的热切期盼，也是故宫多年来努力追求的一个目标。但在实际工作中困难不少，于是就有了近年来的第五次改陈。这次改陈，既重视文物的选择，也着力于展陈条件的改善，更重要的是尽量在展品与古建筑的相互协调中凸显珍宝的华彩。

这次改陈，文物选择仍以贵金属和宝玉石为主，这是从珍宝馆以展示清代宫廷制作和收藏的珍贵文物的陈列宗旨出发的。这些文物在材质与工艺上都有特殊的价值，反映了声势煊赫的皇家气象，例如共用黄金1.36万两铸造的金编钟、乾隆皇帝做太上皇时所制的"田黄三连印"、象牙丝编织席等，既是价值连城的宝物，更是研究明清典章制度及皇宫生活的珍贵实物。在文物陈列的六个单元中，专列藏传佛教的文物，很有意义。因为清宫内不仅有独立的佛堂数十座，很多至今保存基本完好，而且遗留下数万件造像、法器、唐卡、经籍等，是宫廷文化的一个重要方面，也是清政府推行的宗教政策的具体体现。这次展出的十九件（套）物品中，尤以乾隆四十五年（1780），西藏六世班禅额尔德尼到承德避暑山庄恭贺乾隆皇帝七十寿辰时敬献的金胎绿珐琅镶红宝石高足盖碗最有名。宫廷藏品种类甚多，也都自有其历史上的作用和意义，但限于场地等的限制，不可能一一展出，每次改陈都做些适当的调整，既使更多的文物展现自身的价值，又能使陈列展览有新的变化。这次改陈取消了人们熟悉的祭器、织绣品及武备类文物，增加了一部分过去未展出过，但质地、工艺又十分精美的文物，如犀角、象牙、芙蓉石类文物，使常来珍宝馆参观的人看到更多新的奇珍异宝。

故宫博物院珍宝馆最初即设在养性殿、乐寿堂、颐和轩，三十二年后搬至皇极殿、宁寿宫，又过了十四年，2004年10月仍搬回原址，并占用了皇极殿两庑。迁去搬来，但都在宁寿宫区域。宁寿宫区域是乾隆皇帝为其归政后颐养天年而改建的，耗银一百三十万两。全区"左倚城隅直似弦"，占地规模大，建筑类型齐全，俨然一小型紫禁城；又由于吸收了清初百余年来的建筑经验，堪称清代宫廷建筑的代表作。全宫分外朝、内廷两部分，中轴线贯穿南北。外朝包括皇极殿、宁寿宫，皇极殿是太上皇临朝受贺之殿。嘉庆元年（1796）元旦，乾隆皇帝在太和殿亲授"皇帝之宝"于嘉庆皇帝，初四日于此设千叟宴。慈禧太后六十寿辰，曾在此行受贺礼。内廷有三路，中路的养性殿、乐寿堂为寝宫主体，堂后又有颐和轩、景祺阁。乾隆虽未在养性殿居住，但却是常来的，"养性新正例有诗"，并曾于此赐宴。宁寿宫从故宫博物院肇建开放第一天，就作为展室或原状陈列供游人参观，把珍宝馆造在这么一个在建筑价值、历史意义都特别重要的地方，说明故宫博物院对这一具有鲜明特色的基本陈列的高度重视。

但人们都知道，皇帝营造宫殿，是为了显示皇家的气势、天子的威严以及适应自己的需要，并没有想到我们今天要把它作为展览场地。尽管有华美的装饰、高大的空间，但光线不足，封闭条件不好，加上房屋结构的限制，对于展览效果的影响是不言而喻。前几次改陈，尤其是1990年第四次改陈时，已有了一些改进，例如注意展览内容与建筑功能的呼应，采用了与古建筑协调的黄铜展柜，展室内增加了环境照明等，但仍然难如人意。古建筑内到底能不能搞好展览？这几乎成了困惑人们的一个问题。多年来的实践使故宫人认识到，故宫必须建立新的现代化的展览场所，让更多的展品为公众服务；但同时，利用古建筑举办展览，只要认真下功夫，也是能够办好的，有的展览，在古建筑的氛围中更能收到特殊的效果。

这次珍宝馆改陈，十分注意处理所展文物和环境建筑的关系，在整体上力求突出皇家风貌，同时还要符合具体展品对特定氛围的要求。如作为主要展地的乐寿堂，其平面规制是仿圆明园中长春园的淳化轩，面阔七间带围廊，进深较宽，故室内装修分为前后两部，东西又隔出暖阁，平面灵活自由。内部碧纱橱、落地罩、仙楼等装修皆硬木制作，并以玉石、景泰蓝饰件装饰，全部为楠木井口天花，天花板雕刻卷草，集中表现了乾隆时代的建筑装饰风格。乐寿堂是改陈后"陈设器物"的展场。这些器物过去多陈设在寝室、书房等处几案上，乐寿堂就曾摆放过不少这类物品。现在二十五件（套）规格多样、造型别致的器物又放置在乐寿堂内，那精美雅致而古意盎然的环境，首先提供了一个引人幽思的氛围。这次改陈注意利用乐寿堂自身的装饰、色彩、空间等特点，在整个展厅的布局和展品的陈列上下了功夫。乐寿堂内东西暖阁不适宜展出文物的地方，没有沿袭过去全部遮挡的思路，而是充分利用已有的古建格局，将这些"原状"展示在观众面前。如乐寿堂西暖阁曾为慈禧寝室，东暖阁曾为慈禧休息的场所，这些地方将恢复成"原状式陈列"，摆放上堪与"珍宝"相媲美的陈设品，并将闲置多年的西暖阁外的楠木多宝格摆放上造型各异、色彩醒目的精美工艺品，使观众在欣赏宫廷珍宝的同时，也一并了解乐寿堂本身曾具有的使用功能，使恢弘的古建筑、原状式陈列与金碧辉煌的珍宝相映生辉，成为故宫在古建中举办展览的新尝试。为了突出主题，展室内还增加了绘画作品中使用如意以及表现盆景等陈设器物的图版为辅助展品，起到了烘托气氛的作用。提高展陈水平是个复杂的工作，这次也从多方面进行了努力，如尽可能引进科技含量较高的展柜、照明、装饰等展览设施，使展览的视觉效果和展室的安全保障功能有所改善；在展室内增设电子投影仪，将文物的照片投射到墙壁上，使观众对文物留下更为深刻的印象。这些改进，相信是会受到观众欢迎的。

　　呈现在读者面前的这本图册，就是第五次改陈后珍宝馆所展示的精美文物的图集。它不是简单的图片堆砌，而是经过悉心的编辑整理，对观众在参观过程中容易忽略的重点文物细节进行展示，将器物的铭文与款识做了放大或传拓，配合长篇导言和简明的文物解说，辅以精挑细选的宫廷绘画，在不失资料性与学术性的基础上，强调装帧的美感和形式的活泼。相信这样一部图册，不仅可以帮助观众更好地欣赏展品，而且就其本身而言，也具有特殊的收藏价值。

办好陈列展览是博物馆的基本业务，也是博物馆为社会公众服务的最重要的工作。珍宝馆的五次改陈，凝聚着故宫几代人的心血。实践是不断发展的，认识是无止境的。珍宝馆的改陈今后还会进行。当然，肯定会越改越好。

《故宫珍宝》序言，紫禁城出版社，2004 年

沧桑清宫书

　　故宫博物院 1949 年 9 月曾举办过一次"清代禁毁书陈列展"，现在的"清宫盛世典籍文化展"，则是相隔五十年后的第一个图书展览。这是一个有意义的开端，也反映了一段曲折的历史。

　　1925 年 10 月故宫博物院成立后，下设古物、图书两馆，图书馆以典守和研究清室藏书为己任，并以收藏宏富和独具特色而著称。从建立到今天，八十年来伴随着故宫博物院饱经沧桑的历史，走过了一条坎坷曲折的道路，留下了深刻的时代印记。

　　故宫图书馆的藏书是以清宫藏书为基础建立起来的，其历史渊源可上溯至宋、元。明初定鼎南京后，内府便入藏了一批元代皇家收贮的宋、辽、金三代遗书。明太祖朱元璋始创宫殿于南京，并于奉天门之东修建了贮放书籍的文渊阁。明成祖朱棣迁都北京后，仍遵旧制，在宫城巽隅修建了文渊阁，位置在东华门内文华殿之前，明正统六年（1441）建成后，将南京文渊阁所贮书籍各取一部，共计一百柜运往北京典藏。以后，明皇室藏书中有一部分被火灾焚毁，所遗留的部分书籍又由清初的统治者继承下来。

　　清乾隆四十一年（1776），为贮藏《四库全书》，北京大内又建了一座文渊阁，地点在文华殿之后，即明时祀先医之所的圣济殿旧址，阁名沿袭明代文渊阁之称，但未采其砖城式样，而是以浙江鄞县范氏天一阁的轮廓开间为蓝图。清政府继续广泛搜求天下遗书，至乾隆中期，搜访的图书文献数以万计。康、雍、乾时期的几位皇帝，都有较深的文化素养，他们在推行文化专制主义政策、禁毁不少书籍的同时，在图书编纂上亦是成绩空前。由清廷编纂的《国朝宫史》《国朝宫史续编》，列有"书籍"门，将这一时期编纂、考订、庋藏的书籍的篇名、编书缘起、内容梗概和御制序文集中在一起，洋洋大观，篇幅约占全书的四分之一。武英殿及其他修书各馆奉敕编印的书籍也成为皇宫藏书的重要来源。1925 年故宫图书馆建馆之初，宫内除文渊阁《四库全书》《古今图书集成》和摛藻堂《四库全书荟要》两处藏书按原状保存不予更动外，陈设在其他殿阁如昭仁殿、宁寿宫、养心殿、懋勤殿、武英殿等数十处藏书均集中于寿安宫书库收藏。这些藏书以宋、元、明、清刻本为大宗，内容包括经、史、子、集、丛各个部类。1929 年收管了清史馆所藏的《清史稿》及各种刻本、抄本等九万余册，1931 年又接收文献馆移交善本、志书等三千余册，加上杨守敬观海堂的部分藏书以及方略馆、资政院等处所藏图书，合计五十二万余册，这是故宫博物院存藏清宫秘籍最富的时期。

图书馆自成立起，就以寿安宫东庑为善本书库，西庑为阅览室。内院左右延楼添置玻璃改作书库：东楼上下排列经、史二部及志书；西楼上下排列子、集二部及丛书。北殿则辟为殿本书库，南殿西屋辟为满文书库，南殿东屋则专藏杨氏观海堂藏书。此外，东西后院之福宜斋、萱寿堂则辟为重复书书库。1930 年夏，英华殿修饰完竣，便以该殿为善本书及佛经陈列室。

1933 年，故宫文物装箱避敌南迁，随之南运的图书有文渊阁《四库全书》、摛藻堂《四库全书荟要》以及"天禄琳琅"藏书、《宛委别藏》《古今图书集成》《武英殿聚珍版书》、明清方志、武英殿刻本、观海堂藏书、文集杂著、佛经等稀世珍本共一千三百三十五箱、十五万余册。抗战胜利后又运回南京新库，1948 年被辗转运至台湾，现藏台北故宫博物院。从此，故宫所藏有清一代的皇家图书被分置两地。

故宫博物院成立后，这些珍贵的典籍一直被视为文物。工作人员认真地保管，并进行了初步的整理。民国时期，故宫博物院图书馆编印了《故宫善本书目》《故宫普通书目》《摛藻堂四库荟要目》《故宫方志目》及《故宫方志目续编》《故宫所藏殿本书目》《故宫殿本书库现存目》《故宫所藏观海堂书目》《满文书籍联合目录》等，它们基本包括了清宫所有重要遗书。同时，影印了《故宫善本书影初编》《天禄琳琅丛书》（第一集）、《清乾隆内府舆图》及罕见善本特藏多种，对清宫典籍的研究也取得不少成果。陈垣先生曾任图书馆馆长，他写了一系列关于《四库全书》的文章。傅增湘的《故宫殿本书目录题词》、余嘉锡的《书册制度补考》等，都是很有分量的研究成果。

典籍的陈列展览也是经常性的工作。故宫博物院成立时就开辟了一批陈列室，如文渊阁、昭仁殿的图书陈列。1929 年，英华殿划归图书馆作为陈列室，是年开始动工兴修，次年春修竣。6 月开图书展览会一次，陈列"宋元明刊本及古写本佛经"；双十节特别开放，陈列各种珍本。1930 年秋，为摛藻堂《四库全书荟要》举办原状陈列。1931 年，双十节特别开放日，在英华殿陈列"宋刻诸部华严经释音"、"元刻妙法莲花经"，又将《左传注疏》《四书集义精要》等书籍以及选印《天禄琳琅丛书》第一辑原书各本，与《宛委别藏》内未有刻本者，按部陈列。东、西暖阁所藏之精写本《甘珠尔》亦开放展览。此后，英华殿的图书陈列几乎每年都举办。其中如"清高宗及名人写本佛经"等多年展出，有一定的影响。乾清宫、昭仁殿、咸福宫等也都曾展出过图书，如乾清宫、咸福宫的"清代名人及乾隆写本佛经和殿本、钞本书籍陈列"等，昭仁殿的"清代御制诗文集及历朝圣训陈列"，摛藻堂的《四库荟要》原状陈列等。1935 年 9 月，图书馆原有陈列室三处，因地点狭窄，光线不良，乃归并集中于一处，选择乾清门内清代批本处房屋三大楹，统名曰"图书陈列室"，陈列"宋元明版本书籍"二十三种，"清殿刊本书籍"三十三种，"精钞本书籍"二十九种，"写本佛经"二十种，"殿刊及写本满蒙文书籍"十六种。其中，选自"天禄琳琅"的清内府藏书数十种皆康、乾精椠，校雠精审，纸墨之良，为世所珍；"写本佛经"一为清帝御书，一为当年臣工敬录进呈，皆佳钞敕装，精妙绝伦，较唐人写经有过之而无不及；"满蒙文书籍"以《五体清文鉴》为至佳。1948 年，新辟建福宫为书籍陈列室，陈列殿本书籍及写本佛经计六柜。从以上可以看到，图书馆在建立之初的二十多年中，对陈列展览工作是十分重视的。

在大部分善本南迁后，北京故宫博物院图书馆继续清点和整理清宫遗存下来的古书，重建善本书库、殿本书库。1949 年 5 月，故宫博物院接收了沈阳故宫陈列所的"天禄琳琅"善本二十二箱、八十三部、一千二百四十一册，后又接受了社会各界人士捐献的一批古籍。但由于对图书馆任务的屡做调整，从 1949 年到 1978 年，先后十四次把三千九百余种、十四万多册善本和其他书籍外拨给国家图书馆及部分省市及大学的图书馆。

故宫博物院现存的明清善本旧籍，品种、数量仍十分可观。已建账者十九万多册。如内府修书各馆在编纂过程中产生的稿本，呈请皇帝御览、待刻之书的定本，从未发刻的清代满、蒙、汉文典籍，为便于皇帝阅览或携带而重抄的各式书册，以及为宫内外殿堂陈设而特制的各种赏玩性书册。还有各地藏书家进呈之精抄佳刻，翰林学士、词臣自撰的未刊行书籍，清代皇帝和大臣在绫绢、菩提叶、蜡笺纸等特殊材料上用泥金、朱墨抄写的佛经、道经等。同时，还收藏了一批图像资料，如约成于清代中、晚期的帝后服饰和器物小样，系定制实物之前，由内府画师绘出纸样，局部施以色彩，以供内府按样制作，以及大量的旧藏照片、戏本、各种舆图，等等。此外，除清内府武英殿刻印的"殿本"大多仍完好地被保存下来之外，大量的原刻殿本书版也流传至今，如《二十四史》《子史精华》《硃批谕旨》《钦定日下旧闻考》《八旗通志》《钦定国子监志》，以及满文《大藏经》《四体楞严经》等经版，现存数量达二十余万块。

1975 年以来，图书馆多次参与全国性联合书目的编纂，收入《中国古籍善本总目》者二千六百多种、十余万册。还有一批书籍分别编入《全国满蒙文图书资料联合目录》《中国医书联合目录》《中国地方志联合目录》及《中国丛书综录》《中国家谱总目》等。1992 年，出版了善本图录《两朝御览图书》，介绍馆藏明、清古籍中具有代表性的精抄佳刻。1994 年，与辽宁图书馆合编了《清代内府刻书目录解题》，它以故宫图书馆和辽宁省图书馆所藏殿本为主，并且调查了国内其他图书馆的相关藏书，还参照了国内外有关图书馆的藏书目录，共著录内府书籍一千三百一十一种。入编的各种明清皇家善本旧籍，流传有序，代表了明清两代宫中藏书的基本特色，具有较高的学术资料价值、文物和艺术价值。

为了发挥馆藏善本在科学研究中的多重效用，近年来陆续将其整理、影印出版。如与海南出版社合作，选择故宫典藏的明清刻本、内府抄本、戏本等珍善古籍，按经、史、子、集及少数民族文种等部类，影印出版了大型古籍丛编——《故宫珍本丛刊》，收录古籍约二千余种。与紫禁城出版社等单位合作，影印出版了《满文大藏经》等典籍。即将整理、出版的还有《故宫藏书目录》《清代瓷器图样》《清宫陈设档案》等多种图书文献。一批研究成果也陆续问世。

依照武英各殿的格局，本次展览分为琅函秘籍、典学治道、稽古右文、锦囊翠轴、佛道同辉、梨枣飘香六个部分，还有清代经版和书版的固定陈列。在重点展示古籍善本的同时，还辅以相关的宫廷文物、器物和书画，共三百多种（件、套），多角度地立体展示清代盛世文化，有助于观众了解相关的背景、人物和事件，并增加观赏性。展览中的大部分内容，已收录在这部图录中。

故宫博物院存藏的稀世珍善古籍内容丰富，特色鲜明，对其典守、整理、研究、展示，既是长期的工作任务，又是长远的科研课题，需要继续努力，坚持不懈，在已有的基础上取得更大的进步。武英殿是 21 世纪故宫大修中的试点工程，经过数年努力，维修已全面告竣。从武英殿在清宫修书中的特殊地位出发，在迎接建院八十周年的日子里，特在此举办清宫藏书展览。

《盛世文治——清宫典籍文化》序言，

紫禁城出版社，2005 年

故宫的联匾

　　杨新同志撰写的《故宫联匾注释》已经完稿，紫禁城出版社即将出版，这是挖掘故宫文化内涵的一件好事，对于故宫学研究，以及普及故宫知识，都是有意义的。

　　对联的产生和汉语汉字的特性有密切关系，是我国文苑中一种具有独特风格的艺术形式，它最为短小而天地非常广阔、表现力十分丰富。好的对联虽片词数语，却含哲理、富智慧、寓劝惩，可箴可铭，给人启迪，甚至流传广远，百世常新。对联离不开书法，便形成联语与书法糅为一体的珠联璧合的综合艺术；对联与园林、雕刻及装饰艺术的结合，更成为中国传统艺术的一个重要特色。故宫是明清两代的皇宫，是一组气势磅礴而又秀丽壮美的艺术品。在这组艺术品中，遍布各个殿堂的无数楹联，抒发着当年主人的心声，记载着宫廷的历史，并以其精美的形式与古建筑融为一体。

　　在建筑物上，匾额与楹联一样，同样有着重要的作用。匾额亦称扁额，以大字题额，悬挂于建筑的门或堂的前额之上。室外匾多为木刻。对于皇宫的殿堂来说，匾额往往是它的名字，有画龙点睛之妙。"名"在中国从来具有神圣性，它反映了主人的意愿、理想，有了匾额，物质的宫殿才有了精神，有了生命，有了供人思索联想的丰富的意象。例如故宫外朝的三大殿，明代称为皇极殿、中极殿和建极殿，清顺治年间则改为太和殿、中和殿和保和殿，这显然不只是名字的改变，它分明反映了新的统治者的治国理念和指导思想，有着深刻的政治意义。故宫的殿、堂、宫、斋以及楼、台、亭、阁，都有名字，因此也都有匾。殿堂内一般也有匾，又多与楹联结合，表达着主人的思想、愿望。故宫匾额多为蓝地、金属铸贴金字。清代在匾上加上满文题字，成为满汉文字并列的特殊匾额，室内匾则多为纸地墨书。

对联已有久远的历史，一般说法是发源于五代，至宋代逐渐应用到装饰及交际庆吊上，明代春联的推广促使了对联的普及，有清一代，对联的创作和应用愈盛。明清两代对联的鼎盛，与皇帝的重视、宫廷的影响当大有关系。对此进行一番简要的回顾，会使我们更多地了解宫廷匾联兴盛的情况。

明代是我国对联艺术发展史上的一个高潮，开国皇帝朱元璋起了重要作用。朱元璋从小读书识字不多，后发奋学习文化，大量招揽儒士读书人，置于左右，朝夕相处，后来他能写出通俗的文章，还能作诗。他热爱对联，被称为"对联天子"。他是春联的倡导者。"双手劈开生死路，一刀割断是非根"，就是流传的关于他致力于推广春联的佳话。相传的他与老农、藕农及大臣的不少对联，语句清新，不事雕琢，透露着机智与幽默，有的堪称趣联；他给大臣的一些题赠，出语奇崛，颇有气势；而题金陵故宫的对联，触景生情，一唱三叹，则令人遐思回味。明光宗朱常洛也是个爱好对联的皇帝。明人刘若愚的《酌中志》载："光庙于讲学之暇，好挥洒大字匾额对联，以赐青宫左右，虽祁寒、大暑，未之少避。"《酌中志》还记载了紫禁城中文华殿前后柱上有过的五副对联，皆为张居正进献，王庭策等书写，但从现有的资料看，关于明宫殿楹联的记载甚少，似当时尚不普遍。明宫中每年的春联自然少不了。明人史玄的《旧京遗事》上说："禁中岁除，各宫门改易春联及安放绢画钟馗神像。"

《崇祯宫祠注》载，宫中春联，例用泥金葫芦，内书吉利福寿，字旁写曰："送瘟使者将归去，俺家也有一葫芦"，以祛除不祥。明代包括宫廷的对联当然很多，但传世的却很少，主要原因是没有有心人荟萃成书，致使很多佳联湮灭无闻。

清代对联的蓬勃发展，更与皇帝特别是乾隆皇帝的爱好以及宫廷带动分不开。清代楹联大家梁章钜在《楹联丛话》中说："我朝圣学相嬗，念典日新，凡殿廷庙宇之间，各有御联悬挂。恭值翠华临莅，辄荷宸题；宠锡臣工，屡承吉语。天章稠叠，不啻云烂星陈。海内翕然向风，亦莫不缉颂诗，和声鸣盛。楹联之制，殆无有美富于此时者。"

清代凡恭值大典庆成，皆有进御文字，康、乾年间，两次编辑《万寿盛典》，列有"图绘"一门，附录楹联。清人吴振棫的《养吉斋丛录》记载了乾隆帝八旬万寿圣节庆典布景的盛况，说从圆明园宫门外始，至京城紫禁城，"极山川之奇丽，缋洞天之胜景"，沿途楹联飞舞，尽显"福"、"寿"之词。这些楹联从文学角度看，也确有其独特的艺术特色。从四言至十七言，洋洋大观，佳制迭见，吴氏的这本书就收录了不少楹联。春联照例是有的。清人夏仁虎的《旧京琐记》中说："宫内新岁春联色皆用白，由南书房翰林以宣纸书之。自殿廷至庖湢，其文皆有常例，不敢稍易。"

关于清宫联匾，《日下旧闻考》及《国朝宫史》《国朝宫史续编》都有大量记载，从中可见乾、嘉时宫廷联匾的兴盛，特别是随处可见的乾隆皇帝的御笔，使我们感受到他写联匾与写诗一样有着强烈的爱好和旺盛的创作力。故宫博物院现尚藏有八卷八册的《楹联萃珍》，为清内府抄本，另有署为"文定公手写本"的《禁中匾额楹联集锦》一册。为了进一步了解清宫的联匾状况，故宫博物院现正着人查阅清宫档案，已抄录了有关匾联的十万字的文字资料。故宫博物院成立后就对宫中档案进行分类整理，专列"宫中杂件类"，其中有"匾联档"，时间最早为嘉庆，所记同治、光绪朝的也较多。同光年间，也是宫廷联匾蓬勃发展的又一个时期。这些档案多无朝年，只能从写字人、使用者或已知道的当时总管太监等名单上查找时间。档案或记尺寸，或仅为匾联名，一般也没有对匾联内容的解释。这里试举两件记载，一件是同治年间的，没有具体的年代：

寿康宫后殿内安挂活计单

明间北杕枋上向南匾一面　　　　同鹤斋　　　太后御笔

明间北杕枋上向南匾两边福寿字二件　　　同治御笔

东间北墙向南大挂屏一件　　　行围图　　　陆吉安

东间北墙杕枋向南挂屏五件　　　改坡挂　　　四龙一福

东间南窗户杕枋上向北匾一面　　　福禄寿喜

东间门口上向东福字一件

东间东罩上向西匾一面　　　天行健

东里间东墙向西大匾一面　　　日向壶中特地长

东里间南窗户杕枋上向北画横披一件　　　沈振麟

西间东门口上向西龙字一件

另一件是有朝年的记载。嘉庆皇帝在位二十五年，档案中存有嘉庆元年至十四年匾联的变化记录，这里抄录嘉庆五年的：

嘉庆五年匾额

与物皆春　　　写养心殿后殿明间落地罩上向北扁一面

道崇辑武　　　写钦安殿明间帘架上扁一面

祥风翔	写延春阁玉壶冰楼下西间西墙门上向东扁一面
庆云集	写延春阁玉壶冰楼下东间南墙门上向北扁一面
集英	写静怡轩殿内后层方胜床东墙门上扁一面
萃胜	写静怡轩殿内后层方胜床西墙门上扁一面
寄所讬	写养心殿东暖阁寄所讬换扁一面
如在其上	写养心殿东暖阁仙楼下花帘罩上换扁一面
毓庆宫	写毓庆宫外檐换扁一面

从这些档案记载中，既可看到当时宫中匾联应用的广泛以及宫殿内部陈设装饰的情况，又可了解匾联的添、改、撤、挪等变化。匾联的这些变化往往与建筑的变化有关，也当与主人心绪及一定的时势有关。它已成为清代宫廷历史文化的一个重要部分，是值得认真研究的。

故宫是明清两代的皇宫，它本身充分体现了儒家理想及封建礼制。在长达四百九十一年的岁月里，它一直是封建统治的最高权力机构的所在地。由于这一特殊的地位和要求，故宫的联匾就与三山五园以及承德避暑山庄等园囿的联匾在旨趣上有所不同，它主要有三个方面的内容：一是反映治国理想，追求皇权永固，例如雍正帝题乾清宫西暖阁的"惟以一人治天下；岂为天下奉一人"，乾隆帝题保和殿的"祖训昭垂，我后嗣子孙尚克钦承有永；天心降鉴，惟万方臣庶当思容保无疆"；二是对益寿延年、福寿双全的祈盼，例如乾隆帝的"松牖乐春熙，既安且吉；兰垿宜昼永，日寿而昌"，慈禧太后为储秀宫前檐题的"百福屏开，九天凝瑞霭；五云景丽，万象入春台"；三是统治者对自己修身养性的诫勉或对理想人格的向往，例如康熙帝题养性斋东室的"一室虚生无限白;四时不改总常青",乾隆帝题三希堂的"怀抱观古今;深心托豪素"。这些匾联多出自经书,并多用成句和典故。

故宫殿堂的现存联匾,都为清代诸帝、慈禧太后以及一些大臣所书。杨新同志做注释的这些联匾,书写者就包括了康熙、雍正、乾隆、嘉庆、咸丰、光绪诸帝,慈禧太后以及梁耀枢、徐郙、潘祖荫、赵秉中、陆润庠等名臣。其中最多的是乾隆,其次是慈禧太后。

好的联匾,撰拟者一定要有较好的传统文化素养,熟悉经书,又要懂书法,字写得好看。清代皇帝,自顺治帝始,幼时无不以习汉书法为必修之课,且多有一定修养,成就较高者为康、雍、乾三帝,其作品故宫博物院俱有收藏,仅乾隆皇帝的书画作品(主要是书法)即达两千多幅,存世最多。对乾隆帝的书法,有些人推崇甚高,认为他形成了自己方圆兼备、布白得宜、结构稳重、刚柔相济的独特风格,也有些人认为他的字圆熟柔润,但骨力不足,失之于软。总的看,他的书法是颇有成就的。除过书法,清朝统治者在入关前就注意吸收中原文化,入关后则更加重视并广泛吸收,这个成效,明显地反映在其用汉语属文作诗上。这些都是写好联匾的重要条件。自康熙帝到光绪帝,每人都有文集或诗文集,其中同治帝与光绪帝的诗文集未付梓,故宫博物院藏有其稿本和抄本。尤其是乾隆帝,酷爱作诗,数量惊人,他亦不讳言,有些为词臣提刀,但他学识渊博,勤于写作,则是人们公认的。对联的基础是诗歌。"平生结习最于诗"的乾隆皇帝,不仅在紫禁城内,而且在三山五园、沈阳故宫、承德避暑山庄等,都留下了大量联匾,其中不乏佳制。

在清代晚期,慈禧太后为宫中一些殿堂题了联匾,本书中收录的较多,包括储秀宫、皇极殿、绥寿殿、养心殿、长春宫等,这恐怕是许多人没有想到的。从一些资料来看,慈禧从小受到良好的教育，对文史、书法、绘画都非常喜欢。她有相当的文学造诣，《清稗类钞　考试类》载："孝钦后工试帖诗，每岁春闱，及殿廷考试，辄有拟卡。同治乙丑科会试，试题：芦笋生时柳絮飞。得生字，拟作云：两浦篙三尺，东风笛一声。鸥波连夜雨，萍迹故乡情。"她有艺术天赋，善书画，美国赫德兰《一个美国人眼中的晚清宫廷》对此有记述。《清稗类钞·艺术类》也载："孝钦后喜作擘窠大字，亦临摹法帖，作小楷。尤喜绘古松，笔颇苍老。"当然，她也有代笔者，但她的书画具有一定造诣，则是肯定的。

杨新同志的这本《故宫联匾注释》，虽是一本普及性的读物，但也是作者多年努力的成果。本书收录广泛，包括前三殿、后三宫、养心殿、宁寿宫区以及西六宫等，比较重要的联匾差不多都收进来了，人们从中可对故宫的联匾有个基本的了解。同时，本书还收录注释了几首与匾联有关的乾隆皇帝的诗歌、铭文。例如，养心殿西暖阁北墙乾隆帝仿鲍明远体的一首五古，养心殿宝座后屏风上乾隆帝的一首五古，交泰殿宝座后的《交泰殿铭》，以及现放在漱芳斋后面一个宝座屏风上的"赋得正谊明道八韵"等，这里一并介绍，或因其本身重要，或因有利于加深对相关联匾的理解。这些联匾内容，多来自经书，成句典故甚多，对于当今的一般观众来说，不光一些字难认，意思更难理解。杨新同志不惮烦劳，翻阅大量典籍资料，认真细致地加以注释，除过弄清成句及典故的来历外，又结合宫殿的特点或作者的情况，对联匾的深层或多重意义加以阐发，而对一些相关背景材料的介绍，更有助于对联匾的理解。我还感到，杨新同志的笔触，既有注释时的严谨准确，在叙述中亦不乏轻松灵活，例如养心殿后殿东里间门楣上，有光绪帝载湉所书"毋不敬"三字，而在东次间门楞上则有慈禧太后那拉氏所书"又日新"三字。杨新同志在讲解时说："又日新"与"毋不敬"，好像是慈禧与光绪母子

的对话，一个说："你要天天悔过自新。"另一个说："我没有什么不孝顺的。"相信读到此处，读者当会有深切的体会。

　　故宫清代的联匾甚多，是宫廷历史文化的一个重要组成部分，杨新同志已做了大量的工作，但还有不少联匾需要注释，介绍给广大读者，使人们从这一个小小的侧面，去了解并挖掘清代的历史特别是宫廷史，我想这是大家所企盼的，我们也相信杨新同志会继续努力，完成这项颇为费事而又很有意义的工作。

《故宫联匾导读》序言，故宫出版社，2011 年

故宫的古琴

《故宫古琴》一书的问世，对于古琴的保护与古琴艺术的传承，无疑是很有意义的一件事。

2003 年，中国的传统音乐——古琴艺术被联合国教科文组织宣布为"人类口头和非物质文化遗产代表作"，引起极大反响，使这一日渐式微的古老艺术又为世所关注。有着三千多年历史的古琴，是中国历史上最为悠久，最具民族精神、审美情趣和传统艺术特征的乐器，和中国的书画、诗歌以及文学一起，成为中国传统文化的承载者。它有两个显著特点。一是和中国文人有着非常密切的关系。且不说孔子、司马相如、蔡邕、嵇康等都以谈琴著称，即如它的制作，虽是造琴工匠的作品，但却有文人的直接参与。它的演奏成了一种高雅和身份的象征，在中国文人所必需的素质修养"琴、棋、书、画"当中排在首位。二是古琴艺术长期以来不是面向大众的表演艺术。人们弹奏往往不仅是为了演奏音乐，还和自娱自赏、个人修养及情感交流等结合在一起。因此它成了一种贵族和文人的精英艺术。古琴艺术吸纳了大量优雅动听的曲调，演奏技法复杂而精妙。历代琴师对琴曲的流传和发展做出了重要贡献。在古琴的漫长发展历史中，产生了精湛的造琴工艺和造琴名家，现仍有不少名琴传世，都成了珍贵的古代文物。

故宫博物院现收藏古琴四十六张，其中三十三张为明清两代宫中古琴收藏的遗存，见证了历史的沧桑。古琴艺术虽长期在传统文人雅士中广泛流行，但历史上也不乏雅好古琴的封建帝王。唐代制琴名家多，琴文化发达，当与唐明皇重视音乐分不开。宋元明清，琴与文人的关系空前密切，各个时代也有雅好古琴的帝王，这当然与他们的文化素养、审美趣味有很大关系。宋徽宗赵佶就是一位有名的酷爱古琴的帝王，他曾将流传于世的历代名琴收集起来置于宣和殿之"万琴堂"。故宫博物院收藏赵佶的一幅《听琴图》，描绘在一棵高耸的青松之下，一个道人在信手弹琴，两旁山石之上各坐一人，侧耳倾听，陶醉在美妙的琴声之中，整个画面一派清雅端肃的气氛。元世祖忽必烈不懂琴乐，但曾下令召见来自江浙的琴家王敏仲，珍藏传世名琴。明代帝王中多有爱好古琴者，除过弹琴外，有的还喜欢造琴或作曲。清乾隆皇帝汉传统文化的根底很好。正像他喜欢收藏历代书画外，他也非常热衷于收藏历代名琴。郑珉中先生在本书的"前言"中，用大量篇幅谈了明清宫廷古琴收藏的盛况，可惜 1860 年英法联军进攻北京，圆明园被劫毁，置于其中的一百零三张明朝所遗之历代古琴同罹劫难。1925 年故宫博物院成立，宫中所藏古琴仅三十六张，其中三张后南迁运台；中华人民共和国成立后，又相继接收与收购了一些古琴，使故宫藏琴增加到四十六张，不仅数量上在全国博物院中居于首位，而且属于唐、宋、元三代的典型器就占藏琴的三分之一，因此在质量上也是最好的。

《故宫古琴》由故宫博物院研究员郑珉中先生主持编写。郑先生 1946 年进入故宫，将届一甲子，虽退休多年，仍坚持每天上班，风雨无阻。先生琴棋书画俱通，他的中国古书画鉴定及书画创作等，都有一定的影响，对于古琴，亦颇有造诣。故宫收藏古琴，20 世纪50 年代，即是由郑先生同顾铁符先生一起鉴定划级的，后他又陆续发表了一些有关传世古琴的分期断代与具有鉴定性的论文。郑先生又是故宫现在能够弹奏古琴的绝无仅有的人。中国在向联合国教科文组织递交的《古琴艺术申报书》中，确认了包括港、台地区在内的我国五十二位古琴传承人，郑珉中先生名列第二十七位。我也有幸聆听过他的演奏。2003 年 12 月，王世襄先生荣获荷兰克劳斯亲王奖，我受邀到荷兰使馆参加颁奖仪式。在使馆门口，见到了同来出席的郑珉中先生，不过他身背一张琴，中式的蓝布衫，神凝气闲，一副儒雅、朴质的样子。在颁奖仪式上，郑先生操了一曲《良宵引》，意态庄重，手势优美，稳健细腻，声情并茂，获得阵阵掌声。王世襄先生对古琴的研究也是颇有成就的，他能请郑先生演奏，固然有情谊因素，但郑先生的演技当是公认的。由这样一位对古琴既有理论研究又有弹奏实践的人来主持编写，人们有理由对这本书寄予大的期望。郑先生为这本书付出了大量心血，撰写了长达一万六千万字的"前言"，并作了"后记"。书的内容丰富，既有一定的观赏性又有相当的学术价值，确实是一本有分量的耐看的书。

本书有三点相信会对人们有所裨益：其一，对古琴知识的传扬。故宫博物院藏古琴既多又精，有着不同时期的代表作，例如九霄环佩，就是现存最为可靠的盛唐雷氏制作的伏羲式琴，把它们出版，为研究者提供了难得的实物资料，从中可以窥见中国古琴的发展历史，并从比较中有多方面的收获。作为辅助的与琴有关的古代文物，也会加深人们对源远流长的琴文化的体会。其二，对二十张古琴测绘了线图和可以窥见其内部构造特点的 CT 平扫图像，可供海内外制琴家观察研究，从而仿制出更多音韵绝伦的七弦琴。其三，郑珉中先生的"前言"是其终生研究古琴的心得集成，具有很高的学术价值，对古琴产生发展的历史，对于湖北、湖南古墓出土的琴与传世古琴的关系，对唐以后七弦琴能够传世的原因以及唐宋元明清各个时代古琴的发展状况，特别是对传世古琴的断代，都有缜密而认

真的考辨，都有自己的见解。把"前言"与书中所收古琴图像结合起来，读者自会有更深刻的体会。

《故宫古琴》的出版，也给我们提出了一个新的问题，即非物质文化遗产保护与博物馆的关系问题。非物质文化遗产是近年来的一个新的概念，或称无形文化遗产，相对于有形的物质形态的文化遗产而言，指的是各族人民世代相承的、与群众生活密切相关的各种传统文化表现形式（如民俗活动、表演艺术、传统知识和技能，以及与之相关的器具、实物、手工制品等）和文化空间（即定期举行传统文化活动或集中展现传统文化表现形式的场所，兼具空间性和时间性）。非物质文化遗产与物质文化遗产共同承载着人类社会的文明，是世界文化多样性的体现。我国非物质文化遗产蕴含着中华民族特有的精神价值、思维方式、想象力和文化意识，是维护我国文化身份和文化主权的基本依据。

可见，提出非物质文化遗产，这是人们在文物（文化遗产）保护观念上的一大发展。过去说到文物，都是看得见、摸得着的东西，现在认识到，许多非物质形态的东西，同样是重要的文化遗产，而且事关"文化身份"，其意义不言而喻。对博物馆来说，提高这方面的认识同样很重要。非物质文化遗产给博物馆发展带来了新的机遇，在丰富馆藏、拓展陈列展览的表现形式、密切博物馆与社会各界的关系以及促进博物馆自身的功能完善和结构调整方面，都会起到积极的促进作用。故宫博物院从自身工作任务出发，对有些属于工艺、技艺等方面的非物质文化遗产还是重视的，例如古建筑的工艺、技术，文物修复、装裱的传统技艺等，都有专门机构与专业人才，做得是比较好的。但还有一些类似古琴的与非物质文化遗产相关的器具、实物等，在认真保管好的基础上，如何在力所能及的条件下，或与社会力量相结合，进行必要的整理、传承和研究，也是应探讨的一个新课题。

　　保护非物质文化遗产已引起国际社会的普遍重视。2004 年"5·18"国际博物馆日的主题为"博物馆与非物质文化遗产"。2004 年国际博物馆协会第二十届大会的主题也是"非物质文化遗产与博物馆"，国际博协对此做了这样的解释：迄今为止，全球的博物馆学者都着重于收集、保存、研究、展示和交流有形的文化遗产和自然遗产。为此，他们建立了许多博物馆，作为学术研究、促进社会发展、诠释文化遗产和进行大众教育的场所。然而，文化不仅以有形的方式，也通过无形的要素表现出来。有赖于此，人类的文化得以世代相传。所以，国际博协希望通过本届大会，引起世界博物馆界对非物质文化遗产的更多关注。第二十届大会通过了"国际博物馆协会非物质文化遗产汉城宣言"，对博物馆在非物质文化遗产保护方面提出了一些要求和建议，例如建议博物馆特别关注并抵制无形资料滥用的企图，特别是它的商业化，建议所有的博物馆培训项目强调非物质文化遗产的重要性并将对非物质文化遗产的理解作为职业要求等。我国也正在认真开展非物质文化遗产普查工作，建立非物质文化遗产代表作名录体系，加强非物质文化遗产的研究、认定、保存和传播，建立科学有效的非物质文化遗产传承机制。博物馆在保护、展示、研究物质文化遗产方面有着丰富的经验，今天在非物质文化遗产保护、传承方面也应有所作为，这需要不断提高认识，从实际出发，积极探索办法。这是由《故宫古琴》一书所生发的一些感想，也是我们正在努力进行的工作。

　　　　　　　　　　《故宫古琴》序言，紫禁城出版社，2008 年

天朝衣冠

《天朝衣冠——清代宫廷服饰精品展》在举世瞩目的 2008 年北京奥运会开幕之际与广大观众见面了！

这是故宫博物院建院八十余年来举办的规模最大、质量最精、规格最高的服饰展览，其中绝大多数是经年深藏宫中的珍品首次面世。在奥运会隆重举行的这个黄金时间段举办如此大型展览，我们旨在与中国人民第一次在自己这片古老国土上向世人精彩地诠释"更快、更高、更强"的现代奥林匹克竞技精神的同时，也向世人提供一个展示中华民族独具特色的更精、更巧、更美的古代优秀灿烂文化的窗口和平台。毕竟，她们都是人类文明的共同组成部分，都是人类精神家园的宝贵财富。

包括清代宫廷服饰在内的中国古代宫廷服饰，其最表征的元素是作为物质形式存在的制作服饰的原材料丝绸。丝绸自古即以其优良的服用性能和华丽的装饰效果而备受人们的青睐，中国古代帝王无不以其为奢侈生活的珍贵之物。大量的田野考古资料已证明，中国是丝绸的发源地，它几乎是与具有五千年文明史的中国的文明同时产生并同步发展的。公元前 5 世纪，中国丝绸已开始远播海外。到汉唐时期，举世闻名的"丝绸之路"更是将中国人发明的丝绸源源不断地传到了世界各地。它犹如一条蜿蜒万里的绚丽丝带，把欧亚大陆和东西方文明紧紧地联系起来，促进了世界科技的发展及东西方政治、经济和文化的广泛交流，对世界人类的进步和繁荣做出了巨大贡献。因此，丝绸也赢得了中国古代的"第五大发明"的美誉。

数千年来，中国古代丝绸在生产技艺上始终保持了精益求精的不断创新精神，因之具有十分旺盛的生命力，长期引领世界丝织技艺的先进水平。清代是中国古代最后一个封建王朝，封建的政治、经济和文化也达到相对最为繁荣的阶段。当时宫廷服饰所用的丝绸面料几乎都来自于中国江南的南京、苏州和杭州三处皇家御用的丝织机构。由于这些产品主要用于满足封建最高统治者豪华奢侈生活的需要，故在制作上不惜工本，极力追求丝织面料的丰富多样和珍贵奢华，因此无论是工艺质量，还是花色品种等方面都代表了清代丝织技艺的最高水平。虽然此次展览的展品数量有限，尚远不足以反映清代丝织技艺水平的全貌，但以微见著，它们在很大程度上也显示出了清代丝绸绚丽多彩和技艺高超的一面，同时也是中国数千年丝绸文化辉煌灿烂的一个缩影。

服饰不仅是物质文明的结晶，而且也是精神文明的产物，是人类精神和文化生活的映照。几乎是从服饰起源的那天起，人们就已将其生活习俗、审美情趣、知识经验，以及种种文化心态、宗教观念和社会意识等都积淀于服饰之中，构筑成服饰文化十分丰富的精神文化内涵。在中国古代，服饰是礼乐文明的一个重要组成部分，所谓"中国有服装之美，谓之华；有礼仪之大，故称夏"。表明中国自古以来就以衣冠礼仪的美誉"华夏"作为族称。服饰制度以其具有礼治教化和等级辨识等重要功能而备受历代统治者所重视，他们无不在改朝换代时制定有别于旧朝的新的服饰制度，以作为王朝更替的象征及维护巩固新兴政权统治秩序的工具。

清代也不例外。满族统治者在取代明朝而统治中国后，全面废除了中国古代汉族传承了上千年的冕服制度和宽衣博袖式服饰，而强制推行本民族具有游牧骑猎特色的紧身窄袖式服装，给中华传统服饰以前所未有的巨大冲击和改变，由此奠定了清代服饰风格迥异历朝的鲜明特色与时代个性。这一方面反映了清朝统治者以衣冠服饰的改变来作为王朝兴替的重要标志；另一方面也反映了他们对本民族文化的高度重视和坚定护守。但是，满族统治者毕竟置身于源远流长、博大精深的汉文化氛围之中，清代宫廷服饰也继承和吸收了大量历代汉族传统服饰的特点。可以说，清代宫廷服饰从一个侧面反映了满汉文化的相互影响与交融，集中体现了满汉服饰文化的主要特点，呈现出中华民族服饰文化多元发展的纷繁竞采的时代特点。

清代统治者制定的服饰制度体系之庞杂、条律之琐细在中国历代服饰史上无出其右。这无非是要通过服饰这种在社会生活中形式最为外露直观、最易标明一个人身份地位的物质载体来处处体现皇家身份地位的无比显赫尊贵及神圣不可侵犯，处处体现君臣官民及上下级之间"贵贱有级，服位有等"的严格的等级思想，以维护封建集权专制下森严的等级制度。中国古代服饰所被赋予和承载的强烈政治色彩和礼制意义在有清一代的宫廷服饰中可谓臻于极致。

清代宫廷服饰，反映出古代中国人民高超精湛的丝织技艺水平和丰富的创造力，凝聚着他们无尽的聪明才智，也折射出我们民族精神文化的灿烂光辉，是我们足可引以为豪的珍贵的民族文化遗产。无论岁月沧桑变幻，她的华美之彩丝毫磨蚀不去，独特的文化魅力历久不衰。我们对其欣赏和赞誉，更继承并创新。

《天朝衣冠——故宫博物院藏清代宫廷服饰精品展》序言，

紫禁城出版社，2008年

清宫佛音与治国方略

　　2013 年岁末的一天，我陪同台北故宫博物院前院长周功鑫女士参观了北京故宫的一些藏传佛教建筑与文物。

　　清代帝王提倡藏传佛教，宫中佞佛之风甚盛，留有大量的藏传佛教文物。这些文物，既是当时宫廷宗教文化的反映，同时又与治理国家的方针政策有关，因此有着极为重要的历史文化价值。

　　我们首先参观的是雨花阁。清帝在紫禁城中修建了众多的藏传佛教殿堂，由于历史原因，长期以来处于封存状态，许多殿堂现在仍然较好地保存着它的历史旧貌，我们现在称之为"原状佛堂"。这是故宫古建筑群中一个重要而又特殊的部分，是世界罕见的佛教文化遗存。雨花阁就是一座有代表性的"原状佛堂"。

　　雨花阁其实是一个区域，包括雨花阁、梵宗楼、宝华殿、中正殿，是紫禁城中最大的也是最重要的一处藏传佛教的活动场所。雨花阁是宫中唯一的一座汉藏形式结合的建筑。清乾隆十四年（1749）仿照西藏阿里古格的托林寺坛城殿，在明代原有建筑的基础上改建而成。雨花阁前东西两侧有面阔五间高二层配楼，均为乾隆年间建，曾分别供过三世章嘉和六世班禅的影像。

　　雨花阁为楼阁式建筑，按照藏传佛教的事、行、瑜伽、无上瑜伽四部设计为四层。外观三层，一二层之间靠北部设有暗层，为"明三暗四"的格局。一层称智行层，中间部分佛龛供奉无量寿佛等事部主尊，佛龛之后有乾隆十九年（1754）制掐丝珐琅立体坛城三座。另有佛塔、供器等物，是举行祭祀活动的重要场所。二层是一层和三层之间在北侧做出的一个夹层，称德行层，是供奉"阿弥陀佛"的道场。三层称瑜伽层，供瑜伽部佛像五尊，顶层称无上层，供奉藏传佛教密宗无上瑜伽部的主尊密集金刚、格鲁派密宗所修本尊之一的大威德金刚和藏密重要本尊之一的上乐金刚。

从雨花阁向北，进入昭福门，即是宝华殿，清代宫中大型佛事活动多在此举行，清帝也每年数次到此拈香行礼。宝华殿北面是中正殿。这一天没有风，蓝蓝的天空，新复建的中正殿在冬天的阳光下更显得金碧辉煌。1923 年 6 月 26 日夜，建福宫花园大火，殃及该殿，仅存遗址。21 世纪初，香港中国文物保护基金会在复建建福宫花园后，又获准复建了中正殿。清代于康熙三十六年（1697）设置专门管理宫中藏传佛教的机构称"中正殿念经处"，隶属于内务府掌仪司，主管宫内喇嘛念经与办造佛像。到乾隆年间，中正殿用于专供无量寿佛，为皇帝做佛事的佛殿，因此在宫中地位很高。

中正殿现被故宫藏传佛教文物研究中心用来办展览，一层是造像，二层是唐卡，东配殿是法器。故宫珍藏唐卡一千余幅，藏传佛教造像两万多尊，法器五千余件。展出唐卡三十二幅、造像三十四尊、法器八十五件。

故宫藏传佛教文物，具有多方面价值，特别是具有民族团结、国家统一的政治意义。作为一个多民族国家，中国历代王朝都面对着如何加强民族团结、保持边疆地区稳定的重大挑战。藏族是我国多民族大家庭中的优秀成员，藏民族聚居地区比较广阔，从元代以来，藏传佛教又广泛影响到蒙古族地区。早在入关前，满清就同西藏、蒙古关系密切，对其在政治上予以优待，经济上予以厚赐，使之与清廷保持一致，以维护北方久安无患，这是有清一代笼络藏蒙上层喇嘛集团的传统政策。作为明清两代皇宫的故宫，是皇权的中枢、政治的核心，皇宫中收藏的许多藏传佛教文物，就是当时中央政府民族宗教政策的具体反映，有着重要的政治意义。例如原贮放于紫禁城慈宁宫花园的金嵌珊瑚松石坛城，为五世达赖喇嘛阿旺罗桑嘉措（1617—1682）所献。五世达赖喇嘛成年后任哲蚌寺和色拉寺住持。1642 年借助蒙古固始汗之力推翻噶玛政权，取得了格鲁派在西藏宗教中的统治地位。顺治九年（1652）五世达赖喇嘛入京朝觐时将此进献给顺治皇帝，次年清帝给达赖颁发了金册金印，封五世达赖为"西天大善自在佛所领天下释教菩提瓦赤拉拉旦赖喇嘛"，从此"达赖喇嘛"的封号及其政治地位得到正式确定，由此确立了达赖喇嘛的西藏佛教领袖地位。五世达赖朝觐，是清代西藏佛教领袖人物第一次到北京朝拜皇帝，得到朝廷的册封，标志着黄教取得在西藏宗教中的统治地位，五世达赖此行为加强西藏地方与清中央政府的关系起到了积极作用。这件文物便成为见证这一历史事件的绝佳资料。此件现存台北故宫博物院。这次中正殿展出了一幅五世达赖喇嘛的唐卡，唐卡中的他左手托法轮，右手持莲花，全跏趺坐于宝座上。背景为布达拉宫。上方为其师四世班禅及修行本尊空行母，空中显现弥勒佛。下方是婆罗门护法和蒙古王固始汗。

中正殿的展品中，引人注目的是与六世班禅有关的文物。乾隆四十五年（1780），六世班禅罗桑贝丹益西（1738—1780）万里跋涉，从后藏日喀则到达承德避暑山庄朝觐乾隆帝，并参加了乾隆帝七旬万寿庆典，同年因病圆寂于北京西黄寺。在京期间，六世班禅曾到紫禁城中正殿、宁寿宫等处佛堂念经、做佛事，故宫现仍保存着班禅的奏书及贺礼，奏书以藏、汉、满三种文字写成，书尾钤朱色印"敕封班禅额尔德尼之宝"，表达了六世班禅对乾隆帝的赞颂和祝愿，衷心感谢乾隆帝对黄教的扶植、弘扬，并表达了他拥戴中央政府的心情。所献马鞍做工精细，用料考究，嘉庆皇帝曾以此鞍做御用鞍。这些文物是汉藏交流、民族团结的见证。中正殿展出了一幅六世班禅的唐卡，六世班禅左手托宝瓶，右手施说法印，全跏趺坐于龙首宝座上。上方正中为无量寿佛，两旁为大威德金刚和五世班禅。下方正中为六臂勇保护法，两旁为降阎摩尊和吉祥天母。背面有白绫签，墨书汉、满、蒙、藏四体文题记，汉文云："乾隆四十五年七月二十一日圣僧班禅额尔德尼自后藏来觐　上命画院供奉　绘像留弆　永崇信奉　以证真如。"此唐卡是乾隆皇帝为纪念六世班禅而命宫廷画师绘制的，是一幅具有历史意义的写实肖像。

法器展品中有六世班禅进献的"右旋海螺"。右旋海螺，因其螺纹呈逆时针方向旋转而得名。它除具有普通海螺弘扬佛法、驱逐恶魔之含义外，据说它还是菩萨的化身，渡江海者将其供于船头，可使江海风平浪静。因此，右旋螺又被视为"福吉祥瑞"的定风神物。这件右旋螺盛贮在鞔皮盒内，盒内有白绫签，墨书汉、满、蒙、藏四体文题记，汉文云："乾隆四十五年班禅额尔德尼所进大利益右旋白螺护佑渡江海平安如愿诸事顺成不可思议功德。"乾隆皇帝曾将此物赐福康安带赴台湾进剿林爽文，以祈往来渡海平安；此物又曾四次供奉于册封琉球使臣出使琉球的船中，以祈灵佑。

对于藏传佛教，清初帝王都曾与其发生过密切的关系，成为他们精神信仰的重要组成部分。中正殿展出的第一件唐卡就是"乾隆皇帝佛装像"。乾隆皇帝头戴班智达帽，身着僧衣，左手持法轮，右手施说法印，全跏趺坐在莲花托宝座上，作为曼殊室利（文殊菩萨）化现的形象。上方三个圆轮中，正中表现的是本初佛大持金刚与大成就者，左右表现的是显密诸佛，以下各组合分别表现了诸菩萨、女尊、护法及方位低级神等。此唐卡为乾隆中期佛装像，勾线工整流畅，色彩丰富，应为喇嘛画师所绘。

但是，清初的几位皇帝对藏传佛教尽管采取了支持和崇奉的政策，但对其消极一面有着十分清醒的认识，特别是乾隆皇帝，对此有过精辟而深刻的论述。乾隆五十六年（1791）清军剿灭廓尔喀（尼泊尔）对西藏的侵略后，乾隆皇帝于次年写了《喇嘛说》一文，讲述了喇嘛教的命名、来源和发展，以及清廷予以保护的道理，总结了元朝统治者盲目信奉喇嘛教的教训，告诫子孙不要重蹈覆辙，并且讲述了他用国法惩处那些搞分裂、危害国家统一的上层喇嘛，并对活佛转世制度提出了整顿和改革的办法，从而加强了清廷对蒙藏地区的统治，加强了各民族的团结，维护了国家的统一。他说："兴黄教即所以安众蒙古，所系非小，故不可不保护之，而非若元朝之曲庇谄敬番僧也。"《喇嘛说》一文，以满汉蒙藏四种文字，勒石立碑于北京雍和宫大殿前院的"御碑亭"内，它是乾隆皇帝辑藏安边、治国安邦的重要政策和策略的体现。乾隆的这一御笔，又藏故宫博物院，上钤有清内府"石渠宝笈所藏"、"宝笈三编"、"宣统尊亲之宝"印。可见，乾隆皇帝信佛，既是一种信仰，有满足个人精神需要的一面，更是一种策略，是政治需要的表现，其核心和最终目的还在于为实现其政治统治服务。乾隆（1736—1795）时期，是清朝中央政府治理西藏政策的成熟时期，清朝管理西藏地方的许多重大措施与制度都相继产生在这一时期，比如废除郡王制，出台《钦定藏内善后二十九条章程》，规范活佛转世程序的金瓶掣签制，等等。这些制度在当时以及后来的历史实践中，发挥了巨大的作用，也体现了乾隆皇帝杰出的政治领导和管理才能。

　　故宫是历史，是文化，故宫更是政治。我们这半天的参观，从故宫的建筑与文物中，看到了封建社会末期国家治理的另一种记录，看到了国家、历史、文化的相互交融。

原载 2014 年第 4 期《国家人文历史》

你所不知道的永宣时代艺术

2010 年，紫禁城正式落成五百九十周年，同时迎来了故宫博物院建院八十五周年。逢此典庆之际，故宫博物院举办一系列专题展览、研讨会等纪念活动。9 月 26 日在午门城楼拉开帷幕的"明永乐宣德文物特展"，即是其中重要展项之一。

明代永乐、宣德两朝，历时三十三年（1403—1435）。史学界一直以为，明朝政权统治在这一时期达到了鼎盛，史称"仁宣之治"。作为明代历史上两位颇有作为、多有建树的帝王，其施行的一系列大政国策，使当时的明朝成为遥领世界之先的东方强国，对后来中国历史的发展演进也有着深刻、广远的影响。我们今天熟知的诸多重要大事，如营造北京城、郑和下西洋、纂修《永乐大典》，更有包括故宫博物院的前身——紫禁城的肇建等，都发生在永宣时期。

任何时代的文化，总是与其当时社会政治、经济等诸多因素密切联系并不断发展的。永乐、宣德时期，两位帝王不仅于治国理政中颇显韬略，同时也是雅好文墨、具有良好文化修养的"雅士"。史载，永乐皇帝好文喜书，书法甚为奇崛，常常将墨宝赐予亲眷和臣僚。宣德皇帝更是诗词文赋、书画丹青无所不能。故宫博物院现藏明代皇帝御笔绘画作品七幅，其中有五幅即为宣德皇帝所画。这些记载和遗存，足见永宣二帝的文化追求与品位。在帝王本人的直接倡导和参与下，明代前期宫廷文化艺术多姿多彩，取得了令后世瞩目的成就。明永乐、宣德文物的专题展出，正是以丰富多样的文物珍品，真实再现这一时期的辉煌艺术。

"明永乐宣德文物特展"，从故宫博物院所藏明代早期（以永乐、洪熙、宣德三朝为主）大量文物中，共遴选出有代表性的文物精品一百五十件（套），分类展出。展品涵盖了书画、瓷器、漆器、玉器、金银器、珐琅器、佛造像、宣铜等八个门类，力求尽可能多角度、全方位地展现这一盛世时代的宫廷生活和社会风貌。由这些展品可以看出，当时的宫廷艺术可谓五花八门、蔚为大观。其中，花色繁多的瓷器，曾随着郑和下西洋的宝船远走南洋各国，享誉世界；色泽润美的雕漆，工艺之娴熟达到历史巅峰，后世亦无法企及；婉丽飘逸的台阁体书法、笔墨工谨的"院体"绘画，尽开一代书画之新风；尤其是数百年来一直为人们津津乐道、又一直未成定论的"宣德炉"，作为那个时代留给今人的文化之谜，激励着我们以科学的方法去探索去解答。其他如珐琅、玉器、金银器、佛造像等等器物，也都可谓满目琳琅，令人称奇。这些门类各异的艺术品，无不反映出当时社会的审美意识。此番集中展出，观众自可从中体味永宣艺术的非凡魅力，感受当时艺术水准的高超与精湛。

这次展览，由于条件所限，所陈文物种类、数量相对有限，而如此大规模集中展示明代永宣时期的文物珍品，在国内乃至世界博物馆展览中尚属首次。众所周知，由于朝代鼎革、频遭兵燹等种种历史原因，造成了明代档案的缺失和严重匮乏。至今，明代前期特别是明成祖迁都北京之后的一些史迹情形，学界大多无从稽考。每论及此，也往往由于档案、实物依据的欠缺，语焉不详。这些久藏禁闱深宫的皇家珍品首度亮相公众，以物证史，以物言世，一定程度上弥补了明代档案材料不足的缺憾，相信这对于学术界特别是明史学界的相关研究，亦是大有裨益之事。

　　回想 2009 年 10 月，台北故宫博物院举办雍正时期文物大展，北京故宫所藏的雍正皇帝画像等数十件文物精品渡海赴台，合作办展。两岸故宫时隔六十年后首度合作，引起各界广泛关注，反响热烈，大展取得了预想不到的空前成功。展览期间举办的题为"为君难——雍正其人、其事及其时代"学术研讨会，更是开启了两岸故宫专家、学者学术交流的大门。借本次"明永乐宣德文物特展"开展之机，北京故宫也将举办"永宣时代及其影响——两岸故宫第二届学术研讨会"，邀请多位台北故宫同人出席会议。我们相信，两岸故宫专家、学者的再度聚首，一定会在已有基础上为促进两岸学术交流、为弘扬中华文化做出应有贡献。

　　一项展览的成功举办，有赖于社会各界各方面的支持与配合。本次展览在筹备过程中，得到国内明史学界许多学者的热切关注。这些学者从各自的专业角度提出了中肯的意见和建议，保证了展览在学术上的规整、严谨，也使展览内容更为丰富、完善。在展陈文物方面，西藏博物馆、青海省博物馆、湖北博物馆、首都博物馆等各兄弟馆，都有馆藏文物精品不吝相借，使本展览大为增色。在此，谨代表故宫博物院，对这些单位和个人给予的大力支持表示衷心感谢。

　　　　《明永乐宣德文物特展》序言，紫禁城出版社，2010 年

明式家具之内涵

中国古代家具历史相当悠久，早在三千多年前的商代就已经出现了非常精美的青铜和石质家具。随着人们起居方式的变化，家具也经历了由低向高的发展，特别是到了宋代，家具品种和形式已经相当完备，工艺也日益精湛，结构的科学性和装饰上的多样化，都为明清家具艺术高峰的到来积累了经验。它从一个侧面体现了当时的生产发展、生活习俗、思想感情以及审美情趣，在一定程度上反映了一个国家和民族的历史特点和文化传统。中国的家具艺术不但被国人所珍视，在世界家具史上也享有极高的声誉。

中国古代家具，尤其是明清以来的家具，以其精湛的工艺价值、极高的欣赏价值和深远的历史价值对东西方许多国家产生过深远的影响。

明式家具可以说是中国家具史上最辉煌的一页，明代后期，除漆木家具普遍使用外，社会上开始崇尚硬木家具，人们开始追寻古朴之风。明人范濂在《云间据目抄》中记载："隆万（隆庆、万历，明穆宗、神宗年号，1567—1620 年间）以来，虽奴隶快甲之家皆用细器。"从这条史料可知使用硬木家具之风，蔚然兴起，争购细木家具已成为当时的时尚。在明代有大量文人热衷于家具的设计和制作，给明式家具平添了更多的文人审美情趣。他们把中国传统家具历史和艺术融会贯通，并把美学、力学、哲学、人体工学以及礼教等文化融入到家具制作中，给家具赋予了更深、更大、更美的文化内涵，使家具更富有文化气息。明式家具的简约、古雅、空灵，柔婉而不失厚重，以及方正的造型、匀称的比例，被后世研究学者尊为"实用的美学理念"。在装饰方面，明式家具一般都较为简约，或干脆不加装饰，或是多取材于自然界的植物、动物、风景题材和带有吉祥寓意的图案，总体上给人以简洁明快、素雅大方之感。

清式家具则是继承了明式家具的风格特点，又向前发展了一步，它是讲究华丽繁缛的装饰，多种工艺结合运用，复杂的雕饰和镶嵌，做工细腻，整体家具粗大、厚重，到乾隆时期达到顶峰。乾隆时期的家具，尤其是宫廷家具，材质优良，是清式家具的典型代表。清代家具在装饰方面大多取材于富有吉祥意义的图案，如龙、凤、蝙蝠等显示出华丽富贵，还有的是利用物象谐音祈盼平安幸福。清代家具制作，皇帝竟要亲自过问，反映了当朝的重视。明清家具有如此的成就，除了社会经济的稳步发展，其主要原因还是明清宫廷的重视。

明清家具具有极高的美学价值，王世襄先生曾说过："明及清前期的家具陈置在我国传统的建筑中最为适宜，自不待言，不过出乎意料的是见到几处非常现代化的欧美住宅，陈设着明代家具，竟也十分协调，为什么明式家具和现代生活这样合拍呢？不难设想，正是由于西方现代生活所追求的简练明快的格调在本质上和明式家具有相同之处的缘故，事实证明明及清前期的家具造型艺术已经成为世界人民的共同财富。"

15世纪中国家具开始进入西方，初期只流入到欧洲各国，18世纪以后大量涌入美国，虽只限于漆家具和竹藤家具，但对西方家具的发展产生了相当程度的影响。上个世纪30年代德国人艾克（G.Ecke）出版了第一部介绍中国古典家具的著作《中国花梨家具图考》，让世界认识了中国古典家具之美。

比利时菲利普·德·巴盖先生长期以来致力于中国家具的收藏，其收藏的大量精美的中国硬木家具更是独具特色。其中，明式家具是其收藏品中最为重要的一部分，还有一部分是清代早期的作品，这些作品延续了明式家具的风格特征，从某种意义上讲仍然属于明式家具的范畴。菲利普先生的藏品不仅数量丰富，而且做工精细，材质精良，大部分都是用黄花梨制作而成，它们的结构相当合理，加上做工精良，历数百年时间，至今仍然严丝合缝，十分坚固。菲利普先生的藏品种类也相当丰富，箱柜、床榻、椅凳、桌案以及小件的文房用具等，几乎涵盖了中国古代家具的所有种类。

2003 年 10 月 15 日，比利时王子劳伦斯殿下到故宫参观，他的随行人员之一就是菲利普先生。王子在与我会谈时，介绍了菲利普先生热爱中国文化并收藏有一百四十余件中国明清家具的情况，推荐在北京故宫办个展览，以了却菲利普先生的心愿。而后，在经过与故宫博物院长时间的精心筹备和挑选之后，菲利普先生确定了七十九件套精品家具，构成一个明式家具精品展，并于 2006 年 4 月在故宫博物院永寿宫展出。故宫是明清两代的皇宫，更是明清硬木家具的重要源头。这些明清时期的古典家具在故宫展出，也正是其原位性回归的很好表现，可以更好地展示、发掘出中国古代家具所具有的深刻文化内涵。而今年又是中国与比利时建交三十五周年，菲利普先生的家具展，成为中比文化交流的一项重要活动。

《永恒的明式家具》序言，紫禁城出版社，2006 年

南音乐舞《韩熙载夜宴图》

金秋的紫禁城，将要举办一场以故宫名画《韩熙载夜宴图》为底本的大型古典南音乐舞戏的观摩演出，这是很有意义的一件事。

《韩熙载夜宴图》是五代南唐画院待诏顾闳中的作品。该画描绘了韩熙载及其宾客们宴乐的盛况，人物性格鲜明，情态生动，将主人公韩熙载超脱不羁而又郁郁寡欢的复杂内心，刻画得尤为深入。以屏风做间隔的连续构图，线条工整精细，敷色绚丽清雅，显示出高超的艺术水平。这幅画在中国绘画史上占有重要地位，也是故宫博物院的珍藏品。

南音是中国现存最古老的乐种之一，是中原移民把音乐文化带入以泉州为中心的闽南地区，并与当地民间音乐相融合所形成的具有中原古乐遗韵的文化表现形式。南音艺术是一部立体生动的中国古代音乐史，它典雅优美，情韵深沉，雅俗共赏，独具魅力，为闽南侨乡民众所喜闻乐见，并远播到台湾、港澳和东南亚等地，成为海外侨胞和港澳台胞世代珍视、竞相传唱的乡音，是海峡两岸血脉相连的历史见证。它以自己特有的价值被列入第一批国家级非物质文化遗产名录。

进行此次演出的"汉唐乐府"，是来自中国台湾地区著名的爱国专业南音艺术团体。该团体1983年由台湾著名的南音艺术家陈美娥女士创办于台北，一向主张两岸统一，秉持"立足传统、创新传统"的宗旨，致力于学术研析，以传承与推广南音艺术为使命，坚持将华夏正声、中原乐舞弘扬到世界各地。二十余年来，汉唐乐府融合南音古乐及梨园乐舞，屡屡推出惊世之作，蜚声国际。

《韩熙载夜宴图》属物质文化遗产，南音是非物质文化遗产，故宫是世界文化遗产，三者的完美结合，使其有理由成为象征华夏文明一脉相承的艺术精品。演出中占重要角色的茶道、花道、香道，皆源自汉代以来的文人传统。起源于中国古老传统、生根于台湾的汉唐梨园乐舞，在中华文明重要象征的故宫内演出，其回归文化根源的历史意义不言而喻。

《韩熙载夜宴图》描绘的是南唐时期的宫廷生活，在故宫这个最为典型的古代宫廷建筑中再现中国古代的宫廷生活，运用代表中原古乐、华夏正声的唐宋遗音再现南唐时期的宴乐场面，可说是最大限度地利用了艺术的表现形式。它使人们欣赏到南音古乐的清幽素雅、梨园乐舞的典美艳丽，同时也是用一种生动立体的形式对《韩熙载夜宴图》进行推广和宣传，是对故宫深厚文化底蕴进行发掘与弘扬的一个积极探索。

更为重要的是在演出的同时，还将举行一场由中国艺术研究院与故宫博物院主办、有国内外专家学者参加的学术研讨会。会议将从历史、文化、艺术（包括音乐、美术、舞蹈等）各个方面对故宫藏品《韩熙载夜宴图》进行研讨，对南音这一非物质文化遗产的更好传承进行研讨。把现场观摩与学术研讨结合起来，对于保护中国珍贵的传统文化遗产，弘扬传统文化精髓，无疑是一次很好的尝试。

《韩熙载夜宴图》是千古不磨的绘画珍品，也希望红氍毹上的《韩熙载夜宴图》成为广受欢迎的艺术珍品！

原载 2007 年南音乐舞《韩熙载夜宴图》介绍册页

人间毕竟晴方好

　　故宫南迁文物中的四分之一运往台湾，到今年已整整六十载；从 1965 年于台北外双溪成立台北故宫博物院，两岸两个故宫博物院也并存了四十四年。沧桑一甲子，仳别的文物为一湾海水阻隔而未能再聚首，两个故宫之间也甚少来往，形同陌路。

　　"物无不变，变无不通。"2009 年，这一局面终于得到改变。2月中旬，台北故宫博物院周功鑫院长率团来北京故宫访问，开始了破冰之旅，就两岸故宫交流达成多项共识，举世瞩目；3 月初，我率团回访台北故宫，深入并细化了共识，成果颇丰。两个故宫开始迈出切实的交流合作的步伐。

　　两岸故宫交流是个大事件，而其中的缘起则与雍正皇帝有关。今年 10 月，台北故宫拟举办"为君难：雍正时代文物特展"。这是一个精心策划的大展。"为君难"是雍正皇帝的一颗玉玺，以此为主题，主要反映雍正皇帝作为一个君主，在强化君权上，其维系父子与兄弟、以及整顿吏治间内心的矛盾感情。这颗玉玺则存藏于北京故宫博物院。另外，清代皇帝的行乐图，雍正皇帝的最多，也最有特色，达一百一十多幅。画册中的他装扮成各种模样，包括在书房读书的文士、乘槎升仙的道士、身披袈裟的僧人、身着西洋服饰头戴假发的猎人等，从中不仅可窥见他隐藏而丰富的内心世界，对于清宫中服务的西洋传教士以及中西绘画的结合等，都有研究的价值。

这些也藏在北京故宫。台北故宫策展人认为，如能向北京故宫商借若干展件，当可使此展更臻完善。

台北故宫的这一意愿当即得到北京故宫的积极回应，于是你来我往，商谈更为深入，决定交流的范围也越发广泛，开创了两岸故宫交流的崭新局面。

两岸故宫交流，虽发轫于雍正展，但有着必然性，这个必然性，就是两岸故宫的同根同源。

这个根源，首先是文物藏品都主要来自清宫旧藏。北京故宫藏品一百五十万件，百分之八十五为清宫旧藏或遗存。台北故宫现有文物六十五万件，其中故宫南迁文物五十九点七万件，原中央博物院筹备处文物一点一万件，这两项占到现有文物总数的百分之九十二。中央博物院筹备处的文物来自古物陈列所的南迁文物，而古物陈列所的文物又是民国初年从热河行宫及沈阳故宫运来的，因此也是宫廷文物。

两岸故宫文物藏品不仅都很丰富，也有特点，而且又有很强的互补性。例如有关雍正时期的文物，两院就都有不少，北京故宫除过雍正皇帝的行乐图外，据不完全统计，尚有雍正朝瓷器文物三万一千五百二十一件，其中不少相当珍贵；有雍正帝的名号印、斋堂印、记事及成语印等一百六十余方；有明确纪年的雍正武备文物五件；有雍正朝家具二十余件，织绣藏品九百余件，雍正帝的服装保存完好，有的还系有黄条，墨书"世宗"，表明为雍正帝的御用服装，等等。很显然，把两岸故宫所藏雍正时期的文物放在一起来看，才会对雍正时期的宫廷文化及雍正皇帝有较为全面的认识。

两岸故宫的根源，还在于作为博物院，它们有一段共同的历史。当年随部分南迁文物运台的人员，都是故宫南迁文物的维护管理人员，有的是从清室善后委员会点查清宫物品时就投入工作的，例如庄尚严、那志良等先生。从 1925 年 10 月 10 日故宫博物院成立到 1933 年文物南迁，故宫在文物刊布、陈列展览、档案整理、宫殿维修等方面，都取得了重要成绩，在社会上产生了重大影响。1933 年文物南迁到上海，后来保存在南京，1937 年 11 月开始西迁，文物转移储存，直至 1947 年 6 月全部东归南京，故宫这批文物经过了整整十年的分散保管时期，经历了难以想象的种种困难和艰辛，而文物没有较大的损伤，创造了第二次世界大战时期人类保存文化遗产的奇迹。从 1925 年至 1948 年的二十三年，是两个故宫博物院共同的历史时期。这二十三年的不平凡岁月，形成了热爱故宫、珍护国宝、严谨认真、无私奉献的故宫精神，并在严格管理、学术公开、社会参与等方面有很好的做法和传统，是重要的遗产。这些精神遗产在两岸故宫的事业发展中是需要继承和弘扬的。

故宫的这些特点决定了两个博物院有着割不断的密切关系。两院在主要类别文物藏品的研究上，都不能不了解对方的藏品及研究状况，这就需要交流；要在某些方面取得更大成果，则离不开合作；而交流与合作的范围，是可以不断扩大、不断深入的。当然，这也取决于人们的认识。即使不借北京故宫的三十七件文物，台北故宫照样可以办一个像样的雍正展览，但是有了北京故宫这些文物的参与，台北故宫的展览显然会办得更好，影响会更大。反过来，对于北京故宫也是如此。认识到两个故宫的特殊关系，从把事情做得更好的要求着眼，加强交流与合作，无疑是两个博物院新的发展契机。

两岸故宫合作交流，最终形成了八项共识，这是可喜的成果，但亦非易事。首先要求的是诚意，是否真的想开展两个故宫的交流。现在双方都是真心实意，有一个务实的态度，并发挥了大家的智慧，克服着困难，提出一个个具体可行的措施，从而达到互利双赢的目的。

共识的特点，多是从个案入手，形成在某个方面合作交流的意向，并建立有利于实行的机制。这样，由"雍正展"发展为建立展览交流机制，由《龙藏经》出版发展为建立使用文物影像互惠机制，由"雍正展"学术研讨会发展为建立学术研讨会交流机制，此外还有落实双方合作机制、建立两院人员互访机制以及出版品互赠机制等。

今年3月1日至4日，我率北京故宫代表团访问台北故宫，住圆山饭店。从1日到3日，台北或阴或雨，在我离开的那一天，却忽然放晴，艳阳高照，我凑了一首小诗，表达当时的心情："草自青青花自妍，别离喜见艳阳天。人间毕竟晴方好，放眼圆山云水宽。""人间毕竟晴方好"，我想这不仅是我个人的感受，恐怕也是人们的普遍意愿。

　　　　　　　　　　原载 2009 年 10 月 2 日《中国文物报》

雍正——清世宗文物大展

10 月，与故宫有缘。

八十四年前的 10 月，故宫博物院宣布成立。八十四年后，同样是在 10 月，两岸故宫同人在分离了整整一个甲子之后，为"雍正——清世宗文物大展"再次重聚一堂。两岸故宫的交流是历史的必然，必然性中又有偶然。台北故宫博物院举办雍正大展，北京故宫参展，共襄盛举，就是必然中的偶然。的确，在此我们应该感谢雍正皇帝，正因为有了他，才有了这次令世人瞩目的雍正大展；也正因为有了这个展览，才有了两岸这一个难得的契机，才有了两岸故宫人翘首期盼的这一次亲密合作。

雍正皇帝在位时间并不长，却是中国古代最关切宝岛台湾的君主之一。他曾多次面谕：治台应以"和衷"为本。所谓"和衷"，即和睦同心。在"和衷"思想指导之下，雍正皇帝将台湾视为要紧的海疆重地，不断强化台湾的军政管理机构，相继增设了彰化县、淡水厅，升澎湖巡检司为澎湖厅，改台厦道为台湾道，将台湾总兵升为挂印总兵，在原住民聚集区设巡检衙门。他选拔内地出色的官员经略台湾，对台湾各级官吏赏赐颇丰，劝勉尤多。在文治方面，他强调以儒学为宗，建立了台湾学政，添设了督导文教事宜的各级官员，掌理府县各学事务，开设了六所书院，将大陆文教体制移植到了台湾，令赴台子弟的风化教育得到了延续。雍正皇帝对台湾原住民更是施恩布教，维护其耕猎之地不受侵扰。自雍正三年（1725）起，清政府和福建泉州、漳州等地每年包销大量台湾稻米，以平抑大陆沿海粮价、缓解台湾粮食滞销。雍正五年（1727），他删改禁令，谕准垦荒的大陆民众可以携眷过台，令宝岛人丁兴旺、粮果丰登。经过数代人的奋力，台湾成为清代"康乾盛世"下的一片热土。雍正皇帝"和衷"思想指导下的诸多德政，对当年台湾经济、文化、教育的发展，自是起到了良好的推动作用。

"天位艰哉"是《古文尚书》所记商初伊尹教导继位的太甲的训词，而"为君难"则是雍正皇帝在紫禁城养心殿里的切身体会。对于雍正皇帝，其历史评价从来就是毁誉参半。然而不可否认的是：他是一个勇于改革的皇帝，并且带动了一个革新的时代，在清代具有承前启后的历史地位。

这次雍正大展，正是要重新诠释历史上清世宗雍正皇帝的本来面目，而所藉之途径乃是雍正时期留下的珍贵文献档案与精美书画器物。两岸故宫都是中华民族文化的圣殿，都以清代皇家庋藏的历代文物精华为基础，这当中包括有大量雍正朝的文物精品，具有不可分割的联系和互补性。台北故宫拟定的展览和研讨会主题是"为君难"，这件开题文物——"为君难"印章就是北京故宫的藏品。而此次北京故宫借出的《十二美人图》画面上陈设的一件汝窑椭圆花盆，则是台北故宫的藏品。两岸的珍贵文物在这次"雍正大展"上重新聚首，珠联璧合，交相辉映，从而使展品具有非同寻常的完整性、代表性，这也使该展览成为名副其实的大展。

雍正大展是一个结合了政治史、文化史和生活史的综合展，分"雍正其人"和"文化与艺术"两个单元，整合了文物、图像和文本等多方面数据。在"文"与"物"相会的空白处，以筹展者对当时器物、史料的诠释，将有关史实衍生为观者可以触摸和领会的历

史细节和生活感悟，充分展示了传统文化艺术的强大魅力，引导人们通过了解雍正皇帝的政治、文化活动，感知他的苦心和艰难；通过观赏名师巨匠们的艺术精品，体味他们的创意和精心。这无疑对我们深入了解雍正皇帝及其时代有所裨益，也一定会引发现代人对历史文化的认同和思考。

东、西方文化之间应该进行交流。中华民族文化的继承者同宗、同源，相互之间理应进行更多、更深的交流。由于后继者各自的研究角度和认识层面不同，这种交流极有益于全面、深刻理解传统文化的精髓。交流后的学术成果，其本身就是民族文化传统的延续和发展。这是两岸故宫同人的历史责任。此次两岸故宫的交流与合作，不仅是珍贵文物的重新聚首，更是两岸民众对中华民族共同的灿烂文化和悠久历史的深情拥抱，也是两岸故宫同人对共同的历史担当的体认和践行。故宫掀开了新的一页。历史将铭记这一时刻。

祝展览成功。

《雍正——清世宗文物大展》序言，
台北故宫博物院编印，2009年

中比绘画五百年

在中华人民共和国文化部与比利时王国总理办公厅合作筹划的"中比文化之春"的活动中，"中比绘画五百年"是一个必将引起人们关注的重要项目。

有历史学家认为，世界史应从 1500 年开始，因为 1500 年以前，人类基本上生活在彼此隔绝的地区中，直到哥伦布等进行远航探险才改变了这种状态。1500 年是人类历史上的一个重要转折点。不管怎么看待这个观点，从 1500 年以后的五百年，世界确实发生了巨大的变化。因此，对五百年来的中比绘画进行联展，本身就很有意义。五百年来中比两国绘画都有重大的发展与演变，都有新的特色，具有一定的比较性和对话性。

这次展览的中国绘画五百年，大致是 15 世纪初至 20 世纪二三十年代，即明代初期至中华民国初年。中国古代绘画具有悠久的历史、丰富的遗产。到了明清两代，封建统治的基础没有变，但从明中期开始，资本主义萌芽已经出现，城市商业、手工业发达，商品经济活跃，市民阶层兴起，物质和精神产品的需求迅速扩大。与当时的经济发展、哲学思潮相适应，绘画艺术出现了平民化的趋势，受市民文艺影响的文人画勃兴且长久不衰，并出现了许多以地区为中心或以风格相区别的绘画派别，如明中期的吴门画派、明晚期的松江画派以及明末清初的遗民画家、清初期的"四王"、清中期的"扬州八怪",以及清宫廷绘画的"中西合璧"的尝试,产生了大批张扬个性、风格独特的画家。19世纪中叶,上海经济迅速发展,许多画家云集上海,形成了"海派"。20世纪二三十年代,一批画家努力探索中西画风的融合,中国画进入传统与现代、东方与西方共同繁荣的新时期。

同样,五百年来的比利时绘画也是一个不平凡的历程。促进比利时美术事业重大发展的契机是风靡欧洲的文艺复兴运动。在这场欧洲新兴资产阶级的思想文化运动中,艺术家在审美理论和实践中做出的开创性努力,标志着整个西方世界艺术风格和艺术进程的转折点。文艺复兴时期的比利时画坛,各种风格、手法竞相争艳。艺术巨匠鲁本斯是比利时的骄傲,他那强有力的个性和旺盛的创作活力促进了比利时巴洛克艺术的发展。从比利时独立以来,美术呈现出多样化的发展,并曾一度是新建筑和新艺术运动的先锋。比利时画坛一直充满生机与活力。

由于上述原因,中比两国绘画进行陈列及比较,当然有着重要的意义。来自比利时国家美术宫筹集的西方绘画包括油画、水彩画、素描、速写等画种,涉及人物画、静物画和风景画等画科,较为完整地展现了从法兰德斯时期的凡·爱克、凡·戴克、布吕盖尔、包西、鲁本斯到比利时的麦尼埃、麦绥莱勒等数十位艺术大师的成长历程。

展览中的七十余件中国绘画是从故宫博物院庋藏的五万多件绘画中精心遴选的,展现出自明代初、中叶历经整个清朝至民国初期中国画坛的艺术成就。在艺术史上,本展览囊括了中国五百多年主要画派领袖的代表作品,如明代宫廷的院体和浙派、江夏派、明四家和吴门派、松江派、武林派、钩花点叶派、青藤白阳和波臣派,清代除了一批宫廷画家之外,涌现了四王、四僧、金陵派、常州派、扬州派(包括"扬州八怪"),直到清末民初的岭南派、海派、京派等等，还有许多游离于画派之外的名师巨匠如明代的陈洪绶、程邃、清代的吴历、民国年间的黄宾虹等。

本次中国绘画的展陈，旨在使广大观众在艺术欣赏中感悟到东西方绘画在艺术观念、表现形式上的互融共通之处和各自不同的民族特色。具体来说有这么三点：其一，通过欣赏中国绘画，形象地感受古代中国的艺术哲学和人生观以及古代社会生活的诸多方面；其二，使西方艺术家了解中国古代画家艺术思维的基本方式、中国绘画的传承手段、创作程式、表现技巧和诗、书、画、印之间的艺术联系，以及中国绘画的展陈形式、装裱形制和保护措施等；其三，使艺术史爱好者较为系统地了解到五百余年中中国各主要绘画流派和各主要画科的艺术发展，其中包括中国绘画在东西方艺术交流中所出现的新变。

以上几个方面的目的构成了本次展览不同凡响的重要意义：通过形象化了的艺术对话从理性认识上和感性认识上增进东西方文化艺术的互相了解，通过绘画艺术这个单一层面实现立体化的文化交流，使广大西方欣赏者感受到古代中国传统的人文思想。

故宫博物院确定了这次展览的主题，即体现在古代绘画中的"和谐世界"的艺术理念。由于中西绘画艺术的差异性，对于西方观众来说，要了解这一点，就需要和中国的传统哲学思想与审美观念结合起来，才能在欣赏中国绘画时达到一定的理解深度。

中国古代绘画与中国传统哲学关系十分密切，中国绘画中的许多概念，如道、气、心、物、神、意、韵、静、势、实、虚、风、骨、理、质等，原本就是哲学范畴。因此，中国传统绘画是一种哲学化的艺术。中国古代哲学家们认为，世间包括了天、地、人、物、我等，其相互间有着不可分割的内在联系，处理这些关系的最高原则，是"中和"为贵，追求和谐。儒家的"中庸之道"讲的就是这个道理。所谓"中和"，就是指统一体的协调性和均衡性，适度，中允，不偏不倚，反对过与不及。"和"是传统的哲学概念，也是传统的美学概念，美就是和，和也就是美。西方哲学中的"和谐起于差异的对立"与这个观念基本一致，但不同的是，西方美学更侧重于对形式美法则的探讨，而儒家的中和思想与社会的政治伦理、修德养性则有密切的关系。

中国古代哲学所要解决的是三大关系问题。一是人与自然的关系，这在山水画里有充分体现，为"天人合一"即人与自然相和谐的世界观。天人合一观是中国古代的一种哲学思想，认为人和自然的关系不是对立的，而是亲密无间、相互统一的关系，认为"天地和谐"是最高的境界。因此，艺术家应将自己融入自然，在自然界中感受生生不息的生命力和诗情画意。在这种思想的影响下，许多文人画家隐居山林，追求自然情趣，重视天然之美。由于崇尚自然，中国的山水画得到很大发展，隋唐以后，成为中国画的主流。二是人与人之间的关系，强调"和为贵"，在人物画里显现出"人我合一"，以及中国特有的儒释道"三教合一"的诸教平等的思想等。因此，中国画很少反映激烈的阶级冲突和社会冲突，追求中和，多表现山水树木，鱼虫花鸟，即便是人物画，也多是"成教化，助人伦"的作品，表现人和自然的风土人情。三是关于个人的内心世界，重视道德的修养，主张心境的和谐。在中国文人看来，只有以虚静明彻的心灵，去观照、感悟大自然的美，才能达到"天人合一"的最佳境界。而要具有这种心灵，必须抛弃功利杂念，进入"物化"之境，重视主体心境的和谐，以及这种心境对于自然的契合。当然，中国绘画绝非图解哲学命题，而是以形象感染欣赏者，使之在审美享受中获得哲学般的教益。

这种传统哲学思想又与传统的审美观念结合在一起。其中最有代表性的是"意境"。"意境"是中国古典美学的重要范畴，也是中国传统绘画最富民族特色的审美标准。中国古代绘画追求意境与传统哲学的相互生发。意境是情与景的完美交融，它根本的美学特征是不满足于对有限事物的外在形式的模仿，而要在有限中去表现无限，塑造出"象外之象"、"景外之景"，从而能引发观众的审美想象。从这一要求出发，中国古代绘画强调"心物统一"。"心"表示审美主体，"物"则表示审美客体。"心"与"物"的交融统一是中国古代画论的重要范畴，但"心"并不是被动的，"心"可以驾驭"物"，在"心"服从"物"的前提下，"物"也要跟着"心"而转动。顾恺之的"迁想妙得"论就是对心物关系的生动论述。"迁想"就是画家要把自己的感情移入所描绘的事物，并发挥丰富的想象能力，才会有所"妙得"。崇尚意境的审美趣味，认为景越藏意境越大，景越露意境越小，从而把"虚、白、空、灵"看成是绘画追求的目标。要了解中国古代绘画，对这些美学特征是应该有所掌握的。

　　"中比两国绘画五百年"展览是中比两国人民文化交流史上的一件盛事，是一次别开生面的东西文化的对话，它的深远影响，当然绝不仅仅在文化方面。我想这是肯定的。

《中国·比利时绘画500年》祝辞，紫禁城出版社，2007年

经典的创造

　　法国巴黎是世界时尚之城，凡登广场更是一个神奇的地方，它一直吸引热爱稀世之美的各国人士。一百六十多年来，卡地亚在这个以优雅与购物闻名的花都中心创造着奇迹和辉煌。

　　1847 年，才华横溢的年轻珠宝设计师路易·法朗索瓦·卡地亚以"珠宝、饰品、时尚与新品工作坊"的名称创立卡地亚品牌，几年后以时尚设计和精湛、细腻的工艺博得享誉国际的声誉。当拿破仑三世美丽的妻子欧仁妮在 1859 年成为卡地亚第一位王室客户后，卡地亚则与各国王室结下不解之缘，成为希腊、英国、西班牙、俄罗斯、罗马尼亚、塞尔维亚、葡萄牙、比利时、意大利、摩纳哥，甚至埃及、印度等众多王室、宫廷贵族的御用珠宝商，卡地亚也因此博得英国国王爱德华七世"皇帝的珠宝商，珠宝商的皇帝"的赞誉。

　　在卡地亚创业过程中，始终坚持借鉴世界不同民族艺术精粹的理念，坚守不断创新的本质，赋予作品广泛而深刻的文化内涵。卡地亚是云游四海的旅者、是珠宝艺术的探险家，一代代才华横溢的设计师以简洁明朗的设计风格，以铂金花环、猎豹风情、色彩组合、异国情调、三环珠宝、奇花异兽、中国元素等主题，以及五彩缤纷的宝石与贵金属完美的结合，登峰造极的镶嵌技术，诠释着美丽、优雅和高贵，建立起卡地亚品牌的特色与名望，并引领着世界时尚

潮流。随后，卡地亚不断拓展时尚领域，从珠宝饰品、钟表到香水、眼镜，并且不遗余力地赞助世界各地的文化与公益活动，扮演着亲善大使的角色。将同样融合多种文明的法兰西优雅风情与生活艺术播撒到世界各地。

1984 年，卡地亚当代艺术基金会诞生，以让更多的民众接触、认识当代艺术为宗旨，举办各种艺术展览，鼓励艺术创作，成为法国赞助艺术活动的活跃机构之一。2006 年，卡地亚启动"宣爱日"活动，此后每年的 6 月，卡地亚以著名的 LEVE 手镯为主角，高唱爱的颂歌，祈愿世界充满和平友爱。

卡地亚品牌已经遍及世界各地，而且在瑞士日内瓦建立了卡地亚博物馆，在法国巴黎建立的资料馆，收藏了超过一千三百件来自卡地亚的古董珠宝、钟表精品和数量可观的设计手稿、模具资料。经过故宫博物院与卡地亚公司的精心组织与筹备，"卡地亚珍宝艺术展"终于在午门展厅与广大观众见面。通过展览，我们不仅能够领略坚持创新，融会亚洲、非洲艺术风格的设计理念，追求精湛完美工艺的至高境界，而且还欣喜地看到中国文化元素对卡地亚作品的浸润和影响，从中读出卡地亚对中国文化的兴趣和诠释。为此，我们感到既亲切又自豪。穿越百年历史的卡地亚时尚精品所散发出的优雅、高贵气质和永恒魅力，将构成一场视觉文化盛宴，相信一定会带给观众审美的愉悦与享受。

感谢卡地亚和故宫博物院相关人员共同付出的巨大努力。

祝愿本次展览取得圆满成功！

"卡地亚珍宝艺术"祝辞，紫禁城出版社，2009 年

第四辑

鸿飞东西

天水文物考察记

一　葱郁的希望

黎明时分的几声鸡啼惊醒了我的清梦，惺忪的眼睛仰望一阵后才记起自己正住在秦安县的招待所。久违的鸡啼唤起我对儿时宁静的家乡农舍的回忆，分明有一种回家的感觉。

以前读李广、李白、李渊等一些著名李姓人物的传记，介绍他们时大都说是"陇西成纪"人，后来知道成纪即今天的秦安县。秦安人说这儿是伏羲的故乡。相传伏羲是母孕十二载诞生。古人把十二年作为一纪，因此先民们为了纪念伏羲就把他的出生地叫作成纪。西汉时即设置成纪县，秦安县的名称至今也叫了八百多年。秦安历史悠久，特别是古遗址丰富，已挖掘仰韶、马家窑和齐家文化六十多处。秦安古代为中西交通要冲，"据一地而扼四方"，东到关中，西通西域，北进塞北，南下四川。张骞通西域路过这里，唐玄奘上西天在此留下了足迹。历史上秦安代有名人，汉唐一批彪炳千秋的李姓人物，以及唐宰相权德舆、前秦王符坚、后凉国建立者吕光、明代"鸟鼠山人"胡缵宗、清代"陇上铁汉"安维峻等，都是秦安大地上孕育的英才。秦安县城在渭水支流葫芦河的东侧。从西山顶俯瞰，面积不算小的河谷虽然房舍俨然，但与我国南方的一个大村落差不多。

周围看不到林茂草丰的景象，只有县城南隅凤山上泰山庙的红墙、古柏、石径，记载着昔日被誉为"小邹鲁"的辉煌和深厚的历史积淀。

秦安县是国家文物局重点帮扶的国家级贫困县。这个人口名列甘肃第三位的大县，面积不过一千六百平方公里。举目但见山梁蜿蜒曲折，高低起伏，是典型的黄土梁峁沟壑区。五十六万人口使这块本已瘠薄憔悴的土地更加不堪重负。县上虽然宣布基本脱贫，但恶劣的生存环境，连年的干旱，仍使一些农户重新陷入困境。我去莲花乡看望了两户农民。今年的奇旱加上无情冰雹的肆虐，麦子颗粒无收，使得他们刚放下镰刀就要找政府救济。我给两户各送去五百元聊表心意，他们脸上那勉强堆上的笑容，对灾害似乎早已习惯而漠然的态度，使我加深了对扶贫长期性、艰巨性的认识，也感受到了父母官肩上担子的沉重。

秦安毕竟充满生机。秦安人民正在播种着希望。在县委刘书记、白县长的陪同下，我参观了一些典型，看到已经形成且正在实施的发展路子。县上近年来大种果树，五十一万农村人口已拥有四十六万果树和花椒树，果树多已挂果。这几天正是桃子下树时节，比拳头还大的鲜桃堆积在公路两旁，诱人的红晕像笑靥一样迎来川流不息的汽车。片片绿色的果树给秦安人民带来蓊郁的希冀。农副特产税去年一千多万元，种养加一体化已基本形成，产业化程度不断提高。秦安县城的小商品市场拥有一千五百多个摊位，去年成交额达五亿多元。市场定位在西北、西南的广大农村，一元多一件衣服，三元十双袜子，便宜得难以置信。它以信誉好、管理好获得国家文明市场的称号。毗邻省份及甘肃各县，都有开往秦安的班车，去年仅本县客车票据收入就达八百多万元。十多年来好不容易形成的西北最大的小商品市场，秦安的领导自然更是小心翼翼地呵护它。青年农民侯天才办的五星铅笔厂，不仅使我第一次知道了一支仅几分钱的铅笔就有几十道复杂的工序，更使我不能不刮目相看这昔日在西藏奔波的货郎担。像侯天才那样的货郎担办起了二十多家绒线厂、铅笔厂，使古老的土地第一次响起了机器的轰鸣。他们的贡献不可小觑，去年上缴税收占县财政收入的四分之一。他们在本县的青年中的影响，绝不小于城里人对球星和电影明星的津津乐道。秦安干旱，滴水如油，主要靠雨水浇灌。在西山的一个山峁上，农民们用水泥铺成一片面积约五千平方米的圆形场面，中间凸起；周围稍低，形成缓坡，四边等距离地挖有四十眼窖，雨水可顺着用水泥梁隔开的一百余平方米的场面流进窖里，每眼窖可蓄水四十余立方，附近的庄稼果树赖它长得郁郁葱葱。这是群众的创造，也是被老天逼出来的办法。陪同的肖副县长问我，你站在这儿有什么感觉？我说感到壮观。她说是否像在天坛的圜丘上？我一想，还真像。在这偌大的水泥场面上，四围低首，有一种近乎宗教意味的肃穆和神秘。今天看的这四个方面，一是产业结构调整，二是商品流通，三是个体私营经济发展，四是农田基本建设，都是秦安的得意之笔，对秦安的彻底脱贫和积蓄发展力量，意义显然是很大的。

　　与一些经济部门相比，扶贫不是国家文物局的强项，可以说是勉为其难，或者是心有余而力不足，只能在文物保护上做文章。好在秦安县领导对文物工作相当重视，看到文物是县上的重要优势和资源，保护和利用好文物对重振秦安的繁荣和辉煌关系重大。国家文物局之所以选择秦安县，也因为秦安文物多，有两处国家重点保护单位。正在着手的一个大项目，就是维修兴国寺，并在寺内修一个博物馆，造价约三百万元左右。文物局派到秦安县兼任副县长的，是个擅长古建筑的年轻人，寺院的维修就由他施展手脚了。县城的第四小学设在兴国寺内，两千多平方米的教室占去了寺院的大半。当务之急是迁出学校，方可开始修葺。新的学校用地县政府已征好，拟建一栋二千八百平方米的三层教学楼，估算一百四十万元，文物局出八十万元，校名为"国家文物局希望小学"。这八十万元已筹好，故宫博物院慷慨解囊，担负了一半，所以我这次带故宫张副书记一起来，参加了希望小学的奠基仪式，赠送了一万多册图书，十来台电脑。菲薄的礼物，也是国家文物局机关及直属单位三千多人的心意。

二　闹市中的古寺

位于秦安县城北街的兴国寺，是国家文物重点保护单位。县上介绍，相传其始建于唐代，供西天取经僧人来往憩息，俗称官寺。用了"传说"二字，说明于史无稽。从出土的文字记录看，创建于元至顺年间。原来规模较大，经过六百多年的变迁，其他建筑多圮毁，保存较为完好的只有山门、钟楼和般若殿。般若殿即大雄宝殿，为主体建筑，殿额上悬明嘉靖年中丞邑人胡缵宗所书"般若"二字，苍劲有力，问县里同志，得知此匾为复制，原件藏县博物馆。般若殿面宽仅三间，通长不足十二米，宽八米，为单檐歇山顶，正脊两面浮雕行龙和牡丹纹，两端各置一龙吻，二龙怒目卷尾，张口吞脊，姿态威猛，栩栩如生。大殿整体雄浑协调，轮廓稳定秀美，虽历经剥落而多次修缮，但它的框架结构和斗拱风格仍保持了元代的建筑特征，是甘肃省内时代较早且保存较好的木质结构建筑之一。甘肃省石窟特多，国家级、省级文物保护单位多为佛窟，木构建筑相对较少，兴国寺是省内研究元代建筑艺术不可多得的实物资料。

兴国寺占地不多，风格古朴，布局紧凑，与民居为邻，处闹市而不失静幽。这次修复，除过般若殿外，还拟重修与钟楼对称而已毁圮的鼓楼。钟鼓楼之间原是空地，现在多了几间瓦屋。这几间屋子是安维峻所修并住过的。安是光绪六年进士，曾任都察院福建道监察御史。虽只是个六品官，但因上疏请诛李鸿章而名震京师。安维峻在任谏官的十四个月中，连续上疏六十五道，多是关于甲午战争的谏论，其中最著名的《请诛李鸿章疏》，揭露李鸿章平日"挟外洋以自重"，"倒行逆施"，"接济倭贼"，提出将李"明正典刑，以尊主权而平众怒"。当他被革职放逐时，有人为他治印，刻"陇上铁汉"四字相赠。"大刀王五"亲为护送。他被释回乡后，曾在家乡办学，辛亥革命前夕，任京师大学堂总教习。因为安维峻的不平凡经历，这几间屋子也叨光沐辉，平添了几分身价，文物部门决定予以保留，便给古老的兴国寺增加了一个景观。在秦安县介绍安维峻的文章中，说鲁迅曾称安为中国的脊梁，我却怎么也想不起鲁迅提到过安维峻。当然，即使鲁迅没提到过安维峻，安维峻仍然是中国的脊梁。

三　大地湾的文明曙光

最有魅力也是最激动人心的，当是瞻拜大地湾遗址了。

大地湾遗址在秦安县东北五营乡邵店村东，1958 年首次被发现，是我国黄河上游一处规模较大的新石器时代遗址，总面积为一百一十万平方米，文化堆积最厚处三米，共揭露面积一点三七万平方米，约为百分之一。其内涵包括三个阶段的遗存，即大地湾文化（前仰韶文化）、仰韶文化（早、中、晚期）以及类似常山下层遗存，年代约公元前 8000 年至公元前 2800 年之间。

我们参观了复原的大地湾文化房址，这是圆形半地穴建筑，面积很小。随葬的陶器，以夹砂红陶为主，以陶器器表印有交叉绳纹为特征，常见器形有圆底钵、三足钵、三足罐等。八千年前出现的圈足碗的样式，至今仍被沿用。

大地湾文化的彩陶是中国迄今所知最早的彩陶，大地湾文化也是世界上最早出现彩陶的古文化之一。一些彩陶钵内绘有红色的独体符号，已发现了"个"、"十"、"X"、"ll"等十余种，这些彩绘符号大多属于指事系统，是黄河流域古文明灿烂的火花，也是后起的半坡类型彩陶钵刻画符号的前身。

在灰坑中发现的碳化的作物种子黍和油菜，在中国考古发现的同类标本中时代最早。属于仰韶文化晚期的一幅地画，同样引人注目。在编号为F411的房址内，发现白灰地面上有用炭黑绘出的一男一女和动物的形象。男的身躯宽阔，姿态端庄，女的身躯狭长且略有弯曲，细腰，胸部突出。这幅距今约五千年的绘画，是迄今所知我国最早而又保存完整的艺术珍品。大地湾遗址以此重写中国文明史的第一或最早为世所瞩目。

属于仰韶晚期的房址，也是令人叹为奇观的第一。平地起建的房址替代了半地穴的建筑。F901是最具代表性的大型房屋遗址，占地四百二十平方米，墙体保存近一米多，是原始会堂式建筑。建筑分主室、东西侧室、后室、门前附属建筑四部分。主室内面积一百三十一平方米，正面设三门，八柱九间，大门向南，开在中间第五间，东西两边各有侧门通向侧室，北面是后室，四周留有一百四十二个小柱洞，分布均匀。黑青色地面，用料姜石和细沙为原料制成，我用手抚摸，平滑光洁。据测试，约等于100号水泥砂浆地面强度。这个大型房址，其规模之大、结构之复杂、工艺之精湛，均为中国史前考古发现中所仅见，具备了中华民族古建筑的传统特点和雏形。

四　广远的伏羲传说

大地湾遗址的不同寻常正如上述。但在秦安人看来，大地湾文化的意义还不仅在此。他们认为，中国历史传说中的"三皇"之首伏羲，就出生于大地湾遗址附近。丰富的大地湾遗址遗存为伏羲诞生于此做了证明，或者说二者有着渊源。在秦安境内，确有许多伏羲、女娲的祠庙和传说。离大地湾遗址五公里处的陇城镇，有用"风"姓命名的风沟、风台、风茔等地名，相传女娲生于风沟，长于风台，葬于风茔。我在镇南门内的女娲庙内，看到有前甘肃省委书记顾金池同志题写的"娲皇故里"匾额。此庙汉代就有，1989年陇城民众集资重建。流经秦安县的葫芦河是渭水支流，原叫陇水河，为什么要改名呢？秦安人认为，这与伏羲有关。当地有个传说，说远古有一对兄妹，把雷公给他们的牙齿种在地里，结果生出一个大葫芦。在一次大洪水中，兄妹俩由于钻进大葫芦而幸存下来，于是兄妹结婚，繁衍了人类。闻一多先生《伏羲考》认为，"伏羲"本是"瓠瓟瓜"，即今天仍常说的葫芦。因此，就有葫芦能避洪水救人而演化出葫芦多子再生人类的传说。陇水河易名葫芦河就是为了纪念伏羲。大地湾出土的很多球腹壶、深腹罐，其外形酷似葫芦。秦安人坚持这些器物形状必同当时当地的葫芦观念有关，认为这反映了大地湾先民的特殊感情与心理状态。

伏羲是中国上古神话传说中最伟大的人物，为我国古代民族文化的产生和发展做出了多方面的伟大贡献，画八卦、造书契、结网罟、教佃渔、立九部、制嫁娶、主屋庐、作历度等等。但因为只是传说，秦安人的振振有词会被许多人认为是无稽之谈。这里有一个如何对待有关史前神话传说的问题。

像世界一些文明古国一样，中国有丰富多彩的关于史前的神话传说。这些传说是否全为子虚乌有，不值一哂？在文字发明之前，口耳相传的神话传说，是先民们对上古洪荒时代历史的一种夸张的记述。只要加以科学的分析，便不难发现其中所蕴含的可靠历史资料。但中国近代疑古思潮泛滥，对历史的传说时代采取虚无主义的怀疑态度，有关中国历史教科书讲史前史，只注重考古资料，忽视对神话传说的发掘，西方学者对此也提出了批评。秦安有如此多的伏羲、女娲传说，又有震惊世人的大地湾遗址，二者到底有无关系？揭开伏羲、女娲传说面纱，它的实质又是什么？看来不能简单地完全否定。不管怎么说，秦安这块黄土高原中部的大地，曾经是中华民族的发祥地，曾经亮起人类文明的最早曙光，则是确定的。秦安人民是值得自豪的。

五 折戟断弩说街亭

当得知三国古战场街亭就在大地湾附近时，我即驱车前往。在陇城镇东开阔的山谷间，玉米、谷子等秋作物在几场及时雨的滋润下，油绿茂盛，一派生机。这是黄土高原最好的季节。白县长请来镇文化站的一位老先生，他指着我们身旁的南山坡，说当年马谡既不按诸葛亮的部署行事，又不听副将王平的劝说，死信"居高临下，势如破竹"、"置之死地而后生"的兵法教条，舍水上山，凭高扎营，结果被司马懿打败。我问街亭在什么地方，他说就在这一带。据我所知，对于街亭的确切位置，争议很多，但在陇城镇至张川县的龙山镇、长达数十里之间是无疑的。陇城一带出土过刻有"蜀"字的弩机，当为蜀军溃退时所弃之物。

街亭之战，固然因《三国演义》而妇孺皆知，对蜀魏来说，影响也是相当大的。由于街亭处在关陇大道，曹魏认为翻陇山，取街亭，可纵横控制陇右三郡，陷蜀军于进退维谷的被动局面。诸葛亮的打算是，自己所率之师出祁山，速守街亭，可沿关陇驿运古道，直入八百里秦川，与赵云、邓艾形成钳形攻势，奇袭秦安。所以，谁先占这里，谁就有主动权。街亭失败，蜀军主力溃败，诸葛亮看到不仅进攻长安无望，且难以在陇右长驻，不得已迁西县千余户退还汉中。挥泪斩马谡，上疏请求自贬三等，用他的话说："拔西县千余家，不补街亭所丧。"失街亭，不是普通的一场输赢，而是对诸葛亮北伐大局有重大影响的战役。看到这儿，我忽发奇想：如果马谡不失街亭，那蜀魏之间会是什么状况呢？事实上，当时魏与吴连年交战，西方空虚，取胜的可能性是存在的。但不管怎么说，蜀国实力远不及曹魏，即使一仗能赢，但要彻底摧垮曹魏，恐非易事。当然历史不能假设。"出师未捷身先死，长使英雄泪满襟。"随着诸葛亮的五丈原抱恨终天，留给后人的只是洒一掬同情之泪的憾恨了。

《三国演义》是文学作品，虚构、编造之处不少，而中国人关于三国的知识，大抵由它而来。清章学诚就病其"七实三虚，惑乱观者"。我在这里按该小说的描写向老先生一一求证，岂不太迂了吗？据考证，所谓六出祁山，其实只有四次。多次出兵北伐，使蜀国人力、物力损耗甚大，所得不过西郡。小说对诸葛亮的描写，推崇备至，几近神话，被鲁迅评之为"状诸葛之多智而近妖"。但应承认，作为小说，对诸葛亮的刻画是相当成功的，他为匡复汉室的鞠躬尽瘁，与刘备的肝胆相照，特别是他已成为智慧的化身，其影响深入人心。历史上的诸葛亮也确实卓尔不群，连他的死对头司马懿也叹其为"天下奇才"。我像许多游客一样寻觅街亭、凭吊古战场，难道不是主要怀着对诸葛亮的一腔敬意吗？陇山依然，街亭难觅，折戟沉沙，英雄往矣，真有人世几度夕阳红之慨！

六　八卦的渊薮

早八时从秦安出发，虽然山路崎岖，但到古秦州——天水市，也不过一顿饭工夫。

　　天水是陇东南第一重镇，其名得于"天河注水"的美丽传说。这是千古一帝秦始皇先祖苦心经营的一块基地。秦代先祖非子在这西陲之地为周孝王牧马有功，赐姓为嬴，封地为秦，成了秦的发祥地，后遂有"秦州"之称。秦人在天水生活了一百六十多年，至秦文公带着羽翼丰满的本族，迁徙关中，完成了它崛起兴盛的历程。中国历史上第一个县就设置在这里。秦地的艰苦环境，造就了秦民族勇敢顽强的精神。天水是国务院第三批公布的历史文化名城。从汉武帝建置天水郡，至今已有两千多年的建城历史。众多的古石窟、古建筑、古遗址、古墓群、古战场等，向世人昭示着天水的胜迹和历史的悠久。在整个自然环境不太优越的甘肃，天水一直以风景秀丽、物产丰饶而著名。天水的水好，人长得白皙，有"清水的辣椒甘谷的麻，天水长的白娃娃"之说。秦州与八百里秦川的关中，在语言、饮食等方面十分相近。秦腔在这儿是最受欢迎的地方剧种。这种历史渊源，大概都可以追溯到秦始皇及其祖辈了。

　　凡初次来天水，天水人安排的第一个参观节目必定是伏羲庙。昨天得知伏羲诞生于秦安，今天秦城区（原天水县）自称是"羲皇故里"，质之天水同志，得知甘谷县亦有伏羲原籍的说法，而且伏羲庙在天水就有好几座。天水同志说经过多方考证，认为伏羲氏出生在天水一带当无疑，其氏族在发展壮大后，即沿渭河向东迁徙，不断融合其他民族，势力渗透到黄河中下游一带，所以河南、山东也都有关于他的传说。

　　伏羲庙又名太昊宫，是祭祀伏羲氏的明代庙堂建筑群，俗称人宗庙，位于秦城区西关街。庙是元代至正年间创建，惜未完备，明清又先后六次修复、扩建，才形成了今天整肃宏伟的规模和气势。庙内原有六十四棵明代所植古柏，象征伏羲六十四卦之数，现仅存三十七棵，另有唐代古槐一棵，虽历沧桑之变，依然苍劲挺拔，古趣盎然。庙的主体建筑物为先天殿。殿正面窗棂上镂雕的图案，有二龙戏珠、金钱艾叶、蝙蝠荷花、松鹤鹿图等，繁复工精，活灵活现，当为此庙建筑物之精华。殿内天花藻井上是完整清晰的六十四卦图及"河图"、"洛书"图形。将装饰和伏羲氏的业绩紧密结合，也算此庙的一大特色。殿内伏羲像高约丈余，身披树叶，手托八卦，气宇轩昂，俨然是"开天明道"、"人文始祖"的化身。伏羲庙的一些建筑也曾遭破坏。原有跨街的"继天立极"、"开物成务"牌坊，毁于"文革"中，至今仍为天水人所憾恨，耿耿于怀。在市文化局编的《天水文物志》（打印稿）中，特别为此事记了一笔："1972年天水市革命委员会常委、军代表、武装部长、生产指挥部主任朱三检令环城公社拆除。"可谓春秋笔法，一字褒贬，严于斧钺。

伏羲作为"文明肇启"者，贡献甚多，在天水人看来，最主要的还是画八卦。对立统一的阴阳八卦思想的产生，标志着先民认识水平的突进，对自身的发展和社会的进步有特殊意义。说伏羲画八卦，这不是天水人自吹，《周易》上就说得明明白白："古者包牺氏（即伏羲氏）之王天下也，仰则观象于天，俯则观法于地，观鸟与兽之文与地之宜，近取诸身，远取诸物，于是始作八卦，以通神明之德，以类万物之情。"离天水市三十公里有卦台山，传为伏羲画八卦之处，可惜时间紧促，未能去观瞻。有人认为，这一带沟壑纵横，坡地断断续续，曾启发伏羲画出了"— —"、"——"阴阳二爻。据说伏羲所画八卦为"先天八卦"，伏羲庙主建筑称为"先天殿"，当由此而来。殿内神龛上有清人题刊的"象天法地"匾，伏羲塑像前绘有"伏羲八卦方位图"。其八卦方位为乾南，坤北，离东，坎西，震东北，巽西南，艮西北，兑东南。此图实据邵雍的"先天图"，所以又称"先天八卦方位"。但在宋之前，汉唐无明确言"先天八卦"

者，至宋代始由道家陈抟出"先天图"，并被朱熹收入《周易本义》。后人则有宗之者，有反对者，特别是清人，对此更是争论不休。但据有的学者研究，"先天图"亦非宋人凭空臆造，其来有自。这当然属于学术探讨的范围了。正殿挂有"天水市周易研究会"的牌子，我问主要研究什么，答曰研究先天八卦，并介绍用此打井找水，颇见奇效。我对此知之不多。但笼罩着神秘气象的八卦学说，也够中国人探究了。

　　天水人对伏羲宣传的重视，给我留下很深的印象。他们提出了"伏羲文化"的概念，成立了中国伏羲文化研究中心并出版研究刊物，从 90 年代初以来每年举办伏羲文化节，以"伏羲"命名的不少产品备受消费者青睐。张市长虽是河南人，但说起伏羲来眉飞色舞、言之凿凿。他又提出了陕北黄帝、宝鸡炎帝、天水伏羲三个人文始祖的"金三角"现象，令我耳目一新，感到很有意思。西北一带确是中华民族的主要发祥地，也是文明的渊薮。但是西北现在确实落后了，往往与偏僻、贫困联系在一起。作为曾创造过灿烂文明的先祖的传人，怎能不感受到巨大的压力，怎能不急起直追，努力重振往昔的辉煌？这应该是天水下如此功夫研究伏羲文化，发掘和利用历史文化资源的用心吧，其效果虽然不可能立竿见影，但却是持久长远的。我想这是肯定的。

七　麦积佛影

　　来天水看佛教圣地麦积山石窟，是我多年来的愿望。

　　汽车出天水市向东南方疾驰，穿过据说为甘肃目前仅有的一段十多公里的高速公路，就进入风光秀丽的小陇山林区，不久见到一峰崛起在绿色山谷间，犹如农家积麦草之垛，这就是大名鼎鼎的麦

积山。山高仅一百五十米，幽姿靓影，略似我在黔北所见的喀斯特地貌形成的小山。山南石崖壁上如蜂房，似户牖，层层相叠，又可见斑斑青苔的，则是震惊中外的石窟了。

天水是中西交通要冲，驼铃马嘶，胡乐梵音，使这块古老的土地更充满传奇色彩。天水现存的具有一定规模的石窟即达三十余处。麦积山石窟始创于后秦，5 世纪初已负盛名，后历经各代，东西高僧禅居布道，氐、羌豪族交替供养，官府民间共同营造，历时一千五百余年，完成了这座恢宏壮丽的人间奇观。遍布山上的一百九十四个大小洞窟，七千余尊精美绝伦的塑像，一千多平方米栩栩如生的壁画，无一不散发着迷人的艺术魅力。麦积山原为整体，唐代的一次大地震，使得中部崖壁震塌，窟群分为东西两部分。

麦积山由于石质疏松，不宜表现细部，它的造像大都是泥塑或石胎泥塑，而不同于云冈、龙门的石造像，也迥异于一般寺观的木雕或金铜佛。工匠抟泥造像，更能发挥自由想象，提供了精雕细刻、施展才华的机会。许多塑像，已经注意到人物内心感情的刻画，重视形式美和整体感的和谐统一，不仅形象逼真、表情生动，而且达到形神兼备的境界，从而形成了麦积山石窟总体上秀丽生动的造像风格，而不同时代的风格也在创作手法上有所体现。北朝的秀骨清像，隋唐的丰润造型，宋的烦琐，元的粗犷，明的细腻，各个时代的塑像都有，都表现得淋漓尽致。在麦积山石窟七千余件塑像中，百分之九十五为北朝作品，且绝大多数未经后代染指。在国内诸窟中北周作品较少，而麦积山较多，那一件件精品，使人们得以充分领略北周造像由瘦削变丰润，由象征到写实，由方趋向圆的创作手法。尤其令人称奇的是有些早期雕塑历经上千年风雨剥蚀，至今仍完好如初，甚至形同新制。麦积山地处林区，空气湿度较高，不利于造像的长期保存，这应该是一个奇迹。麦积山石窟不愧是"东方雕塑博物馆"，人们从中可以清晰地看出我国雕塑艺术发展的脉络。

　　佛是人造出来的。麦积山那受人顶礼膜拜、整日香烟缭绕的佛、菩萨，是艺术匠师们用泥巴塑就的。那些不知名姓的艺人们，既遵循佛教的一定仪轨，同时融进自己对佛教的理解、想象，创造出一个个光彩照人的形象。佛教是外来宗教，它的教义在中国传播的过程即是佛教中国化的过程，也是佛教艺术不断发展和演变的过程。与河西石窟还留有浓厚的西域风格相比，麦积山石窟艺术更体现出中国化、世俗化的倾向。北魏第115窟是唯一有确切纪年的洞窟，该窟菩萨头戴花蔓宝冠，一手持莲花，紧贴于胸前，一手持净瓶，姿态温婉动人。第54窟西魏主佛，眉清目秀，高贵慈祥，高髻发纹旋转如盛开的花朵，面型修长，凤眼下视，嘴微笑，被誉为"东方的维纳斯"。北周所建"七佛阁"，内凿汉代七间八大柱崖阁，塑有佛、菩萨七十余身，虽多为宋、明重建，但每像都神态各异，庄严而可亲，华美而不俗。这些造像中的佛、菩萨、飞天、力士，从脸型、神情、身段甚至服饰，都是活脱脱的中国人，用讲解者的话说，"简直就是一个地地道道的西北汉子或高原姑娘"。

　　从庄严的神性中显现出人性之美，我感到这只是麦积山洞窟艺术的一个方面，还有一个方面，就是在供养人与世俗的信徒的塑像中，又摒弃了过多的世俗味，给人一种超凡入圣的感觉。这两者又是统一的，体现了匠师的宗教观念和艺术追求。例如为人称道的第123窟西魏的供养童子和童女，造型特点上是秦汉以来的传统风格。作者没有多少渲染，而是运用单纯洗练的手法主要对人物面部进行了细腻的刻画，在清秀的脸庞上塑出了一双细长而美丽动人的眼睛，薄薄的嘴角漾出天真的微笑，使人们在纯朴端丽的形象中看到幼童纯真而略带稚气的神态。我们在他（她）的脸上读到了发自内心的满足和企求，是对现实人生的热爱和对佛国世界的憧憬。我们与他

（她）似曾相识。匠师在宗教造像的创作中突破经典与仪轨的某些限制，塑造了他所了解的人与情思，寄托了自己的认识和情感。以单纯的艺术语言启发人们的联想，造成了一种虔诚与静穆的宗教气氛。她（他）是现实中的人，我们与她（他）们似曾相识，但在欣赏这些匠师们艺术手法的同时，我不由得想起了大地湾遗址，想起了在那一片神奇土地上出土的中国迄今所知最早的精美的彩陶，那堪称远古时期雕塑杰作的人头形器及彩陶瓶，想起了"羲皇故里"深厚的文化底蕴，难道这两者没有什么关系？难道那些匠师们吸收的艺术乳汁没有这些先民们的成分？

"蹑尽悬空万仞梯，等闲身共白云齐。檐前下视群山小，堂上平分落日低。"这是五代王仁裕咏麦积山天堂洞诗里的几句，极状石窟的险峻。麦积山的龛窟大都开凿于二三十米至七八十米的悬崖峭壁之间，其惊险居我国现存石窟之首。当年开凿时，先堆积木材为台，由上往下开凿，营造一层拆掉木材一层。当地至今还流传着"先有万丈材，后有麦积崖"的民谣。窟间有十二层栈道凌空相连。站在西崖最高处的天堂洞，或是东崖上的第4窟，下视栈道，回环勾连，令人目眩。因此，麦积山虽不高，但却多姿而又有气势，石窟也尽得尺幅千里之妙。大概由于险峻的原因，麦积山虽在历史上屡遭地震、兵燹之害，但亦免了一些人为的劫难，此应为石窟之一幸。

麦积山是一部历史，印记着人们对缥缈佛国的向往与执着，又留有尘世间数不清的血泪与无奈。开凿于西魏的第43窟，正壁龛内有宋塑倚佛一身，面呈慈容，似乎远离人间烟火，龛后凿有一后室，人低首可以进去，当介绍说这曾是墓室时，我吃了一惊，墓室怎么挖在这儿？原来这里有一个令人扼腕叹息的故事。西魏文帝欲结好柔然，便用和亲策略娶柔然国长女立为皇后（谥号悼皇后），废自己心爱的皇后乙弗氏，乙弗氏遂出家为尼，隐居麦积山。但是，公元

540 年柔然国又来进犯，无能的文帝又企图以乙弗氏之死来换取边境的安宁，遂强令乙弗氏自尽。史载，乙弗氏临死犹挥泪说："愿至尊享千万岁，天下康宁，死无恨也。"黄卷青灯并没有给乙弗氏带来希望，一代皇后因政治原因在佛门净地玉殒香消。后来太子武都王在麦积山凿龛葬母，称为"寂陵"。这就是第 43 窟墓穴的来历。第127 窟塑有仪容庄严的作说法相的佛、端严秀丽的菩萨，为麦积山造像中的精品。龛窟内有壁画，入口上方为七佛图，图中之侍者有落发之女尼，举止文静，形容秀丽，虽服修道之衣，却独具闺阁之姿。据研究，此窟似是武都王为母乙弗后建立的功德窟。

杜甫公元 759 年客寓秦州时，曾游过麦积山，留下了《山寺》一诗，最后两句是"上方重阁晚，百里见毫纤"。这大概是想象之词，就像他早岁《望岳》中的"荡胸生层云，决眦入归鸟"一样。因为在麦积山石窟最高处的牛儿堂四望，也是看不多远的，举目是绿意盎然的山坡、参差不齐的山头。在西北乃至华北一带，像麦积山这样融人文与自然为一体的名胜，似乎不多。麦积山处在小陇山林区，绿意荡漾、溪水涓涓，四季美景交替，尤其在夏季，佛阁云遮雾罩，自古就以"麦积烟雨"名列"秦州八景"之一。相距不远的石门、仙人掌等地，山峦叠翠，树奇林幽，风光亦是秀丽。当我经栈道爬上走下，好不容易看完石窟中的精品，品味先人留下的宝藏，这时又凭栏放目，但见环山送黛，清风入怀，凉意顿生，享受着大自然的赐予，心中是多么惬意！

为我们讲解的是麦积山石窟研究所前所长胡承祖先生。一口标准的普通话，使他的讲解就像背诵一样，不疾不徐，层次分明，书面语言较多，没有多余的话。经打问，知道他原是中学教师，这个本领应是粉笔生涯中练出来的。与南郭寺为我们讲解的邹先生纯粹的秦腔、妙语连珠比起来，胡先生的准确凝练，给人也留下深刻印象，可谓异曲同工之妙。据说朱镕基总理来此参观，原定停留五十分钟，由于胡先生讲得引人入胜，总理竟看了三个小时。在天水，胡先生也可谓名门之后。在天水市秦城区民主路，有两座遥遥相对的宅子。南宅子是明代举人、山西按察副使胡来缙的私宅，胡为东林党人，曾为李三才鸣冤。北宅子是胡来缙之子，明进士、太常少卿胡忻的私宅。南北宅为甘肃省重点文物保护单位，是当地享有盛名的明代庭院建筑。胡承祖先生就是这两座宅子的主人。

八　南郭寺的魂与根

从天水市中心穿过耒昔水河，汽车在南山山道上曲折盘旋，到得海拔一千二百米左右的慧音山坳，眼前突然出现一片青翠茂密的白杨林，幽藏在里面的就是南郭寺。南郭寺建寺年代已无考，但从流传的诗文看，隋唐已具规模，宋代则称"妙胜院"，清乾隆十五年敕赐为"护国禅林院"。山门外两株粗于碾盘的千年古槐，静静地迎送着游人。寺内殿宇、亭台、垣墙多复旧貌，大佛殿里香烟袅袅，钟磬依然，但今天慕名来此的外地游客，兴趣大多集中在寺内的"杜少陵祠"。

唐乾元元年（758），杜甫因上疏救房琯获罪，被贬为华州司功参军。第二年关内大饥。对政治失望加上生计艰难，杜甫"满目生悲事，因人作远游"，7月便由华州弃官携家西行，流寓秦州即今天的天水，年底又到成都。短短的秦州生活是杜甫一生的重大转折，他从此客游外地，漂泊无定，再没有重回两京，十一年后孤苦无依地病死在一条船上。杜甫一生留存下来的诗作一千四百五十余首，几个月的秦州流寓就写了一百多首。不少诗章感时即事，关注平叛，评论朝政得失，虽然人在江湖，始终心存魏阙。他一生二十多首怀念李白的诗，一半写于秦州。自称为"陇西布衣"的李白于乾元元年因永王李璘案被流放，第二年春行至巫山遇赦，回到江陵。当时杜甫并不知李白被赦，在诗仙的家乡思念着颠沛在瘴疠之地的朋友，忧思拳拳，久而成梦，这就是情真意殷的《梦李白》。他的《天末怀李白》，使我们对两位诗坛巨擘超凡脱俗的高尚情谊所深深感动。

天水是传说中伏羲女娲的出生地，也是千古一帝秦始皇先祖苦心经营的一块基业。秦代先祖非子在这西陲之地为周孝王牧马有功，赐姓为嬴，封地为秦，成了秦的发祥地，后遂有"秦州"之称。至羽翼丰满的秦孝公举族迁徙关中，秦人在此生活了一百六十多年。秦州城坐落在陇东山地的渭河上游河谷中，四周山岭重叠，地势险要，风光秀丽。杜甫在这里游步山川名胜，吟咏风物民情，最有代表性的是《秦州杂诗》二十首。杜甫初到秦州，以负薪采橡栗自给，后来又发出"有客有客字子美，白头乱发垂过耳"的慷慨悲歌。生活的困窘折磨了他，也成全了他。"诗是吾家事"，他仍然对人生、对生活充满着热爱，以诗人的心灵感悟事物，用心血写出了一首又一首美丽的诗篇，产量之丰，不能不说是个奇迹。这百余首诗又几乎都是五律或五古，在杜甫诗歌创作过程中，无疑也是值得研究的。"文章憎命达"，这既是杜甫对李白一生坎坷的悲愤之语，也是他本人深切体会的辛酸总结。秦州的人民是有幸的，一千二百年前的诗人给他们留下了如此之多的歌颂自己家乡的华章；秦州的山水是有幸的，由于诗人的吟咏使本来就文化蕴积深厚的黄土沟壑更名传久远。

南郭寺是以三座牌坊式的大门各为中轴线，组成东、中、西三个大院。中山门内有前后院、东西禅林院，现西仍为禅林院，清光绪年间将东禅林院改为杜少陵祠。杜少陵祠设在南郭寺，大概因为南郭寺当年曾是杜甫游憩之所。《秦州杂诗》第十二首是专咏该寺的：

> 山头南郭寺，水号北流泉。
>
> 老树空庭得，清渠一邑传。
>
> 秋花危石底，晚景卧钟边。
>
> 俯仰悲身世，溪风为飒然。

把诗圣与佛祖同供一院，可见诗人在秦州人民心目中的位置了。杜少陵祠堂门外有一副对联：

> 陇头圆月吟怀朗，
>
> 蜀道秋风老泪多。

凝练，生动，概括了杜甫在秦州的日月及奔赴成都的艰难。祠内有杜甫及侍童塑像三尊。杜甫富态儒雅，颇见君子之风，这当是人们心目中的形象。供桌上也有应时果鲜，香火不断。东院观音殿前有一八角攒尖顶小亭，悬有"灵湫池"匾，内有泉水一眼，清澈见底，水味甘美，四时不竭，传是杜甫诗中所云的"北流泉"。谓泉实井。此水旱升涝减，每年农历四月初八日寺院逢会，万人朝山，竞饮北流泉之"神水"。北流泉后面是"二妙轩"，为清初诗人宋琬集二王及其他晋人书法所勒《杜工部秦州杂诗》石碑。原碑毁失，近年来天水市政府根据拓片重新镌刻，建起碑廊。杜诗，佳妙；名家书法，亦为精妙。二妙俱备，遂名"二妙轩"。

南郭寺的名胜，除过杜少陵祠，当数大佛殿院内的几株古树。如果说杜甫是南郭寺的魂，那么古树就是南郭寺的根。

庭院正中，用砖砌勾栏围着的是一棵分了三杈的古柏。三株南北欹侧。北向的一株苍干虬枝，西北向一株枯干如劈，南向一株则柯如青铜，盖如翠伞，借用杜甫的诗句，可谓"霜皮溜雨四十围，黛色参天二千尺"。李白当年游此寺，亦有"老僧三五众，古柏几千年"的题咏。杜甫"老树空庭得"的"老树"，即指此柏。柏树生长已二千五百年左右，比秦始皇还早几百年。

今人啧啧称奇的是，柏树根中部不知什么时候寄生了一棵青翠直挺的小叶朴，树围达一百余公分，当地称为黑蛋树。黑蛋树不仅用它的翠荫遮掩了古柏的巨大根系，而且它的根与古柏的根错节纠缠，支持着古柏在兀立的山顶迎风斗雪，站稳脚跟。最引人注目的是三百年来为了防止古柏南斜而次第树立的三个建筑物：清顺治十五年（1658），天水官员竖起一人高的青石碑刻，支扶着下倾的躯干；新中国成立不久的50年代，在碑前又砌起一个两米多高的砖柱，把树干的上部托了起来；进入改革开放的80年代，又在砖柱前焊了一个三米多高的铁架，使古柏有了更稳当的依靠。现在，随着岁月的流逝，石碑的上方棱角已深深嵌进树的身躯里，与古柏融为一体。石碑、砖柱、铁架，不同的时代，不同的质材，依次升高，共同托举着树干，共同呵护着这天水沧桑风雨的见证者。三百年时光，"羲皇故里"人对古物的重视和苦心，一以贯之。古柏也似乎尤为珍惜乡亲的心意，更加枝叶繁茂，生机盎然，历久弥健。

令人称奇不绝的，还有清代石碑左前方的一棵古槐。这棵三百年的槐树，人们初植时似不经意，与古柏亦无关系，但待它长到与古柏高度差不多时，便横空伸出一根粗壮的枝丫，顶住了柏树的躯干，起了牢牢的固定作用。人们说，黑蛋树、槐树共同支撑古柏，当是天意，老天也要保护它。既有天工，鬼使神差；又赖人力，几代同心，古柏何其幸也！

正应了"看景不如听景"的老话，使我对南郭寺的魂与根有了深刻印象，应当感谢为我讲解的邹先生。先生原为银行干部，雅好

乡邑文物，胸罗野史逸闻，退休后自愿来此服务。他一口纯正的秦腔，但不夹土语，吐字清晰，娓娓道来，如数家珍。他两手托着一个茶杯，未见呷上一口，大约像是演员手中的扇子，起着道具的作用。他穿插介绍关于古柏南北分张的传说时，夸张而又风趣，同时极好地掌握着分寸，戛然而止，不枝不蔓。说到黑蛋树、古槐合力支撑着古柏时，那虔敬的神态，声情并茂的解说，令听者无不动容。当我离开南郭寺后，脑子里仍不时浮现着邹先生讲解的情景，浮现着杜少陵祠和千年古柏，总觉得这之间有着某种联系。后来猛然憬悟：诗魂与柏根不仅弥漫和深扎在南郭寺，不也体现在天水人民群众身上吗？

写于 1999 年

甘肃秦安是国家文物局的扶贫县。1998 年底我到文物局工作，1999 年春夏之交去秦安调研扶贫工作，落实有关项目，同时对秦安及天水市区的一些文物古迹进行了考察。天水在中华文明发展史上占有重要地位。几天的所见所闻，留下了深刻印象，遂以随笔的形式，从人文的视角对这些遗产做了初步探析。因写得仓促，觉得尚欠推敲，除过《南郭寺的根与魂》一篇在《中国文物报》上发表过，其他几篇就搁置起来。2012 年秋季我随全国政协一个考察组有河西之行，会见了《丝绸之路》社长冯玉雷先生。十多年来，《丝绸之路》一直惠赠不辍，我从中获益不少，我也看到该刊不断发展的过程。《丝绸之路》1999 年第 5 期还曾刊登过我的《仙吕·一半儿·天水访古》（六首）。冯玉雷先生年富力强，对《丝绸之路》有诸多设想。因此，当他提出聘我做该刊编委会顾问时，我也欣然同意。当时我说到曾写过一组有关天水文物的小文章，并答应找到后寄来。前不久，发现了此稿。十五年前，国家文物局派往秦安县搞扶贫工作的李培松同志兼任副县长，陪同我一起考察，不幸已于 2011 年因病去世，英年早谢，令人痛悼。那次陪同我去秦安的还有故宫博物院党委副书记张之铸同志，他去的主要原因，是文物局扶持秦安县有些项目的资金是故宫提供的，而数年后之铸又与我成了故宫的同事。由这些文字想到这些往事，真是感慨不已。

　　以上略做说明，以为附记。

郑欣淼

2013 年 8 月 25 日

　　原载《丝绸之路》2013 年第 21、22、23 期

千秋仓颉庙

很难想象，没有文字的先民是怎样艰难地生活。那无疑是蒙昧的时代，人类好像在黑暗中寻找出路。文字产生了，才在人们面前出现了文明曙光，人类社会也正是"由于文字的发明及其应用于文献而过渡到文明时代"（恩格斯语）。令华夏子孙引为自豪的是，当久已死亡的埃及、巴比伦古文字成为今天学者稽古研究的对象时，汉字却仍然保持着它的活力，没有停顿地使用至今，成为世界上唯一的一种有着严密体系的表意文字。

文字的产生是人类文化发展史上里程碑式的大事件。追溯汉字的创始人自然是后人颇感兴趣的话题。关于汉字的起源，影响最大的是仓颉造字说。这种传说最早出现在战国时代的文献里，《吕氏春秋·君守》《荀子·解蔽》《韩非子·五蠹》都有此说。秦汉时期这种传说更为深广。李斯统一文字时所用的课本，第一句就是"仓颉作书"，所以称作《仓颉篇》。东汉许慎在《说文解字》中，则把前人的这些传说加以吸收整理，正式写入早期汉字史。这些说法大致是，无文字时，人们结绳记事，但结绳相似，容易记混；用在木板上刻道道记录，则纵道横道，无有定规；于是有仓颉者创造了文字，才整齐划一，下笔不容增损。把文字的产生归结为一个人，显然不符合事实。许多人认为，汉字不是个别人造出来的，不过在汉字形成的过程里，尤其在汉字从原始文字过渡到较为规范的文字的过程中，很可能有个别人曾起过极其重要的作用。而仓颉也许就是这样的人。《荀子·解蔽》说："故好书者众矣，而仓颉独传者，壹也。"此处"壹"与"两"相对，指正道。荀子认为，仓颉之于书，与后稷之于稼、夔之于乐等一样，都是因为专门从事某方面的工作，从而掌握了正确的规律，得以独传。传说中仓颉是黄帝的史官，也是有道理的，因为文字产生在国家形成过程中，首先是政事的需要。仓颉是与文字有密切关系的巫史，由于集中使用文字而摸着了它的规律，从而成为整理文字的专家。仓颉造字说是一种有价值的传说。

以上简评仓颉造字说，主要是为了介绍仓颉庙。

仓颉庙在陕西省白水县史官村北。白水县为秦孝公十二年即公元前 350 年所置，至今已有二千三百五十年历史。宋代罗泌撰《路史·前纪》载："仓颉氏，冯翊人。"白水县隋唐时属冯翊郡。《春秋元命苞》中说，仓颉"卒葬衙之利乡亭"。衙即彭衙，今白水县史官村。彭衙在古代也有一定名气，春秋时秦晋彭衙之战很著名，《左传》有记载。唐诗人杜甫避"安史之乱"曾来此，留下了《彭衙行》的诗篇。仓颉庙北屏黄龙山，南临洛河水，占地十七亩。庙的创建年代不详，但从碑文可知，不迟于东汉延熹五年（公元 163 年）。现存为一组以明清风格为主的建筑，坐北向南，四周土墙环围。整组建筑自南向北，在中轴线上依次分别为照壁、山门、前殿、抱厅、献殿、寝殿、墓冢。在主体建筑的两侧，又有东西戏楼、钟鼓楼、东西配殿及廊房等。殿宇皆系明清乃至民国时期重修。戏楼殿厅间有彩绘壁画，虽经久剥落而残迹犹见原作风貌。在整个建筑物中，年代最早的是寝殿前搭牵的三间单面廊房，明三暗五，立柱内倾，呈元代建筑风格。殿前檩据云为一蒿木，长 16 米，径 5.6 米，两端粗细相同。蒿本草类，当年枯，次年生，未闻能有长成树者，如斯巨大，诚为奇事。

寝殿后就是仓颉墓。墓高 4.5 米，周长 48 米。墓周的围墙是 1939 年修的。当时，国民党军队将领朱庆澜参观仓颉庙，顿生崇仰之情，遂出钱请人代为修建了一圈六棱砖砌花墙。他还在东西门旁各撰写镌刻了对联。东门是："画卦再开文字祖，结绳新创鸟虫书"，横额为"通德"；西门是："雨粟当年感天帝，同文永世配桥陵"，横额为"类情"。这两副对联都是歌颂仓颉造字的功绩。鸟虫书是传说为仓颉当年所造的字。桥陵指桥山的黄帝陵墓。仓颉庙西北一百来里就是黄帝陵。因仓颉传说是黄帝的记史官员，对联说他的墓和他创造的文字，千秋万代地陪伴着黄帝陵。对联写得是不错的。"通德"、"类情"，均出自《易经·系辞下》，意指仓颉创造的文字，能通天地之德，可类万物之情。

仓颉庙闻名海内还在于它的珍贵碑石。这些碑石大都是记述重修、添建庙内建筑物的纪念碑，可以说是仓颉庙的史料展览馆。其中的《仓颉庙碑》《广武将军碑》《仓颉鸟迹书碑》等，更是中国书法史上的珍贵实物。《仓颉庙碑》下方上锐，顶通一孔，高 1.6 米，宽 0.6 米，系东汉延熹五年凿治。碑文隶文，共计 910 余字，字形俊美，秀韵自然，虽多漶漫不清，仍为汉代名碑，1975 年迁置西安碑林。《广武将军碑》为前秦建元四年（公元 368 年）所立。碑身长方形，通高 1.83 米，宽 0.67 米。碑文隶书，字方 1 寸，共 17 行，每行 31 字。碑文书法疏朗，高浑飘逸，被誉为"绝品"，极为罕见。康有为认为，连精妙冠世的灵庙诸碑也皆为此碑子孙。他在获得此碑拓本后说："如是重宝，不敢受也，后者当共保护之。"于右任为此碑萦绕在心，多方寻觅，当 1933 年看到碑拓，惊喜异常，诗兴大发，抒写了"千年出土光腾射"、"老见异物眼复明"的感受和心情，并题写"文化之祖"四字，刻成大匾，悬挂仓颉庙中。此碑明末发现后流失，1920 年重新发现，现迁置西安碑林。

记录一个古建筑历史的，往往是陪伴它的那些饱经风霜的古树名木。仓颉庙四十多株翠柏和黄帝陵的柏树同样古老，是全国少有的古柏群之一。它们枝叶覆盖交错，各具姿态，妙趣天成，成为仓颉庙的一大奇观。近半数的古柏都有名字，有着一串动人的传说和故事。群众编了仓颉庙"八奇"的顺口溜，其中六奇都与柏树有关："干喜鹊迎客翘尾巴，扁枝柏扁枝扁身扁杈杈，柏抱槐死合不离抱疙瘩，转枝柏预知旱涝巧俏话，再生柏复活更潇洒，手植柏头在云里插。"柏抱槐，即在柏树中间的空洞处长出了一棵槐树，槐长柏裂，相依相拥，共生共长，几千年寿命的柏树至今枝叶婆娑。扁枝柏，是一棵柏树的主干和大小树枝都呈扁状，十分怪异。再生柏，此树在清代雍正年间枯死多年，到乾隆年间却生出绿叶，以后越长越旺，至今依然苍翠。仓颉墓西侧原有一柏，叫转枝柏，据说此柏的树叶轮流枯荣，哪边的枝叶枯了，那一方必遭旱灾；哪边的枝叶葱茏，那方一定雨水充沛，庄稼丰收。"文革"中，红卫兵把此树伐掉做了武斗死亡者的棺板，破坏了这一景观。庙中最大的还是仓颉手植柏，树围 7.25 米，根部周长 9.3 米，高 17 米，树裂如劈，枝柯如铁，翠叶如盖，足可同黄帝陵的轩辕手植柏媲美，令人驰想岁月的遥远，回味文明的历程。

　　这些建筑和古柏大都至今无恙，应该感谢那些精心保护它们的人们。在古柏的保护史上，有一个白水人记忆犹新的故事。1947 年冬季，西北野战军司令部在庙附近的一个村庄整训干部，通讯连驻在庙内。一个战士为了生火而上到一株柏树上扳干树枝。这柏树满身鳞片，顶有两枝干枝，干枝中间有一凸块，名叫二龙戏珠柏。这个战士扳掉一条干枝和凸块，即把一条龙和珠子扳了下来。彭德怀司令员知道后，立即召开通讯连官兵会，按"三大纪律，八项注意"的要求要处治这个战士，在当地村干部的求情下，这个战士免受惩罚。会后，彭德怀用麻纸写了"禁止攀折树木"几个大字，贴在西戏楼前的树上，提醒大家都要保护古树。现在，树上的那个珠是后来加上去的，但失去的那条龙却没法添，因而只留下一条龙了。在"文革"中，仓颉庙自难逃脱厄运，所幸地处偏野，损失不算太大。记得三十年前，即70年代初期，白水、澄城两县合修石堡川水库，仓颉庙竟成了堆放水泥、炸药的物资库。笔者当时慕名来到这历代文人拜祭"万代文宗"的圣地，虽然进了庙门，但破败的景象给我留下了深刻的印象，四目的仓颉像已成一堆碎土，真是斯文扫地，森森古柏令人有种肃杀之感。这多年来，仓颉庙的维修引起社会普遍关注。陕西省政府近年重点抓了两座庙的维修，一是西岳庙，另一就是仓颉庙，做规划，斥巨资，已初见成效。现在，仓颉庙整葺一新，古柏也焕发了青春，观瞻的人们络绎不绝。

祭祀仓颉日是农历二十四节气中的"谷雨"节。这是渭北春和景明的好日子，惠风习习，山坡绿染。每逢这一天，地处三县之交的仓颉庙便聚集了来自四邻八乡的熙熙攘攘的群众，形成了年复一年的盛大庙会，隆重拜祭文化之祖。我想，选择"谷雨"纪念仓颉，恐与"天雨粟"的传说有关。《淮南子·本经》说"昔者仓颉作书而天雨粟，鬼夜哭"。天为什么要下谷子雨？因为文字的诞生太伟大、大重要了，感动了天帝，天帝为酬劳仓颉，便给人间降了一场谷子雨。可见文字的创造在当时人类社会中引起的震动是何等巨大，人们便用这种想象的情景表达对文字创造者的称颂、感谢与崇敬。西汉景帝时，曾废白水县建粟邑县，此"粟"估计与"天雨粟"亦有关联。上庙的多是乡野间胼手胝足的匹夫匹妇，许多人不识之无，但同样对神化了的仓颉充满虔诚，在他们眼里，仓颉代表着先人的智慧和创造力，代表着中国的"文脉"，哪怕他是一位虚拟的文化英雄。

汉字是中华民族文化的载体。我们民族光辉灿烂的文化，正是依赖它才得以流传后世，垂千载而不绝，开新路而弥鲜。汉字何以不能消亡，中华文明何以不曾中辍，看看渭北高原这曾是中华民族文明重要发祥地的深厚黄土，看看仓颉庙里攒动的人头和瓣瓣心香，我们庶几有几分明白了。

原载 2000 年 5 月 31 日《中国文物报》

朗德识苗

分布在大半个中国的六百来万苗族同胞，一多半生活在贵州高原；而在偌大的贵州，黔东南又是苗族长期生息、最为集中的聚居区。作为全国第一座体现苗族风情村寨博物馆的朗德上寨，就处在黔东南苗岭腹地。

这是 6 月初一个细雨绵绵的下午，我在杨副州长的陪同下参观了朗德。朗德距黔东南苗族侗族自治州州府凯里仅二十七公里。车出凯里市区，眼前层峦叠嶂，流碧漾翠。山并不很高，从山腰俯视窗外，一层层像绿色地毯的梯田，告诉人们苗胞作务庄稼的精细与辛劳。峰回路转，又是悦人耳目的江流、吊桥和悠悠挑担的苗族妇女，一派超然世外的田园风光。但是，路旁墙上石灰刷写的"红桃 K 生血剂忠告您：再贫不能贫血"的醒目标语，则令人闻出浓烈的商战硝烟，也昭示着市场经济时代僻壤荒野与经济大潮的息息相关。

朗德上寨是明代洪武初年建立的，距今已有六百多年历史。这个仅百户人家的村寨，背山面水，依山就势建房。富有朗德特色的曲栏回廊吊脚木楼，从山脚修到山腰，鳞次栉比，错落有致。歇山顶屋面，覆盖小青瓦，在扶疏的竹木掩映下，显示着古朴、典雅的风致。山坡上的枫木树是不能砍伐的"保寨树"，它的繁茂枝叶透露着远古时代的信息。客人进寨，最隆重的仪式是敬"拦路酒"，以"阻拦"客人进寨的方式迎接客人，可谓别出心裁。从寨脚公路到寨门有十二道迎客酒卡，逶迤而上，每道酒卡中间摆一张方桌，两旁站着身着盛装、提壶端酒的苗族妇女。最后一道是进寨门，寨门是座小巧玲珑的木楼，一把特制的水牛角杯满盛着主人的殷殷情意悬在门楼上。瞧这架势，使我在激动、好奇之余，又不由得心怵。好在杨副州长是苗族，金针巧度，嘱我无论如何不要用手接杯，嘴唇抿一抿就行了。当然对于已经对外开放十多年的朗德人来说，这只是个仪式，或者说是个表演，目的是让客人领略苗家风情，点到为止，绝不勉强。似乎未费太大周折，我就斩关夺隘，顺利进了村寨。

　　参观朗德，重头戏无疑是观看铜鼓坪上的歌舞了。苗族是能歌善舞的民族。逢年过节，村民身着盛装，男女老少围成一圈，踏着铜鼓声的节拍起舞，叫作"踩铜鼓"，踩铜鼓的地方称为"铜鼓坪"。朗德人用鹅卵石仿铜鼓鼓面纹饰而镶嵌，形如一面巨大的铜鼓，鼓坪上的每条光芒、每圈晕，都以大小相当的鹅卵石镶成村民称作"鱼骨头"的"人"字纹，给这个面积不算大的场所添了几分古拙情趣。节目不少，印象最深的是芦笙舞与姑娘头上的银饰。像马头琴之于蒙古族、冬不拉之于哈萨克族一样，芦笙是苗族最有代表性的乐器，芦笙舞当然也是他们最拿手的舞蹈。芦笙有大有小，以大号笙为轴心，其余依次靠右排列，由最小的一支开头领奏，然后全部齐奏，围绕大笙旋转起舞；姑娘们则排列环绕在芦笙队外，踏着芦笙的节拍翩翩起舞。芦笙不只以声娱人，而且演奏的过程就是生动的表演。芦笙声随着演奏者的扭转俯仰，忽疾、忽徐、忽低、忽昂，令人耳目应接不暇。盛装的苗女，最惹人注目的是精美绝伦的银头饰。那巨大的银角、银扇、银坠、银锁、银梳，头上恰似一座银山，加上鲜艳多姿的服装，显得华丽、高雅。而当姑娘们迈出轻盈的舞步，只见头部丁零作响，银光闪闪，使人几至眼花缭乱，无怪有人说苗女是最爱美的人，也是最会打扮的人。压轴的节目是主客载歌载舞，

一同尽兴。在这热情如火的村寨里，在这欢乐无羁的气氛感染下，连我这样的舞盲也一扫拘谨，似乎心有灵犀，居然可以款款随众起舞。其实在这样的场合，也不讲什么步法，只要扭扭腰，跟大流就行了。

歌舞表演时，观者如堵，有老有幼，不下二百人。最后的集体舞刚散，只见一位村干部给每个围观者发了一张票。问旁人，说凭此票去领今天的报酬。每场演出费四百元，表演者、组织者加上观众，平均分配。今天参加分配的约二百五十人，也就是说，人均还不足二元。演员与观众同酬，这在改革开放二十年后的中国，不啻是一件大新闻。看到我大惑不解的样子，杨副州长做了解释：欢歌妙舞是苗胞天性，大多人都能登台，人们把表演看成是抒发至性、展现自我的机会，并不觉得自己出了多大力，有什么特别了不起，反而认为旁观者既是欣赏，又是助兴，可造成一种强烈的欢庆气氛，他们的作用同样不能小觑。杨副州长承认，这也有传统的平均主义思想的影响。这件事引起我的思考。在市场经济之风遍吹山陬海角的今天，朗德的做法显然不合时宜，很容易被指斥为"大锅饭"。但事情是否就非此即彼，如此简单？世代人厮守在一个村寨，互帮互助的传统观念牢牢地凝聚着人心，淳朴的人际关系如山野清风一般可人。朗德当然也要发展市场经济，但是经济的发展是否必然要以世情的浇漓、人际的冷暖为代价？被寨民所恪守的先人留下的美德，难道都是落后的，都应弃之如敝屣？其实这也不能说明朗德人不重视商品经济，我们在村寨参观时，就有不少尾随客人兜售刺绣、芦笙、银饰的妇女。我想，他们似乎在极力捍护一种维系整个村寨的精神力量。很难说他们的做法是对或者不对。在时代潮流鼓荡下他们心灵深处肯定有强烈的震撼、巨大的冲突。我们最好不要说三道四，应该尊重他们的选择。

如果仅通过上述事例，得出朗德人似乎是一成不变的认识，那就大谬不然了。当我参观了村寨办的陈列展览，对一些情况有较多的了解后，惊诧于朗德变化之巨，这是超出人们想象的。民族村寨是民族文化的原生地，保护民族村寨是保护民族文化的关键环节。80年代初，贵州省文物工作者就产生将一批典型的村寨立体保护起来的设想，朗德以其特有的优势而首获膺选。在文物部门支持下，整治一新的朗德于1987年对外开放。"打开山门迎远客，走出山门闯世界"。沉睡多年的苗寨成为贵州乃至全国展示苗族文化的亮丽窗口。拓宽山路，修建引水池，接收电视卫星，建立学校，接待三十多个国家和地区的中外游客五十多万人次，人均收入从1987年的二百五十元增加到1997年的一千五百元。如果说这些都是实实在在，看得见、摸得着的变化，那么一些风俗习惯的变迁就是深层次的变化。在我们刚才观看的歌舞中，有一个节目叫"游方"。游方是黔东南苗族青年谈情说爱的专用名词，几乎每个村寨都有固定的"游方坡"。有的地方在白天游方，有的则在晚间进行。这是青年人的伊甸园。目的是让双方有机会见面，互赠信物，选择终身伴侣。但我了解到，这种代代相传的恋爱方式日渐衰落，乃至名存实亡。原因很多，最主要的是苗族地区政治、经济、文化以及人们价值观念发生了重大变化，加上苗族山寨与社会大舞台相连通，青年男女不满足于现状，走南闯北，纷纷出外打工，也有了更为方便的交际方式，游方坡这个古老交谊场所的栅栏，便自然被现代文明的潮流所冲击。这是文化的变迁，也是影响最为深刻的变化。

　　"游方"之类习俗的式微乃至消亡可以说是一种前进。朗德村只是在接待游客时，才把自己这些特有的习俗进行展示。这就较好地发挥了保存民族传统文化的作用。朗德实际上是一个自然村寨博物馆，展厅就是整个村寨，展品既有民居建筑，又有生活习俗、歌舞、服饰等。我冒着细雨在石块铺成的人字形小路上穿楼串户，看到朗德人引为自豪的吊脚楼保护得很好，十年间新修的二十多栋民居，不仅在整体布局上风格谐和，而且每栋建筑物的式样也严格遵循统一要求，村寨与青山绿水浑然一体。这种卓有成效的保护使我受到了鼓舞，但在老支书家的见闻又使我有了某种隐忧。

老支书姓陈，刚才还穿着深黑色的盛装，作为苗族受人尊敬的长者陪我看演出，现在则换上了便服。他的儿媳曾为我们表演，此刻正忙着刺绣。看她样子似乎面熟。聊了几句，才知去年"中国旅游年"的宣传画，其中表现民族风情的一幅，有个头上高耸银角、打扮得花团锦簇的女子，那就是她。能上画当然算得上女中貂蝉。她个儿不算高，面如满月，俊俏中透着苗家女固有的淳朴。话题从她手中的刺绣拉起。她从里屋拿出一件披肩样的绣品，说这是她家传了六代的东西，至今她也不会这种技法。她不无忧郁地说，现在年轻人不热心服饰制作，传统技艺在不少地方已后继无人，加上外国人来苗寨高价购买服饰，好东西越来越少了。她的话令我们都陷入了深思。苗族服饰是苗胞追念祖先和历史、顽强保持民族特性的标志，被称为"穿在身上的图腾"、"记在衣上的史诗"。这些纷繁多彩、叹为观止的服饰，展现了制作者们非凡的想象力和艺术创造性，有着独特的价值和永恒的魅力。曾是苗家女看家本领的服饰制作，今天却面临着极大挑战。社会发展和观念变革使许多苗族小姑娘耐不下心来学习那些复杂的技艺，也无暇花费数年去精心织绣一套盛装。现代文明的冲击，审美意识的改变，也使相当一部分青年改了装。商业利益驱使下生产的新服装，虽然还保留着基本的民间工艺，但与传统的家庭手工制作则相去甚远。老建筑通过维修可以保持原样，风习即使改变了也可表演出来，服饰工艺消失了则徒唤奈何？传统的苗族服饰艺术是否会消亡？恐怕很难说，这也不是一个村寨博物馆所能解决的，而是给所有民族传统文化保护者提出的值得认真研究的大问题。

参观杨大六故居，使我对苗族历史有了更多了解，对朗德也更增添了一份崇敬。在黔东南州民族博物馆，当听到蚩尤是苗人祖先的介绍时，我曾吃了一惊。蚩尤与黄帝战于涿鹿，失败被杀，这可以说是耳熟能详的故事。我以前总认为这只是传说，对蚩尤是否存在持怀疑态度。现在想来，既然认为黄帝确有其人，那么凭什么说蚩尤是子虚乌有？《山海经·大荒南经》有"蚩尤所弃其桎梏，是为枫木"的传说，黔东南苗族古歌中有一首《枫木歌》，说苗族祖先是枫木所生，认为"枫神"即蚩尤。枫木树之所以被敬奉为"保寨树"，其源盖出于此。苗族人民较普遍地将蚩尤视为自己的先祖，看来并非无稽之谈。苗族是中国历史悠久的古老民族之一，有关记载甚多。作为古代九黎族首领的蚩尤，战败被杀后，九黎族势力大衰，但还据有长江中下游一带广阔地区，后形成了新的部落联盟"三苗"，曾和尧、舜、禹为首的部落联盟进行过长期的斗争。后由于战争和其他政治原因，苗族在历史上有过十分频繁的大迁徙，先是由北而南，而后由东向西。这种迁徙构成了苗族悲壮历史的重要部分，给其后人留下了吟咏不断的传说和故事。黔东南苗族古歌中的《跋山涉水》篇就以很长的篇幅，叙述了他们祖先南渡和西进充满艰难的历史进程。

苗胞又是反抗性很强的民族。苗族人民反压迫、反剥削的斗争，史不绝书。元明清时期，他们的起义抗争起伏不断。清咸丰五年（1855），朗德杨大六率苗民起义，并携手张秀眉抗清，前后浴血奋战十八年，同治十一年（1872）失败，就义于长沙。当时寨子被官兵烧毁，全村二百一十四人，被杀得尸骸遍野，十室九空，几无孑遗。杨大六本名陈腊略，据说他在一次战斗中骁勇异常，吓得清兵惊问："他是谁？"但听苗民称赞道："羊打罗！"苗语"羊打罗"意为"勇敢极了"之意，清兵误以为叫"杨大六"。朗德人深知个中缘由，但很愿意将勇猛无比的先人称为"杨大六"。朗德尚有杨大六的故居，屋内陈列着当年起义者用过的枪炮弓弩；村东山岗上杨大六修筑的碉堡、防线、弹药库等，犹遗址历历，供游人凭吊。谁能想到，在这充满诗情画意的僻野山村，曾经刀光剑影，有过如此悲壮的一页，但这毕竟都是历史了。今天，朗德人与所有苗胞一样，沐浴在社会主义祖国大家庭的春风里，其乐融融。半天的访问，自以为对苗胞有了一些认识，但也深知了解得很肤浅。当我挥手告别朗德时，只见望丰河水仍然悠悠地流着，风雨桥如磐石般横跨在河上，竹筒水车在咿咿呀呀地唱着歌。我想，只有朗德人更明白那水车唱的是什么。

原载《理论与创作》2000 年第 4 期

砀山梨花

4 月初的一天，一个偶然机会我去了趟淮北，意想不到地观赏了砀山的梨花。

位于淮北的砀山县共有九十万亩耕地，据介绍，七十万亩栽植了果树，其中梨树竟占了五十万亩。砀山梨果大皮薄，甘甜多汁，畅销国内外。砀山梨是桀骜不驯的黄河的赐予。历史上，黄河曾夺去淮河的水道，鸠占六百年之久，然后又任着性儿旁逸北徙。安徽省砀山县北部有一条横贯全境的坡梁，中间高南北低，就是当年黄河故道形成的分水岭。酥松的沙土、沙壤土，一脚踩下去几乎一个坑，这些昔日黄河留下的冲积物，则成了砀山梨的最好生长区。

我们参观了三处地方。首先是良梨镇附近的一个国营农场，不知有多大面积，但见望不到边的梨树，多是两三来丈高，枝丫横斜，树干苍黑粗拙，一副饱经沧桑的样子。其中一株枝叶四张，亭亭如盖，旁竖一木牌，上写"梨树王"，介绍树龄已近四百年，人们争相在此照相。据我看过的一个资料，是 1983 年的统计，说我国现有百年以上的古老梨树仅十六株，分属六个省，却无砀山的记载，是统计的疏漏，抑或此处有误？不得而知。梨树开花时，同时发叶。这儿树上的花儿多数还在，但已快开败，绿叶也长出了许多，没有看到预想中的雪花般的白色，只感到满园荡漾着一片青绯色。主人说，梨花节定在每年 4 月 12 日，但今年气温偏高，又有几次北方沙尘暴的殃及，催促着梨花提前开放。梨花节搞了多年，人们兴头不那么高了，今年县上亦不再正式举办，自发前来观赏梨花的人却络绎不绝，邻近几个省的游客也不少，车水马龙，饭店爆满，则是始料不及。

第二处参观地在良梨镇以北一二十公里的黄河故道边。坡梁上建有一简陋的"观景台"，从上面向北俯望，一片盛开的梨花与周遭的萋萋芳草连在一起，也有杂生的野花，使人感受到春的蓬勃和大自然的生机。砀山梨具有耐旱、耐涝、也耐盐碱土的生长特性，特别适应黄泛区的气候及土质。昔日黄沙飞滚，今朝郁郁葱葱。继续北行，路两旁都是绽开的梨花。南边不远国营农场的梨花已近凋谢，此处却当盛时，这是气候差异所致。我庆幸看到了如许多的梨花。梨花多为伞房花序，边花先开，渐次向中心开放。这儿花的中心已怒放，紫色的花蕊点缀在五瓣之中，娇嫩，素雅。穿行在梨树林中，触目举手都是纯白色花朵，似在雪海中徜徉。突然一阵风刮来，飒飒地，纷纷扬扬的花瓣像白蝴蝶一样抖动着翅膀，轻轻落在了地上。一个个漂亮的小生命殒灭了。我忽然想到林黛玉的悼花葬花，不过，花开花落，还有结果，而她却不知何处是归宿。

最后是一片杂有桃树的梨树林。灿烂的桃花与雪白的梨花相映成趣。这些桃树还小，也不多，花不大，更衬托了梨花的茂盛。

梨花像什么？有人说像霜，"行看且夕梨霜发，犹有山寒伤酒垆"；有人说像云，"薄薄落落雾不分，梦中唤作梨花云"；但最生动、准确的，恐是像雪，它色白，片小，犹如雪花，南朝萧子显就有"洛阳梨花落如雪"的诗句，李白也有"柳色黄金软，梨花白雪香"的名句。梨花有的香有的不香，当然以香为贵：苏东坡咏东栏梨花，也是"惆怅东栏一株雪"。不能怪诗人比拟的雷同、想象的贫乏，梨花与雪实在太相像了。在这许多诗句中，岑参的无疑最为动人："忽如一夜春风来，千树万树梨花开。"岑参用梨花比雪，那宏大的气象，浪漫的色彩，只有在砀山的梨树林中才能感受到。试看，那梨树，不是一株一株，而是千树万树，千亩万亩；那雪白的梨花，不是一朵一朵，而是一团一团，一片一片，花团锦簇，压枝欲低，与雪压冬林的景象何其相似！

梨树太普通了，地不分南北，土无论肥瘠，都能顽强而愉快地生长。山坳里，庭院中，常可见到它的身影。《诗经·秦风》中即有"山有苞棣"的记载。"苞棣"为棠梨，俗称野梨，又名杜梨，是果树嫁接所用的砧木。唐玄宗时，长安梨园曾是宫廷歌舞艺术教习之所，留下了"梨园子弟"的称呼。作为果树，梨树奉献给人们的是甜美的果实和坚实的木材，但它同样是春的使者、美的点缀，陆游就说："粉淡香清自一家，未容桃李占年华。"万紫千红的春天，缺少了梨花，肯定会减色不少。月下的梨花当别有情趣。"梨花院落溶溶月"、"淡月梨花，借梦来、花边廊庑"，梨花如雪的庭院，映照着溶溶春月，这是多么耐人寻味的清绝之景、幽深之境。梨花的美还在潇潇细雨中。"梨花一枝春带雨"，本是形容杨贵妃泣下如雨时的姿容，后来"梨花带雨"竟成了娇艳女子的形容词。"一树梨花细雨中"，那是柔静与飞动结合之美，是启人思绪的景象。当然，风不能太骤，雨不能太大，风狂雨横，则是"雨打梨花深闭门"、"夜来风雨送梨花"，就很难欣赏了。

当我们赞叹梨花的繁盛时，砀山的果农则说，不能由着它们，还要疏花疏果。把好端端的花疏掉，岂不可惜？原来，开花结果都要消耗贮藏的养分，为了维持树体健壮生长，保证高产，防止大小年，就必须及时除去过多的花果。他们雇请了周围县的不少农民，给梨树进行人工授粉，同时疏掉过多的花。果农首先想的是果，他们既知道"春华秋实"的道理，也懂得"华而不实"的后果。当然他们是对的。

未刊稿

白云山新记

陕北佳县之白云山，以高耸险峻、终年常有白云缭绕得名。山居黄土高原腹内，地当华夏文明摇篮，东滨黄河，西临榆水，南望延关，北倚长城，自古以来，即为形胜之地。加以《庄子》曾云："乘彼白云，至于帝乡。"白云作为仙乡代称，渐为道教专用。山上遂又有白云观。观因山驰名，山因观益显，彼此相得，共为景观。

陕西素与道教有缘。昔年老子西游，紫气青牛，曾经过陕。而道教名山，终南、二华，冠绝一时。尤其咸阳人王嚞（重阳子），于金正隆、大定间，创建全真道，宣讲《孝经》《心经》《老子》，提倡三教平等，鼓吹三教融合，破一代道坛旧局，开万世教统新规。元、明以降，流行不过百余年之全真道（内丹派），得以全面占领北方，与南方流传千余年之天师道（符箓派）相抗衡，盖源于此。全真道总坛设于北京广安门外之白云观，白云山之白云观则为其嫡派真传。

全真道鼎盛期，北方各地多有以白云为名之全真道观。即以陕西为例，据清雍正十三年敕修《陕西通志》记载，其时，佳县除外，鄠县（今户县）、长安、临潼、华州（今华县）、澄城、洛川、宜川等州县，亦均有白云观。然而，经过近二百年板荡扰攘，悉皆荡然。唯有此白云山之白云观，依然保存完好。可谓不幸中之大幸！硕果得以仅存，盖不啻天功，亦于人力有赖焉。

今白云山之白云观，始建于宋，主建于明，续建于清，凡存建筑近二百处，占地八万余平方米，系西北地区最大之明代古建筑群。白云观之建筑，虽以道教为主，但兼有儒、释及其他民间信仰，与全真道三教平等、三教融合宗旨正相符合。观内音乐、绘画、雕塑、碑刻、剪纸、社戏等等，亦均集三教之长。故而不仅为著名道教圣地，亦为著名中华传统文化宝库。究其成就，世人往往以为与明万历四十六年神宗亲颁圣旨，并亲赐御制《道藏》，从此拔高白云观地位有关。窃恐未尽其然。白云观之长期维修与保护，若无历代信众鼎力供奉，众多社会贤达慷慨资助，似乎很难想象。

　　尤其新世纪伊始，有关方面为合理利用资源，保护民族文化遗产，组织各方才俊，以"保护为主，开发为辅"为原则，制定"陕西佳县白云山风景名胜区总体规划"，对白云山风景资源与白云观名胜资源重新进行整合，取得更大成绩。物华天宝，事在人为。深信经过规划后之白云山与白云观，必定山容更为灵秀，观貌益见古拙，并以其非凡新姿，成为中华盛世之重要景观。民之有幸，翘首斯盼！

本文收入《白云山记》，文物出版社，2010 年

在罗马，想起康有为的卓见

在佛罗伦萨参加完一个国际会议，我就迫不及待地赶到心仪已久的罗马。第一次来永恒之城，一切都是那么新鲜、诱人。罗马本身就是一座规模巨大的博物馆，我如痴如醉地徜徉在这人类遗产的宝库里。罗马又像一部卷帙浩繁的史书，我只能一目十行地抓紧浏览。那触目皆是的残石断柱、危墙颓殿，告诉人们罗马曾拥有过的辉煌，记录着久远岁月的凝重的脚步。看着这一切，我突然想起了一个人，一个九十五年前在罗马考察过的中国人，他的名字叫康有为。

戊戌变法失败，康有为作为"钦犯"亡命海外。1904 年他曾在欧洲十一国漫游，第一站便是意大利。这位具有高度爱国热忱和历史责任感的维新派旗手，认为自己负载着"为先觉以任斯民"的责任，欧洲之游是为了"遍尝百草"，寻找能够医治中国沉疴的"神方大药"。寻寻觅觅，得出的却是"只可立宪不可革命"的结论。这些我们姑且不论，但是他在罗马考察中对文物古迹保护的许多见解，对中国当时不重文物保护的深刻分析，对国人的殷切建议，都充分体现了这位近代革新派巨人的远见卓识。

1904 年 5 月 2 日至 14 日，康有为在意大利考察，先后去了那不勒斯、罗马、佛罗伦萨、威尼斯、米兰等城市，其中一半时间在罗马。他参观了不少教堂、博物馆、画院、宫殿、议院、大学，游览了古道、公园、斗兽场等。"百里石渠连碧汉，千年古道黯斜阳。

颓陵坏殿名王迹，高塔丛祠旧道场"，康有为的这四句诗，约略可见他的此番见闻。在长达一万六千余言的《意大利游记》里，我们看到这位拖着辫子的中国游子眼界洞开后，在历史和现实交织、故国与异邦对比中的惊喜、倾慕，以及深深的思索。

"南朝四百八十寺，多少楼台烟雨中"，遍布罗马的大小六百多座教堂，令康有为每每诵起这句唐诗。这些美轮美奂的教堂不仅是信徒们举行宗教仪式的场所，也是艺术品荟萃的地方，许多教堂本身就是精美的博物馆。康有为在罗马参观了三四十座教堂，"皆宏丽崇严，为他国大都所无者"。到罗马当天，他参观的第一处就是"号称宇内第一之彼得庙"。"此殿五色文石，雕镂精绝，庄严妙丽，高杳宏深，柱础皆盈丈许"。其中石雕像令康有为赞叹不已："所有各像，手足筋骸，精妙入微，光动如生，真刻像之极品也。"而"诚为地球绝伦之精工者"的圣保罗教堂，更使康有为叹为观止："吾遍游欧洲十余国，无有能比其一鳞半甲者。"他用生花妙笔描绘了大殿内部的不同寻常："顶盖藻井，皆刻金花，与大殿同其华丽也。近墙方柱，皆碧绿文石，如玉如晶，皆含山水之形。每两柱中壁间，嵌宝石数方，每方数尺，五色七章，无彩不备，尽地球石质之所有，光华炫烂。有红如柿，有黄如栗，有黑如漆，有绿如翡翠，如水如云，如霞如雾，天然妙章，令人叹绝。"

罗马多如繁星的博物馆、画廊，使康有为激动不已。他感受最深的是石雕和绘画作品。那些珍藏的古希腊、古罗马雕像，"自天神、名王、贤士、哲女皆备，凡千数。毛发骨肉如生，筋脉摇注"，"其像纯为赤体，盖非此则筋脉不见，而精巧不出"。不独人物，那些"古刻花卉、鸟兽、昆虫、鱼介瓶盆，皆精选五色宝石，鳞羽精妙生动，刻之迫真。凡千万品，皆瑰宝也"。他陶醉在许多大家的画前，特别钟情于拉斐尔的油画："吾每入画院，辄于拉斐尔画为流连焉，以其生香秀韵，有独绝者"，"生气远出，神妙迫真，名不虚也"，"笔意逸妙，生动之外，更饶秀韵，诚实神诣也，宜冠绝欧洲矣"。

穿行在罗马城中，康有为惊奇地看到，不管是尼禄帝宫的废殿颓垣，还是卢布路士墓的累累石础，虽然屡经万劫，仍然没有人毁坏它。相传为罗马第一王的罗慕路之宫已历二千五百年，遗址犹存，康有为于此拾得瓦石数片，感触颇深："其古工之朴厚坚致以遗后人，而后人之能敬英雄保存古物，二者交美，皆令中国人深愧者也。"康有为认为，这与罗马人强烈的文物保护意识、进步的审美观念、深厚的文化素养紧密相关："今都人士皆知爱护，皆知叹美，皆知效法，无有取其一砖，拾其一泥者，而公保守之，以为国荣。"罗马众多的画店、古董店，更使古城增添了浓厚的文化氛围。金石之像、器，及罗马古碑、古盘、古柱，刻字或无字，完全或断缺的，无一不有，"连栋相望，过之垂涎"。雅好文物古董的康有为当然不会错过这个机会。但好东西太多了，"恨力薄不能多购之"。罗马人重视文物保护的好传统使康有为感慨不能去怀，遂写了《古物五章》组诗赞美，诗中说：

> 颓垣断础二千年，衢道相望自肖然。
>
> 最异频经兵燹乱，保存古物至今传。
>
> 后汉世称风俗美，贼畏名贤鬼读书。
>
> 罗马人能存古物，此风粹美更何如。

文物古迹到底有什么作用，值得康有为如此颇费笔墨，感慨再三？康有为指出，文物古迹看起来无用，但其作用正是"无用为有用"。虚空，至无用也。而一室之中，若无虚空，则不能转旋，"然则无用之虚空，之为用多矣"。文物古迹不能直接解决人们的具体问题，但它的作用却在"令人发思古之幽情，兴不朽之大志，观感鼓动，有莫知其然而然者"。他在一首诗中进一步抒发了这种看法："古物存，可令国增文明。古物存，可知民敬贤英。古物存，能令民心感兴。"以罗马为例，那些历史久远且丰富的古物，就能使旅游者"皆得游观，生其叹慕，睹其实迹，拓影而去，足以为凭"。"无用之用方为大用"，康有为用老庄这句话概括文物的作用，是深刻而精确的。正是从这个认识出发，康有为把是否注重珍藏文物，看作文明与野蛮的重要区别：对一个国家来说，"观古董之多寡，而文野之别可判也"；对一个地区来说，"观室庐古物之多少，而其人民文野之高下可判矣"。这一番论述，在当时风雨飘摇的清王朝末期，自然是振聋发聩的空谷足音；即使在进行现代化建设的中国今天，也是警世醒俗的真知灼见。

罗马的鼎盛约当中国的汉世。雄踞东方的中国与睥睨西方的罗马，犹如双峰并峙，依靠漫漫丝绸之路很早就有了联系和交流。东汉时甘英曾出使罗马，虽未到达，却留下了一些可贵的资料。公元166年（东汉延熹九年），罗马皇帝马可·奥勒留·安东尼派遣使者由越南抵洛阳进谒，至此，两国"始乃通焉"。康有为在《意大利游记》中，对《后汉书·西域传》中的这一记载进行了详细辩证，并在罗马特地购买安东尼像，纪念这位与中国交通之始的皇帝。两个对人类文明都做出过重大贡献的古国，流风余韵尚在，但罗马保存了更多古物，相比之下，中国则保存得甚少。康有为痛切感到，中国保存文物不如罗马。他谴责中国破坏文物古迹的野蛮行径，历数自周秦以来历次对古迹的破坏，并分析了产生这个问题的三个原因：一是趋时风，二是重适用，三是古建为土木结构。他说，中国人非不好古，但"趋时风或好言适用者，则扫除一切，此所以中国之古物荡然也"。趋时风，讲适用，都是只重眼前功利，而不懂得保护传统，不重视文化积累。不重视文物还表现在不知崇敬文化名人，不重视他们的遗物。数千年的"美术精技"，也是"一出旋废"，不能传诸后人。文物是不可再生的，"乃不知为公众之宝，而一旦扫除，后人再欲讲求，亦不过仅至其域，谈何容易胜之乎？"由于古建筑多为土木结构，历史上天灾兵燹，古代有名的宫殿都付之一炬。土木结构固然不利于古建保护，但从根本上说还是缺乏文物保护意识。康有为举例说："吾粤巨富，若潘、卢、伍、叶者，其居宅园林，皆极精丽，几冠中国，吾少时皆尝游之。即若近者，十八铺伍紫垣宅，一门一窗一栏一循木，皆别花式，无有同者。而前年伍家不振，忽改为巷，遂使全粤巨宅，无一存者。"他指斥道，这都是我国不知保存古物之大罪。不知保存古物，则真野蛮人之行为，而我国人乃不幸有之。文物是文明的载体，是历史的见证物。中国虽有文史流传，而无实物指睹，"无文明实据，则令我国大失光明"。他在一首诗中沉痛地抒发了这种感受："罗马坏殿遗渠侵云过，是皆周汉以前物，英雄遗迹啸以歌。回顾华土无可摩，文明证据空山河。我心怦怦手自搓，惟有长城奈若何！"

他山之石，使康有为大有获益。他从保存和发扬中华文明的目的出发，提出了保存古物的建议。他介绍意大利以及他游历过的一些西方国家在文物古迹保护上的好做法：一是各国"皆有保全古物会"，"凡一国之古物，大之土木，小之什器，皆有司存。部录之，监视之，以时示人而启闭之"；二是"郡邑皆有博物院"，小物可移者，则移而陈之于院中；三是"巨石丰屋"等不可移动的古遗址、古建筑则守护之，"过坏者则扶持之，畏风雨之剥蚀者则屋盖之，洁扫而慎保之"，并有图像与文字介绍。对于参观者，"则引视指告其原委，莫不详尽周悉焉，而薄收其费"。他主张向这些国家学习，倡导省府州县宜处处成立"保存古物会"。官府虽不重视，可由各地士大夫参与组织。凡是地方志上所著之古物，公开登记并令人守护；志乘未著录的，使学者查致之。"凡其有关文明，足感动人心，或增益民智者"，例如一些著名的建筑物，有事者皆宜归之公会，"不得擅卖拆毁"。要重视名人故居的保护。康有为以他在欧洲见闻为例，"少有才能名望事业，则恭写其像，珍藏其遗物，刻石纪其曾游之地，所居之庐，令见者流连景慕焉。"康有为提出，对于园林及博物馆等，可"薄收其费"，因用养工人、饰花木、备废毁，使"美者益美，久者益久也"。

康有为不愧是向西方寻求真理、推动历史前进的先进人物。他对文物古迹意义的认识以及大力保护的主张是一以贯之的。在著名的《大同书》中，他就把博物馆以及动物园、音乐院等公共设施规划进他的大同世界。1898年夏天，光绪皇帝批准康有为所上的《请励工艺奖创新折》，内有建立博物馆的建议。1913年他在《不忍》杂志发表《保存中国名迹古器说》，全面论述保存文物古迹的意义，概括为四个方面：一是可以教育人们向英雄贤哲学习，继承发扬其业绩，使国家进步富强；二是有利于维护国家的形象和国际地位；三是可以使人们开拓知识，提高审美水平、文化素养和文明程度；四是作为极好的旅游资源，可以开发利用，增加国民收入。民初有人拟将沈阳故宫所存古物售为国用，更引起他的愤恨，斥责此举"实与卖国无异，我国人当以公愤而公保之。有售卖者，当视为公敌也"。他担心"碧眼高鼻者，富而好古，日以收买古物为事，恐不十数年而吾精华尽去也"。他针对这些问题，提出了一系列具体建议。特别是古都北京，他认为应加强维修保护，选择一两处开博物院，翰林院、国子监宜辟为图书馆，其次的可开辟为公众游览之地，再次的也应保存空屋败墙，不卖不拆，不改用，不租人，而雇人看守

保护。他的这些独具只眼的主张，后来多被采用。

康有为虽然盛赞罗马人重视保护文物的精神，但不是盲目地认为罗马什么都好，他反对妄自菲薄，反对数典忘祖。例如他说以前听说古罗马建筑妙丽，倾仰甚至，待自己亲至罗马遍观之后，乃知古罗马之建筑实不如《三辅黄图》和《汉书》所述秦汉盛时，唯其"石渠、剧场之伟大，亦自惊人；然比之万里长城，则又不足道矣"。他颇有感慨地说："故吾国人不可不读中国书，不可不游外国地，以互证而两较之，当不致为人所恐吓，而且退于野蛮也。"充分表现了一个中国人应有的自信和尊严。

九十五年后的今天，我也像康有为当年一样流连在罗马城中。秋草夕照，陈迹历历，漫步遐思，苍茫千古。中国的文物保护意识虽较九十五年前有了很大进步，但与今天的罗马相比，我仍有康有为当时的那种感受。据说国内某些政府官员到罗马参观，得出的结论却令人瞠目，大意是我们的现代化意识比罗马强多了，他们都是破破烂烂的东西。许多人感到此说可笑，我却笑不出来，只感到有一股难以名状的悲哀。时光过去已近一个世纪，难道我们还像康有为批评过的那样"讲适用"、"趋时风"，还是那样地不长进吗？从这一点看，我们是愧对康南海的。

原载 2001 年 4 月 22 日《文汇报》

东瀛逐樱

有人说，到日本而看不到樱花盛开，感受不到日本人爱樱赏樱的那种痴迷，对日本的认识就如雾中看花，终觉浅了一层。话虽有点偏颇，但今年 4 月的日本访问，使我感到此说确有一定道理。

4 月下旬，东京一带花事已过，上野公园的樱树绿叶婆娑，失去了"望去确也像绯红的轻云"（鲁迅语）的景象，皇宫附近雍容华贵的八重樱，也在一天天减损着风采。我们正觉懊丧之际，主人则安慰说，此行一路都可看到樱花。原来，日本樱花自南向北陆续开放，如果一个人 2 月份从最南端的冲绳岛开始，5 月赶到北海道，足有 4 个月饱赏各地樱花的眼福，日本人称其为"樱前线"。我们此次被安排到日本东北部访问，4 月下旬正是这些地方樱花盛开的时节。

本州岛北部是日本的东北地方，古代称为"日高见国"，后分为陆奥国与出羽国，又称奥羽地方，意思是"内地"或"狭路"。东北地方，是曾经被称为虾夷人所居住的"化外"之地。它的大规模开发是在中世纪以后才开始的，直到现在仍是日本发展相对滞后的地区。该地区包括青森、岩手、宫城、秋田、山形和福岛六个县。除过山形和福岛，其余四个县我们都去了。作为中国文物代表团，我们主要考察古遗址、古建筑的保护情况。但所到之处，电视、报纸，都是樱花开放以及人们赏花的报道，介绍各地风光的宣传册，也特别标明了樱花盛开的时间，这种浓郁的气氛深深感染了我们，特别是"裂石樱"、"角馆垂樱"、"樱的弘前"，更给我们留下了难以忘怀的印象，加深了对日本樱文化的认识。

我们在岩手县的行程中，有观看"裂石樱"的专门安排。岩手县政府所在地是盛冈市，裂石樱就矗立在盛冈地方法院的楼前。这里曾经是盛冈藩主南部老家家老们的住处。裂石樱，就是在一块巨石中间长成的樱树。据说是三百五十年前，一棵樱树种子飞落在庭园内花岗岩的石缝里，竟奇迹般地发芽长大。随着树木的生长，裂缝在不断扩大。现在这棵树直径 4.6 米，高 10.6 米，树围 17 米，黝黑苍老的枝干令人想起岁月的沧桑。它至今仍然充满活力，我们看时，满树花如绛雪，正是千朵万朵压枝低的好时节。为了保护树体，减轻花朵的压力，在几个主要树枝下撑起了木棍。这棵树的根到底有多深？不得而知。这只能说是大自然的杰作。虽然遍布青苔的花岗岩紧箍着树干，但它的开花又是全市最早的，人们都说因为石头的温暖滋润着它。1932 年，法院发生火灾，当时护理庭院的老人藤村治太郎，奋不顾身，利用被水渗透的外套短衫滑到石缝旁守护大树，自己跌破了嘴，大树则安然无恙。难怪日本樱花长得如此繁茂，原来有众多的藤村治太郎们用生命在呵护着它们。

秋田县角馆町的武士公馆是我们考察的一个重点。这批武士公馆有五十二户，其中三十八户受到保护，虽然历经四百年风雨，但面貌依旧，古朴严肃，迎接着来自国内外的游客。到角馆的游人，既看古建筑，又钟情于盛开的樱花。樱花的品种据说多达三百来种，大致有山樱、里樱、枝垂樱、染井吉野樱等。角馆丝柏内河堤绵延二公里的樱花通道，全是染井吉野樱。这个明治以后的新品种，以其绚烂的色彩而风靡全日本，几成樱中魁首，只要一说樱花，一般即指染井吉野。丝柏内河堤的染井吉野樱约有四百多株，其中一百五十三株为国家保护重点。清澈的河水缓缓流动，倒映在河中的树与花慢慢地改变着形象。但与武士公馆同样著名的，则是"角馆垂樱"，它以其绰约的风姿吸引着我们。

枝垂樱，又称系樱，是彼岸樱的变种，枝条细而下垂，淡红色的花朵婀娜多姿，在细雨的滋润下溢光流彩。角馆地处边鄙，枝垂樱亦从京都传来。据说在 1664 年，京都皇族三条西家的女儿远嫁此地佐竹北家第二代，作为嫁妆之一，带来三棵枝垂樱苗，这细长的枝条寄寓着远离父母对女儿的思念。1770 年左右，著名的秋田藩士，也是优秀的学者益户沧洲，曾写下了一段形容枝垂樱的诗文，大意是：千条丝缕般的樱树高百尺，描雾裁云向下垂，恰似万片雪花在飞舞，远看千仞飞瀑挂半天。原文是汉诗，曾被写在梅津传右卫门武士院内的枝垂樱树旁。三百多个春秋，这三棵枝垂樱苗便繁衍成如今气象万千的樱林花海。

一朵樱花从开放到凋谢大约七天，一棵樱树从花开到全谢大约半个月左右，形成樱花边开边落、一开就落的特点。在岩手县平泉市，我碰见一位从中国吉林来的年轻人，他认为，樱花之所以对日本人最有魅力，即在它那突开突落的气质，它所经历的短暂灿烂后随即凋谢的"壮烈"。日本人认为人生短暂，活着就要像樱花一样灿烂，只争朝夕，即使死，也毫不犹豫，果断离去。正如日本诗人本居宜长所吟咏的："欲问大和魂，朝阳底下看山樱。"在武士公馆赏樱花，对此当更有体会。武士是日本历史上以武艺为专业的社会阶层，武士团在日本封建社会平安时代中期以后起着举足轻重的作用，而武家政权存在竟达七百年之久。以主从关系为纽带的武士团为加强战斗力，以忠节、武勇、孝行、廉耻、无欲等要求武士，使之养成绝对服从主君、重然诺、轻生命、勇于战斗的性格。武士的这些"弓马之道"，使他们对樱花有着特别的爱好。在古代，日本的武士们更是喜爱樱花的这种"壮烈"，并以此激励自己在短暂的人生中做出轰轰烈烈的事业来，对民族、对国家都要有所贡献；而当事业失败后，武士仍然会来到樱树下，面对樱花，剖腹结束自己的生命。由此我似乎悟到了樱花被誉为日本精神的原因，看到了一个不屈不挠的民族力量的源泉，也明白了被军国主义蛊惑利用下这种力量何以具有可怕的破坏性和扩张性，它曾给日本人民和世界人民尤其是亚洲人民带来深重的灾难。

"樱的弘前"使我领略了日本人赏樱的狂迷。弘前古城是我们在青森县考察的一个古遗迹。这是一座占地四十九公顷的比较平坦的山城，1611 年建设，直到明治 4 年废藩置县，二百六十年间津轻地区的历代藩主都居住于此。保存完整的天守阁、角楼、城门等整个建筑仍能看出当时的雄姿。这些历经三百八十年的主要建筑物属国家重点文化财产，而三重护城河更成为国家指定史迹地。弘前古城现辟为公园。

几天来阴雨不断，4 月 29 日天霁云开，春光明媚，又值日本"黄金周"，弘前公园游人如织，肩摩踵接，他们不是考察古迹，而是来观赏樱花。到处是烂漫的樱花，一团团，一簇簇，一片片，或如白云，或似锦缎，铺天盖地，蔚为壮观。古老的护城河、角楼都掩映在万花中，几株阅尽岁月的樱树，覆荫亩许，枝头满绽樱花，像一座座小花山，引得人争相拍照。樱树下，草地上，许多人席地而坐，或谈笑风生，或静观默思，或载歌载舞，远处是蓝天、白云、雪山、碧草，一幅如诗如画的景象。忽然看见一群中国年轻人在拍合影，有人向他们做了介绍，我遂应邀加入，一问，知是在弘前大学的中国留学生，今天集体来赏樱。这是一个欢庆的节日。黄遵宪清末曾在日本当过公使，写有一首《樱花歌》，淋漓尽致地书写了当时东京人赏樱的情景：

鸽金宝鞍金盘陀，螺钿漆盒携叵罗。

伞张胡蝶衣哆啰，此呼奥姑彼檀那，

一花一树来婆娑。坐者行者口吟哦，

攀者折者手授莎，来者去者肩相摩。

墨江泼绿水微波，万花掩映江之沱。

倾城看花奈花何！人人同唱樱花歌。

　　时代不同了，区区弘前也难以与东京比拟，但爱花之笃，赏花之痴，则是一脉相承，至今不衰。

　　日本人赏樱的习惯，可追溯到很古的奈良时代。那时每当樱花盛开，人们就举行花祭、花会、花舞、花宴，甚至已有夜晚赏樱的习惯了。日本历史上第一次赏花大会，于9世纪初由嵯峨天皇主持举行。早先的赏花，只在权贵中进行，直至三百年前的德川幕府时代，随着商人阶级的兴起，赏花才逐渐普及于庶众，形成传统的民间风俗。但赏花之地仍有区别，上野公园只准上流人物去，只有向岛、飞岛山等地一般人方可涉足。现在一年一度的赏樱活动已成为日本人民的盛事。除过对于樱花象征意义的重视外，窃以为，日本人偏爱樱花，还有审美上的原因。

　　对于日本人审美程度的推崇，我国早先一些留日的人有较深体会。虽然日本是个海国，但风光明媚，山水秀丽，对于其国民当然成为一种美育，而自然的赏鉴成为普遍的习性。樱花是柔美的，但茁壮茂盛的樱树往往成片生长，人们看到的常常是花的海洋，气势十分磅礴，是刚与柔的结合；许多树龄都是几十年甚至上百年，虬枝铁干，给人力的震撼。因此樱花的美是壮美，不像盆栽花草那样雅致；是伟大，不像庭院园林那样小巧；充满阳刚之气，是一种男子汉气概。作为对美有着认真追求的民族，日本人必然重视樱花的壮美、伟大，从中感受它的美，以涵养自己的灵性。或者说，对樱花的这种理解与领悟超越了一般陶冶情性，而与更深远的审美人生意义相联系。这几天，在迷蒙细雨中的裂石樱前，在千百条瀑布似的角馆枝垂樱旁，在如霞如锦的弘前公园，我在人们的眼神中、嘴角上，分明捕捉到了这种感受。

快要离开日本东北时，发现所带礼品不多，怕不够用。代表团商量了一阵，决定采取一种"惠而不费"的办法，由同行的山东省书画家王承典先生写些字送日本友人。但写什么呢？后来大家让我凑几句，难以推辞，寻思这些天所见所闻，都与樱花有关，似乎千里东北之行，实是追逐樱花而来，遂口占二绝，请王君书成斗方。诗曰：

其一

扶桑四月看花来，南北繁樱次第开。
更喜连朝淅沥雨，湿红滴翠醉心怀。

其二

红霞粉雪自怜人，今到弘前且逐春。
莫待枝头俱烂漫，味长恰是二三分。

原载 2000 年 12 月 24 日《中国文物报》

以色列散记

一　和平的祈盼

当亲友知道我要去以色列时，无不感到吃惊。这时还是 2001 年的 4 月。《中国百件珍宝展》将于 8 月 13 日在以色列博物馆展出，我要带一个代表团参加开幕式。亲友的担心不无道理。2000 年 9 月 28 日，时任国防部长的沙龙参观伊斯兰教圣地阿克萨清真寺所在地圣殿山，引发了与巴勒斯坦持续至今的暴力冲突，不时你死我伤，使这弹丸之地为世瞩目。"危邦不入"，这是孔夫子的古训，但去以色列是工作，不是可以随意改变的。我们只祈盼届时局势能平静下来。5、6、7 三个月，以巴冲突愈演愈烈，你爆炸，我报复，你反击，我偷袭，轮回似的事件接踵不断。8 月 4 日，以巴双方在约旦河西岸和加沙地带连续攻击的炮火不时划破暗夜的长空，又使即将整装待发的我们心头布上了一层阴霾。征求过我驻以使馆意见，回答说安全没问题，展览可如期进行，我们遂于 8 月 9 日踏上了赴以色列的征程。

我们乘的是以航班机。安检十分严格，但主要是和乘客面谈，提出一个又一个问题。安检人员始终保持的微笑使乘客感到不是审查，而是平等的对话，从而保持了应有的尊严。我们在以色列驻中国使馆一秘安吉道先生的通融下，免去一些程序，顺利过了这一关。据说以航的安全系数相当高，当与这套严密的检查制度分不开。飞机上的服务相当周到，令人有种温馨的感觉。十多个小时的穿云破雾，飞越重洋，薄暮时分我们一行安抵特拉维夫本·古里安国际机场。等待我们的是一个令人惊愕的消息：今天耶路撒冷市中心的一座快餐店发生自杀性爆炸事件，至少十五人丧生。这是该市近年来最严重的爆炸事件。当时我随展人员正在以色列博物馆布置陕西杨家湾出土的陶兵马俑，以方在确知代表团上了飞机才告诉了这一消息。

车行驶在去耶路撒冷的高速路上。地中海潮湿的热气使我们感到不太适应。大约个把钟头，车子驶入耶市，透过车窗，不时看到公路两旁挂着有关中国展览的宣传画，秦始皇陵跪射俑的凝重与京剧旦角的花俏在同一张画面上相互映衬，在这异国他乡分外引人注目。看来以色列同行已为展览做了充分准备。但是会有观众吗？文物会安全吗？我们思忖着这难以预料的一个个问题。

事实证明，我们有些过虑。《中国百件珍宝展》开幕式是成功的，观众如潮，我们在各地参观时也没遇到什么危险，外界沸沸扬扬的传闻与实际是有一定距离的。但说实在的，那种弥漫在以色列空气中的"火药味"使人总是处于神经紧张状态。我们来时，曾请教在我驻以使馆工作过的一位同志，她说，到了以色列，如果在路上看到丢弃的箱包千万别动，说不定那就是危险品。来到以色列，也听到这类劝告，自然慎之又慎，不敢稍有差池。我们庆幸未遇上爆炸，但爆炸的消息仍不时传来。在展览开幕的头一天，海法市的一家咖啡馆又发生自杀性爆炸事件，肇事者当场毙命，三十六人受伤。

在以色列，经常见到荷枪实弹的军人和巡逻的军车，其中女军人占比例不小。我从橄榄山进入耶路撒冷老城的狮子门，门洞中停着一辆军车，两名男军人和一名女军人仔细盘查着进出的车辆，并认真做着记录。他们对中国人很友好，应我的请求和我一起合影，其中一个小伙子把冲锋枪横端在手里，蹲在我的面前，列出威严的架势。看样子他们经常与游客照相。我在特拉维夫市，见到的军人更多，有的在路上抽烟，有的三三两两边走边聊，举止有些散漫，但这支队伍却很会打仗。以色列为了自身的安全，付出的代价相当大，那就是全民武装，枕戈待旦。

在以色列博物馆，每个保安人员都配有枪支，严格检查着进馆参观人员。我与一个腰间佩着手枪的二十来岁的女保安攀谈起来，她说曾在特种部队受过训，现在服役期将满，准备上大学。以色列实行征兵制和后备兵役制。按兵役法规定，以色列男女犹太青年和德鲁兹人都有服兵役的义务，应征年龄男为十八至二十九岁，女为十八至二十五岁，服役期男为三年，女为二年。除特殊情况外，所有适龄青年必须从军。适龄青年一般在中学毕业时入伍。每名士兵在服完义务兵役后被编入一个后备役单元，男子服役至五十五岁。以色列社会军事化程序之高，在当今世界首屈一指，整个社会犹如一座兵营。

在与一些以色列同行谈到巴以冲突时，他们顾虑最多的是以色列的安全问题。有人担心自杀炸弹使自己成为无辜的受害者，有种恐惧感。以色列博物馆的比特曼，这位在纳粹魔爪下侥幸逃生的女士，也像政治家一样向我们认真解说，强调以色列必须采取强硬态度，才能消除不安全感。她举例说，以色列必须占领戈兰高地，因为这块山地具有重要战略地位，它关系到加利利海和胡拉谷地的安全，也关系到作为国家供水系统主要来源的约旦河的控制问题。

比特曼女士的观点很有代表性。犹太人在历史上受尽磨难，流离失所二千来年，二战期间又遭到纳粹灭绝人性的大屠杀。好不容易建立了一个国家，但处在二十多个阿拉伯国家的重重包围之中，

它的出入也很有限，除了一条通往欧洲的路外，别无门户。

犹太人的悲惨遭遇是令人扼腕与同情的。但巴以冲突的实质是利害问题。按《旧约》的说法，犹太人与阿拉伯人的祖先同是亚伯拉罕，亚伯拉罕与妻子撒拉生的儿子叫以撒，以撒生了十二个儿子，他们变成了以色列十二个部落的祖先。亚伯拉罕（阿拉伯人称为易卜拉欣）与撒拉的埃及使女夏甲生的儿子叫以实玛利，后来夏甲母子流落到阿拉伯半岛，以实玛利就成了阿拉伯民族的祖先。

这个故事在《古兰经》中也得到了认可。传说只是传说，但从民族学角度看，犹太人和阿拉伯人同属闪米特人，都起源于阿拉伯半岛，至今两种文化也有千丝万缕的联系。他们的争斗，在一定意义上，可以说"兄弟阋于墙"。在过去一千多年里，阿拉伯人和犹太人之间的关系基本上是融洽的。当散居世界各地的犹太人源源不断地移居巴勒斯坦，并在1948年建立以色列国后，他们的成功却成为巴勒斯坦人悲剧的开始。过去无家可归的犹太人有了归宿，已在此地繁衍生息了一千三百余年的上百万巴勒斯坦人却沦为流离失所的难民。巴以的频繁冲突，成了整个阿拉伯世界同以色列及它的支持者美国的对立与斗争。中东是我们这个不平静的地球上的"火药桶"。

巴勒斯坦人根本不是以色列人的对手。据说以色列约有二百枚核弹，每颗核弹的威力比投到广岛的原子弹大十倍，而巴勒斯坦只有区区三万支冲锋枪和少量子弹。但是，失去家园的巴勒斯坦人并没有停止斗争。他们生活水平低下，失业率长期在百分之二十五以上，自然难免出现"慷慨悲歌"之士，而长期形成的战斗性格与烈士心态，更使其不惮于以色列的暴力，常用"人肉"炸弹之类向以示威。以色列提出扩大定居点，但暴力浪潮使从这里移民国外的犹太人数目倍增。2001年2月，沙龙当选总理时承诺将给以色列带来"安全"，但他显然无法做到。经济不景气，旅游业萧条，人心浮动，这都是明摆的事实。我在耶路撒冷老城东边参观时，看到一栋楼房上悬着一面蓝白两色相间、中间是大卫盾牌的以色列国旗，旗子的下面竟乱涂着红油漆。据说这是沙龙的住处，旗上的油漆是阿拉伯人涂抹的。为什么沙龙不换一面新旗子？大约是对那些对他充满仇恨目光的阿拉伯邻居无可奈何的缘故。滥用武力和崇尚暴力只能事与愿违。就在 8 月 9 日耶路撒冷那家餐馆发生爆炸后，聚集在附近的一些人大叫要进行报复，另外也有一些人则手举"不要报复"、"报复只能导致血腥的恶性循环"等标语牌。犹太人和阿拉伯人都明白，在这个世界上他们之间谁也消灭不了谁。理性地抛弃以暴易暴、冤冤相报的逻辑，才能迈向长久的安全与和平之路。

不仅犹太人需要和平与安全，巴勒斯坦人同样需要和平与安全。就在我们到达以色列的那一天，一批"国际团结运动"的志愿者在巴勒斯坦开始了为期十天的被占领土之行。他们的活动目的是关注巴勒斯坦的被占领状况，并呼吁以色列结束封锁。来自美国犹太人社团的年轻的伊雷娜·西格尔向记者说："我是犹太人，我支持以色列，但我无法支持以色列对巴勒斯坦土地的非法和野蛮的占领。"同为美国犹太人的萨拉·西蒙说，事实上，美国很多犹太人并不是盲目支持以色列，很多犹太团体，包括他们俩所在的团体，都坚决支持中东和平进程，要求以色列结束占领。国际上对以色列向巴施暴的行为多有谴责。就在以色列，也有一些青年人拒服兵役。

解决巴以冲突的唯一正确途径是执行有关国际法和联合国决议。这就首先要求双方坐下来进行谈判，彼此让步，实现和平共处。8 月 13 日《中国百件珍宝展》开幕式上，以色列副总理兼外交部长西蒙·佩雷斯提前到会，他径直走到临时搭建的大厅，与好多人打招呼，有人关切地询问与巴勒斯坦会谈的问题。这几天以色列电视台报道，这位几经沉浮、屡仆屡起的政治家提出与巴方直接会谈，但沙龙不同意。以沙龙领导的右翼利库德集团同以佩雷斯为首的左翼工党是联合政府的主要执政伙伴。利库德集团一贯主张"以安全换和平"的立场。身为外长的佩雷斯坚持用外交手段解决问题，反对将巴勒斯坦人逼上绝路和对巴大打出手。近来他公开挑战沙龙的"不停火不谈判"的立场，扬言政府若再不同意与巴领导人就停火进行谈判，工党将退出联合政府。在我们离开以色列的 8 月 25 日，沙龙被迫妥协，同意佩雷斯同巴勒斯坦直接进行谈判。但从中东和平几十年步履蹒跚的历程来看，恐怕解决这场旷日持久的冲突不会那么顺利。

8 月的特拉维夫骄阳似火。我们离开以色列前，专程到这座椰风海韵中的美丽城市，参观了前总理拉宾遇害的纪念地，瞻仰了他的塑像。拉宾是为实现巴以和解、推动中东和平而献身的。他接受巴人提出的"以土地换和平"的原则，使中东和平出现曙光。1994年，以色列与巴勒斯坦签署"开罗协议"，次年又签署了"扩大约旦河西岸巴勒斯坦自治的协议"；1994 年，以色列与约旦签署了结束两国战争状态的"华盛顿宣言"，实现了两国的和平。那是一段令人鼓舞的日子。拉宾从一个与阿拉伯人厮杀打拼的战争英雄变成了奔走呼号的和平斗士。阿拉法特、拉宾、佩雷斯同时获得了 1994 年的诺贝尔和平奖。但是以色列和巴勒斯坦的极端分子反对并阻挠和解的潮流。1995 年 11 月 4 日晚，十万以色列群众聚集在特拉维夫以色列国王广场，举行"要和平，不要暴力"的和平集会。拉宾、佩雷斯与内阁成员都出席了集会，拉宾在讲话中提出一定要抓住和平的机会，批判破坏中东和平的敌人，向全世界传达以色列人民希望和平、支持和平的信息。拉宾以和平的呼喊结束了后来被称为他的政治遗言的演讲，并同与会者唱起已成为和平运动象征的《和平之歌》。当拉宾离开会场来到自己车旁，忽然遭人枪击，凶手是反对以色列人同阿拉伯人实现和平的以色列极右分子。鲜血染红了他脚下的国王广场，一个伟大的生命停止了呼吸。他死在了人类可怕的偏执和愚昧。已扯起风帆的中东和平进程又是磕磕绊绊的一步三折。

拉宾遇难处已建起正方形的黑色大理石纪念碑，上面有人们敬献的鲜花。从拉宾黑色的肃穆塑像看，他的眼神饱含着希望与祈盼。他的希望与祈盼也是绝大多数阿拉伯人和以色列人的希望与祈盼。这时，我想起了佩雷斯在拉宾葬礼上所致悼词中引用《圣经·耶利米书》中的一段话："耶和华告诉大家，不要失声地呜咽，不要让泪水遮住视线，所做主工必有回报，未来充满希望。"可以肯定地说，中东和平、巴以消除宿怨是充满希望的。

二　安息日

我们星期四来到耶路撒冷，第二天上午便匆匆赶赴以色列博物馆。因为《中国百件珍宝展》再过几天就要在这座以色列最大的国家博物馆展出，而陈列布置中的有些问题尚需研究解决。中午，詹姆斯·施奈德馆长陪同大家在博物馆用餐，并邀请代表团到他家共进安息日晚餐。这是日程上早已安排好的。

犹太人给全世界带来了六天工作、第七天礼拜和休息的工作周。从每个星期五的日落到星期六的日落，犹太教徒必须停止工作，专事敬拜上帝的休息、祈祷、学习等活动。这一天就是安息日，它是神圣的，因此也称为圣日。犹太教的节日很多，最重要、最特殊的当数安息日。引起我很大兴趣的是安息日的诸多令人不解的禁忌。在这一天，犹太人不仅全天不工作，不做生意，不购物，不旅行，不娱乐，不烧煮，而且也不能抽烟，不携带钱款，不生火、灭火，不开灯、关灯，不按电钮，不走长路，不准乘车或利用其他公共交通工具到犹太教会堂，停在港口的轮船不准起航，等等。提前十多天来以的我方布展人员对此深有感触。比如，安息日犹太人不工作，我们的布展工作却不能停，为了赶上开幕时间，还得加班，但展厅的电梯这一天不开，有着偌大包装的展品就无法运到展位。有一个安息日，我们一位同志乘电梯，电梯门关上后，他就习惯地摁了自己所要到达的楼层号码，奇怪的是毫无反应，电梯内的其他犹太人则对他怒目相向，弄得他一头雾水。后来才明白，这是安息日专用的电梯，设计了每层都停的程序，且在星期五日落前就开动了，不管有人没人，它都会在每层停一下，如此上上下下，直至安息日结束。即使你住最高层，也只能耐着性子慢慢上，摁什么都不管用。安息日晚餐是犹太人一周里最丰盛的一顿晚餐，馆长请我们在他家共进安息日晚餐，这是对客人的尊重，也是我们了解、体验犹太人生活的一个好机会。

詹姆斯·施奈德馆长是美籍犹太人，在纽约现代艺术馆工作了近二十年，当过多年副馆长，聘任到以色列博物馆也四五年了。他的妻子、女儿都在美国，自己孑然一身租住在紧邻耶路撒冷剧院旁的一栋小楼。这栋建于 1926 年的阿拉伯风格的三层楼房，在当地还颇有名气，不仅因为楼前有葱郁的草、鲜艳的花，楼后有耶市不多见的名木荟萃、果实累累的袖珍小果园，还在于它的房客多是些显赫人物。它在英国"托管"时期，曾是英空军负责人的住所。以色列建国后，三层曾为以色列国的创立者和第四任总理果尔达·梅厄的寓室，二层住过总理办公室主任，一层住过大法官。施奈德先生现租住第一层。从我们下榻的因堡饭店到施奈德先生住处不算远，步行也用不了二十分钟。来接我们的瑞贝卡·比特曼女士提议，大家不妨安步当车，领略一下耶路撒冷安息日到来前的风情。我们穿过一条街道，两旁鳞次栉比的石头楼房都不甚高，在太阳的余晖里反射着金色的光芒，而且很快地愈来愈暗淡，掩映着楼房的树木也渐渐地失去光泽，院子铁栅栏门上卧着的几只猫儿在探头探脑，道两旁停满了小车，行人很少，偶尔有一两辆出租车疾速驶过。夜幕降临，喧嚣了一天的街道变得沉静起来。这一切都表明，安息日到了。

为了今夜的晚餐，施奈德先生特意请了两位女士帮助准备。除了中国代表团一行七人外，加上外交部的一位官员及其夫人，还有博物馆的人员，共十二位。我们坐在铺着洁白桌布的长条桌子两旁，点燃了烛台上的蜡烛。桌上摆了酒杯和盛着白面包的盘子。施奈德先生说了几句祝福的话后，端起白面包的托盘，请中国朋友无论如何要吃一点。安息日晚餐虽然丰富，最重要的是吃白面包。犹太人管这种拧成麻花式样的白面包叫"哈拉"，通常要吃两个，据说是纪念犹太人在西奈旷野流浪时上帝赐予的"马纳"的两部分。这种白面包除了面粉，还掺和了糖、盐、鸡蛋清、植物油以及一些果仁碎片，吃起来十分可口。

在安息日晚餐上，我们谈得最多的当然是安息日。这天人们之所以要休息，大致有两方面理由。一是因为上帝用了六天造成天地，第七天便安息，所以摩西《十诫》第四诫说："六日要劳碌作你的一切工，但第七日是向耶和华你上帝当守的安息日。"因此"当纪念安息日，守为圣日"。二是安息日同上帝"救赎"希伯来人的历史相关联。《申命记》中写道："你也要纪念你在埃及地做过奴仆，耶和华你神用大能的手和伸出来的膀臂，将你从那里领出来，因此，耶和华你神吩咐你守安息日。"这就是说上帝把希伯来人从奴役中解救出来，从埃及带到迦南，找到了一个安歇之处，为了纪念它，希伯来人受命定时休息。出埃及是犹太民族发展史上的重大事件，犹太教的逾越节、住棚节等重大节日也都与此有关。在犹太教中，一天不是从日出开始，而是从日落开始，所以，安息日便从星期五日落到

星期六日落时为止。

施奈德先生并不是犹太教徒，但作为犹太人，他也很重视这个节日。他邀请中国朋友在他家共进安息日晚餐，因为以家庭为中心过安息日是最重要的习俗。据说在"巴比伦之囚"以前，在犹太人心中，安息日远不及其他宗教节日重要，后在流浪中其他节日都不复存在，安息日就变得愈发重要了。后来严守安息日被视为子民与他们的神所立之约的独特记号，不能违背。在犹太教看来，人是按上帝的形象创造的，所以人的生活是神圣的。让所有生活圣化是犹太教伦理的一个特点。安息日的许多仪式都有圣化的意义。在家中过安息日，完成有关的活动，既给人一种尊拜上帝的机会，也使人增强了在陌生土地上的整体安全感。这说明，犹太教不仅是一种宗教信仰，也是一种独特的民族文化，表现为道德行为规范和生活习俗的制约。直到今天，家庭在安息日中一直处于中心地位，它既是安息日庆祝的中心，也是家庭团聚的中心。在信奉宗教的犹太人看来，安息日的种种戒律并非负担，而是使人们脱离日常工作的艰辛，全身心地休息，精神上得到更新的一种保证。数千年来，这些戒律已成为犹太人的文化传统和民族习俗，遵守这些传统与习俗，既是作为犹太人的一种标志，也是保持民族特性的一种手段。正如有人所说："与其说以色列人守住了安息日，还不如说安息日保住了以色列。"

安息日所有的工作都要停止，但休息并非唯一目的。因为在犹太人看来，不禁止工作就会侵扰圣化的过程。祈祷与研读誓约是安息日活动的主要内容。安息日早上，一群群穿着犹太宗教服装的男人带着行过成年礼的儿子，一起步行去教堂集会，进行晨祷，诵读经文，午后研究圣典，在傍晚第三次热闹异常的圣餐中，人们也相互叙述研究经典的心得。这一天是世俗的圣化也是宗教的生活化，弥漫着亲情又充溢着理性，因此是轻松的也是庄重的。

我们参观以色列博物馆里反映以色列历史和传统文化的文物，引人注目的是那些制作精美、历尽沧桑、大小不一的七枝灯台。它有七个灯座，可以盛油或插上蜡烛，系犹太教的礼仪用具，后成为古代犹太教的徽号。这七枝烛台中，六枝象征上帝创造天地六合，中央较高的那枝就代表圣安息日。公元前516年，首批回归锡安的犹太人重建了耶路撒冷第二圣殿，并在圣殿至圣所安放了这一座七枝金烛台，后在罗马入侵后下落不明。三千多年来，这七枝大烛台一直是犹太人的象征，在无数地方、以各种形式成为犹太遗产的象征。今天，这以七枝灯台为中心图案的盾徽已成为以色列的国徽。从博物馆望去，不远处以色列议会大厦入口处，很醒目地矗着一座青铜制作的1.524米高的七枝大烛台，在夕阳余晖斜照下闪闪发光。这更使我们对不同寻常的安息日的重要性有了认识。

安息日如此重要，对犹太人来说，那自然马虎不得。凡是亵渎安息日（即工作等）的要判死罪。《出埃及记》说："凡在安息日做工的，必须把他治死。"教条式地对待戒律必然产生偏颇，走向极端。在马卡比家族领导的以色人时代（公元前2世纪），对安息日的规定越来越严格。一群犹太人受到敌人攻击，只因为这一天正是安息日，他们就宁死也不抵抗，结果一千余人惨遭杀戮。血的教训使他们认识到不能束手待毙，遂商定，在安息日遭到攻击时也应迎战。《圣经》后的犹太教律法用了大量篇幅，具体地规定了在安息日禁做的种种事情，计有三十九条之多，不过也可变通，以保证生命或维护健康。但看法并不完全一致。耶稣因主张在安息日行善事并为穷人治病，经常受到墨守律法书上教条的法利赛人的攻击。有个安息日，耶稣和众门徒从会堂讲道出来，一个门徒因肚子饿，便在经过的麦地里掐了几个麦穗用手搓着吃了，法利赛人就责问耶稣，认为耶稣门徒违反了两条戒律：掐麦穗相当于收割庄稼，搓麦穗相当于在麦场打麦，这些都是不允许的。耶稣反对这种不重视摩西律法要义的僵化态度，便用《圣经》上记载的大卫及其门徒在紧迫和饥饿时吃了除祭司外不允许吃的陈列饼予以反驳，并说："安息日是为人设立的，人不是为安息日设立的。"耶稣在安息日为一个枯干了一只手的人治好了病，有人问耶稣，安息日是否可治病，意思是要控告他。耶稣说："你们中间谁有一只羊，当安息日掉在坑里，不把他抓住拉上来呢？人比羊何等贵重。所以在安息日做善事是可以的。"这些都是《圣经·新约》上的故事。

当我们享用了丰美的安息日晚餐，在清凉的晚风吹拂下漫步返回饭店时，看到大厅一侧摆着一个木平台，上面是排列整齐的小蜡烛，千百支烛光汇在一起，十分壮观。这大概与安息日有关。第二天在饭店用早餐时，我们发现除了咖啡是热的，其他饭菜都是凉的，餐厅里忙碌着煎鸡蛋的厨师也不见了，一片凄清景象。先是惊愕，继而想起，今天是安息日。安息日安排我们参观耶路撒冷老城。导游张先生说，本应是外交部给我们派车，由于是安息日，虽无明确规定，但还是没有派，加上要去东城，那是阿拉伯人的世界，外交部的车也易惹麻烦，因此张先生要我们改坐出租车。今天会有出租车吗？有的，可坐穆斯林的。真有意思，穆斯林的安息日是星期五，犹太教的安息日是星期六，基督教的安息日是星期日，三天互不相扰，各得其所，大约也是上帝的旨意吧。在老城犹太人的居民区，店铺全关了门。在著名的哭墙，成千上万犹太人聚在那里，一边摇晃着身体，一边诵读经文，那如痴如醉的情景，使我们这些没有宗教体验的游客也感到不小的震撼。晚餐是外交部请客，说好晚上八点，但是九时以后才派车来接。饭店在新城一个步行街的入口，我们晚上十一点离开饭店时，那里仍然人来人往，热闹非凡。据说这还要持续好几个小时。安息日结束了，新的一天到来了。

　　短短几天，想要对一个不平凡的民族与它的历史久远的宗教有较多的了解是不容易的，我们所见所闻毕竟有限。我思考的一个问题是，像安息日这样的宗教节日，今天还能像律法书上要求得那么严格吗？犹太人在近两千年的大流散时间里，宗教是维系犹太民族的唯一纽带。在现在以色列犹太人中，大致有一半人程度不同地信仰宗教，另一半即所谓的世俗犹太人。即使犹太教徒，也有正统派、传统派和改革派之分。正统派犹太教徒主张严格遵守犹太法典，追求极端的虔诚的宗教仪式上的纯正，他们还在等待弥赛亚的降临，反对犹太复国主义和世俗国家。我在耶路撒冷老城里看到过这类中的男人，他们在 8 月炎热的阳光下也穿着黑色大衣，戴宽边黑圆帽，不刮胡须，年轻的则把两鬓的头发蓄得很长，在快步行走时鬓发随意飘动着，目不斜视，旁若无人，很是奇特。保守派意见不一，其中有的主张加以变通，比如允许安息日旅行。改革派极力要求宗教适应现代社会，甚至有人主张废除老传统，改在星期日举行会堂礼拜。世俗犹太人对安息日的神圣看得并不很重要，他们依然娱乐，依然进行社交活动。这样冲突就不可避免。在耶路撒冷、特拉维夫等城市，许多极端正统派犹太教徒常常在安息日聚集在他们的居住区附近，向过往的汽车掷石头，殴打安息日进行娱乐的人，到电影院寻衅示威，结果引起暴力冲突。以色列是以一个世俗国家的面目出现的，安息日是官方法定的休息日。世俗与宗教在以色列人中造成了两个世界。反映在安息日上的冲突，其实是宗教和世俗斗争的一个方面。在以色列生活了十多年的导游张先生说，这个由来已久的冲突是不会停止的。我同意他的看法。

三　挥之不去的梦魇

把参观犹太大屠杀纪念馆安排在我们最后离开耶路撒冷之时，我以为以色列同行是有深意的。一周紧张的参观访问，我们大致了解了这个民族久远而又受尽磨难的过去，目睹了这个新生国家焕发着蓬勃生机的今天，目不暇接，感受甚多。但是我觉得，主人想给远方客人留下的最为深刻的印象，是第二次世界大战期间六百万人仅仅因为是犹太人而横遭屠戮的惊世惨案，这是犹太民族永远难以愈合的心灵创伤，也是人类需要不断反思的历史悲剧。

在当年犹太人广受迫害的欧洲，许多地方都建有纪念场所，多是某个地区或某一时期犹太人悲惨遭遇的遗迹，例如当时的集中营、犹太人社区等。这座位于耶路撒冷赫佐尔山绿荫丛中的犹太大屠杀纪念馆，则是全面展现二战期间犹太人浩劫的历史纪录。这组朴素的建筑物，有资料丰富的历史馆，有令人心碎的儿童馆，有庄严肃穆的悼念厅，还有二战期间无畏地救助犹太人的"义人园"。集中表达纪念馆主旨的是那座高达三十米的纪念碑，上面镌刻的"纪念"一词告诫人们永远不能忘记那不堪回首的可怖的一页历史，那座身披大衣、头蜷缩在披肩里的塑像，特别是代替她的五官的小立方体，使人不由得想起六百万无辜而痛苦的灵魂。

因为是同行，纪念馆的负责人从建馆的缘起、过程到展示情况，一一向我们做了详细介绍。我们发现，纪念馆的工作人员几乎都与 20 世纪犹太人的这场劫难有关：年轻的多是受害者的后代，上了年纪的，不少就是死里逃生，可谓人人都有一本血泪账。有一张介绍二战前夕欧洲犹太人处境的照片，三个充满青春活力的花季少女并排站在一起，虽然种族歧视的窒息环境使她们顶受着巨大的压力，但她们忧郁的目光中仍然透露着对人生、对未来的憧憬。谁知好景不长，其中两位同学在集中营受折磨而死，只有一个侥幸活了下来。活下来的就是今天接待我们的一位工作人员。她向我们介绍时，语调如此平和，似乎在讲与己无关的事，但我知道，她和她的同事，内心里郁结的悲愤是难以化解的，这是仇恨的种子，是拂之不去的梦魇。

在人类历史上，像犹太人那样灾难深重的民族是绝无仅有的。且不说传说中"出埃及"的迷离恓惶的四十年大漠辗转，也无论数个世纪刻骨铭心的"巴比伦之囚"，更不提亚述人、希腊人等的先后野蛮占领，而使犹太人厄运绵延十数世纪的，却与罗马人有关。犹太人数并不算多，但不怕压，敢于以寡敌众，对于强大的罗马侵略者，他们不屈不挠，屡仆屡起，特别是对于亵渎犹太教的行为，犹太人更是以死拼争。他们的勇气与坚定，更招致了罗马人的残忍报复。自公元135年愤怒的罗马大军"犁庭扫穴"把耶路撒冷夷为平地后，这个弱小的民族便开始了遥遥无期的大流散。他们像无根的飘蓬，星散异国他乡。罗马采取了歧视、限制犹太人的一系列措施。尔后，反犹的传统在欧洲影响深远，不绝如缕。特别是罗马颁布米兰敕令，承认基督教的合法地位后，随着基督教的传遍欧洲，犹太人的日子更是雪上加霜。据说，耶稣是由他的门徒之一犹大出卖而死的，基督徒便把恶魔、犹大和犹太人三者联系起来，把杀害耶稣的责任推给了犹太人。

在基督教极端分子看来，犹太人个个都永远背着把耶稣钉死在十字架上的罪名，是千古不赦的罪人。公元1179年，基督教会召开的第三次拉特兰会议，第一次用法律条文规定犹太人必须与基督徒分开居住。到了14、15世纪，对犹太人的强迫隔离已遍及欧洲。犹太人被迫集中居住在"隔都"，他们在法律上没有地位，被完全排斥于主流社会之外。作为外族人，他们容貌奇特，独来独往，与世隔绝，从事商人、小贩或掮客等类当时被认为声名不佳的职业，又固执于自己的信仰，为公众所憎恶。设立隔离区的强制措施往往与屠杀、驱逐犹太人的狂热同时或交替出现。从反伊斯兰的十字军东征时代开始，屠杀犹太人就成为司空见惯的事件。人们不仅谣传犹太人杀害基督徒婴儿，或者玷污圣饼，而且把诸如瘟疫、地震等天灾人祸，也统统归咎于犹太人的存在。进入 12 世纪后，在伊斯兰地区的犹太人处境也开始恶化，歧视和污辱犹太人的情况相当普遍。在这漫漫岁月，犹太人之所以受到攻击，不再是因为他们桀骜不驯，而仅仅因为他们是犹太人。

为什么一个并不招惹他人的民族命运如此悲惨？这不由得令人想起《圣经·旧约》里约伯的遭遇。约伯敬畏上帝，十分富有且为人正直。据传说，魔鬼撒旦对此很不以为然，认为约伯敬拜上帝不过是为了自身的利益。在征得上帝的同意后，撒旦对约伯进行了几次严峻的考验。家财损失一空，十个子女全部死亡，约伯仍不抱怨上帝。撒旦又让约伯浑身长疮，体无完肤，约伯只好用瓦片来刮身体，痛苦万状。约伯因问心无愧，开始怀疑起上帝的公正，抗议对他无端的惩罚："告诉我，我的罪在哪里？"最终上帝从旋风中回答约伯：任何寻找受难原则的企图都是徒劳的，因为上帝的意志人类永远无法把握。约伯承认了自己的无知妄言，于是再蒙神恩，更加富有。这个结局就像大流散以后犹太人中一切解救的预言和设想一样苍白无力。但他们无路可走，只能选择当约伯，在信仰中徒劳地寻找有关信仰的证据。时光毕竟到了 20 世纪，民主、自由和民族解放的思潮已深入人心，"罪孽深重"的犹太人也看到了希望，曙光就在前边。但是犹太人绝没有想到，撒旦对他们的考验还没有结束，他们将遭受更为严厉的"惩罚"，种族灭绝的厄运已悄悄地降落在他们头上。

　　与希特勒惨绝人寰的种族灭绝的罪恶比起来，犹太人历史上的遭遇其实算不了什么。屠杀犹太人的暴行来自超越信仰问题及理论化的种族主义。正如希特勒在《我的奋斗》中提出的，纳粹主义的世界观是从种族的原始因素来认识人类的意义。人种问题不仅是世界历史的关键问题，也是整个人类文化的关键问题。希特勒虚构了"雅利安人"这一主宰民族的神话，而指控犹太人是邪恶人种的代表。犹太人的卑鄙存在于其人种的血液中，也明显表现在其生理上、精神上和文化上。他把犹太人喻为污秽和疾病的带菌者，是腐烂的酵素。"不解决犹太人问题就不能拯救人类"的蛊惑人心的口号被纳粹不断重复。信仰是可以改变的，人种却是不能改变的。从肉体上彻底消灭犹太人就是如此荒谬、如此缺乏理性的胡言乱语的逻辑结论。当这个既平庸又邪恶残暴的人物夺取了德国领导权并统治欧洲时，这种憎恨犹太人的抽象思想便变为血淋淋的具体行动。希特勒临死前写的遗嘱中，还对犹太人做了最后一次攻击，说他所发动的战争是犹太人引起的，现在又是犹太人断送了他和第三帝国。

　　当一个人失去人性之后，就会干出常人难以想象、不可理喻的疯狂举动。希特勒及其纳粹一伙就是丧失人性的人。他们的暴行骇人听闻。在参观纳粹罪行展览时，陪同人员怕我们受不了刺激，便提出也可以不具体看，由他们讲讲就行了。我说，抗日战争期间，日本人也在中国大地上烧、杀、抢、掠，无恶不作，留下了一个个白骨森森的"万人坑"，南京大屠杀，三十万同胞成为冤魂。日本鬼子同纳粹一样，都是人性泯灭的家伙。早就领教过日寇兽行的中国人，是有足够的心理承受能力的。这部分不仅要看，而且要认真、仔细地看。大量的图片与实物，展现了纳粹的一桩桩罪行："水晶之夜"法兰克福犹太人会堂被焚烧的情景，这标志着德国反犹太人运动进入高潮；犹太人被押送到集中营的镜头，给人强烈印象的是他们呆滞、疑惑或惶恐的神情；德国兵把犹太妇女儿童塞进火车货厢里的场景，他们恐怕想不到这将是一次死亡之旅；纳粹强迫犹太人挖一个埋葬自己的大坟墓的纪录，使人感到的不仅是心酸；特别是强迫犹太妇女脱光衣服、等待处决以及处决以后尸体横陈的画面，惨不忍睹……

最惨绝人寰的是纳粹对犹太人实施"最后解决"的展览。1941年6月纳粹侵入苏联。当时苏联境内有三百多万犹太人，如何处置这些犹太人成了纳粹头目们急需解决的问题。正是在这前后，从肉体上彻底消灭欧洲犹太人的"最后解决"方案，经过一段时间酝酿，于1942年1月20日的"万湖会议"上出笼了。根据德国国家安全局长海德里希的报告，计划灭绝的欧洲犹太人共一千一百万，海德里希咬牙切齿地说："不能容许有一个犹太人的存在，而成为犹太人再起的繁殖细胞。"执行屠杀任务的是"血统纯洁"的党卫队员。为了提高杀人效率，纳粹让化学家研制出一种叫齐克隆B的毒气，能迅速致人以死命，并大量生产有关技术设备。对犹太人的灭绝行动首先是在波兰展开的。在若干集中营里，设置了伪装成淋浴室的毒气间和大型焚尸炉。这些集中营成了"死亡工厂"。在比较保密的情况下，为数不多的工作人员操纵机器，不与被屠杀的对象及屠杀过程有直接接触。屠杀工作按照现代工厂的生产方式进行，铁路运输等部门密切配合。执行屠杀工作成了正常的例行公事，这也是纳粹的创造。犹太人被杀前后，一切财物，不仅那些可以拿走的东西，还有头发、金牙和人造假肢等统统被抢光，甚至他们的骨头也被用来制造磷肥，油用来做肥皂。仅奥斯威辛集中营就处死了二百五十万人，还有五十万人死于饥饿或疾病，其中除过二万名苏联战俘外，其余都是犹太人。二战期间整个欧洲有六百万犹太人被杀害，占到全世界犹太人的三分之一。

大屠杀纪念馆里还设有一个儿童馆。这是一位犹太人捐资修建的，他的孩子被纳粹夺去了年幼的生命。在屠杀犹太人时，纳粹也没有放过那些天真可爱的孩子们。大批的儿童被运往集中营，这时十四岁以上的儿童已按照成年人对待。在集体屠杀犹太妇女儿童的过程中，善良的母亲出于天性，将孩子紧贴身边，以留有一线生还的希望，但被刽子手发现后，便把活着的孩子扔进专门为烧死犹太人制造的加热炉。从儿童馆窄矮的石门进去，几十幅遇难儿童的大型照片十分醒目，在灯光下遇难儿童是那么天真、可爱，可是他们小小的年纪已走完了人生的历程，成为纳粹焚尸炉里的灰烬。再往前走几步是个巨大的空间，像天文馆似的穹顶，在漆黑的空中用玻璃反照出一百五十万支烛光，以纪念被纳粹杀害的一百五十万名犹太儿童。我们在沉重低哀的音乐中缓缓走过，我们谛听着轻轻念着的死难儿童的名字，人们不明白，这一百五十万儿童何罪之有？

我们最后来到朴素得近乎简陋的悼念厅。沉重的大铁门，低矮的毛石墙，深深的黑色更加重了悼念的气氛。室内标高下二米的地面上镌刻着当年二十一个主要集中营的名字，一簇长明火炬慰藉着死难者的亡灵。在主人的安排下，我戴上犹太人的传统小帽，下到了悼念地，点燃了火炬，在如泣如诉的低沉的音乐声中向六百万冤魂志哀。历史不能忘记。20世纪的这场浩劫，不只犹太人不能忘记，全人类也应不断反思。

我忽然想起，波兰南部的奥斯威辛集中营已被联合国教科文组织列入世界文化遗产名单，这具有不同寻常的意义。奥斯威辛是屠杀犹太人的主要地点，虽然德国人在就要战败时试图摧毁一切，但仍有毒气室遗迹和一些木制军营保留下来。能否悉心保护这些东西，是对人类能否下决心铭记自身令人发指的邪恶品性的考验。德国政

府已将 1 月 27 日定为"纳粹统治受害者纪念日",正是 1945 年 1 月
27 日,苏联红军解放了奥斯威辛集中营。现在每年的 4 月 9 日,是
奥斯威辛集中营遇害者纪念日,这一天都要举行"幸存者大游行"
活动,人们希望奥斯威辛悲惨历史能真正成为人类和平的醒世恒言。
但是正视历史并不容易。我们的近邻,不是一再修改教科书,歪曲
当年侵略中国、横行东南亚的事实,否认南京大屠杀,为这些丑行
百般辩解吗?不是那些政要还在不顾东南亚人民的感情,一再参拜
供奉有战争罪犯的靖国神社吗?而这对中国人来说,也是挥之不去
的梦魇。因此,要防止历史悲剧的重演,首要的是承认历史,牢记
历史的鉴戒。

四　中国的"辛德勒"

陪同我们参观的以色列博物馆东方部主任瑞贝卡女士,也向我
们谈了她的不幸和侥幸。二战前,她和父母一家住在荷兰的阿姆斯
特丹。荷兰也是犹太人较多的一个国家,德军入侵前有十四万犹太
人。德军 1940 年占领荷兰后,也开始了对犹太人的迫害,先是将犹
太人财产"雅利安化",接着又让犹太人佩戴"星徽",以便于识别,
后来又放逐犹太人。德军专门修了两座转送集中营,把犹太人先关
在这里,然后秘密运往奥斯威辛等地,先后有十一万人被逐放。瑞
贝卡与母亲通过救助犹太人的地下组织,在即将被送往集中营时逃
离了阿姆斯特丹,躲藏在郊区的一户非犹太人家里。她与母亲被说
成是这家的亲戚,但她们是黑头发,与这家人的金黄色显然不同,
但这家人还是下决心让她们住了下来。不久,她们母女辗转逃到巴
勒斯坦,父亲则死在集中营。她的母亲后来再婚,继父也很爱她,
视她同己出,和她母亲未再要孩子。瑞贝卡的丈夫也是从阿姆斯特

丹逃来的。虎口余生，她感慨万端。

　　瑞贝卡的遭遇令我想到一个叫安妮·弗兰克的人。1945年，年仅十五岁的安妮死在集中营。在十三岁生日那天，安妮得到了一个日记本，几个星期后，她和她们的家人为逃脱纳粹的搜捕躲进了密室。将近二年之后，即1944年夏天，安妮一家被人出卖并被抓进了纳粹集中营。安妮很快死在纳粹的暴行之下。安妮和家人躲藏的密室1949年被开辟成了一个纪念馆，每年将近一百万人来此参观，但她得以保存的感人至深的日记却是对战争的有力控诉。对于犹太人在阿姆斯特丹的遭遇，风靡世界的《安妮日记》被译成六十七种语言，发行量超过三千一百万本。瑞贝卡的个人遭遇还算万幸。在犹太人遭受灭顶之灾的岁月，不乏冒着生命危险而伸出救助之手的非犹太人，电影《辛德勒名单》反映的就是这种感天动地的义举。

　　以色列修建大屠杀纪念馆的目的是为了纪念六百万被纳粹屠杀的犹太人，修建纪念馆的决议案有一条附加款，要求对世界各国那些冒着生命拯救犹太人的正义人士进行表彰。被授予"义人"称号的将得到一枚刻有他姓名的奖章、一份荣誉证书，他的名字刻到义人园的荣誉墙上。过去，以色列每认定一名"义人"，就会在义人园植一棵树，后因地面所限，就不再植树纪念。义人，多么崇高的称号！这些人的作用虽然有限，但像寒夜里的微弱火光，毕竟给人以温暖和希望，这说明人类的良知尚未泯灭。我在义人园中踯躅，追思着一个中国义人，他被尊为中国的"辛德勒"，他的名字叫何凤山。

　　公元2001年1月23日，恰值中国农历除夕，以色列大屠杀纪念馆却正在举行一个隆重的纪念仪式，表彰二战期间英勇救助大批犹太人的中国外交官何凤山，给他颁了义人奖。这是一个感人的故事。1938年3月，希特勒的军队吞并了奥地利。奥地利的犹太人口当时在欧洲居第三位，且百分之九十居住在首都维也纳。这些陷入孤立无援境地的犹太人，除非能得到一个逃往欧洲以外的国家的签证，否则将难免落入纳粹的魔掌。就在此时，年轻的中国驻奥地利总领事何凤山，冒着杀身之祸与丢官之虞，与一些紧急救助犹太人的宗教和慈善组织保持密切联系，"采用一切可能的方式"全力帮助犹太人。他到底给犹太人发放了多少签证，连自己也说不清。从1938 年 5 月他开始任职到这年 10 月，仅五个月就发出了一千九百个签证。1939 年 9 月二次世界大战爆发时，逃到上海的欧洲犹太人难民便多达一万八千个。他的签证被称为"生命的签证"。大屠杀纪念馆的人员特别向我们介绍，现任世界犹太人大会秘书长、大屠杀纪念馆副理事长辛格的父母，就是何凤山救助的，他们当时曾持何发放的签证逃往古巴。

二战期间，像何凤山这样暗中帮助犹太人的无名英雄们并不少见，但欧洲历史学家认为，单就个人行为而言，何凤山救助的欧洲犹太人可能比其他任何人都多。这个从不张扬个人的中国人于 1997 年在美国逝世，享年九十七岁。他的事迹尘封半个多世纪，但受他帮助过的人总是感念他的壮举。他的业绩一时被广为传颂。何凤山的女儿何曼丽出席了以色列的颁奖会，面对这迟到的最高荣誉，她的话是那么质朴感人："我父亲是一个典型的中国人，非常慷慨、大度，他认为帮助他人是很自然的事，即使从人道主义的观点出发，做这种事也是应该的。"中国不仅在二战期间救助、接纳了数不清的犹太人，而且在中国的历史上，从未发生过排斥犹太人的现象。在这次中国文物珍宝展的开幕式上，耶路撒冷市市长激动地向数千名与会者说他出生于中国哈尔滨，他父亲还埋葬在那儿，他在讲话中充满对中国的深情。还有几位老态龙钟的人主动与我们攀谈，一位说他在上海住过十四年，还有一位说他生于天津，他们像见到故人那样地高兴。而引起以色列朋友注意的，还是我们代表团的成员、河南省文物局的常局长。这是因为开封犹太人的缘故。

欧洲最早知道中国开封有一批犹太人，他们是被 17 世纪初来华的意大利天主教耶稣会传教士利玛窦发现的。约在公元 10 世纪北宋年间，有七十多户一千多名犹太人，经印度"进贡西洋布于宋"。他们聚居开封，逐渐形成一个颇具规模的犹太社团。七百多年间，这个社团遵循"归我中夏、遵守祖风、留遗汴梁"的圣谕，保持着自己的民族传统，一直延绵不绝。他们称自己信奉"一赐东业教"，这是希伯来语的意译，意为"以色列人宗教"。他们出于宗教禁忌，剔除牛羊腿筋不食，因此又被称为"挑筋教"。公元 1163 年，这些人购置土地，建造了开封犹太教清真寺，即"一赐东业教"会堂。到了明代，开封犹太人社团进入鼎盛时期，已有五百余个家庭，人口也繁衍至四千至五千人。开封犹太人的社会地位也不断上升，有经过科举之路进入朝廷或到州县当官的，有通过经商办实业成为巨商富贾的，也有工匠、农夫、医师和职业神职人员。然而也就在此时，开封犹太人不知不觉地融入中国文化的主流之中。他们改希伯来姓名为汉人姓名，习用汉字汉语，开始与外族通婚，穿戴中国服饰等。由于与外界完全隔绝，加上后来教堂（按犹太教说法称为会堂）因水淹所倾圮，族人又分其残料，致成废基，《圣经》无人识辨，通婚旧俗日渐松弛，目前已与汉、回民融合，如今仍有部分开封犹太人的后裔生活在开封，在开封城还能寻访到当年犹太人生活的痕迹。这是十分耐人寻味的。犹太人在欧洲的高压、迫害下仍固守自己的文化和传统，而在中华大地和平与宽松的环境下，却被中华文化同化了。开封犹太教清真寺（"一赐东业教"会堂）虽已毁圮，幸而有四件明清时的碑文留传下来，它是关于中国犹太教极珍贵的原始史料，也是中外学者研究这一课题的主要凭借。公元 2000 年，美国犹太学会在美国举办犹太人历史展，特别借了开封的碑文拓片，以说明犹太人在中国开封所经历的非同寻常的历史。

历史上，中国开封犹太人认为孔子的儒家思想和摩西的宗教、律法是相通的。这在会堂的许多对联里就可看出。例如："由阿罗而立教，法宗无象；自默舍而传经，道本一中。""阿罗"即他们的始祖亚伯拉罕；"默舍"，即摩西。又如："自女娲嬗化而来，西竺钟灵，求生天生地生人之本；由阿罗开宗而后，中华敷教，得学儒学释学道之全。"这表明犹太教与儒、道、佛思想的相通。

我是 2001 年 8 月访问以色列的。回国不久，传来上海欧黑尔·雪切尔犹太教会堂入选世界纪念性建筑遗产保护名录的消息。同时列入的另三处为云南剑川沙溪寺登街区、长城以及陕西大秦宝塔和修道院。这座建筑物突然间名满天下，引起世人关注。在我们考察中国与犹太人关系的历史时，这自然是十分有意义的一件事。1840 年鸦片战争轰开了清朝政府"闭关自守"的大门。随着上海被辟为对外通商口岸，它逐渐成为许多希望发财致富的外国冒险家的乐园，这其中包括一些犹太人。最早抵达上海滩的犹太人是 19 世纪末来自巴格达的那一批，他们中最有名的是沙逊、哈同等。沙逊家族后来成为上海外商中的首富。犹太人是宗教色彩极为浓厚的一个民族，他们凡迁居一地，一旦有了几十户人家，一般为二十户以上，即组织自己的社团，建造自己的会堂并在其中进行宗教活动，这样又很自然地形成一个犹太人的社区。这批犹太人定居上海后，于1887 年建起第一座犹太教会堂，名叫"埃尔会堂"。他们先后建有十余座会堂，保持着正常的宗教生活，还创办了《以色列信使报》，曾连续出版三十七年。1939 年底，上海犹太人已超过四千名。在纳粹迫害犹太人时，欧美各国都不愿意接纳犹太人，只有上海是当时世界大城市中唯一无须签证和经济担保、无须事先安排及警方品德证明即可进入的城市。当时上海有七个犹太人难民中心，每天供应二万四千五百万人客饭。1940 年 6 月为犹太人数增长高峰，达三万余。当第二次世界大战中有六百万犹太人在欧洲惨遭杀害，而迁移和逃亡上海的二万五千犹太人，除了病老死亡的一千五百八十一人外，其余的都奇迹般地生存下来了，而且还出生三千四百零八人。

犹太会堂现存三。其中的欧黑尔·雪切尔会堂，是沙逊家族中的亚可布·沙逊为纪念亡妻捐资修建的，是谓"拉结会堂"。亚可布是早期在上海主要进行鸦片贸易的英籍犹商大卫·沙逊的孙子。他主要在孟买经营工业，在上海始以进出口贸易为主，逐渐转移到以经营房地产和抵押贷款为主。1920 年，赫希拉比在新建会堂举行就职仪式，以代替原来的"埃尔会堂"。这栋砖混结构建筑，由思九生洋行设计。建筑为典型的新古典主义风格，立面划分为三段，主入口以通贯二层的一对爱奥尼式柱子和一对方形壁柱形成门廊，门廊内为三个拱券门，原礼拜堂内部空间为拱顶，两侧为双层柱廊，柱间的小拱顶与原讲堂拱顶垂直相交。这座会堂因位于当时的西摩路，又称"西摩路会堂"。现在是陕西北路。"欧黑尔·雪切尔"为希伯来语的译音。世界纪念性建筑遗产保护名录由世界纪念性建筑基金会公布。这个成立于 1965 年的基金会，为国际上主要的两个建筑遗产保护机构之一。它每两年公布一次世界濒危建筑遗产目录，并通过财政支持方式帮助遗产所在地进行抢救和修复工作。基金会在此次评选中指出，上海欧黑尔·雪切尔犹人教会堂与陕西大秦宝塔和修道院两个遗产，突出了中国历史对宗教的包容力。

五　思古幽情

考古在常人看来是神秘的事业，它的每次石破天惊的发现既满足着人们的好奇心又不断激发着他们的想象力；考古也是单调的工作，它要求那些手握探铲埋首于废墟荒野的参加者必须经得住年复一年的时光考验和执着追求时的寂寞；考古还注定是少数人涉足的行当，对人类自身遥远的过去的探索，没有相当的知识并经过专门的训练显然是难以胜任的。在以色列，这项被一般人视为神秘、单调的考古事业，却是热门的话题，青年人趋之若鹜的行业，乃至成为一个民族的嗜好，这不能不引起世人的好奇。作为文博同行，以色列有关部门自然安排我们对此进行考察。大致的了解和深入的思考，也使我们对这个民族有了进一步的认识。

我想，喜欢考古在一个国家蔚为风气，起码应有两个条件：一是有古可考，二是有大量的考古人才。以色列恰恰具备了这两点。地处欧亚非三大洲交汇处的巴勒斯坦地区，各有千秋的不同古代文明在此起源、发展、碰撞、交融，绵连不绝的兵燹战火使这片土地有着特殊的历史意义并保留了不同时代的遗存，作为世界三大宗教圣地更有数不清的古迹传说和未解之谜。以色列重视教育，国民文化素质普遍高，一些军政显要跻身考古学家行列，更是起了表率作用。例如，前国防部长达扬就是一位著名的业余考古爱好者，而前副总理、总参谋长伊戈尔·亚丁则是一位职业考古学家，他是以色列第一代考古学家最有深远影响的人物。这就不难理解，何以许多青年的人生梦想就是走探古寻幽之路，何以以色列大学考古专业的门槛如此之高！

据说，第一位在巴勒斯坦展开实际发掘的是英国旅行家赫斯特·斯坦霍夫人。那还是 1815 年。她组织发掘了位于加沙附近的一座城市废墟。这位夫人的目的却是挖宝觅珍。因此当她看到挖出的只是包括皇帝雕像的一些罗马遗存时，盛怒之下便付之一炬。二三十年后，纷至沓来的西方考古学家便在这里开始了正式发掘。

早在 1914 年，随着犹太考察学会的建立，犹太学者便在巴勒斯坦考古活动中扮演着积极的角色，他们主要致力于发掘犹太墓地、犹太教会堂和定居地。以色列建国后，国家重视考古研究和文物保护，投入重金支持，以色列考古学成为面向更广阔的世界的学科。与此相关的，是以色列文博事业的相当发达，蕞尔小邦，大小博物馆竟达一百二十个，每年参观人数近一千万。有些"基布兹"也建立了自己的考古博物馆。在加利利湖滨的一个"基布兹"，我参观了一座为挖掘出的一条木船建造的豪华的博物馆。据云这条船是两千年前的古物，约与耶稣同时。但由于阿拉伯人抵制以色列国的存在，与西方各国政府关系极为紧张，使得整个巴勒斯坦地区的考古活动大受影响。相比之下，西方学者较注意古希腊、罗马和中世纪时期的内容，而犹太学者则更多地把重点放在所谓"《圣经》时代"，即公元前 17—前 6 世纪。据说，许多记载在《圣经》中的传说故事都在实地找到了证据。例如，夏琐是青铜器时代中晚期迦南地区的最重要的城市，于公元前 13 世纪初被摧毁，后来恢复成一座铁器时代的设防城市。亚丁在他的发掘报告中，根据《圣经·约书亚记》第十一章第十三节的线索，曾对夏琐考古进行了解释，把它的毁灭归结于以色列人进入迦南，而认为铁器时代夏琐的防御工事为所罗门国王所建。

毫无疑问，偶然发现的《死海古卷》是震惊世界的当代最重大为考古文献发现。1947 年春，一位阿拉伯牧童在死海西岸库兰山谷中寻找走失的小羊时，在山洞中发现了七八个筒形泥罐，打开后，里面是用亚麻布裹着的一卷一卷的羊皮古书。后经初步研究，认为这是最古老的希伯来文《塔纳赫》抄本。《塔纳赫》是犹太教的第一部也是最重要的典籍。消息传开，人们蜂拥而至，有考古学家，也有想从中发一笔财的附近居民。这场在库兰地区为时十年的大规模的挖掘和搜寻，发现藏经洞十一处和库姆兰社团遗址一处，共得古卷六百余卷，以及成千上万的文物残片。经专家鉴定，为公元前1世纪至公元1世纪时希伯来文《塔纳赫》古抄本，库姆兰社团的社仪手册、纪律手册以及宗教诗歌等，这批卷帙浩繁的古文献统称《死海古卷》，其中有迄今为止新发现的《以赛亚书》的最早文本，上面的希伯来文现仍可识读。

这些珍贵文书为何人抄写，又为什么要藏在深山之中？考古学家把注意力集中到同时发现的一所寺院遗址上。库兰附近的这所寺院，从出土的钱币和陶器看，年代约在公元前150年至公元70年。从该遗址的古建筑废墟看，主建筑呈长方形，上层为抄经房，西、北、南为双层碉堡，又有蓄水池、磨粉车间等，还有一个可能是公共食堂的大房间，此外还发现了一千余个墓葬。根据所发现的文字资料，人们了解到寺院是犹太教一个秘密团体的隐居之所。该团体名叫库姆兰。他们显然是为了躲避外面某种势力的迫害而躲在这里继续活动的。该团体组织严密，成员间遵循平等、互助、友爱的原则，实行财产公有，过着清苦的禁欲生活。他们把大量时间花在祈祷、圣礼以及研读和抄写《圣经》经文上。考古学家认为，《死海古卷》是库姆兰的遗物，估计在公元68—70年罗马军团入侵时，犹太人为了不使这些珍贵的文书落入敌手，将它们转移到附近隐蔽的山洞中，后库姆兰团体在罗马军队追剿下或死或逃，再也没能回来，寺院也被捣毁了。目前大多数学者认为，库姆兰属于当时犹太教的一个著名派别——艾赛尼派。

耶路撒冷的以色列博物馆，有一座建在地下的展馆，露在地面的白色圆形顶部分外引人注目，这就是著名的"圣书之殿"。馆里收藏了包括珍贵的《死海古卷》在内的不少《圣经》手稿。我在肃穆的气氛中参观了这些世间瑰宝，聆听讲解员对那历经数千年的不同寻常的羊皮卷轴的介绍。除过《圣经》的抄本外，那些文学性很强的作品更引起我的兴趣。例如，分写在五张羊皮上的《光明众子与黑暗众子的争战》，就堪称希伯来文学的一篇启示文学佳作。它描写的是一场善与恶之间的激战。卷中写道，交战双方都投入了全部力量，阵容整齐，训练有方；光明众子与黑暗众子各胜三次，难分上下，在决定命运的第七回合，上帝插手，光明众子才大获全胜。大多数学者认为，这篇约写于马卡比王朝时期（公元前164—前63）的作品，预示在末世弥赛亚国度建立之前的善恶大决战。遗憾的是，《死海古卷》发现已半个世纪，但仍为少数人所控制，未能公开出版，供公众研究，受到专家学者的强烈批评。

有着三千年不间断历史记载的耶路撒冷，当然是最吸引考古学家的地方。据考古学家考证，在漫长的历史上，耶路撒冷曾有八次毁于战火，每次又在灰烬和废墟上得到重建。各个时代都在这里留下了自己的痕迹，它的一砖一瓦都有着辛酸和古老的故事。它的文化积淀是如此深厚，就像我们的古都西安一样，一镢头挖下去，都可能有意想不到的收获。自19世纪中叶以来，这一平方公里的老城及其周围的考古发掘一直未曾中断，人们小心翼翼地发掘出一层又一层的历史积淀，以此验证历史的记载，同时努力探求迄今尚未为人们知晓的秘密。漫步在这座城市里，不时可以看到一些挖出的遗址，许多已恢复了原貌，例如罗马帝国城楼，罗马和拜占庭时期的卡多大街。尼亚教堂，希罗德国王统治时期的富人住宅，公元70年被罗马人所焚毁的房屋等。留有大面积遗址的地方则建成考古公园，如遗留各时期不同建筑的有二十五层废墟的俄斐勒考古公园，保留公元前11至前10世纪左右迦南人和以色列人所建城堡遗迹的大卫城考古公园。耶路撒冷历史博物馆则建在一处罗马时代古城堡的遗迹上，展览按各个时期划分，每个展室都顺着一条"时间主线"来描述主要事件，可使观众对这座城市的历史有个基本的了解。在城堡的考古发掘中，已出土的有公元前2世纪的一座哈斯摩尼城墙，希罗德国王建造的三座塔，以及罗马、拜占庭、十字军、马穆鲁克（穆斯林在中世纪统治巴勒斯坦时的最后一个王朝）和土耳其人统治时期营造的建筑物。耶路撒冷考古发掘出土的大量文物珍宝，例如公元前8世纪中期所罗门国王圣殿时代的象牙石榴，刻有公元前7世纪古希伯来铭文的银书卷轴等，都陈列在以色列博物馆的两个分馆，即布朗夫曼圣经和考古博物馆及洛克菲勒博物馆。犹太是个灾难深重的民族，周遭虎狼之国的侵略使它极少有过安生的日子。公元前63年，骄矜的罗马统帅庞培率领大队人马攻陷了耶路撒冷，巴勒斯坦地区遂扩展为罗马版图上的行省。罗马人施行一种摄政政体政策，扶植地方的臣服势力代替他们进行傀儡统治。公元前37年，出生于巴勒斯坦南部的希律便在罗马军队的剑戟簇拥下做了犹太王国国王。他虽然成功地给予国家将近四十年的和平时期，并扩大了王国的疆域，但他的暴行以及施行的希腊化政策，招致了犹太人的强烈憎恶。这位阿拉伯血统的独裁者被称为"罗马人民的亲密朋友"，在他的国家却仍是一个异乡人。

《新约·马太福音》记载，希律王曾屠杀伯利恒二岁以下的幼童，目的是除去新生儿耶稣。为了抚慰犹太人，他大把花钱，大兴土木。充满对建造宏大建筑物的激情，他对圣殿进行了一次奢侈的重建，耶路撒冷著名的"哭墙"，就是他当年新修圣殿的巨大台基的一部分。他还建造了许多要塞、水渠和其他公共建筑。这些历经二千余年的遗存既为考古学家所重视，也吸引着不少游人。我们参观了两处有代表性的地方，一是该撒利亚，一是马萨达。

该撒利亚是希律王所建的一个地中海港口城市，为纪念罗马凯撒·奥古士都而命名。商人由推罗往埃及必途经该撒利亚，因此这里也曾是一个贸易中心。当年罗马总督多居住在这里而非耶路撒冷。早期基督教的著名使徒保罗被捕后，就在此接受腓力斯的审讯，更在这儿坐牢两年之久。公元 69 年，该撒利亚为罗马直接统治，638 年又落到伊斯兰教徒手中，1102 年被十字军攻占，直至 1291 年彻底毁于伊斯兰教徒手中，成了一个废墟。现在，十字军时代的城堡只留有残缺的石砌体，拜占庭时期的雕像被集中排列在一块空地上，草丛中、道路旁，则可看到残损的希腊柱头和柱身。面对地中海的古罗马半圆形剧场，经修葺后，还被今天的人们用作露天演出，我们跑到台下吼了几声，感到声音效果不错。不远处，是希律王建造的引水南下的远程输水桥，站在这高大宏伟的石桥上，一边是碧蓝的大海，一边是松软的细沙，白云朵朵，海鸟点点，风光如此秀美，由于巴以冲突，游客稀少，这里更显得十分静寂。这些遗址已经过认真清理，并做了标识，供人凭吊，还有一个小展室以及出售文物仿制品的小商亭。这些废墟似的遗址，以它掩藏和积淀的沉重的历史和文化，引发着游客的翩翩遐思，使人们想到当年舳舻相接、商贾云集的繁华景象，想到在此上演过的一幕幕悲喜剧，想到岁月的无情和历史的沧桑。

凡是来以色列旅行的人，奇特的死海一般是非去不可的。死海附近耶胡达高地上有个马萨达山，海拔仅四百六十二米，山不大，但四周都是悬崖峭壁，十分险要。山顶上是希律王行宫。公元 66 年，为了摆脱罗马帝国的残暴统治，犹太人举行大起义，历经七年艰苦卓绝的斗争，马萨达就成为起义军抗击罗马人的最后一座堡垒。不足一千人的守军坚持二年之久，使围攻的罗马军团付出了一万五千万人的惨重代价。他们在敌我力量对比悬殊的情况下，誓死不当俘虏，在公元 73 年 4 月 15 日犹太教逾越节那天，竟决定集体殉难。殉难前，起义领导人拉埃扎尔发表了浩气长存的演说："我们是最先起来反抗罗马，我们是最后失去这个抗争的人。感谢上帝给我们这个机会，当我们从容就义时，我们是自由人……让我们把所有的财物连同整个城堡一起烧毁……但是不要烧掉粮食，让它告诉敌人：我们之死并不是缺粮，而是自始至终，我们宁可为自由而死！不为奴隶而生！"马萨达陷落后，为了纪念罗马军团的荣光，罗马广场便矗起一个花岗岩砌成的提图斯凯旋门，但许多人认为，这个凯旋门也可以说是犹太人不畏强敌、抵抗到底、慷慨献身的英雄纪念碑。

我们乘坐缆车攀升上了这座突兀的赭红色的古代要塞。山顶有挖掘清理出的古代建筑遗址。俯身远望，是无际的沙海和骄阳下的黄土山峰，一处山坡上罗马人营盘的遗迹历历可辨。四围一片荒凉，偶尔在头顶飞过的乌鸦才使人感到生命的存在。马萨达是伊格尔·亚丁从 1963 年延续至 1965 年主持发掘的。希律王的宫殿遗址，有一栋别墅，一个绘有精美壁画的澡堂，高地另一侧则建有仓库和管理中心，地面铺有马赛克，此外还有几栋供人居住的大型建筑。拜占庭的僧侣们曾占据过这一地方，并在公元 6 世纪增建了一座教堂。在与犹太人抵抗罗马人有关的几栋建筑，曾发现被杀戮者的骨骸，一个碎陶片，一些刻有"为了锡安的自由"的钱币，多本《圣经·圣歌》等。这些清理过的遗址供游人参观。经过一千九百多年的岁月，凭吊这些断壁残垣，人们似乎仍然可以听到犹太人在强敌面前"宁为玉碎，不为瓦全"的心声，可以感受到当年古战场血流飘杵、前仆后继的悲壮与惨烈。

马萨达是最受世人瞩目的以色列考古遗址。在以色列，考古有着很强的目的性，就是为联系以色列国家的过去和现在提供依据，为犹太人拥有巴勒斯坦的合法性提供证明。因此，发掘工作成为"一种启示，一种把民族的古代建筑和自然风光联系起来的不可撤销的契约"。马萨达与夏琐一样，它们的发掘有着深刻的象征意义。作为爱国激进分子的最后根据地，马萨达不仅是一处考古遗址，而且是不屈不挠的象征。现代以色列应征入伍的军人都要登上马萨达宣誓："马萨达永远不再陷落！"这一发掘也唤起了全世界犹太人的关注，激发了他们的想象力。而一些人通过对该遗址出土文物的详细研究，对集体自杀的传说和亚丁的解释提了很多问题，认为其很有可能是一场屠杀，是后来犹太历史学家约瑟夫斯为个人目的而改写的。但无论是自杀还是被杀，犹太人以血肉之躯谱写了弱小民族不畏强暴的光辉篇章，马萨达始终是犹太人抵御外侮、历尽磨难的精神体现，像锡安山一样成为一个民族的过去与未来的象征。

这股长盛不衰的考古热，可以说是以色列社会以古为荣、以古为美风气的一个体现。以色列社会政治生活中的一些名称，细究起来，都是"古已有之"，或者"其来有自"。这突出反映在国徽、国旗的图案上。以色列的国徽是一个七杈大烛台，据说其形状是依照一种七杈古代植物设计的。两侧的橄榄枝标志对和平的渴望。七杈大烛台是公元前7世纪初安放在耶路撒冷第二圣殿中的一件主要祭祀用品，后连同圣殿的其他圣器被庞培的罗马军队抢劫一空，至今下落不明。数千年来，七杈大烛台在无数地方以各种形式成为犹太人遗产和传统的象征，它给亡国后浪迹天涯、受尽磨难的人们带来光明与安慰，今天它还象征和解及光复的希望，也是犹太人信仰上帝的庄严所在。以色列国旗采用蓝白两色相间、中间带有大卫盾牌的图样。蓝白两条相间代表犹太人祈祷时用的祷巾，即一条长白布，两端各有一条蓝颜色的条子。

"大卫盾"即两个等边三角形重叠而成的六角星，是犹太人的通用标志。这幅图案既如此简单又与犹太人的宗教生活相结合，可谓煞费苦心。以色列的总统，在希伯来语中称为"纳西"，这是承继了古犹太国元老院领袖的称号；以色列议会叫"克奈塞特"，也是沿袭了公元前5世纪古犹太人议事机构的名称，甚至现在议员的人数与古议事机构一样，也是一百二十人；现代以色列的货币叫"谢克尔"，也是四千年前古希伯来使用金银的重量单位，等等。如此刻意地袭用过去的名称，显然不能说现在的以色列人缺乏创造性和想象力，当有其深意。

对往古的眷恋，对历史的珍重，对传统的固守，从深层次看，是犹太人在似乎万劫不复的境况中始终怀有美好憧憬的需要，是获得维系散居各地犹太人的信念和精神支柱的力量源泉。公元前586年犹太王国灭亡，四十八年后犹太人从被囚的巴比伦返回犹太地区，臣属于波斯帝国，而后又处于希腊人统治下。希腊为罗马取代后，犹太人又是罗马人的臣民。公元前135年，犹太人对罗马帝国的起义失败，犹太人被大批屠杀和流放，彻底丧失了独立。从公元前586年到公元135年，这七百多年间，犹太人在死亡线上挣扎。然而艰难的生存环境却磨炼了犹太人的民族精神。《圣经》中的历史部分《创世纪》和《列王纪》等，就是在犹太王国灭亡后编纂而成。古犹太人与古希腊人一样，在古初时期都不是普通的儿童，而是"早熟"的儿童。不过，犹太人过早地把神话历史化了。犹太民族古代史的一大特点，是史实与传说融合为一体。在古犹太史中，像亚伯拉罕、雅各、摩西等传说中的人物，其真实性虽为严肃的历史学家所怀疑，但这些传说要比实际发生过的历史更深刻地影响着这个民族的发展和精神面貌。犹太人长期生活在理想与现实的巨大反差及激烈冲突之中。根据《圣经》记述，犹太人遭受异族压迫、亡国和放逐等民族灾难，并非上帝无力或不愿解救他们，而是因为他们没有履行同上帝的契约义务而受到"公正的处罚"，不过上帝毕竟应允保护他们这些特选的子民，只要他们严格按照上帝旨意行事，最终必将得到"宽恕"，并返回所赐其祖先的土地——"流着奶油和蜜"的巴勒斯坦一带。这种根深蒂固而又代代相传的观念，使犹太人能够自愿遵守严格的宗教仪式和教规律法，在国土家园被剥夺、寄居于外人篱下后仍没有失去固有的个性，汤因比因此在《历史研究》中将其概括为一种特有的发展模式——"犹太模式"。

由此不难理解，为什么以色列的纪念节日多，而这些节日，又大多与犹太人的命运相关联，也都具有强烈的宗教色彩。在犹太人历史上，出埃及是个重大事件。《圣经·出埃及记》说，由上帝告知摩西与亚伦这两位犹太人的领袖，从而使犹太人得以逃离埃及，摆脱奴役，回到迦南一带居住，即为"逾越"。作为纪念这一事件的"逾越节"，届时要吃未发酵的面包并饮神圣化的酒，再现上帝救赎的活动，并以此表达人们对上帝的感恩。住棚节、除酵节、五旬节等，也都与出埃及有关。出埃及成了犹太人获得解放的一种象征，逾越节则是他们对这种解放的再现与庆祝。宗教仪式是强化集体自我认同的有效手段。出埃及这类古老的传说通过逾越节这种不断重复的仪式，使象征神圣化，也使犹太民族不断地重温本民族历史，不断地接受本民族宗教教育，不断地反思自己，从而保持其固有的文化。

古与今是相通的。历史不是过眼云烟。沉湎于过去，沉重的历史专统很可能成为桎梏今天的包袱；无视历史，一个连自己的根柢都不甚了了的民族肯定也是没有出息的。重要的是把厚实的历史文化遗产与鲜活生动的现实联系起来。今天，以色列人尽一切可能寻求它们之间新的联系，并使这种联系变得如此奇特，尽管传统与现实也时有龃龉，但总的来说，犹太文化已与世界上的现有文化（尤其是西方文化）再次有机地交融并获得了新的生机，这不能不引人深思。

六　中华文明的魅力

1999 年 10 月，佛罗伦萨。在意大利政府和世界银行举办的一个国际会议上，时任美国总统的克林顿的夫人希拉里应邀在会上做了《文化与发展》的演讲。引起作为与会代表的笔者兴趣的，不是她那刻意做出的头稍斜侧的一成不变的姿势，以及脸上仿佛凝固了的笑容，而是她对保护人类文化遗产重要性的生动阐述。她在讲到全世界独有的文化珍宝时，特别举出了中国的长城和耶路撒冷的哭墙，认为它们作为有生命的文化载体，至今仍发挥着传承的作用。把这两者并列很有意思。中国很大，以色列太小，但中华民族与犹太民族都对人类文明做出了巨大贡献；长城极长，哭墙忒短，但它们同样古老，同样记录了一个伟大民族一页页饱经磨难的血与火的历史；一个五千年文明一脉相承，绵延不绝，一个二千年流散漂泊，终于凤凰涅槃般地回归故土复建国家，都是人类社会绝无仅有的奇迹。但是两国过去交往并不很多，以色列人对中国知之也少。因此，当反映中国传统文化的文物精品从亚洲最东端到亚洲最西端的地中海东岸展出，那意义和影响自然是不言而喻的。

办一个好的文物展览不容易。引进中国文物到以色列，从酝酿策划到操作实施到成功展出，也是费时多年。以色列主办方对中国文物展品要求很高，希望件件是精品，两任驻华文化参赞都穿针引线，并参与具体工作。我方也很重视，从展览的主题到展品的挑选，都是颇费心思，而且这是我国第一次在中东举办文物展览，展品数量不一定多，但要有代表性，能够反映中国历史上各个重要时期的文化特色，体现中华文明的源远流长和博大精深。根据这样的思路，我方挑选了新石器时代的彩陶、玉器，商周的青铜器，秦始皇兵马俑，汉代金缕玉衣，北魏的石雕造像，唐代的金银器、三彩器，宋元明清时期的瓷器及绘画等，凑个整数，刚好一百件（组）。虽仅百件，但却是中华文明的一个缩影，也可以看作中国艺术发展的小通史；既是记录特定时期社会政治、经济、文化的载体，又表现了各个历史阶段能工巧匠的聪明才智，有很高的审美价值，至今仍是艺术家创作的重要借鉴。展览便命名为"中国百件珍宝展"。

百件构思奇巧、工艺娴熟、色彩斑斓的中国艺术瑰宝，使以色列同行激动不已，他们在陈列布展上同样下了功夫。以色列博物馆虽只有三十六年历史，但它却以丰富珍贵的藏品、优美的环境、优越的位置而成为国家博物馆之冠。中国文物展安排在博物馆内的一座临时展馆。展馆上下两层，面积约五百平方米。下层的大厅直抵上层的顶部，空间显得特大。上下楼有螺旋式扶梯。展品中体积最大的是威武的秦始皇兵马俑。下层大厅正面墙壁上是七米长的秦俑1号坑发掘现场照片，一侧是三具武士俑，一匹驾战车陶马共置一座平台，俑两旁悬垂着十六面战旗。站在上层平台俯瞰下方，颇有一种亲临秦俑坑的感觉，既能触发这个喜好考古的民族对这一震惊世界的考古发现的兴趣，又可以通过猎猎战旗、萧萧战马、辚辚战车、虎虎战士，想见两千余年前雄才大略的秦始皇横扫六合、实现中华民族统一的不朽业绩。由于设计者巧妙地利用展厅这一特殊布局，使得秦俑成为这次展览的标志，显得大气磅礴，具有一种震撼人心的力度。其他展品的布置，也根据展厅特点，精细安排，颇见匠心，同时采用了一些现代展示手段，既新颖又素朴，既重点突出又浑然一体。

以色列同行配合这次展览组织的一系列文化活动，令我们眼界大开。以色列博物馆的藏品，基本都是世界各地犹太人捐赠或捐款购买的。博物馆日常经费不多，主要靠托钵化缘解决。此次办中国文物展，同样依赖自筹，求取多方支持。为此，他们在文物展出的第一个月，策划了"8月中国文化节"。活动内容很丰富，既有专业的京剧、仿唐乐舞、杂技表演，又有穿插进行的中国食品博览会，以及书法艺术、鼻烟壶绘画、太极拳等展示助兴，还有中国帝王服饰图的展出，中国风筝的制作及放飞表演。在青少年馆，有专为儿童设计的，如中国音乐、茶道、厨艺、神话故事等活动。为了保证演出质量，主办者专门请来北京京剧团、北京杂技团、西安舞蹈公司的专业演员，其他项目的表演、展示，请的则是在以色列生活的华人。安排如此众多的项目，可谓煞费苦心。至少博物馆的人都这样认为，8月的耶路撒冷将是中国的耶路撒冷，而"中国百件珍宝展"将是以色列8月的热点。

　这一切活动，既是博物馆所筹划的整个展览活动的一个有机部分，但又不是博物馆拨款去搞，而是由博物馆所属的一个自收自支单位办理经营。这已是以色列博物馆搞展览的常用的行之有效的办法，即围绕一个重要展览，开展一系列与之有关的文化活动。这些活动直接或间接宣传了展览，但又是独立经营，自负盈亏。即如这次中国文物展，通过有充分特色的中国艺术、饮食、工艺等多方面的表演展示，就把古老的中华文明与鲜活地反映在当代中国社会生活中的文化活动结合起来，加深了人们对中国传统文化的了解，对展览起到烘托作用。这些活动与其他媒体宣传相得益彰，达到吸引更多观众的目的。以色列人善于经商赚钱既使人羡慕也为人诟病，但平心而论，他们的做法是值得借鉴的。我们举办展览，很少花这么大的气力，想这么多的办法，印个图录，搞些纪念品出售就不错了。图省事，简单化，不只是经费要靠国家，而且很难吸引更多观众，发挥展览社会效益的初衷也难以实现。看来办法是有的，关键是多动脑筋，开阔思路，以色列同行的做法对我们深有启发。

一个出色的展览离不开许多人的参与合作，更需要一位大胆擘画、缜密实施、善于协调的组织者。以色列博物馆亚洲部主任瑞贝卡·比特曼女士在中国文物展中就是起这种作用的关键人物。比特曼女士是个典型的犹太人，突出的颧骨，卷曲的头发，使我想起西方艺术家笔下的犹太人形象。她是个有毅力、很要强的人，虽已年过花甲，但精力充沛，干起事来就一定要办成功。她对中国文化有种特殊的感情。小时候看到父亲藏书里有介绍中国的书籍，就似懂非懂地翻阅过。她不知道父亲是一般的涉猎，还是对中国情有独钟。她虽然很早就失去了父亲，但那些有关中国的书籍却时常浮现在自己脑海里，后来便十分注意了解中国。这些年来，她多次来过中国，正博物馆工作的性质和方便条件，使她对中国有了更多的认识，底蕴深厚的中国文化令她心折。在以色列，也有不少喜爱中国文化的人士。四年前，有人向博物馆匿名捐了一大笔钱，要求专购中国文物，他们便买了一套明代家具。以色列博物馆收集了不少中国文物，比特曼女士为此付出了不少心血。她办过印度、韩国、日本等亚洲国家的文物展，而办一个好的中国文物展，则是她多年的愿望。有人不疑她能否办成功，因为遇到的不确定因素远比预想的多得多，这个怀疑是有道理的。但凭着一股韧劲，一种执着，她奔波数年，终于等到了开幕的这一天，这怎能不使她激动万分！

以方很重视展览的开幕式，这不只表示一个好的开端，而且是对中国文化的尊重。博物馆后半部一处空阔的平台上临时搭建了可容纳一两千人的长方形白布帐篷，帐篷里挂着中国特有的京剧脸谱和红灯笼，这是开幕式的会场，也是 8 月中国文化节的表演场地。从进博物馆大门到后面的帐篷，是一条夹在绿树花草中的长长的甬道。甬道两旁挂着一个接一个的大红灯笼，一下增添了喜庆气氛，也突现了中国特色。甬道旁除供应酒水的吧台外，中国传统地方小吃也引起人们的注意。身穿晚礼服的侍者，手持装有烧卖、春卷、小笼包子的托盘，穿梭在人群之中。茶馆里中国茶的清香更使来宾沉浸在浓郁的中国文化的氛围中。开幕式也别有情趣。先是北京京剧团的开场锣鼓，蹦出手持金箍棒的孙悟空，他那一连串令人眼花缭乱的空中跟头，赢得了数千名与会者的阵阵掌声。而婀娜多姿的穆桂英的一段清唱，将开幕式前的气氛烘托到了极致。当穆桂英向观众道万福后，便用飘柔的水袖将施奈德馆长引到了话筒前，开幕式开始了。如此别致的安排，也颇见设计者的细心。佩雷斯外长以及文化部长、耶路撒冷市市长、中国驻以色列大使等出席开幕式并发表了热情洋溢的讲话。盛况空前的开幕式在北京杂技团优美、惊险的"滚杯"表演中达到高潮，雷鸣般的掌声表明以色列人民对中国古老文化和传统艺术的喜爱和认同。

在巴以暴力冲突日益严重的时候，副总理兼外交部长西蒙·佩雷斯出席中国文物展的开幕式，说明以色列政府对展览的重视，也使时刻处于紧张状态的以色列人在体味中国文化时感受到一种少有的轻松。佩雷斯在讲话中谦称自己是小学生，发誓要多多学习中国文化，因为在参观完预展后，他发现中国文化太博大精深，自己对中国文化了解得太少。在谈到中以两国关系时，他充满感情地说："以中两国都是拥有悠久历史的古国，一直保持着良好的往来关系。中国人民热爱以色列人民，以色列人民也热爱中国人民。"他特别指出，"以中两国的友好交往，不是靠《圣经》，而是靠文化。"

佩雷斯对中国文化的仰慕与推崇，绝不是泛泛的客套之辞。他在会前与我交谈时，说他在美国看过中国的《考古黄金时代展览》，对中国文明的久远辉煌有着深刻的印象。1993年，他曾以外长身份访问中国，加深了对中国文化的了解。我也知道，在为他获得很高声誉的《新中东》一书的中文版序言中，他意味深长地引用了中国古代伟大的军事家孙武的两段话："见胜不过众人所知，非善之善者也。战胜而天下曰善，非善之善者也"；"故举秋毫不为多力，见日月不为明目，闻雷霆不为聪耳。古之所谓善战者……之胜也，无智名，无勇功。故其战胜不忒。不忒者，其所措必胜"。他对《孙子兵法》引文的理解是：无论政治家还是军事家，要使他们制定的政策或战略取得成功，一是要预见事态的发展并及时为此做好准备，二是要在实施过程中避免错误。佩雷斯认为中东未来的选择是实现和平，是能够面对未来挑战的持久的区域和平，而不是选择战争，因为战争只能激起新的、连续不断的战争，却不会带来什么解决方法。中国的传统文化和古老智慧使这位当代政治家受到启迪，真正像"鹰目"那样敏锐地观察事物（"佩雷斯"在希伯来文中是"鹰"的意思），绘出了在中东化干戈为玉帛的前景，从而被称为中东和平的"设计师"。

对佩雷斯外长关于中以两国友好是靠文化而不是靠《圣经》的说法，我的理解，他这里的《圣经》是指宗教，中以两国友好的确不是宗教的原因，而是文化。希伯来人的文化遗产中，很少留下造型艺术品，这有两个原因：一是他们崇拜无形的一神教，明文禁止制作偶像，所以在艺术上既少雕塑，也少绘画；二是因为犹太民族是个多灾多难的民族，长期遭到流放和流散在异国，仅有的一些造型艺术品也散失殆尽。但是，这个民族向世界贡献了希伯来《圣经》。包含在其中的历史、法律、文学和哲学方面的巨大价值，充分表现了希伯来人的才智，是希伯来文化的集大成。而后来希腊化了的希伯来文化，又产生了成为欧洲文化有机组成部分的基督教新文化。中世纪时在中东崛起的阿拉伯民族，大量汲取希伯来文化又创造性地发展为穆斯林文化。因此，《圣经》不仅是宗教经典，而且是一座丰富的文化宝藏。文化是一座看不见的桥梁，架起交融两国人民心

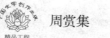

灵的通道。

　　我们怀着激动的心情刚回到下榻的饭店，就接到了施奈德馆长打来的电话。他抑制不住内心的喜悦，迫不及待地告诉我们：刚刚结束的开幕式共有三千多人参加，开幕式后又有五百多人来看中国京剧、杂技和仿唐乐舞演出并参观了展览。中华文明的魅力征服了以色列。

　　　　　　写于 2001 年，其中第 1 篇以《以色列：中国珍宝展》

　　为题刊于 2002 年 1 月 18 日《文艺报》，又以《以色列

　　散记》为题收入 2002 年第 6 期《散文百家》，第 5 篇刊

　　于 2002 年第 10 期《文物天地》，其余 4 篇未发表。

图书在版编目（CIP）数据

周赏集/郑欣淼著. －北京：作家出版社，2015．2
（中国文学创作出版精品工程）
ISBN 978 － 7 － 5063 － 7394 － 4

Ⅰ.①周… Ⅱ.①郑… Ⅲ.①散文集－中国－当代　Ⅳ.①
I267

中国版本图书馆 CIP 数据核字（2014）第 098964 号

周　赏　集

作　　者：	郑欣淼
责任编辑：	汉　睿
装帧设计：	曹全弘
出版发行：	作家出版社
社　　址：	北京农展馆南里 10 号　邮编：100125
电话传真：	86 － 10 － 65930756（出版发行部）
	86 － 10 － 65004079（总编室）
	86 － 10 － 65015116（邮购部）

E － mail：zuojia@ zuojia. net. cn

http：//www. haozuojia. com（作家在线）

印　　刷：	三河市北燕印装有限公司
成品尺寸：	152×230
字　　数：	200 千
印　　张：	22.25
版　　次：	2015 年 2 月第 1 版
印　　次：	2015 年 2 月第 1 次印刷
ISBN	978 － 7 － 5063 － 7394 － 4
定　　价：	35.00 元